W0346598

Gallmeister

TRENTE JOURS D'OBSCURITÉ

Jenny Lund Madsen

Trente Jours d'obscurité

Roman

Traduit du danois
par Mathis Ferroussier

Gallmeister

FICTION

Titre original: TREDIVE DAGES MØRKE

Copyright © Jenny Lund Madsen, 2020
Published by agreement with Copenhagen Literary Agency ApS, Copenhagen
All rights reserved

© Éditions Gallmeister, 2022, pour la traduction française

ISBN 978-2-35178-275-0
ISSN 1956-0982

Photo de l'auteur © DR
Illustration de couverture © Clément Barbé
Conception graphique : Aurélie Bert

À Trin

PROLOGUE

Il avait le cœur qui lui brûlait la gorge. Ça allait vraiment se terminer comme ça ? Il avait envie de crier, de s'arracher la peau, de fracasser quelqu'un. De cogner dans une tête jusqu'à ce que mort s'ensuive. Sa tête à *lui* ou celle d'un autre, ça n'avait pas d'importance, tant que c'était quelqu'un qui le méritait. À cet instant précis, il lui semblait que le monde entier méritait de mourir.

Il accéléra. Comme d'habitude, le sol était trempé, boueux, il détestait cet endroit. Il faisait sombre, froid et humide. Chaque putain de jour. Sans savoir pourquoi, il dévia en direction de l'eau. Il percevait déjà le bruit des vagues. Plus il s'en approchait et plus il sentait grandir en lui l'envie de se jeter dans la mer pour tout oublier. Il voulait se tirer d'ici, détestait cette ville et tous ses habitants. Il était glacé. Parti sans son manteau. C'est dire comme il était bouleversé. Il avait songé un court instant à faire demi-tour, mais revenir sur ses pas c'était perdre la face. Et perdre était la dernière chose qu'il souhaitait. Il voulait triompher de chacun d'entre eux, partir à la conquête de la vie et revenir pour leur montrer qui il était devenu. Il brûlait d'impatience face à tout ce qu'il avait à accomplir. Qu'ils aillent tous se faire foutre. Il était presque arrivé au bord de la mer, le goût des vagues envahissait sa bouche. En se léchant les lèvres il se sentit capable de n'importe quoi. Il aurait pu se tuer, tuer quelqu'un, c'était sans importance. Il n'était pas n'importe qui. C'est *lui* qui détenait le pouvoir, il pouvait décider de tout. Il s'arrêta et arracha son pull, sentit le froid de novembre écorcher son torse nu. Ça faisait mal et ça n'allait pas tarder à devenir dangereux. Il songea de nouveau à se jeter dans les vagues, à mettre un terme à tout ça. Mais d'un coup, il s'effondra en hurlant, vola en éclats, perdit son souffle, se mit à sangloter, à crier. Il se fichait d'être assis dans l'herbe trempée, car même si l'air était doux pour la saison, le froid traversait tout son corps pour venir se planter dans son cœur. Quelle injustice ! Dire que tout le monde était assis bien au chaud dans son salon, sans le moindre problème. Leur vie à eux ne venait pas d'être détruite. Tandis que lui, il se retrouvait comme une bête au milieu de nulle part. Il sanglotait, se laissa aller, commença à avoir pitié de lui-même. À cet instant, il n'avait qu'une envie : que quelqu'un le prenne dans ses bras. Il savait qu'au moins une personne ne lui refusait jamais ce geste, même s'il venait juste de la repousser. Cette seule pensée le réconforta un peu, ses pleurs se calmèrent. Le froid secouait tout son être ; tout ce qu'il voulait, c'était aller chez elle pour se lover dans ses bras et boire une tasse de thé.

Mais tout à coup, il aperçut quelque chose, les feux d'une voiture au loin. Tandis que le véhicule s'approchait, il lui sembla reconnaître cette lumière singulière, même à si grande distance. Personne d'autre dans toute la ville n'avait des phares aussi blancs, aussi éblouissants. Et merde. C'était bien la dernière chose dont il avait besoin. Il n'avait aucune envie de parler à cette plaie. Il se leva, se couvrit avec son pull. Mieux valait rentrer à la maison, il voulait vivre, pas mourir. Mais au même moment il entendit une voix derrière lui, quelqu'un appelait son nom. Est-ce qu'il avait rêvé ? Il était sur le point de se retourner mais n'en eut pas le temps, il était trop tard. Un coup. C'était comme si le ciel s'effondrait sur sa tête. Il tomba à terre, eut tout juste le temps de sentir l'herbe mouillée et le sang couler dans ses cheveux. Il sentait qu'on le tirait par les jambes, qu'on le traînait vers l'eau. Il essaya de bouger mais il en était incapable. Enfin, il perdit tout à fait connaissance. Il n'était plus là pour voir qu'on était en train de le charrier à l'endroit précis où il avait songé à se jeter quelques minutes plus tôt. Dans l'étendue glacée, sombre et mortelle de la mer.

I

UNE MAIN S'ENTREMÊLE à l'autre sur l'accoudoir du milieu, ils s'adossent dans un mouvement conjoint. Il tourne la tête un millième de seconde avant elle, il a peur de l'avion mais tente de le dissimuler, contrairement à elle qui feint d'avoir peur. Ils se font l'amour du regard et testent leurs sentiments en quittant la terre.

Elle : Je campais sur une montagne.

Lui : Je faisais du ski.

Elle : Je t'ai coupé le souffle.

Lui : Je dansais à Bruxelles.

L'avion flotte dans les airs, sa main légèrement moite…

Bon ! Et maintenant ? Comment construit-on une intrigue autour d'une relation amoureuse en partant des premiers émois ? Comment décrit-on les sentiments qui animent deux personnes sans avoir l'air d'une pâle copie de Goethe, ou pire : d'une copie trop conforme de Barbara Cartland ? Dans un cas comme dans l'autre, quelle banalité ! D'un coup sec sur la touche *Suppr*, elle efface le dernier paragraphe et ravale son impression de ne pas être à la hauteur avec un grand verre de vin rouge, et un deuxième – car il faut plus d'un verre pour se débarrasser du sentiment de médiocrité. Hannah Krause-Bendix n'a jamais reçu une seule mauvaise critique, pas un seul mot négatif sur le moindre de ses quatre romans. C'est une superstar littéraire, deux fois nommée au Grand prix de littérature du Conseil nordique. Elle ne l'a pas remporté certes, mais qu'importe : elle estime que la littérature ne s'évalue pas avec des prix. D'ailleurs, elle a toujours refusé les nombreuses récompenses qu'on a voulu lui décerner au fil des ans. Hannah a l'intégrité dans la peau depuis quarante-cinq ans, et elle soutiendra toujours qu'il est en dessous de sa condition de chercher un quelconque succès commercial. Son éditeur est peut-être le seul à savoir qu'il s'agit d'un mensonge. Recommencer le dialogue :

Lui : Certaines rues de Copenhague n'existent que dans mes rêves.

Elle : Mais sont-elles moins réelles pour autant ?

Et encore *Suppr*. C'est la première fois qu'elle aborde les relations amoureuses dans un livre, et pour l'instant l'ensemble ne paraît pas dépasser le coup d'un soir. D'un geste d'impatience, Hannah se lève de son bureau : design allemand, bois d'acajou, de quoi soutenir ses mots habituellement si brillants. Mais il n'y a pas grand-chose à soutenir aujourd'hui, les mots ne viennent pas. Pas plus que les jours précédents. Hannah arpente son appartement. Soixante-sept mètres carrés, c'est vite fait. Elle s'approche de la fenêtre, l'ouvre, crache la fumée de sa cigarette au-dessus des toits. C'est une belle journée. C'est beau Copenhague sous le soleil d'automne, avec tous ces gens qui s'obstinent à porter des manches courtes malgré le mois de novembre. Comme si garder la peau nue prolongeait l'été. Parfois, elle envie ces gens qui promènent leur progéniture en poussette et se saluent avec insouciance en buvant du chai latte soja dans des gobelets en carton. Les Copenhagois ont le chic pour avoir l'air heureux les dimanches. Pendant un court instant, elle songe à y aller. Bastian lui céderait tout pour les mois à venir. Obtenir la reconnaissance et l'indulgence de son éditeur pendant plusieurs mois, c'est une idée plutôt séduisante. Très tentant. Mais elle écrase son mégot et se ressaisit. Elle ne va quand même pas se rendre à une foire du livre à la con pour signer ses romans à des ploucs qui ne font même pas la différence entre les livres et la littérature. Et puis, ce n'est pas comme si son absence allait décevoir des hordes de fans bruyants ayant rempli des cars entiers pour assister à l'événement. Le lectorat de Hannah est aussi restreint qu'il est élitiste – malgré la reconnaissance du milieu, elle dépend toujours du soutien de l'État. Elle écrit ce genre de livres où un vieil homme boit une gorgée de café et médite dessus pendant quarante pages avant d'en prendre une deuxième. Pendant ce temps, le café a refroidi. Et la plupart de ses lecteurs aussi.

Hannah va dans la cuisine en se persuadant qu'il y a un but à cette action. Mais il n'y en a aucun. Elle s'invente une faim qui n'existe pas car elle a pris son petit déjeuner il y a tout juste une heure. Pas plus, vraiment ? L'horloge digitale qui brille sur le four lui donne mauvaise conscience : il n'est même pas onze heures et elle en est déjà à son troisième verre de vin et sa cinquième cigarette. Il faut que ça cesse. Dorénavant, pas une goutte d'alcool avant midi. Une résolution qu'elle a maintes fois essayé de tenir, et elle sait pertinemment qu'elle n'y parviendra pas davantage cette fois-ci. Nom de Dieu, le cliché de l'écrivain dans toute sa splendeur ! Elle ouvre et referme plusieurs placards. Même rituel avec le réfrigérateur : ouvrir, fermer. Mais l'appétit ne vient pas, rien ne lui fait envie. Pourquoi l'inspiration a-t-elle commencé à lui faire défaut dernièrement ?

Correction : ce n'est pas l'inspiration qui lui fait défaut. Elle ne manque pas de matière. Le problème, c'est plutôt le traitement des idées ; sous forme littéraire, bien entendu. Un sentiment, une réflexion sagace ou un mot bien senti ne suffisent plus à donner l'impulsion à un bon récit, car la suite ne vient pas. Ou plutôt, ce qui vient est médiocre, oscillant entre le lieu commun, le maniérisme et l'insignifiance. Elle ne parvient plus à toucher le nerf qui fait habituellement vibrer sa prose. Les descriptions de personnages sont le point fort de Hannah. C'est comme une intuition chez elle, si bien que le lecteur ne se sent pas juste familier de ses héros, il a l'impression qu'ils *vivent* en lui. Hannah est une observatrice. Quand tout le monde autour d'elle se bat pour avoir la parole au cours d'un dîner, elle observe – elle n'est pas du genre à attirer l'attention sur elle en parlant fort ou en gesticulant ; elle reste dans son coin, sans dire un mot, et lâche un sourire fugace quand la conversation devient un peu embarrassante. Hannah observe cette personne au regard errant, dont les déclarations vides de sens témoignent d'une certaine intimité avec ses comparses tout en révélant une distance et une tentative désespérée de ne pas être percée à jour. Mais que cache-t-elle, cette personne ? Un déséquilibre mental, un sentiment d'ennui, une volonté de protéger quelque chose de trop précieux pour son entourage ? C'est ce genre de signaux qui alimentent les réflexions de Hannah ; elle les façonne pour en tirer des écrits bouleversants qui instruisent ses lecteurs des choses de la vie. Mais Hannah commence à douter que qui que ce soit puisse tirer des enseignements de ses romans. Et elle en dernier lieu. Ce ne sont que des divagations couchées sur le papier. C'est pour cela qu'aujourd'hui, elle donne une chance à l'amour ; pour revenir sur la bonne voie. Ou peut-être pour en ouvrir une nouvelle. Mais difficile de tisser une intrigue autour d'une histoire d'amour quand aucune de vos relations n'a surmonté le premier obstacle – et peut-être plus difficile encore quand vous ne croyez pas au concept de l'intrigue. Elle jette un œil par la fenêtre de la cuisine ; des enfants jouent dans la cour. Si tant est que récupérer de l'eau dans un grand tonneau pour arroser les fleurs soit un jeu. À en juger par leurs sourires et leurs cris de joie, cela semble en tout cas être un passe-temps amusant. Hannah soupire ; une vie si légère, si insouciante… Elle se ressaisit, elle ne va quand même pas se mettre à verser dans le sentimentalisme. Pour être tout à fait honnête, elle est partiellement responsable de ses problèmes, surtout en matière d'amour. Ce n'est pas que Hannah soit incapable d'aimer. Cela lui est même arrivé assez souvent, mais jamais longtemps. De manière générale, elle n'est pas d'une grande patience avec les autres, et les relations amoureuses la déçoivent toujours avant d'avoir vraiment eu le temps de se développer. Ou ce n'est pas exactement qu'elles la déçoivent. Elles l'ennuient, plus précisément. C'est peut-être parce qu'elle passe tout son temps à se creuser la tête pour nourrir ses personnages, mais elle a toujours l'impression d'avoir une longueur d'avance sur les autres. Elle aimerait être surprise, rencontrer quelqu'un d'imprévisible. Mais elle commence à désespérer qu'une telle personne existe.

Bastian ne doute pas d'elle, jamais. Mais il manque sérieusement de discernement. S'il n'était pas son meilleur (oh, soyons honnête, son seul !) ami, son plus grand fan et son éditeur dévoué, elle l'aurait lâché depuis bien longtemps à cause de ses courtisaneries commerciales. Souvent, elle se dit que c'est bizarre. Pourquoi s'embarrasse-t-il d'elle ? Hannah est la seule véritable écrivaine publiée par Bastian, tous les autres "écrivent" des livres de cuisine, des polars, des romans de gare – toutes ces merdes que les gens achètent parce que ça ne fait pas de mal à une mouche et que c'est vite digéré. Des livres qui apportent des réponses, avec des gentils et des méchants, des problèmes résolus. Les romans de Hannah ne comportent pas de réponses, pas même de questions. Ils exigent des lecteurs qu'ils pensent par eux-mêmes. Qu'ils se laissent pénétrer. Qu'ils ressentent. Et ça, de moins en moins de gens en sont capables. Hannah pousse un profond soupir. Au fond, elle sait que ce n'est pas elle qui devrait envisager de lâcher Bastian ; c'est lui qui aurait dû la laisser tomber il y a bien des années. Elle est désagréable, ne vend rien. Si Bastian insiste pour continuer à la publier depuis quatorze ans, c'est soit par prestige, soit par philanthropie, soit par manque de discernement. Et chaque fois qu'elle y réfléchit, la troisième option lui apparaît comme étant la plus plausible. Dans un éclair de lucidité, elle se dit qu'elle lui est redevable. Elle profite de cette subite prise de conscience pour appeler Bastian et l'informer qu'elle ira à la foire du livre. De toute façon, il ne sort que de la bouillie de son stylo. Bastian est content.

2

Devant le palais des congrès du Bella Center, Hannah allume une cigarette et regrette sa décision. Elle remplit ses poumons de courage pour affronter les visiteurs de la foire et observe les portes vitrées, poussées par des mains graisseuses, aspirer et recracher une ribambelle de têtes grisonnantes, de Jutlandais et d'enfants lancés à l'assaut du royaume des livres. C'est avec ces gens-là qu'elle est censée discuter. Nom de Dieu, autant crever tout de suite !

— Excusez-moi, pourriez-vous vous éloigner un peu de l'entrée avec cette cigarette ?

Hannah se retourne, ses yeux tombent sur les cheveux d'une femme qui, en d'autres temps, aurait fait une remarquable paysanne. Dans notre réalité, elle est éducatrice, et ses quatre centimètres de racines châtain clair indiquent que sa dernière décoloration ne date pas d'hier. Hannah baisse le regard vers les yeux offusqués de la femme. Avec une mine affligée, l'éducatrice désigne le petit groupe d'enfants turbulents qui se tient derrière elle.

— La zone non-fumeurs s'étend jusque là-bas.

Elle pointe le doigt vers un hangar situé si loin qu'on le devine à peine.

— Ok, donc je suis censée aller en Suède pour fumer une clope ? rétorque Hannah avec un sourire outragé.

— C'est pour le bien des enfants. Ils pourraient être tentés de commencer en vous voyant. Ou pire, attraper le cancer.

— En me voyant fumer ?

— En recevant votre fumée dans le visage.

Hannah lance un regard las vers la paysanne réincarnée en éducatrice, puis baisse les yeux sur les enfants qui la fixent comme s'ils se trouvaient face à Dark Vador. Elle s'incline vers le garçon le plus proche, un morveux aux joues rouges, et tend vers lui sa cigarette incandescente.

— Tu te sens de la finir ?

Le gamin apeuré secoue la tête. Hannah se redresse et regarde l'éducatrice droit dans les yeux.

— Vous voyez, je les incite à que dalle.

Elle écrase sa cigarette, fait volte-face et s'enfonce dans les abysses de la foire du livre – tout en ignorant les cris qui lui enjoignent de venir ramasser son mégot et le jeter à la poubelle.

Les stands des magouilleurs de livres délimitent les allées d'un labyrinthe où chacun se perd, tant les grands-mères pompettes des clubs de lecture que les jeunes couples vissés à leurs enfants. Certains sont en quête du prochain grand frisson littéraire, d'autres espèrent entrevoir leur écrivain favori, tandis que la plupart tentent sans doute juste d'échapper à l'ennui du domicile familial. La tête dissimulée dans un foulard, Hannah se fraie un chemin à travers la foule, parvenant ainsi à éviter la confrontation avec ses confrères, les lecteurs et les journalistes. Le souffle court, assaillie de sueurs froides, elle sent son agoraphobie marquer un pic en arrivant devant la petite table où sont disposés ses livres. C'est donc là qu'elle va devoir rester plantée pour la séance de dédicaces. Bastian n'est pas là, il avait pourtant promis. Elle constate avec dépit que la pile de ses livres est intacte et que manifestement, ce n'est pas près de changer : mis à part la stagiaire avachie qui tient le stand de la maison d'édition, Hannah est seule. Elle retire son foulard, la jeune femme ne la reconnaît pas.

— Il y a une offre spéciale "foire du livre" sur ces romans : deux pour le prix d'un. On a du mal à les écouler, mais ils sont très bons. L'autrice a remporté le Grand prix de littérature du Conseil nordique deux fois.

Hannah sent l'exaspération la ronger jusqu'à la moelle.

— Cette écrivaine n'a jamais remporté le Grand prix du Conseil nordique.

— Si, elle s'appelle Hannah Krause-Bendix, c'est l'une des plus grandes écrivaines danoises. Peu de gens la connaissent, c'est tout. Mais personnellement, c'est mon autrice favorite.

Hannah a envie de brandir le revolver que, par chance, elle n'a pas dans son sac. Le sarcasme et l'humiliation sont ses seules armes.

— Ah bon, votre autrice favorite ? Vous avez peut-être un roman en particulier à me recommander dans ce cas ?

La stagiaire alimente son mensonge avec un sang-froid terrifiant :

— *Je viens en silence* est vraiment épique.

— Épique ?

— Oui enfin, bon, c'est un peu spécial, mais c'est son style. C'est très profond.

— Profond ?

— Oui enfin, c'est difficile à expliquer, parce que…

— Parce que vous ne l'avez jamais lu ? l'interrompt Hannah.

La stagiaire cligne des yeux dans un moment d'hésitation, mais elle n'a pas le temps d'articuler une riposte. Hannah est plus rapide.

— Vous n'avez rien à faire sur une foire du livre. Vous n'avez aucune légitimité à vendre des œuvres que vous avez l'audace de prétendre avoir lues, alors que de toute évidence, vous n'en savez pas plus sur la littérature que…

— Que ?

Bastian et ses deux mètres de haut apparaissent derrière Hannah. Il l'interroge du regard et se tourne vers la stagiaire ratatinée qui tente de retenir ses larmes derrière le comptoir.

— Qu'une idiote d'illettrée.

Hannah rage de ne pas être parvenue à trouver une insulte plus raffinée. Elle éprouve en même temps une vive contrariété en découvrant que la stagiaire n'est pas assez lâche ni honteuse pour s'effondrer complètement. Au lieu de cela, la jeune femme redresse la tête – certainement convaincue que son chef, le grand et beau Bastian, s'apprête à neutraliser l'agressive inconnue d'un bras ferme pour l'escorter hors du bâtiment. Hannah sait qu'il n'en sera rien.

— Claudia est nouvelle, elle est étudiante en lettres.

Probablement toujours convaincue d'une intervention imminente, Claudia bombe un peu la poitrine en entendant son nom.

— J'étais simplement en train de présenter l'œuvre de Hannah Krause-Bendix à cette cliente quand tout à coup, elle s'est mise à m'agresser.

Une femme qui joue la victime. C'est d'un banal !

Claudia lorgne vers l'éditeur : alors, quand est-ce qu'il la met dehors ? Hannah commence à se délecter du conflit. Avec un peu de chance, Bastian va finir par la virer. Elle verrait bien la séance de torture se prolonger un peu, juste pour le plaisir. Quiconque se permet de donner des leçons sur ce qu'il ne connaît pas mérite une mort lente et douloureuse. Mais d'un autre côté, elle a autre chose à faire que de discuter, ses livres ne vont pas se signer tout seuls.

— J'ignore si vous êtes spécialisée en publications sur les réseaux sociaux ou en blogs de mode, mais certainement pas en littérature. Sinon, vous sauriez que je *suis* Hannah Krause-Bendix, l'autrice des livres que vous essayez de refourguer comme des bocaux de cornichons en promo.

Claudia a le souffle coupé.

— Hannah, elle est nouvelle.

Bastian tente de calmer le jeu.

— Je ne pouvais pas deviner que c'était vous, vous êtes tellement différente sur les photos… Vous avez vraiment beaucoup vieilli.

La jeune femme tripote les livres de Hannah pour essayer de les remettre en place. Comme si ça allait arranger les choses. L'écrivaine ravale une remarque cinglante, elle se contente de retirer son manteau et de le jeter derrière le comptoir.

— Et si vous alliez vous acheter une tasse bien chaude de chai latte bio pendant que je signe mes romans épiques durant toute la prochaine heure ?

Claudia lève les yeux vers Bastian, comme une élève qui demande l'autorisation d'aller aux toilettes.

— Allez, prends une pause.

Claudia s'éclipse. Son dos raide et sa poitrine bombée aussi.

— Ravi de te voir en forme et déjà en train de terroriser le personnel, lance Bastian en martelant la table de son index.

— Ça aurait été trop compliqué de trouver une stagiaire qui ait lu au moins un de mes livres ?

Bastian hésite. Hannah soupire. Évidemment. Si elle ne parvient pas à gagner de nouveaux lecteurs rapidement, elle est bonne pour mettre tout son stock d'invendus au pilon.

— Note bien que si je suis là, c'est uniquement par charité.

— Est-ce que tu pourrais au moins sourire aux gens ?

— Un sourire démoniaque ou aguicheur ?

— Juste un sourire normal. Je sais que tu en es capable.

En signe d'encouragement, Bastian lève ses bras étriqués dans une veste de costume. Pourquoi s'habiller comme un homme d'affaires quand on est éditeur ? Hannah se rappelle l'époque où le velours côtelé et la laine constituaient la base du vestiaire de Bastian, mais ça, c'était avant le redressement économique des années 2000. Et avant qu'il ne devienne éditeur. Il a commencé à porter des costumes de coupes et de formes diverses à ses débuts dans le milieu. Il s'agissait sans doute d'un choix délibéré pour marquer son passage du statut d'étudiant passionné à celui d'homme de lettres à plein temps. De la passion des livres pour l'amour de la littérature à la passion des livres pour l'amour de l'argent. Hannah, elle, n'a jamais pris ce virage. Mais au fond d'elle-même, elle se réjouit que Bastian l'ait fait. En regardant ses œuvres posées sur la petite table, elle ressent une pointe de gratitude à l'égard du revirement de son ami; s'ils n'étaient pas sur cette table, ses livres seraient introuvables sur la foire. Néanmoins, elle ne peut s'empêcher de regretter cet homme de velours et de laine qu'elle a rencontré lors d'une lecture de *La Vallée des papillons* d'Inger Christensen, à la fin des années 1990.

— Un, deux, un deux. Vous m'entendez?

Hannah lève les yeux. Un micro siffle. Celui-là même qui vient d'émettre une frêle voix féminine. Cette voix provient d'un corps encore plus frêle: Natasja Sommer. Là, sur une scène. Deux chaises y sont posées, et sur une petite table, deux verres d'eau. La journaliste culturelle, par ailleurs totalement ignare, tapote sur le micro. Encore cet horrible sifflement. Pour sûr qu'on l'entend. Une affiche est placardée derrière elle. Le sang de Hannah ne fait qu'un tour: on y voit le visage de Jørn Jensen, l'auteur de romans policiers le plus abominable, et l'objet de haine numéro un de Hannah. Manifestement, Natasja Sommer s'apprête à l'interviewer. Là, maintenant. Sur cette scène. Hannah prend une profonde inspiration. Elle savait que c'était une mauvaise idée de venir à cette foire du livre.

3

Sourire, sourire, succès, succès. Hannah feuillette le catalogue du salon. Les portraits de ses confrères accompagnés des couvertures de leurs livres défilent sous ses yeux – un exaspérant rappel qu'elle n'a rien publié depuis très longtemps. Elle referme le livret, balaie son stand du regard. Personne. En revanche, les gens sont massés devant la scène voisine. Du fond de sa solitude, elle lorgne vers la foule fébrile – elle ressent l'envie brûlante de disparaître au fond d'elle-même, dans la plus petite cellule de son corps. Pourquoi a-t-elle une si grande aversion pour Jørn au juste ? Ce n'est pas parce qu'il vend beaucoup, ni parce qu'il est lu ou populaire. Elle n'est pas primaire au point d'envier le succès des autres. Elle regarde ses ongles, plie les doigts, les observe comme s'ils recelaient un mystère insondable. Et en un sens, c'est le cas. Ils transforment ses pensées en mots, donnent vie à son esprit, le matérialisent. Voilà, c'est ça. Les livres de Jørn manquent d'esprit. Ils sont privés des idées qui font la noblesse et l'originalité de l'individu ; ce sont des réitérations, des idées réchauffées et reproduites mécaniquement, à la chaîne. Ses romans sont peut-être accrocheurs et imprégnés de morale, mais ils sont de piètre qualité car ils sont coulés dans un moule. Où réside l'originalité, le cœur, ce qui différencie l'écrivain de n'importe quel individu lambda équipé d'un logiciel de traitement de texte et d'un sens passable de la composition dramatique ? Et puis, il y a la langue. Pourquoi ne se donne-t-il pas la peine de travailler sa langue ?

Une salve d'applaudissements s'élève de la foule quand Jørn arrive sur scène. Il embrasse Natasja Sommer sur la joue et gratifie ses fans d'un large sourire. Il essaie d'avoir l'air humble, en vain. On ne dissimule pas si facilement son orgueil. Quelqu'un siffle, comme si l'écrivain était une rockstar. Oh Danemark, tiers-monde culturel ; continue de célébrer la médiocrité, s'il te plaît ! Hannah toise Jørn comme la chouette qui s'apprête à sortir les serres pour fondre sur sa proie. Mais ses griffes ne quittent pas la table, se rétractent même un peu – Jørn est insaisissable. Natasja Sommer commence l'interview en minaudant ; Jørn prend la parole, sûr de lui, affecté, ses mots sont de l'essence jetée sur la peau brûlante de Hannah.

— J'adorerais pouvoir écrire un livre en dix-huit minutes, et passer à autre chose.

Au feu !

— L'écriture est un travail manuel, c'est un métier comme un autre. Il est donc essentiel de s'astreindre à une discipline rigoureuse ; de s'atteler à la tâche, à des horaires précis et de ne pas s'arrêter d'écrire avant d'avoir atteint le nombre de pages qu'on s'est fixé en amont. Il est également important de manger sain et de faire de l'exercice pour entretenir sa vivacité intellectuelle.

Ô fournaise ardente !

— J'estime qu'il est de mon devoir de ne jamais ennuyer le lecteur et de toujours chercher à élargir mon auditoire. Il est certain qu'une industrie colossale gravite autour d'un roman comme celui-ci. Finalement, je me vois un peu comme un entrepreneur qui crée des emplois dans les maisons d'édition, les imprimeries, les librairies.

Le brasier consume tout !

Hannah ne supportera pas une déclaration de plus réduisant la littérature à un simple élément de l'économie de marché. Elle cherche désespérément son téléphone, appelle Bastian mais tombe directement sur la messagerie, et merde ! Elle songe à se sauver, mais au même moment, deux adolescentes s'égarent sur son stand. Elle les observe feuilleter quelques livres au hasard et tente de faire abstraction de Jørn. Impossible.

— Comment décririez-vous la relation entre un genre littéraire, disons… plus dense et la littérature populaire, à laquelle vous appartenez ?

Hannah tend l'oreille en entendant la question de Natasja Sommer. Jørn hoche calmement la tête, comme pour montrer qu'il a bien compris la question, et comme pour souligner la difficulté de la réponse. Son geste dénote un sentiment d'autorité. L'autorité bien calculée d'un homme médiatique.

— Mon point de vue est le suivant : c'est une bonne chose qu'il y ait des écrivains à succès, comme moi, qui permettent à d'autres auteurs d'être publiés. En un sens, la littérature populaire est indispensable pour pouvoir continuer à publier celles et ceux qui vendent peu.

Au bûcher !

Il représenterait donc le fondement de mon existence, pense-t-elle. *C'est parce qu'il écrit ses livres bêtifiants que je suis en droit de publier les miens ? C'est parce qu'il n'a pas la moindre ambition stylistique que moi, je peux me le permettre ?* Elle sort lentement les griffes. Les deux adolescentes s'approchent de Hannah, l'une d'elles jette un ouvrage sur le comptoir.

— Possible de l'emballer ?

Le regard de Hannah remonte du livre vers la fille. Une coloration maison trop foncée accentue la luisance de sa peau blafarde d'adolescente. Elle n'a pas de sourcils. Hannah n'aime pas les gens qui n'ont pas de sourcils ; elle y voit la marque d'un manque de personnalité. Elle pourrait au moins s'en dessiner au crayon, non ? Mais ce n'est pas à cause de son physique que Hannah a un sursaut de dégoût face à elle : le livre qu'elle vient de déposer, c'est *La Femme qui murmurait à l'aide*. De Jørn Jensen. Hannah attrape le volume du bout des doigts comme si elle tenait le slip d'un sans-abri, et le retourne. La quatrième de couverture est illustrée d'une photo de Jørn en plein air. Bras croisés et adossé contre un arbre, il regarde droit dans l'objectif comme s'il allait se livrer à une psychanalyse de l'appareil photo. L'image est accompagnée d'une ribambelle de critiques élogieuses et d'une myriade d'étoiles – des citations de blogs douteux dont Hannah n'a jamais entendu parler. Elle quitte la photo des yeux et regarde l'homme qui se tient sur scène.

— Je ne m'attends pas à ce que le succès dure éternellement, il faut bien garder en tête qu'on ne fait qu'un temps. Savoir s'arrêter avant que le vent tourne.

Jørn regarde Hannah droit dans les yeux en terminant sa phrase. Un regard bref, mais suffisamment appuyé pour ne pas être fortuit. Elle croit déceler un petit sourire de mépris; c'est peut-être une revanche pour toutes les fois où elle l'a ostensiblement ignoré dans des cocktails. Hannah sent des années de colère contenue s'accumuler dans son poing; elle le lève, et avant même d'avoir pris conscience de son action, elle a déjà jeté *La Femme qui murmurait à l'aide* droit sur Jørn. Le passé de militaire de ce dernier a dû affûter son aptitude à éviter les objets volants, car d'un geste vif et presque miraculeux, il penche la tête sur le côté et esquive in extremis son propre best-seller. Le roman heurte un panneau d'affichage à son effigie qui tombe à la renverse et dégringole de la scène dans un grand fracas.

Toute la salle se tourne vers Hannah. La fille sans sourcils la montre du doigt.

— C'est elle qui l'a jeté!

Natasja Sommer porte les mains à sa bouche, choquée et visiblement incapable de gérer un événement qui n'apparaît pas sur ses fiches soigneusement préparées. Jørn, lui, reste calme. Il se lève pour voir au-delà de la foule et s'avance au bord de la scène. Il pose les yeux sur Hannah qui ne fait rien pour éviter son regard.

— Eh bien! On dirait que quelqu'un ici n'a pas été très enthousiasmé par mon nouveau livre.

La foule rit. Hannah bouillonne.

— Je ne l'ai pas lu, mais j'imagine que tu n'as fait que reprendre un de tes anciens livres en y accolant un nouveau titre. Enfin, nouveau… si l'on peut dire – je crois me souvenir que ton précédent ouvrage s'intitulait *La Femme qui soupirait après l'amour*. Je l'ai lu en une journée celui-là.

— Tu l'as donc lu ! Tu m'en vois flatté.

Satisfait, Jørn sourit à la foule enjôlée. Passé l'état de stupeur, le public s'adapte en un claquement de doigts au spectacle imprévu qui se joue sous ses yeux : deux camps que tout oppose, une aversion affichée entre deux écrivains reconnus, une querelle littéraire. Tout cela est bien plus palpitant qu'un homme planté sur scène en face d'un micro.

Natasja Sommer a retrouvé ses esprits. Elle retient son souffle. Les photographes de presse mitraillent. Hannah cligne des yeux et voit la situation de l'extérieur pendant quelques secondes. C'est maintenant ou jamais. Une seringue imaginaire lui injecte une dose d'angoisse et de pugnacité en quantités égales. Elle chasse l'angoisse, l'adrénaline lui donne du courage :

— Il n'y a vraiment pas de quoi être flatté, c'était l'une des pires expériences littéraires de ma vie. J'ai animé des ateliers d'écriture pour des enfants de CM1 qui s'exprimaient mieux que toi.

Hannah franchit la ligne de la méchanceté. Un rictus fait tressaillir la bouche de Jørn ; il n'y a rien de pire que de se faire attaquer sur ses compétences. Et ce, même pour un homme dont les livres s'écoulent à plusieurs millions d'exemplaires, et qui vient de vendre ses droits d'adaptation pour le cinéma à un pays anglophone.

— Ma foi, on ne peut pas tous écrire d'obscurs romans intellectuels pour l'élite.

Hannah sait exactement comment parer cet argument. Elle l'a déjà entendu.

— En principe si, on pourrait. Mais le débat n'est pas antagoniste. L'un n'empêche pas l'autre, et ce ne sont pas les polars en soi que je déteste – ce sont les mauvais polars que les gens considèrent comme de bons livres. Comme les tiens par exemple.

La gaîté de Jørn s'est envolée. Place à l'autodéfense pure et simple.

— Tu es libre de dire que mes romans sont mauvais, mais je crois que beaucoup de gens ne partagent pas ton avis. Comme mes quelques millions de lecteurs, par exemple.

La foule applaudit, mais Hannah ne se laisse pas impressionner, après tout ce sont majoritairement des fans de Jørn. Elle se rassure en se disant que dans les milieux littéraires de son pays et d'ailleurs, elle est considérée comme la reine de la culture légitime. Bien que les milieux en question soient assez restreints.

— Le goût dominant est rarement gage de qualité.

Hannah entend ses propres mots résonner, elle n'avait pas l'intention de se livrer à des attaques personnelles aussi mesquines. En réalité, ce n'est pas Jørn le problème, mais tout ce qu'il représente. Et puis bien sûr, cette audace qu'il a de monter sur scène pour donner des leçons de littérature. Non ! Il l'a bien mérité. C'est *lui* le problème.

Une caméra de télévision est apparue ; qui aurait cru que deux écrivains étaient capables de créer de tels drames en dehors de leurs livres ! En apercevant les journalistes, Hannah commence à se dire qu'elle s'est mise dans un sacré pétrin. Mais elle ne peut ni freiner, ni faire demi-tour. Elle avance sur une route verglacée, et la seule façon d'éviter la catastrophe est de continuer sa course dans la même direction, sans changer de vitesse. Et prier pour en sortir vivante. Jørn suit la même stratégie :

— Honnêtement, je trouve cela un peu présomptueux de ta part de te targuer d'avoir meilleur goût que tous les gens qui lisent mes livres.

Non ! Il n'a pas le droit de réduire le débat à une question de morale.

— Bon ou mauvais goût, là n'est pas la question.

Au sommet d'une vertigineuse pile de livres de Jørn, Hannah saisit un exemplaire qu'elle brandit.

— Ceci n'est rien de plus qu'une somme de médiocrité avec des numéros de pages. Avoir mauvais goût ce n'est pas bien grave, mais se complaire dans la médiocrité sans se donner les moyens de s'améliorer ou simplement de se différencier, c'est ça le véritable fléau de notre société. Tous ces gens qui n'osent pas se mettre un tout petit peu en danger, qui ne font que piocher leurs idées dans un grand coffre à clichés et qui s'enrichissent là-dessus, voilà le problème ! N'importe quel imbécile est capable d'écrire un tel polar en un mois !

Jørn reste silencieux un moment. Le public retient son souffle avec lui.

— Soit. Donc si n'importe quel imbécile en est capable, j'imagine que toi aussi ?

Hannah s'arrête net. Elle voit où il veut l'emmener. C'est un virage qu'elle n'avait pas anticipé.

— Bien sûr qu'elle en est capable !

Bastian surgit sur le côté – était-il présent tout ce temps ? Et quelle manière d'interrompre une discussion !

— Je trouve que ce serait un défi fantastique ! Écrire un roman policier en un mois ! Et je suis persuadé que nous serions nombreux à attendre le résultat avec impatience.

Jørn reprend le dessus en souriant, sa crânerie ne s'en va jamais très loin.

La foule approuve par des applaudissements. Les flashs et les voix crépitent. S'agit-il d'une combine médiatique ou d'un vrai conflit qui aboutira à une sorte de compétition ? Le spectacle devient encore plus palpitant. C'est peut-être un moment historique, et ça se passe ici et maintenant.

Tous les yeux se tournent vers Hannah. Son regard quitte Jørn pour aller vers Bastian, et en passant de l'un à l'autre, elle sent qu'elle perd sa contenance. Il n'y a qu'une façon de la recouvrer.

— Dans un mois, j'aurai écrit un roman policier qui surpassera tout ce que tu as publié.

Hannah laisse la foule stupéfaite – et se surprend en même temps. Elle tourne les talons, s'éloigne de Jørn, des gens, des médias. En un éclair, Bastian se jette en tête du peloton qui la poursuit. Le serment de l'écrivaine reste suspendu dans les airs.

4

HANNAH A TOUT JUSTE le temps de s'allumer une King's Blue quand Bastian la rejoint dans une arrière-salle. À en juger par le silence, il a réussi à semer la foule.

— C'est le meilleur coup marketing auquel j'aie assisté de toute ma vie ! On peut être sûr que ce livre sera vendu à des centaines de milliers d'exemplaires avant même sa publication !

— Merde !

Hannah écrase sa cigarette après la première bouffée. Bastian prend une profonde inspiration. Il la connaît bien.

— Tu ne comptes pas l'écrire ?

— Je ne peux pas, enfin ! Un polar. J'écris des romans d'introspection. Je ne suis même pas capable d'inventer une simple histoire d'amour.

— Mais imagine si tu y arrivais !

— Oui, et ? Ça ferait un mauvais polar de plus dans le monde.

— Non, pas mauvais. Tu en es incapable.

— Tu me flattes parce que tu espères faire du profit sur mon dos.

Bastian pose une main sur l'épaule de Hannah.

— Tu écris un polar qui sort du lot. En un mois. Il se vend bien ; tu prouves à Jørn et au reste du monde littéraire que tu avais raison, tu as su créer le débat. Tu peux retourner à tes romans, qui tout à tout coup suscitent un intérêt grandissant auprès du public. Tous tes livres font les gros titres, on les lit. Les gens commencent à s'intéresser à tes précédentes publications, *Je vais en silence* est réédité. Tu marques l'histoire littéraire danoise de ton empreinte.

Hannah imagine la situation et commence à se voir sous un nouveau jour.

— Je serais peut-être capable d'écrire un bon polar, mais pas en un mois. C'est l'essence même du problème : les mauvais polars sont mauvais parce qu'ils sont écrits à toute vitesse et que la langue est aussi superficielle que le contenu. En un mois je n'aboutirai à rien de mieux.

— Écrire un livre de qualité importe moins que de relever le défi. Ce n'est pas le contenu qui compte, c'est de montrer la véracité de ton propos : n'importe quel imbécile peut écrire un polar en un mois. Ça met le genre en perspective.

— Alors on va gâcher du papier pour imprimer un mauvais texte ? La forêt tropicale ne mérite vraiment pas d'être sacrifiée pour ça.

— Dans cent ans, tes romans sont au programme de tous les lycées du pays.

Hannah réfléchit.

— J'ai une panne d'écriture.

Bastian l'observe.

— Il faut que tu renouvelles ton inspiration, tu as besoin d'un nouvel environnement pour écrire.

— Je reviens de Berlin. J'ai écrit quatre pages en deux semaines.

— Tu as besoin de tout autre chose, de nature, de silence. Tu vas aller en Islande.

— Pourquoi en Islande ? s'enquiert Hannah, interloquée.

— Je connais quelqu'un là-bas, une amie de la famille. Tu pourras loger chez elle, elle a une grande maison dans un petit village. Tu disparais, tu t'isoles, tu prends le temps d'écrire au calme. Et dans un mois tu reviens avec ton polar.

— Et si j'échoue ?

— Eh bien tu auras fait une honnête tentative.

Pendant que Bastian pianote sur son téléphone, Hannah évalue la situation. Elle sent que le moment est décisif. Pourquoi faut-il toujours prendre les décisions à l'avance ? Ça pourrait s'avérer être une formidable opportunité comme l'erreur de sa vie. Bastian lève les yeux de son téléphone.

— Rentre chez toi et fais tes valises, tu as un vol pour Reykjavik dans quatre heures.

5

LE TAPIS À BAGAGES se met en marche dans un ronflement mécanique qui annonce les retrouvailles entre les valises et leurs propriétaires impatients. Les gens s'agglutinent autour de la bouche qui recrache le barda dans un flot saccadé. Hannah attend loin de l'épicentre, parée de sa majestueuse solitude. Pourquoi les gens ne comprennent-ils pas que les bagages circulent *tout le long* du tapis, et qu'il serait donc plus judicieux de se répartir autour de celui-ci ? C'est le principe même de l'engin, nom de Dieu ! Les bras croisés, elle observe ses compagnons de voyage ; quel est leur but, de quoi ont-ils peur ? Que quelqu'un s'enfuie avec leur valise identique à toutes les autres et remplie de linge sale ?

Ils ont voyagé tous ensemble à travers le matin ; traversé l'obscurité pour revenir une heure en arrière. Une expérience collective presque poétique et l'une des rares occasions où Hannah se sente appartenir à un groupe : *nous voilà très haut dans le ciel, et si nous tombons, nous mourrons tous ensemble.* L'idée d'une mort collective a quelque chose de rassurant. Mais ses compagnons de voyage sont maintenant sains et saufs et se conduisent comme des hyènes autour d'une charogne. Le sentiment de communauté est vite balayé par les querelles du tapis à bagages.

Elle tire sa valise noire qui crisse et dévie sans arrêt vers la droite : l'une des roues est cassée. À chaque voyage, elle se dit qu'il faudrait la changer. Hannah regarde autour d'elle, essayant de capter une impression d'Islande ; mais vu de l'aéroport, rien ne se distingue vraiment du Danemark. Ni d'aucun aéroport d'aucune ville du monde. La raison en est la suivante : béton, métal, verre. Aménagement soigné. L'idée sous-jacente est peut-être de standardiser les arrivées pour qu'on ne sache pas exactement dans quel pays on vient d'atterrir. C'est peut-être une manière de rendre la transition plus douce : *il y a quelques heures vous étiez dans un autre pays, très loin ; maintenant vous êtes ici, mais tout est similaire.* Une sorte de sas qui permettrait au cerveau humain de s'adapter au changement. Ou peut-être qu'en réalité, la plupart des voyageurs ont peur de l'étranger. Ici, à l'aéroport national de Keflavík, la neutralité du décor est compensée par des symboles ultranationalistes : boutiques duty-free décorées de drapeaux, chocolats en forme de monuments, cartes postales représentant des maisons en tourbe et des cascades. Vodka islandaise, friandises islandaises. Qui a réellement et sincèrement besoin d'une casquette à cornes ornée du drapeau islandais ? Hannah jette un regard furtif vers des touristes américains. Elle sent une goutte glacée couler de son aisselle droite et glisser le long de son flanc. Sueurs froides. Il faut qu'elle sorte au plus vite de cet aéroport-sas-de-décompression ; d'un coup sec, elle remet sa valise sur le droit chemin en espérant que son hôtesse, Ella, l'attend à l'extérieur. Bastian le lui a promis.

Devant le hall d'arrivée, Hannah regrette son projet pour la troisième fois. Elle a fait le tour du parking à deux reprises en traînant sa valise en fin de vie, et fumé lentement deux cigarettes devant l'entrée. Leur point de rendez-vous. Mais Ella n'est pas là. Hannah regarde le ciel en frissonnant sous l'auvent. Camaïeu de gris et début d'averse. L'air ne lui paraît pas aussi pur qu'on le lui avait promis. Où Ella a-t-elle bien pu passer ? Tout à coup, une idée préoccupante lui traverse l'esprit : et si Ella n'existait pas ? On ne l'attend peut-être nulle part pour écrire son polar, c'est peut-être le seul moyen que Bastian ait trouvé pour se débarrasser d'elle. Non, il ne ferait pas une chose pareille. Ella a sans doute juste succombé à un arrêt cardiaque sur la route, c'est une vieille femme après tout. Merde alors, et si le corps de son hôtesse gisait réellement au fond d'un fossé ! Ses doigts congelés tâtonnent le briquet, Hannah aspire profondément la fumée dans ses poumons et retient son souffle un moment avant d'expirer. Elle contemple une drôle de sculpture bariolée en métal et en verre. L'œuvre vacille. Bizarrement, le sommet semble inachevé, comme si la sculpture avait voulu se déployer vers le ciel avant de se raviser. Il n'est pas trop tard pour faire demi-tour. Les avions d'Icelandair font des allers-retours, elle pourrait peut-être prendre le même qu'à l'aller ? Peut-être même retrouver le siège qu'elle occupait.

Soudain, Hannah aperçoit une Jeep qui roule au pas et passe le parking au peigne fin, comme si elle cherchait une écrivaine danoise en perte de repères. Derrière la fenêtre encrassée, Hannah croit reconnaître la femme que Bastian lui a rapidement montrée en photo. Hannah lève le bras, fait des signes pour attirer son attention. Au bout de quelques secondes, elle devine un sourire sur les lèvres de la dame. La Jeep s'avance dans sa direction et s'arrête. Ella sort du véhicule avec agilité. Son apparence physique est étonnamment complexe : ses cheveux sont teints en roux, elle porte des bijoux en or et du rouge à lèvres, mais elle est vêtue d'une veste polaire grise et chaussée de sabots. Sous son bras, elle tient un vieux morceau de carton sur lequel est écrit à l'encre rouge : *Velkomin Hannah**. Brandissant le panneau, la dame – qui doit avoir autour de soixante ans – sourit en se montrant du doigt :

— Ella.

Hannah tend la main. Elle sait que le danois est semi-obligatoire à l'école, mais elle sait aussi que c'est un mythe de croire que tous les Islandais le parlent et le comprennent**. Elle ne tient pas à avoir l'air d'une impérialiste arriérée, alors elle s'en tiendra à l'anglais pendant son séjour.

— *Hello, I'm Hannah. Thank you for letting me stay at your house****.

La vieille dame débite des phrases en islandais tout en agitant les bras et commence à tirer la valise qui fait presque sa taille. Hannah comprend vite la situation : Ella ne parle ni danois, ni anglais ! Si elle avait Bastian sous la main, elle le secouerait de toutes ses forces pour lui avoir caché cette information. Et sciemment, qui plus est. Car si elle avait su,

* Bienvenue Hannah. (Toutes les notes sont du traducteur.)

** L'Islande a longtemps dépendu de la couronne du Danemark.

*** Bonjour, je suis Hannah. Merci de m'héberger chez vous.

elle ne serait jamais partie. Mais il est trop tard. Hannah récupère la valise qui est à deux doigts de renverser la petite femme.

— Je m'en occupe.

C'est une Jeep modèle Cherokee, et à en juger par l'usure des sièges et l'autoradio à cassettes, elle ne date pas d'hier. Tictac, broum, tictac, broum. Le moteur joue sa propre mélodie aux airs de chant funèbre. Hannah jette un regard inquiet vers Ella ; vu sa conduite, celle-ci ne prête pas la moindre attention au raffut du moteur. Elle y est peut-être simplement habituée ? Hannah soupire. Si un accident fatal leur arrivait, la responsabilité en incomberait sans doute plus à la conductrice qu'au véhicule. La vieille dame est assise sur un coussin brodé qui la surélève juste assez pour voir la route. Des lunettes en culs-de-bouteille se balancent sur son nez ; lequel est si près du pare-brise que son souffle fait danser la buée sur la vitre. Hannah se demande si en Islande aussi il est courant de passer un contrôle médical pour obtenir le renouvellement de son permis. Mais Ella n'est quand même pas si vieille. Au moment où elles doublent une Mercedes et évitent de justesse le bus qui arrive en sens inverse, elle commence à douter qu'Ella ait tout simplement son permis de conduire. 110 kilomètres à l'heure. Sur une route de campagne. Mais après tout, si elle mourait maintenant, elle échapperait à l'écriture de son polar.

Le moteur se met à gronder franchement, comme s'il était au bord de l'explosion. Hannah emploie tout son corps à désigner le capot de la voiture et met les mains sur ses oreilles, en espérant signaler la source du vacarme. Ella hoche la tête, l'air de dire qu'elle est au courant, et prononce quelques mots en islandais.

La vieille dame allume l'autoradio et monte le son dès les premières notes du titre *Another Day in Paradise* de Phil Collins. Elle se balance gaiement, remue les mains d'un côté et de l'autre. Le volant et la voiture zigzaguent avec elle. La solution à l'inquiétant raffut : le couvrir avec un bruit encore plus fort. Génial. S'il y a une personne que Hannah exècre plus que Jørn Jensen, c'est bien Phil Collins. Hors de question qu'il serve de bande-son à sa mort imminente. Elle sort son téléphone et appelle Bastian qui répond aussitôt. Un "bonjour" serait de trop.

— Prends-moi un billet retour.

— Ella n'est pas venue ?

— Elle nous a foutues dans le fossé, on est coincées dans une voiture en flammes. Je ne sens plus mes jambes.

— Je vois que l'Islande alimente déjà ton imagination. C'est une chouette femme, non ?

— Pourquoi tu ne m'as pas dit qu'elle ne parle pas anglais ? Et qu'elle conduit comme une dingue. Et qu'elle est fan de Phil Collins.

— Eh, c'est pas mal Phil Collins.

— Ça suffit. Tout ça n'a aucun sens. Je ne sais pas ce qui m'est passé par la tête pour accepter une folie pareille, mais je sais qu'il y a un vol pour Copenhague demain matin. Je le prends.

— Et le roman ?

— Le polar.

— Il va s'écrire tout seul ?

— Espérons-le. Car je suis vraiment navrée, mais je ne tiendrai pas une minute de plus. Je veux rentrer.

Hannah entend Bastian soupirer quelque part au Danemark.

— Je vais voir ce que je peux faire.

— Merci.

Hannah raccroche et se renverse sur le dossier de son siège. Désespérée. Elle marmonne dans sa barbe.

— Putain de bordel de merde.

Ella freine d'un coup sec et éteint la radio. La voiture s'immobilise sur le bord de la route.

— Quoi?

Hannah se redresse, tourne la tête de tous les côtés, sans savoir dans quelle direction regarder. Subitement, l'ambiance a changé.

Ella regarde droit devant elle. Longuement. Elle se penche par-dessus Hannah, ouvre la boîte à gants, y pioche un morceau de papier froissé et un stylo-bille. Elle note quelque chose, concentrée. Pendant une longue minute. Comme si elle puisait des mots enfouis au fond d'elle-même. Elle finit par tendre le papier à Hannah. L'emploi des termes est douteux.

Tu dire beaucoup de jurons et de grumeaux.

Hannah lit une seconde fois, comme si elle ne reconnaissait pas sa propre langue, et tourne les yeux vers Ella. La boule au ventre.

— Vous parlez danois ?

Ella griffonne de nouveau. Cette fois, les mots viennent un peu plus vite.

Je comprendre. Et j'écrire un peu.

Son ventre se tord un peu plus. Le silence s'éternise.

— Mon vocabulaire compte aussi de jolis mots.

Ella écrit.

Alors utiliser-les.

Hannah remarque les yeux de la vieille dame pour la première fois. Ils sont d'un vert presque phosphorescent. Comment un regard aussi lumineux a-t-il pu lui échapper ? Hannah acquiesce.

La vieille dame remet le contact et la voiture repart. Hannah observe le paysage auquel elle avait à peine prêté attention jusque-là. La Jeep avale l'horizon. Elles voyagent en silence. Tictac, broum, tictac, broum. Presque en silence.

Hannah a lu qu'il fallait six heures pour rejoindre le village de pêcheurs de Húsafjörður où elle élira domicile pour le mois à venir. Elle aurait pu y aller en avion ; un aéroport local y facilite les vols intérieurs, mais Ella a insisté pour la récupérer à Keflavík. Hannah se demande si cette dernière s'est suffisamment reposée avant de prendre la route, mais elle n'ose pas poser la question. Elle l'observe du coin de l'œil ; la conductrice ne présente pas le moindre signe de fatigue. Hannah s'avachit dans son siège et se prépare aux longues heures qu'elle s'apprête à passer sur le cuir raide, quittant la ville pour des contrées sauvages. Elles ont délaissé l'Ouest et ses étendues lunaires formées de lave ; direction le Sud-Est, où la nature est plus luxuriante. Bien que le jaune et le brun du déclin automnal constituent les teintes dominantes, des traces de verdure subsistent un peu partout dans les plaines : Hannah s'étonne que l'Islande demeure aussi verte malgré l'approche de l'hiver. Les montagnes, elles, ne connaissent pas de saisons : leurs sommets enneigés se dressent vers le ciel en toute légèreté. Fascinée, Hannah les contemple avec le regard de celle qui vient d'un pays sans hauteurs. En tant qu'écrivaine, elle devrait ressentir une sorte de symbiose avec la nature, s'en inspirer pour des envolées lyriques. Mais la nature lui fait peur, même en termes purement linguistiques, c'est pour cela que son écriture se tourne toujours vers l'introspection. Non pas que l'être humain soit plus facile à décrire, mais il semble constituer un sujet plus authentique.

L'avion s'est posé il y a quelques heures à peine et le crépuscule est déjà en train d'encercler la voiture. Hannah se rappelle avoir lu quelque part que les heures de jour sont particulièrement courtes à cette époque de l'année, mais elle ne se sent pas tout à fait prête à affronter trente jours d'obscurité. Elle prend une grande inspiration et s'imprègne du paysage qui défile derrière la fenêtre encrassée. Elle a le vague sentiment que le déclin du jour accentue la beauté.

Les deux femmes ne se parlent pas. Ella se concentre sur sa conduite et sur la radio qui émet maintenant la voix d'un présentateur islandais. Hannah saisit des fragments de mots, mais renonce à décrypter le contexte. Elle ne prend pas l'initiative de parler à Ella. Elle n'a jamais été capable de rassembler assez de formules de politesse superficielles pour tenir une conversation avec un étranger sans que celle-ci ne soit entrecoupée de pauses embarrassantes. Le "small talk", comme on dit. Comment les gens réussissent-ils un tel tour de force ? Elle préfère penser à ce qu'elle a lu. Sur l'Islande. Sur Húsafjörður. La commune abriterait mille deux cents habitants pour une population nationale de trois cent soixante mille. L'énergie géothermique fournirait la quasi-totalité des foyers en chauffage et produirait une grande part de l'électricité – en d'autres termes, l'Islande est un pays à la pointe du développement durable. Autrefois, Húsafjörður vivait principalement de la pêche, mais le tourisme a largement rattrapé cette activité en termes de sources de revenus.

Les Islandais sont toujours apparus à Hannah comme un peuple doté d'une légère mégalomanie ; elle ignore en revanche si ce sont leurs volcans, leurs cascades ou leurs sagas qui en sont la cause. Un jour, elle avait été invitée au vernissage d'un artiste islandais qui réalise des lithographies miniatures, et elle s'était avérée être la seule Danoise de l'assemblée. Elle avait passé sa soirée entourée de gens qui s'exprimaient uniquement en islandais, alors que tout le monde maîtrisait l'anglais, et la plupart le danois. Ce n'était pas par mépris, les sourires et les gestes qu'on lui adressait montraient qu'on faisait attention à elle ; et malgré son silence, Hannah s'était sentie particulièrement sociable. Si elle avait pu être témoin de son propre mutisme ce soir-là, elle en aurait sans doute tiré un récit captivant sur elle-même. Elle avait écouté les conversations en sirotant son vin rouge et, sans en comprendre le contenu, elle y avait décelé de la fierté. Pas une fierté à la danoise du genre mon-pays-est-minuscule-et-j'ai-besoin-de-m'imposer-pour-vaincre-mon-complexe-d'infériorité. Plutôt une sorte d'assurance innée. Certes, c'est cette même assurance qui a conduit aux politiques financières et aux investissements irréfléchis des années 2000, lesquels ont menacé l'île-volcan de sombrer dans la pauvreté. Toute médaille a son revers.

Un panneau indique *Húsafjörður*; elles sont presque arrivées. Difficile de discerner la ville dans l'obscurité, mais Hannah devine les maisons éparpillées qui séparent la plaine de la mer. Elle constate aussi que le village a été construit pendant le boom économique des années 1960, avec tout ce que ce dernier a engendré d'architecture en béton superbement repoussante. Ce n'est pas exactement l'image idyllique qu'elle s'était faite, mais à quoi s'attendait-elle au fond ? À des maisons en tourbe recouvertes de mousse comme sur les cartes postales de l'aéroport ? La voiture passe devant un adolescent sur un vélo sans phare et une station-service fermée. Ça sent la province à plein nez. Le téléphone de Hannah sonne, c'est Bastian.

— Alors ?

— Le vol de demain matin est complet, mais il y en a un autre avec une escale à Oslo le même jour à vingt heures. J'en ai bavé pour te trouver une place, et sache bien que ton petit voyage sera déduit de tes bénéfices.

— Quels bénéfices ?

— Arrête un peu. Tu prends ce vol ou pas ?

Hannah hésite.

La voiture grimpe vers une maison isolée au beau milieu d'une plaine. Ella coupe le contact, Hannah observe la chaumière enveloppée par le silence et l'obscurité. C'est une maison en bois construite sur deux étages, bien plus ancienne que sa propriétaire. Deux étages, c'est beaucoup pour une seule personne. Un croissant de lune est suspendu au loin et toutes les constellations brillent dans le ciel. Hannah réalise qu'elle n'avait pas vu les étoiles avec autant de précision depuis de nombreuses années. En ville, on oublie facilement jusqu'à leur existence.

Raclement de gorge à l'autre bout du fil.

— J'ai la carte de crédit dans la main et je suis prêt à cliquer, je confirme la réservation ou pas ? s'impatiente Bastian.

Hannah lève les yeux vers la maison en pressentant des opportunités futures. Un moment passe. Elle respire, avec un calme qu'elle n'avait pas ressenti depuis longtemps.

— Laisse tomber la réservation, dans un mois tu as ton polar.

Elle ouvre la portière et sort de la voiture.

6

Ella ouvre la porte sans clé, Hannah pense d'abord à une étourderie de la vieille dame, mais l'insouciance avec laquelle elle l'invite à entrer lui fait vite comprendre que son geste était délibéré : Húsafjörður est de ces villes où il est inutile de verrouiller sa porte. Ella jette négligemment son manteau et son écharpe sur une commode et quitte l'entrée exiguë pour s'envoler vers une pièce qui s'apparente au salon. Hannah charrie sa valise à l'intérieur, dépose ses chaussures dans un coin et accroche son manteau, comme s'ils avaient toujours eu leur place ici. Elle s'imprègne de l'odeur de la maison ; un inexplicable sentiment de sécurité l'envahit. Elle marche sur l'épaisse moquette qui recouvre le sol, la valise laisse des traces de roues sur son passage.

— *Þetta er mitt heimili*[*].

Ella ouvre les bras. Hannah regarde autour d'elle : la charpente apparente est constituée de colonnes en bois qui s'élèvent jusqu'au plafond et de poutres transversales. Les

[*] Voici ma maison.

murs en lambris sont peints en bleu et le plafond en blanc. Un superbe plancher se cache probablement sous l'épaisse moquette dont Ella semble raffoler – s'agit-il d'un choix esthétique ou d'une trouvaille pour garder ses pieds au chaud ? En sentant ses orteils s'enfoncer dans les longs poils de laine jaune-brun, Hannah penche pour la deuxième option. C'est une vaste pièce qui fait à la fois office de cuisine, de salon et d'atelier de couture ; la lumière doit y pénétrer généreusement en journée, car quatre grandes fenêtres à croisillons percent les murs de part et d'autre. C'est loin d'être le meilleur moyen de faire des économies d'énergie, d'ailleurs, le froid automnal s'invite à l'intérieur. Hannah frissonne, ses yeux se posent sur un radiateur réglé au maximum. Elle se souvient que l'énergie géothermique produite en abondance permet aux Islandais de chauffer leur maison à moindre coût. Ella allume néanmoins un petit feu dans la cheminée et tisonne les braises sans prendre garde aux étincelles qui s'échappent du foyer. Hannah sent son corps se détendre un peu à mesure que la chaleur du feu se répand doucement dans la pièce. Quelques détails attirent son attention : un fauteuil à bascule d'un autre siècle, de vieux outils en bois et en métal suspendus au mur en guise de décoration. Elle remarque aussi une sorte de trésor de collectionneur ; dans une armoire transparente, une multitude de figurines d'éléphants en porcelaine, en verre et en bois sont minutieusement exposées. Hannah s'approche de la vitrine, cette collection semble être l'œuvre d'une vie. Parmi les figurines abstraites, réalistes et caricaturales, l'une d'entre elles retient son attention : un éléphant mâle très réaliste, superbement sculpté dans une essence de bois qu'elle ne connaît pas. Sa trompe touche le sol, sa patte arrière droite est pliée, comme s'il était en position de repos. Il dégage un sentiment de tristesse.

— *Minn uppáhalds.*

Hannah se retourne en sursautant, Ella se tient juste derrière elle. Hannah la regarde avec incompréhension. La vieille dame prend un journal et un stylo-bille sur la table du salon.

Mon préféré. Je l'acheter en Inde.

— Vous êtes allée en Inde ? s'enquiert Hannah, surprise.

Ella écrit de nouveau.

Je beaucoup voyager. J'adorer les éléphants. Ils être capables de transporter une famille tout entière.

En balayant la pièce du regard, Hannah est frappée par un détail : l'absence de photos.

— Vous n'avez pas d'enfants ?

Hélas.

Cela ne semble pas l'attrister pour autant. Ella fait signe à son invitée d'attendre un moment, disparaît quelques minutes et revient avec la photo d'un adolescent. Hannah la prend dans sa main, l'observe avec une vive curiosité – en principe, elle déteste que les gens lui montrent une photo d'un de leurs proches, mais ce garçon exerce sur elle une fascination inexplicable. Pas grâce à son physique ; car bien que ses cheveux clairs, ses sourcils bruns et ses hautes pommettes typiquement islandaises fassent de lui un beau garçon, il n'a rien d'exceptionnel pour autant. Ce qu'il y a de particulier chez lui, c'est sa posture, dénuée d'afféterie, et qui dégage une assurance envoûtante. Et son regard aussi. Il a les mêmes yeux verts qu'Ella, pénétrants, déterminés. Ella pointe son doigt vers la photo.

— *Frændi.*

— Un ami ?

La vieille dame secoue de nouveau la tête puis réfléchit, comme pour retrouver un mot danois enfoui dans sa mémoire. Elle reprend le journal et écrit dans un coin.

Neveu. Thor.

— Il habite ici, dans cette ville ?

Hochement de tête d'Ella qui écrit de nouveau.

Toute ma famille habiter ici.

— C'est une chance.

Le haussement d'épaules d'Ella est difficile à interpréter. Mais au fond, Hannah la comprend : si elle vivait dans un petit village avec le reste de sa famille, elle se serait jetée du haut de la Rundetårn* depuis bien longtemps. Elle apprécie ses parents, mais seulement de loin. Quant à sa sœur, elle préférerait la savoir encore plus loin qu'à Ringsted**. Elle ne les voit plus que pour les fêtes et les événements indispensables, toute autre forme de relation ayant été rompue par un accord tacite depuis fort longtemps. Il n'y a pas de raison particulière à leur éloignement, mais les différences qui les séparent ne sauraient être surmontées par des liens familiaux étroits. Le rêve inavouable d'un monde où sa sœur, son beau-frère, leurs deux enfants et ses parents n'existeraient pas lui traverse même souvent l'esprit. Elle se sentirait enfin libre d'être elle-même, sans avoir à se soucier des jugements qu'ils portent sur ses moindres faits et gestes du fond de leur horrible maison de lotissement. Ils la prennent pour une paumée, elle le sait. Sa nièce a déjà employé le terme à son

* Rundetårn ou la Tour ronde de 1642 à Copenhague est un observatoire astronomique de 35 mètres de haut. Au sommet, une plaque de verre empêche les visiteurs de chuter dans la cavité centrale.

** Ringsted, une ville de transit sur les îles de Zélande.

égard sans même en comprendre le sens. Elle sait également qu'ils n'ont jamais réussi à terminer le moindre de ses livres. Et puis, les enfants de sa sœur sont affreux. On ne peut décemment pas avouer ce genre de pensées, mais néanmoins, il lui est arrivé de l'insinuer à plusieurs reprises. Une fois même sans être éméchée.

— Ma chambre est à l'étage ?

Hannah désigne les escaliers. Ella a l'air déçue. Elle s'empresse de sortir une boîte de chocolats et un sachet de café d'un placard et les brandit démonstrativement. Hannah décline l'invitation. Elle est fatiguée, et bien qu'Ella ait l'air sympathique, elle en a eu assez pour aujourd'hui. Elles peuvent remettre ça à demain, non ? De plus, la perspective de tenir une longue conversation avec Ella ne l'enchante pas vraiment, étant donné que le seul moyen d'expression dont dispose cette dernière se résume à des pattes de mouche sur le coin d'un vieux journal. Il est déjà compliqué de communiquer en partageant la même langue, alors apprendre à connaître quelqu'un sans utiliser de mots relève presque de l'impossible. Hannah n'a pas non plus oublié que des bouteilles de vin l'attendent dans sa valise, et l'idée d'en déboucher une la taraude depuis son arrivée. D'un air interrogateur, Ella reste avec le café et le chocolat dans ses mains.

— Non merci, je suis épuisée et j'aimerais défaire mes valises. Pour pouvoir m'atteler à l'écriture dès demain matin.

Hannah s'étonne d'avoir ajouté cette dernière phrase, elle n'a pas besoin de se justifier auprès d'Ella, ni de s'inventer une fausse discipline de travail. Elle éprouve néanmoins une profonde gratitude à l'égard de la vieille dame. Ella hausse les épaules, repose le café et les chocolats et conduit Hannah à l'étage. L'imposant escalier en bois a une légère odeur de vieux navire, comme le reste de la maison.

Un crucifix pend au-dessus du lit de la petite chambre mansardée. La statuette aux mains et aux pieds cloués montre un Jésus dans une rare agonie. À sa droite, la Vierge Marie pose dans une attitude chaste et implorante sur ce qui s'apparente à une image rapportée d'un pays catholique. Hannah désigne ses nouveaux colocataires suspendus au mur.

— Vous êtes croyante ?

Ella se fend d'un rire à réveiller les morts. Hannah est sur le point de l'arrêter en la voyant attraper le carnet qu'elle vient juste de poser sur la table de nuit, mais trop tard – la vieille dame a trouvé une page blanche sur laquelle elle est déjà en train de noter une phrase. Elle la lui tend.

Je devenir peut-être religieuse le jour où une religion reconnaître les femmes. Mais avoir un homme nu cloué au-dessus de mon lit m'aider à dormir.

Hannah sourit en désignant l'image sainte. Elles ont peut-être davantage de points communs qu'il n'y paraissait.

— Et la Vierge ?

Ella a un rictus amusé, comme si elle aussi trouvait cette image un peu idiote. Elle écrit de nouveau.

Thor le rapporter d'Espagne pour moi. Il me croire très chrétienne.

— Et vous n'osez pas lui avouer que ce n'est pas le cas ?

Ella acquiesce et se retourne subitement, comme si elle venait de se rappeler quelque chose. Elle ouvre une vieille armoire et en sort deux serviettes qu'elle pose sur le lit soigneusement fait.

— Merci.

Hannah trépigne d'impatience, elle pense à la bouteille de vin qui l'attend. Il est temps qu'Ella s'en aille.

— Bon, eh bien je commence à être très fatiguée. Merci pour tout.

La vieille dame ouvre le tiroir de la table de nuit – qu'est-ce qu'il y a encore ? Elle en sort un beau volume relié qu'elle met dans les mains de son invitée.

— *Hrafnkels saga Freysgoða.*

Hannah observe l'ouvrage avec étonnement. Sa couverture bleu marine est ornée d'un titre danois en lettres d'or et d'une image médiévale représentant un homme sur un cheval cabré. *La Saga de Hrafnkell Godi-de-Freyr.* Elle le retourne, l'examine. Ella note une phrase dans le carnet.

Tu écrire un livre sur meurtre. Les sagas islandaises parler de meurtre, de vengeance, d'honneur. Meilleures histoires du monde. T'inspirer.

Ces quelques phrases sont passablement agaçantes. Classique ! Une vieille dame qui essaie de lui refourguer des histoires, et des sagas islandaises avec ça ! Comme si Hannah était dénuée d'imagination ; comme si Ella savait mieux qu'elle. Et pour qui se prend-elle pour écrire dans son carnet ? C'est le trésor le plus précieux de Hannah, son confident, son ami ! Elle l'arrache de ses mains flétries, brandit le pavé bleu marine et affecte un sourire bienveillant.

— Merci du conseil, je vais y jeter un œil avant de m'endormir.

Ella saisit le sous-entendu et recule vers la sortie. Lorgnant vers le carnet, elle comprend qu'elle est privée de son moyen de communication et se contente donc de ce sourire universel qui signifie “si tu as besoin de quoi que ce soit…”. Hannah lui rend son sourire, mais elle n'a besoin de rien. Et encore moins de conseils pour l'intrigue de son livre. Au cours de sa vie d'écrivaine, elle a remarqué que tout le monde avait toujours une bonne idée de roman, et que bien des gens essayaient de voir leur idée retranscrite à travers ses mots. Mais Hannah n'est pas une dactylo au service des autres. Elle est maîtresse de sa propre inspiration. Elle referme la porte derrière la vieille dame et s'effondre sur le lit ; sa fatigue est soudain plus intense que son envie de vin rouge.

Les yeux écarquillés, elle fixe l'obscurité dans un état d'agitation. Le lit est mou, elle sent ses douleurs lombaires se réveiller. Hannah a rangé le crucifix dans le tiroir de la table de nuit, mais pour une raison inexplicable, elle n'a pas décroché l'image de la Vierge. Peut-être pour le plaisir d'être observée ? Elle se retourne dans le lit, déplaçant avec elle le creux dans le matelas. De quoi va-t-il parler ce polar ? Elle est venue en Islande sans l'ombre d'une ébauche, elle pensait peut-être que l'inspiration viendrait une fois sur place. Mais elle a beau être arrivée et installée, elle n'a pas encore senti l'étincelle de l'imagination. Une histoire de meurtre. Et quelqu'un qui l'éluciderait. Ce n'est pas plus compliqué. Elle se tourne de nouveau. Et merde ! Elle essaie de se creuser la tête dans le lit le plus mou du monde, mais les seules pensées qui occupent son esprit sont cette bouteille de vin dont elle rêve de faire sauter le bouchon, et la douleur qui lui mord les lombaires – lui rappelant douloureusement que la mort nous guette toujours. Elle tend l'oreille mais n'entend qu'un effroyable néant. Le silence lui ronge le corps.

À 2 h 34 elle abandonne. Elle se lève, ouvre sa valise, sort la bouteille, le tire-bouchon, et plop ! Elle boit une gorgée directement au goulot et s'installe devant le bureau. Elle inspecte la chambre depuis son emplacement : les murs sont inclinés au-dessus du lit, une table de nuit est posée à côté de ce dernier, et le bureau est placé devant la fenêtre. Il y a aussi une armoire, une deuxième chaise et une petite commode. C'est tout. Hannah aime bien cette chambre et l'idée d'y loger. D'écrire entre ces murs. Elle passe sa main sur le bureau, regarde par la fenêtre. C'est là qu'elle va écrire son polar. Là, perdue dans la nuit d'encre.

7

Hannah est réveillée par le bruit du bacon crépitant et l'odeur d'un jour nouveau. Elle s'étire à contrecœur. Une sensation de vertige s'empare d'elle quand elle balance un peu trop vite les jambes par-dessus le rebord du lit pour poser ses pieds au sol. Premier matin islandais. Elle se cramponne un court instant à la tête de lit, le temps de sortir du brouillard et de retrouver son équilibre. Quand sa vue redevient nette, elle aperçoit la bouteille de vin posée sur le bureau, vide. Elle s'en empare, l'enroule dans une serviette, l'enfouit tout au fond de sa valise et finit par camoufler la bosse avec un tas de vêtements. Elle s'étonne de son propre comportement, elle n'a pas pour habitude de cacher les preuves de son alcoolisme. Ella sifflote au rez-de-chaussée.

— Bonjour.

Les marches grincent sous les pas de Hannah ; elle vient juste de se doucher pour donner l'illusion d'être fraîche et dispose, mais craint d'être démasquée avant même son arrivée dans la cuisine. Quand elle aperçoit le sourire chaleureux d'Ella et la table du petit déjeuner croulant sous les plats, la culpabilité qui l'envahit lui fait ravaler son cynisme. Elle aurait peut-être dû se montrer plus accommodante avec son hôtesse hier soir.

— Ça sent délicieusement bon, qu'est-ce que vous préparez ?

D'un œil curieux, elle étudie les mets posés en si grand nombre sur la table qu'ils la recouvrent entièrement. Il y aurait largement de quoi nourrir la ville tout entière, se dit Hannah, et elle en vient à se demander si un comité de bienvenue ne serait pas en route. Rien que d'y penser, elle sent le vin rouge lui transpercer le crâne. Ella retourne un œuf d'un coup de spatule, et de l'autre main, fait glisser un morceau de papier vers Hannah en souriant. Le menu.

— *Allt það besta*[*].

Si jamais Ella avait été contrariée par le refus de la veille, tout semble à présent oublié. Ou alors bien dissimulé. Elle est pétillante. Mieux vaut peut-être être mal accompagnée que seule, finalement.

— On attend des invités ? Il y a de quoi nourrir un camp de réfugiés avec tout ça.

Ella secoue la tête et griffonne quelques mots sur le menu.

Tu être la seule réfugiée ici.

Et c'est seule également qu'elle va devoir ingurgiter les boulettes de poisson, le *skyr* et les toasts au fromage, pense Hannah en parcourant le menu. Serait-il vraiment indécent d'avouer qu'elle n'a pas d'appétit le matin ? Probablement.

* Tout le meilleur.

— Je peux vous aider ?

Ella fait signe à Hannah de s'installer à table. Elle obéit à son ordre silencieux. La maîtresse de maison verse du café dans les tasses, fait glisser les œufs dans les assiettes, et pose une corbeille à pain sur la table. Hannah se lance, elle goûte au festin par politesse. Mais au bout de la troisième bouchée, elle s'étouffe avec une boulette de poisson. L'envie de vomir lui obstrue la gorge comme le premier roman de Jørn ; elle déglutit en essayant de garder la face, regarde d'un côté et de l'autre, dans l'espoir d'une assistance qui ne viendra pas. La lumière pénètre à flots par les fenêtres.

— *Bragðast þetta vel** ?

Hannah comprend qu'Ella lui demande ce qu'elle pense du petit déjeuner – perspicace. Elle hoche la tête en souriant et réussit à avaler sa bouchée.

— C'est délicieux.

Mais dans son ventre, la boulette de poisson devient vivante et lui retourne l'estomac. Hannah déglutit, tente de maîtriser le frémissement qui monte en elle, en vain : à l'instant où elle se lève pour courir aux toilettes, elle vomit tout son repas sur la table. On dirait que quelqu'un a renversé une bouteille de vin rouge avec des grumeaux. Ella se penche en arrière par réflexe, mais elle semble plus fascinée qu'horrifiée ; comme si elle était impressionnée par la performance de Hannah, qui a réussi à toucher simultanément le bol de *skyr* et la corbeille à pain.

* C'est bon ?

Ella explose de rire. Hannah aimerait bien en faire autant mais elle n'y arrive pas. Le visage blafard, elle attrape une serviette en papier à motifs de Noël.

— Pardon, je suis vraiment, vraiment désolée.

Elle peine à reprendre ses esprits. Elle a l'impression d'avoir le ventre encore rempli de centaines de poissons à moitié mâchés qui nagent vers la sortie la plus proche. Son estomac se retourne, mais il est vide. Elle est obligée de se retenir au rebord de la table avec les deux mains. Quelle honte!

— Vraiment, je suis terriblement désolée.

Combien de fois s'est-elle répétée?

Ella lui tend un verre d'eau et lève les bras pour dédramatiser la situation, mais son geste ne parvient pas à calmer le sentiment de honte qui a envahi Hannah. Ella commence à nettoyer placidement, comme si l'épisode du vomi faisait partie du programme et qu'il était temps de passer à la prochaine activité. La nourriture imbibée de vin rouge atterrit dans la poubelle. Hannah se lève et prend une assiette pour aider à débarrasser, mais Ella l'arrête d'une main autoritaire en secouant la tête. Elle file vers un placard et en sort un paquet de flocons d'avoine qu'elle tend à Hannah.

— Vous auriez du lait aussi? demande-t-elle avec soulagement.

Hannah quitte la maison sans but précis, elle a seulement l'idée un peu abstraite de découvrir la ville – et le mince espoir de trouver l'inspiration. Elle essaie d'oublier la gaffe du matin et suit la route pour rejoindre un quartier plus animé. Elle marche d'un pas vif, le vent la fouette, elle ajuste son écharpe pour couvrir un endroit sur sa poitrine par lequel le froid s'engouffre. Les nuages s'amassent au-dessus de la mer, il se pourrait bien qu'il pleuve. Elle accélère un peu. À la lumière du jour, elle distingue mieux les montagnes situées au nord ; on dirait qu'elles se tiennent la main, qu'elles forment une chaîne protectrice tout autour de la ville. Ou une barrière infranchissable. Au bout d'un kilomètre environ, elle arrive dans ce qui s'apparente au centre-ville. Une épicerie – fermée – et une boutique de vêtements – fermée également – constituent la rue commerçante. Elle balaie les environs du regard : aucune activité humaine en vue, pas le moindre signal sonore non plus. Une nuée de mouettes surveille l'endroit depuis les airs. Aurait-elle donc atterri dans une ville fantôme ?

— *Kysstu mig !*

Un homme hirsute vêtu de guenilles tire Hannah par le bras, elle tressaille d'effroi. Mais en le regardant de plus près, elle l'identifie intuitivement comme l'idiot du village. Un endroit pareil regorge forcément d'hurluberlus de ce genre. Il ne la serre pas très fort, elle se libère donc sans mal de son étreinte. Elle tente quelques mots en anglais :

— Désolée, je ne comprends pas.

— *Kysstu mig !* Embrasse-moi !

Il tend les lèvres sous sa barbe embroussaillée et la fixe plein d'espoir en attendant qu'elle réponde à sa demande. Elle ne saurait expliquer pourquoi, mais Hannah a presque envie de l'embrasser, peut-être pour le surprendre. Et se surprendre par la même occasion. Mais l'homme sent le hareng pourri. Même un esprit rebelle a ses limites.

— Une autre fois peut-être.

— T'aurais pas une pièce ?

Évidemment, si on ne quémande pas de l'amour, on quémande de l'argent. Hannah tire un billet de sa poche, le tend vers la main crasseuse ouverte devant elle. Elle lance une question en même temps que son billet.

— Il y a un café dans les parages ?

La Broussaille se met à rire.

— Tu t'adresses à la bonne personne. Je connais cette ville comme ma poche et je laisse toujours traîner un œil quelque part. Mais tu vois beaucoup de cafés huppés dans le coin, toi ? Moi non.

Hannah sourit, elle capitule : le sarcasme de l'idiot du village est aussi fin que son anglais. Il n'est peut-être pas si bête après tout.

— D'accord, pas de café. Mais où se retrouvent les gens dans ce cas ?

— Chez eux. Au bord de la mer. Ou au Bragginn.

— Au Bragginn ?

— Le seul bar de la ville.

— Et c'est loin ?

— Je peux t'y accompagner. J'ai un petit quelque chose à dépenser.

Il agite le billet de Hannah entre ses doigts crasseux. Qu'importe. Elle n'avait pas l'intention d'en faire meilleur usage. Qu'il l'utilise au bar ou ailleurs, c'est sans importance. Les alcooliques ne vont pas commencer à se juger entre eux. La Guenille se met en route, Hannah le suit. Qui sait, peut-être qu'un jour, elle aussi se retrouvera seule au point de devoir quémander des baisers dans la rue ?

8

Une odeur familière de pub renfermé émane du lieu avant même qu'ils aient ouvert la porte du Bragginn. Hannah suit son nouvel ami dans le bar sombre et examine l'endroit, un peu déçue. Peinture brunâtre, comptoir fatigué, deux tables couvertes de vieilles toiles cirées, des vases décorés de fausses fleurs et des cendriers. Des chaises blanches en plastique sont disposées autour des tables. Quelques autochtones sont assis à l'une d'elles – des hommes au visage buriné qui ont peut-être été pêcheurs dans une autre vie, mais que le temps a transformés en ruines. Une version plus trapue du même type de "pêcheur dépité" s'active devant un flipper. Une femme d'une cinquantaine d'années se tient devant le comptoir, un chien est couché à ses pieds. Elle discute vivement avec le barman, et d'un sujet qui la touche beaucoup, à en juger par le ton de sa voix. Le barman l'écoute, fatigué, comme s'il avait déjà entendu la même histoire cent fois. Et sans doute est-ce le cas. Une seule personne se distingue des autres pièces de ce puzzle pittoresque : un homme aux cheveux noirs assis au comptoir, à peu près de l'âge de

Hannah. Il est ce qu'on appellerait communément un "bel homme", ou du moins paraît-il trop propre et équilibré pour fréquenter un tel endroit un mercredi matin. Il est en train de lire, Hannah repère un verre de Coca-Cola devant lui. L'idiot du village salue le barman et troque le billet de Hannah et quelques pièces contre une bière. Il ne se soucie déjà plus d'elle et rejoint le club des désabusés assis autour de la toile cirée. Hannah grimpe maladroitement sur un tabouret à côté du buveur de Coca-Cola. Il lève les yeux de son livre et s'adresse à elle en anglais :

— Touriste ?

Hannah acquiesce.

— Danoise ?

— Oui. C'est si évident que ça ?

— Simple supposition. D'ailleurs, vous passeriez facilement pour une Islandaise.

— Pourquoi ?

— Difficile à dire… Peut-être les cheveux. Ou la dureté de votre regard.

Hannah le dévisage, avec sans doute encore plus de soi-disant dureté. Elle déteste être analysée par un homme qu'elle vient à peine de rencontrer. "Vous êtes comme ceci, comme cela." Comme s'ils étaient réellement capables de la percer à jour. Mais ce lecteur-buveur-de-Coca-Cola a quelque chose de différent, d'agréable. Il fait signe au barman d'approcher. Ce dernier semble soulagé d'avoir une excuse pour se libérer de l'emprise de la femme au chien. Hannah regarde le Coca-Cola de son voisin du coin de l'œil et réprime son envie d'un verre de vin matinal.

— Une eau minérale, s'il vous plaît.

On lui apporte sa bouteille d'eau de source danoise, elle paie et verse le contenu dans un verre. L'homme l'observe avec curiosité.

— Parmi l'infinité de destinations de vacances qui existent, pourquoi choisir de venir ici précisément ? Les touristes sont rares à cette époque de l'année.

Hannah hésite, elle ne souhaite pas dévoiler son projet, elle n'a pas envie que tous les autochtones se mettent à lui refourguer leurs bonnes idées. Quoique. En réalité, elle n'a pas vraiment de raison de mentir.

— Je suis venue pour écrire un livre.

— Vraiment ? Vous êtes écrivaine ?

Hannah sent un réel enthousiasme de sa part, elle se redresse un peu et acquiesce.

— Quel genre de livre ?

Le buveur de Coca-Cola referme son ouvrage pour accorder toute son attention à Hannah. Elle boit une gorgée d'eau pétillante ; elle ne se sent pas encore prête à se présenter comme autrice de polars. Mais d'un autre côté, elle n'a pas l'énergie de détailler comment elle est passée du récit d'introspection au roman policier. Elle choisit donc la version la plus brève.

— Habituellement, j'écris de la microfiction, mais j'ai mis un pied dans le milieu du crime.

L'homme semble intrigué.

— Dans le milieu du crime ? Je devrais presque vous arrêter dans ce cas.

Elle le regarde, perplexe.

— Je suis l'officier de police de la ville. Viktor.

Elle saisit la main que lui tend la force de l'ordre.

— Hannah.

Elle désigne son jean et sa chemise en coton d'un air dubitatif.

— Vous menez une opération incognito ?

— Difficile de passer inaperçu dans une ville où tout le monde vous connaît, répond-il en souriant. Je n'ai pas encore pris mon service, tout simplement.

Il regarde sa montre. Son geste ne ressemble pas à un tic, on dirait plutôt qu'il a réellement oublié l'heure.

— Si vous comptez commettre un crime et vous enfuir, il ne vous reste que trente-deux minutes.

— Vous êtes le seul officier de la ville ?

Viktor acquiesce. Hannah a du mal à déterminer si son geste exprime de l'accablement ou de la fierté. Peut-être un peu des deux.

— Vous n'enquêtez pas sur les crimes commis en dehors de vos heures de travail ?

Hannah guette une éventuelle source d'inspiration. Viktor sourit cordialement.

— J'essaie bien entendu de suivre tout ce qui se passe. Et pour être honnête avec vous, on ne peut pas dire qu'il se passe grand-chose. Hier, quelques gamins ont volé un carton de bières dans un garage, et de temps en temps j'attrape une voiture avec un phare cassé. C'est à peu près tout.

Bon. Donc la localité ne lui fournira pas de matière pour son histoire de crime. Hannah se tord les mains en louchant sur l'étagère des alcools forts. Sentant que Viktor la regarde, elle se tourne vers lui et désigne le livre posé sur le comptoir.

— Qu'est-ce que vous lisez ?

Il lui montre la couverture.

— *Ljóð 1980-1995**. Einar Már Guðmundsson, lit-elle à voix haute en se risquant à la prononciation islandaise.

— Cet auteur a reçu le Grand prix de littérature du Conseil nordique en 1995.

Hannah réprime l'envie puérile de formuler une phrase associant son nom au fameux prix.

— Je connais son œuvre. *Le Coup d'État de Frankenstein* m'a beaucoup inspirée quand j'ai commencé à écrire.

Viktor retourne le livre dans sa main, perplexe.

— Vraiment ? Je n'en ai jamais entendu parler. Il porte peut-être un autre nom en islandais ?

— Sans doute. J'ai l'impression que tout porte un autre nom en islandais.

Viktor sourit, boit une gorgée de Coca-Cola.

— En tout cas, vous devez être une autrice formidable si cet homme inspire votre écriture. J'aimerais bien lire un de vos livres à l'occasion.

Sa remarque est-elle une tentative de compliment ou une manière de continuer son éloge d'Einar Már ? Disons moitié-moitié. Elle essaie de se souvenir de la dernière fois qu'un homme lui a fait une moitié de compliment. En vain.

— Je ne sais pas si ça vous plairait. C'est de la micro-fiction. De la poésie, diraient certains.

— Intéressant.

Hannah l'observe avec curiosité.

— Dites-moi, quel genre d'officier de police peut bien lire de la poésie ?

— Et quel genre de poète peut bien préméditer des crimes ?

* Poèmes 1980-1995.

Viktor soutient son regard. Elle soutient le sien.

— D'après moi, un officier de police qui lit de la poésie juste avant son service aspire à autre chose.

Le regard de Viktor ne fléchit pas.

— Et à quoi aspire-t-il d'après vous ?

Hannah hausse les épaules.

— Je ne sais pas. À un changement.

Le policier secoue la tête en souriant. Il jette un œil à sa montre et range le livre.

— En tout cas, je ne dirais pas non à un peu plus de calme et de repos.

Hannah alimente à nouveau l'espoir que Viktor lui fournisse une bonne intrigue policière.

— Votre travail n'est peut-être pas si calme et reposant que ça finalement… ?

Il sourit.

— Ce dont j'ai besoin, c'est d'un peu de calme loin des deux enfants que j'ai à la maison. Ma femme s'occupe d'eux et de deux autres petits. J'ai besoin de m'évader un peu, sinon je risquerais de leur passer les menottes à tous les quatre. Et mettre des enfants en prison, ce serait quand même vraiment moche.

Viktor saute de son tabouret avec élégance. Il lui tend la main. Formel.

— Ce fut un plaisir de vous rencontrer. Si vous tombez sur un meurtre ou quelque chose dans le genre, vous savez à qui vous adresser.

Le policier sourit. Hannah a du mal à l'imaginer élucider un crime plus grave qu'un vol de bateau de pêche. Elle acquiesce.

— Et je suis sérieux : j'aimerais beaucoup lire vos livres.

— Ravie d'avoir fait votre connaissance.

Hannah regarde Viktor s'éclipser derrière la porte, elle s'assure qu'il ait complètement disparu avant de se tourner vers le barman et de prononcer les mots magiques :

— Un whisky Coca.

Le ciel s'est encore resserré, l'obscurité guette au-dessus des montagnes et Hannah est un peu ivre. Le vent siffle dans les rues du village. Elle rentre à la maison, encore moins inspirée qu'à son départ. Elle a essayé de soutirer des histoires aux ivrognes du bar qui se sont effectivement révélés être des pêcheurs désabusés à la retraite. Hélas, leur niveau d'anglais leur permettait difficilement d'avoir des interactions plus poussées que "*cheers*". En regardant vers les montagnes, Hannah sent un regain d'optimisme. L'inspiration ne viendra pas de l'extérieur mais de l'intérieur ! Tout est là, enfoui en elle, elle le sait. Rentrer à la maison, ouvrir une bouteille de vin et s'installer devant l'ordinateur. Écrire *quelque chose.* Elle accélère, son pas est lourd sur la route de campagne baignée d'obscurité.

À mi-chemin – mais mentalement, déjà arrivée à destination – elle aperçoit un groupe de garçons en train de jouer au foot. Ou plutôt de jeunes hommes. Dix-sept, dix-huit ans. Les joues rouges, bien trop dévêtus pour endurer le souffle glacial de ce mois de novembre, ils s'activent sur une étendue qui s'apparente plutôt à un champ de pâturage. Le terrain est uniquement aménagé de deux cages placées face à face et d'un énorme projecteur qui leur permet de voir la balle malgré l'avancée du crépuscule. Hannah ne se rappelle pas être passée devant ce terrain de foot à l'aller. Encerclés par les plaines, les montagnes et l'immensité du ciel bleu-gris, les garçons paraissent beaucoup plus petits qu'ils ne le sont vraiment. Fascinée, elle s'arrête pour les regarder jouer dans ce stade naturel ; ils sont concentrés, poussent des cris exaltés. Absorbés par leur match. Mais tout à coup, l'un des joueurs frappe dans le ballon qui s'envole au-dessus des cages, part de biais et atterrit tout près de Hannah. L'un des garçons pique un sprint pour venir le récupérer. Les autres le suivent des yeux, l'un d'eux crie une phrase en islandais. Le vent engloutit le cri mais Hannah sent qu'on s'adresse à elle – ils ne semblent pas habitués à avoir du public. Deux adolescents s'esclaffent. Celui qui court après le ballon se rapproche. Hannah fait quelques enjambées, atteint la balle avant le garçon et le lui envoie en donnant un petit coup dans sa direction. Il s'arrête. La regarde en souriant.

— *Takk*[*].

Ils s'observent un instant, comme s'ils avaient chacun envie d'ajouter quelque chose, mais quoi ? Le garçon sourit de nouveau, récupère la balle et repart vers ses copains en dribblant pour reprendre le match. Hannah a reconnu ce regard pénétrant et appuyé. C'est le neveu d'Ella, Thor. Elle fait demi-tour et quitte le match de foot avec le sentiment que, finalement, Húsafjörður n'est peut-être pas une ville-fantôme. Au même instant, une pluie torrentielle commence à tomber ; Hannah essaie d'abord de marcher entre les gouttes mais abandonne très vite. Sur les derniers

* Merci.

mètres, la route de campagne ressemble à une mer déchaînée. À son arrivée, Ella l'attend sur le pas de la porte avec une serviette dans les mains et une tasse de café chaud.

9

Hannah a écrit toute la nuit. Elle a abouti à une tentative d'intrigue policière d'une demi-page. Beaucoup de mots mais toujours pas de meurtre. Elle a dormi trente minutes, essayé d'appeler Bastian trois fois, bu une bouteille et demie de vin, failli abandonner à plusieurs reprises mais s'est réinstallée devant son clavier à chaque fois. Elle est restée assise dans la même position bien trop longtemps, elle a regardé le soleil se lever en silence et senti l'espoir d'une réussite s'évaporer minute après minute. Au matin, elle se traîne en bas des escaliers avec sa valise à la main et le goût amer de l'échec dans la bouche. Elle est incapable d'écrire un polar. Elle imagine son discours de capitulation et voit déjà l'expression de Jørn en l'écoutant. Elle en a les mains moites. Mais c'est ainsi ; l'hybris entraîne la némésis. Elle pourrait peut-être partir vivre loin du Danemark, disparaître, recommencer une nouvelle vie dans une contrée lointaine où les projets ratés ne vous entraînent pas dans leur chute. En arrivant dans la cuisine, elle trouve Ella assise à la table, recroquevillée, en pleurs. Hannah reste hébétée.

Elle s'approche d'Ella comme un bateau qui glisse doucement vers le quai ; elle s'assoit prudemment à côté de la vieille dame effondrée, sans comprendre ce qui se passe. Elle n'est pas du genre à poser sa main sur l'épaule des gens pour leur demander ce qui ne va pas.

— Il est arrivé quelque chose ?

Les sanglots d'Ella s'intensifient. Hannah essaie quand même le truc de la main sur l'épaule.

— Qu'est-ce qui s'est passé ?

De petites secousses agitent le corps d'Ella, ses mains fripées dissimulent son visage noyé par les pleurs. Hannah ignorait que les personnes âgées pouvaient éprouver de tels sentiments ; elle croyait qu'à partir d'un certain moment, les grandes tristesses n'étaient plus qu'un lointain souvenir. Peut-être pas. Hannah a le sentiment que quelque chose de grave est arrivé, elle remet à plus tard l'annonce de son départ. De toute façon, Ella n'est pas en état de l'emmener à l'aéroport.

— Qu'est-ce qui vous rend si triste ? demande-t-elle pour la troisième fois.

Cette fois, Ella relève la tête.

— *Thor er dáinn.*

Hannah regarde Ella sans comprendre, la vieille dame attrape une feuille à l'autre bout de la table – une sorte de document officiel –, mais elle ne semble pas se soucier du contenu. Elle la retourne et griffonne quelque chose sur le côté vierge.

Thor est mort.

Un mouvement de surprise éjecte Hannah dix centimètres en arrière. Thor ? Il y a moins de vingt heures, le regard vif du jeune homme pénétrait le sien. Et aujourd'hui, il ne respire plus, son cœur ne bat plus, le match d'hier était le dernier de sa vie. C'est impossible. Ella a dû mal comprendre l'information qu'on lui a transmise.

— Qui vous en a informée ?

— Vigdis, répond-elle en reniflant. Hannah ne la suit pas.

— Qui est Vigdis ?

Silence. Les pleurs assaillent de nouveau la vieille dame, comme si elle venait juste d'apprendre la terrible nouvelle. Ou peut-être est-elle en train de réaliser à quel point le disparu comptait pour elle ? En admettant qu'il soit vraiment décédé. Hannah en doute encore. De quoi serait-il mort ? Comment peut-on être mû par un tel élan de vie un jour et glacé par la mort le lendemain ? Elle tente de trouver un sens.

— Ella, je suis terriblement désolée d'apprendre cette nouvelle. Comment est-il mort ? Que savez-vous ?

Elle sent sa propre main se mettre à caresser le dos tremblant de tristesse. S'agit-il d'un geste de compassion ou d'une tentative de la persuader de parler ? Ella avale sa salive, ses pleurs se calment ; sous la paume de sa main, Hannah sent la force d'une personne qui se ressaisit. Ella tire un vieux mouchoir en tissu de sa manche, se mouche. Reprend son stylo.

Ma sœur Vigdis m'appeler. Elle me dire que Thor est mort. Un accident.

Les larmes coulent sur ses joues.

— *Ég skil þetta ekki ! Ég skil þetta bara ekki*[*] !

[*] Je ne comprends pas ! Je ne peux pas le comprendre !

— Donc Vigdis est votre sœur et la mère de Thor ? s'enquiert Hannah, toujours perdue.

Ella acquiesce.

— Vous êtes bien certaine de ne pas avoir mal compris ? Je ne sais pas, il a peut-être simplement été conduit à l'hôpital à la suite d'un accident ?

La vieille dame la regarde. Longuement. Grave. Et elle écrit :

On ne se tromper pas sur la mort d'un proche. Et même sans l'avoir vu je savoir que c'est arriver. Je le sentir.

— Vous le sentez ?

Sixième sens très développer.

Hannah reprend son souffle. Elle commençait à être convaincue de la mort de Thor, mais Ella se fonderait uniquement sur un sentiment qu'elle éprouve ? Et ce coup de téléphone n'est peut-être qu'un mauvais rêve qui est resté ancré dans sa tête. Hannah n'a jamais cru au sixième, septième ou huitième sens, il lui faut des faits. Elle se lève et marche jusqu'au téléphone fixe.

— Quel est le numéro de Vigdis ?

La vieille dame lève les yeux vers elle, ses larmes ont cessé de couler, mais elles ont laissé son visage ravagé comme les rives d'un fleuve après la crue. Elle secoue la tête, se précipite vers Hannah avec une agilité surprenante et arrache le téléphone des mains de son invitée qui a tout juste eu le temps de la voir foncer sur elle. Ella, presque furieuse, griffonne à toute vitesse au dos d'un carnet d'adresses.

Tu ne croire pas moi, mais c'est la vérité. Thor EST mort. Un accident près du port. La vie est CRUELLE.

Il y a quelque chose de convaincant dans son écriture. Peut-être l'emploi des majuscules. Hannah a la gorge qui se serre. Il est toujours difficile d'éviter les lieux communs quand on veut exprimer sa compassion.

— Je suis vraiment, vraiment désolée. Y a-t-il quelque chose que je puisse faire ?

Ella secoue la tête. Son mouvement, d'abord négatif, se transforme en oui. Elle reprend le carnet d'adresses pour communiquer, écrivant presque sur le nom et le numéro de téléphone d'un certain Bjargey.

Veillée mortuaire cet après-midi. Tu m'accompagner ?

Son regard est empli d'espoir, comme si la compagnie de son invitée pouvait lui offrir un peu de réconfort.

— Bien entendu. Si la présence d'une étrangère n'est pas trop envahissante lors d'un tel événement.

Tu vivre chez moi. Tu n'être pas une étrangère.

Hannah se sent touchée par quelque chose. Elle ignore ce dont il s'agit.

— Vous voulez une tasse de café ? Je m'en occupe.

Sans attendre sa réponse, elle se dirige vers la machine à café et aperçoit sa valise dans l'entrée. Son retour en catastrophe est suspendu jusqu'à nouvel ordre.

10

La maison est embrumée par le deuil. D'expérience, Hannah sait que lorsque quelqu'un perd la vie, une aura de mystère l'enveloppe aussitôt. Un besoin impérieux d'apprendre à connaître le défunt se fait sentir, tant chez ses proches que chez les personnes qui ne l'ont jamais connu en vie. Pour peu qu'il s'agisse d'une mort prématurée ou même d'un crime, la fascination s'accroît. On cherche à connaître les moindres circonstances du décès et le déroulé exact des heures qui l'ont précédé : quelle a été sa dernière pensée, son dernier repas ? A-t-il profité de son dernier bain ? Qu'avait-il de prévu le lendemain ? Et la question cruciale : savait-il, juste avant le moment décisif, que la mort le guettait ? Ce ne sont pas seulement les circonstances factuelles du passage de vie à trépas qui attisent l'envie d'en savoir plus sur le disparu ; Hannah a toujours cru bon de respecter les morts pour ce savoir qu'ils ont sur nous. Elle rêverait de réveiller un défunt pour en tirer de la sagesse : *Vous connaissez quelque chose de la vie que nous ignorons*, dirait-elle. *Vous avez vécu l'expérience de la mort. Racontez-moi ! Est-ce que ça fait mal ? Y a-t-il quelque chose de l'autre côté ? Quelle est l'ultime pensée avant d'être emporté ? Avez-vous eu le temps de penser à* l'avant, *avez-vous le sentiment d'avoir accompli ce que vous auriez dû, d'avoir trouvé les réponses que vous cherchiez, senti que vous étiez en vie ?* Mais au fond, Hannah se dit que ce n'est pas tellement aux morts qu'on s'intéresse. C'est à soi-même. Le départ des autres conduit ceux qui restent à s'interroger sur leur vie ; la mort remet les contingences de la vie en perspective. On se demande quel visage elle prendra à l'heure où elle *nous* emportera.

Tel un fidèle garde du corps, Hannah escorte Ella dans l'immense maison qui ressemble à un projet d'architecture néo-scandinave de prestige. De grandes pièces ouvertes sur le paysage donnent l'impression que les montagnes font partie du salon. Chaque détail de l'aménagement intérieur témoigne d'un bon goût sans faille, souligné par un ensemble de mobilier de designer. Une maison presque trop moderne et trop belle pour une petite ville perdue, et qui doit valoir une fortune. Tout ce luxe, cependant, est ravagé par le chagrin monumental qui remplit le salon. Hannah balaie la pièce du regard et s'imprègne des visages gonflés de pleurs aux mâchoires serrées ; la pesanteur de l'atmosphère la contamine. Avant même d'avoir eu le temps de se présenter, ses yeux s'attardent sur un lit placé tout au centre de la pièce. Toute l'attention se porte sur ce lit de parade où gît le corps de Thor. Mort. Hannah sent sa gorge se serrer. Pourquoi l'a-t-on couché là ? Est-il normal d'assister à sa propre veillée mortuaire ? Hannah n'aime pas les cadavres. Elle en a déjà vu un une fois, sur les rails qui passent sous le pont de

Dybbøl*. Deux policiers faisaient en sorte de le dissimuler mais sans parvenir à cacher toute la scène, et sa curiosité était piquée. Elle l'avait aperçu en passant à vélo : le corps était raide, couché en travers des rails, enroulé dans du plastique, seule la tête dépassait. Découverte. Elle n'aurait pas dû regarder. Tout autour, la vie poursuivait son cours comme si de rien n'était. En descendant les marches, rebondissant sur son vélo, elle était tombée nez à nez avec un jeune homme. Un *ghetto-blaster* vissé sur l'épaule, musique à fond, short, casquette et pull gris, il sautait, dansait, plein de vie. Elle avait eu envie de le secouer et de crier : *Arrête ! Il y a un homme mort au milieu des rails à deux pas d'ici !* Mais elle ne l'avait pas fait. C'est elle qui avait vu cet homme, mort à l'instant où le coup de tonnerre le plus violent de l'été avait retenti ; c'était son expérience, pas celle du garçon au *ghetto-blaster*. Pour lui, la vie était gaie, pourquoi l'arracher à sa perception ? Elle s'était retournée une dernière fois : il ne restait plus que la voiture verte à bord de laquelle l'homme, maintenant froid et raide, avait roulé jusqu'au pont. Pour se jeter sur les rails. Et une seule pensée lui était venue : *Au moment de la mort de cet homme, j'étais au supermarché, et mon seul dilemme était de choisir entre vin rouge et vin blanc.*

— Ella !

Une femme enveloppe la vieille dame d'une étreinte à la fois ample et désespérée, comme pour la délester de tout son chagrin. Ella ouvre les bras et les passe autour d'elle en signe d'acceptation. Hannah observe les deux femmes se

* Le pont de Dybbøl à la gare centrale de Copenhague.

serrer l'une contre l'autre en silence. Le geste, qui lui semble durer une éternité, provoque en elle un défilé de sentiments : d'abord de la compassion, puis un léger malaise, et enfin une pointe d'agacement – combien de temps va-t-on la laisser mijoter dans son embarras avant de la présenter alors qu'un cadavre est allongé au milieu de la pièce ? Hannah s'appuie sur l'autre pied et toussote. Ella s'en rend compte, se libère et présente la femme : Vigdis. Hannah comprend qu'il s'agit de la sœur d'Ella et de la mère de Thor. Pour une fois, elle s'en tient au danois en espérant n'offusquer personne. Bizarrement, le danois lui semble plus adapté à la situation que l'anglais.

— Toutes mes condoléances. Je suis sincèrement désolée pour votre fils.

Hannah observe Vigdis, elle doit avoir quelques années de moins qu'Ella – bien que la nuit précédente ait dû flétrir les traits de son visage. Vigdis hoche la tête ; bien entendu, elle n'a pas l'énergie de s'intéresser plus avant à une étrangère. Quelques phrases débitées en islandais sortent de sa bouche déformée par le chagrin. Ella la réconforte, réprimant sa propre douleur pour accueillir celle de sa sœur. Hannah parcourt l'assemblée du regard, les visages défaits se rapprochent les uns des autres pour échanger quelques phrases. Elle ne comprend pas leurs paroles mais elle y discerne de la peine, de la stupeur et du désespoir. Ses yeux explorent chaque recoin de la pièce pour tenter d'éviter le lit mortuaire de Thor, car même si la vision macabre d'un jeune homme mort a quelque chose de fascinant, il serait déplacé de commencer à le fixer. En examinant la pièce, elle espère également trouver un recoin invisible où se cacher ; elle se sent de trop, comme une intruse. Et au fond, c'est ce qu'elle est. Un homme d'un certain âge à l'allure de statue de pierre est assis dans un angle. Il a les yeux rivés sur le corps du garçon, impassible. Serait-ce une forme peu courante d'auto-torture stoïcienne ? Les invités défilent devant lui pour lui faire part de leurs condoléances, sans éveiller la moindre réaction de sa part. C'est sans doute le père de Thor, Ægir. Hannah sent le malaise ramper sous sa peau, elle n'aurait pas dû venir. Elle regrette de ne pas avoir cru Ella lorsque celle-ci lui a annoncé la mort de Thor ; quelque part, elle se sent coupable. Elle attendait un mort pour son polar, la voilà servie. Elle chasse cette pensée, rien n'indique qu'il s'agisse d'un crime. C'est même très peu probable. Hannah serre les dents, il faut qu'elle se ressaisisse. Qu'elle soit là pour Ella, qu'elle mette de côté son aversion d'être mêlée aux problèmes personnels des autres. Mais nom de Dieu, elle aurait bien besoin d'un petit remontant ! Ou au moins d'une tasse de café. Sa nuit blanche lui revient en pleine tête comme un boomerang ; elle respire un grand coup. Elle aperçoit ce qui s'apparente à la porte de la cuisine, s'y dirige.

En entrant dans la cuisine Hannah sursaute. Viktor ! Il est dos à elle, en train de se verser une tasse de café. Est-il là en tant qu'ami de la famille ou dans son rôle d'enquêteur ? Hannah mise sur la deuxième option :

— Finalement, il y a bien des crimes à Húsafjörður.

Viktor se retourne, lentement, comme s'il s'était attendu à la trouver juste derrière elle. Il lui tend le café qu'il vient de se servir.

— Je me doutais bien que vous seriez là.

— Pourquoi ? demande Hannah, surprise.

— Parce qu'Ella n'est pas du genre à laisser ses invités seuls chez elle dans une situation pareille.

Surprise, de nouveau.

— Comment savez-vous que je loge chez Ella ?

— Je suis la plus haute autorité de la ville. Je sais tout.

Viktor verse une autre tasse, s'appuie contre la table de la cuisine. Il regarde Hannah avec curiosité, son café à la main. Hannah boit une gorgée du sien. L'amertume envahit sa bouche.

— Vous devez donc également savoir ce qui est arrivé à Thor ?

Viktor, qui jusque-là avait les yeux rivés sur Hannah, baisse le regard, secoue la tête et prend une gorgée de café dans un mouvement presque simultané.

— C'est un crime ?

Maintenant c'est Hannah qui dévisage Viktor.

— Désolé, mais je ne peux faire aucun commentaire sur cette affaire.

— Affaire ?

Viktor soupire.

— Ce n'est pas ce que j'ai voulu dire.

— Mais vous êtes là en qualité d'officier de police ou d'ami de la famille ?

— Désolé, mais je ne peux vraiment pas en dire plus.

— Vous n'avez rien dit.

Viktor sourit. Désarmant. Hannah sent qu'il veut retourner au salon. Elle fait une dernière tentative ; elle ne pourra plus poser de questions quand ils auront retrouvé la famille endeuillée.

— Pourquoi est-il là ? Le corps, je veux dire.

Viktor hésite, comme s'il avait envie de partager quelque chose avec elle, mais sachant qu'il ne devrait pas. L'envie l'emporte sur le devoir.

— C'était une idée d'Ægir, son père. Il a insisté. Ça ne me plaît pas du tout. Nous devons procéder à une autopsie.

Hannah hausse un sourcil.

— Une autopsie.

Viktor répond d'un ton neutre.

— Simple examen de routine quand une noyade a lieu. Un médecin légiste arrive dans une heure de Reykjavik, j'emporte le corps avec moi.

— Donc Thor s'est noyé ?

— Oui. C'est son père qui l'a trouvé et qui l'a tiré hors de l'eau ce matin.

— C'est arrivé comment ?

Viktor soupire et engloutit son café d'une gorgée.

— Ça reste assez mystérieux.

Le policier pose sa tasse, Hannah a mille et une questions à lui poser, mais il a déjà disparu dans le salon. Elle regarde son café marronnasse, du jus de chaussette. Elle le vide dans l'évier.

De retour dans le salon, elle inspecte la pièce, Viktor n'est plus là. Et merde. Hannah se force à s'approcher du cadavre ; de loin, on dirait un jeune homme endormi, exposé devant ses proches d'une drôle de façon. De près, il ne fait aucun doute qu'il est mort. Son visage est légèrement gonflé, probablement par l'eau de mer. Hannah est surprise de son propre malaise, elle se force à le regarder. Ses cheveux adhèrent curieusement à son front et un morceau d'algue est collé derrière son oreille droite, comme une épingle à cheveux mortuaire. Mais qu'est-ce que c'est ? Hannah se penche, approche ses doigts du morceau d'algue ; il recouvre quelque chose. Du sang. Derrière l'oreille, elle remarque une petite bosse.

— *Hvernig dirfistu að snerta son minn** ?

Hannah retire immédiatement sa main, se retourne et tombe nez à nez avec Ægir. La Statue de pierre s'est levée de son socle. Hannah prend tout à coup conscience de l'indécence de son geste – elle est en train de tripoter un cadavre !

— Pardon.

La Statue de pierre la regarde avec des yeux étrangement vides. Hannah se demande s'il oserait la frapper. Instinctivement, elle fait un mouvement d'esquive. Mais la Statue de pierre vient de s'immobiliser dans une nouvelle posture, comme un zombie qui aurait oublié sa mission. Hannah recule doucement loin du corps, loin du chagrin et du silence.

* Comment osez-vous toucher mon fils ?

11

La route est boueuse, il a plu de nouveau. Splatch, splatch. Hannah retourne vers la ville, soulagée d'avoir quitté l'étrange chapelle improvisée à la maison. En partant, elle a promis à Ella de la retrouver une fois la veillée funèbre terminée. Hannah s'arrête, frémit, un sentiment d'effroi ne la quitte pas. Elle regarde vers la maison d'Ella, hésite un instant. Et continue en direction du centre.

Hannah frappe à deux reprises avant que la porte ne s'ouvre. Viktor la regarde, surpris.

— Vous m'avez suivi ?

— Au Danemark, j'ai la réputation d'être une sacrée *stalkeuse*.

Viktor lève un sourcil.

— Je ne voudrais pas paraître impoli mais je suis très occupé.

Hannah essaie de regarder par-dessus son épaule, visiblement le commissariat n'est pas un bâtiment public. C'est juste sa maison, avec une plaque sur la porte. Le sol est jonché de jouets, Viktor suit son regard, élargit les épaules pour essayer de dissimuler le désordre.

— Venez, mon bureau est là-bas.

— Dans votre chambre ou celle des enfants ?

Pas un sourire sur le visage de Viktor, mais il se détend quelque peu et d'un geste de la main l'invite à le suivre hors de la maison. Avant que Viktor ne ferme la porte derrière lui, Hannah croit apercevoir la silhouette d'une femme dans la cuisine. Son épouse ? Dehors, le policier en civil la conduit jusqu'à une entrée indépendante menant à un petit bureau. Le commissariat. Hannah décrypte la pièce, qui ressemble surtout à une agence immobilière dans un mauvais film américain : un bureau d'une essence de bois bon marché non identifiable est en plein centre de la pièce, dessus sont posés un vieux PC fixe poussiéreux, des piles de papiers en désordre et un tapis de souris personnalisé avec la photo de deux enfants. Sans doute ceux de Viktor. Une chaise en skaï se balance sur cinq petites roues entre le bureau et une bibliothèque sur laquelle se détachent des classeurs rouges. Une carte de la région et un panneau de liège quasiment vide sont accrochés au mur. Bref, un petit nid à mourir d'ennui.

— Quel adorable petit bureau.

Hannah met les mains dans les poches de son manteau pour essayer de se donner l'air nonchalant en proférant son mensonge.

— Que puis-je faire pour vous ?

Droit au but, d'accord. Viktor a les bras croisés.

— Je me posais juste une question au sujet de Thor. Le coup qu'il a reçu sur la nuque lui a été donné avant ou après sa mort ?

Viktor lève un sourcil. Aha! Il n'a donc pas remarqué la bosse. Le sourcil revient à sa place.

— Comme je vous l'ai dit, je ne peux faire aucun commentaire sur cette affaire.

— Il s'est peut-être blessé en tombant dans l'eau?

Mal à l'aise, Viktor se balance d'un pied sur l'autre. Hannah voit bien qu'il aimerait lui en demander davantage mais qu'il ne veut pas révéler son ignorance. Elle l'aide à sortir du dilemme:

— Il y a une plaie et une bosse derrière son oreille droite. Il a pu se cogner la tête contre une pierre en tombant, ou heurter un morceau de bois, un bateau ou que sais-je pendant que son corps sans vie flottait dans l'eau.

Hannah marque une pause. Elle fixe Viktor qui se mord la lèvre. C'est un bel homme, mais est-ce un bon policier? Le rythme calme de leurs respirations égrène chaque seconde qui s'écoule, jusqu'à ce que Hannah reprenne la parole:

— À moins que Thor ait reçu un coup sur la tête par-derrière, qu'il soit tombé dans l'eau et se soit noyé.

Viktor change encore de posture sans faire le moindre commentaire sur son hypothèse. Hannah insiste:

— Qu'en pensez-vous?

Le policier resserre ses bras croisés comme s'il était lui-même sa propre camisole de force.

— Ce que je pense, c'est que vous allez arrêter de jouer les détectives privés et me laisser faire mon travail.

— Mais faites-vous vraiment votre travail en laissant la dépouille d'un garçon, peut-être victime d'un meurtre, en spectacle à toute la ville? Tout le monde, y compris son meurtrier, s'il y en a un, peut manipuler le corps et faire disparaître des preuves.

Hannah marque des points, et elle n'est pas mécontente d'avoir regardé un ou deux épisodes d'une de ces séries policières britanniques soporifiques. Le front de Viktor commence à briller. Il s'agit vraisemblablement d'une affaire très inhabituelle pour lui, et si tant est qu'il y ait un protocole à suivre, il l'a déjà enfreint.

— Comme je vous l'ai déjà dit, j'attends le médecin légiste. Il sera là dans peu de temps.

— Pourquoi ne pas lui avoir donné rendez-vous chez les parents de Thor ?

Son observation fait voler en éclats la fierté du policier. Il s'essuie le front.

— Je ne voulais pas les affoler. Je vous demande de partir maintenant.

Viktor se libère de la camisole de force et singe un au revoir. Son front est maintenant couvert de gouttelettes de sueur. Hannah ne bouge pas.

— Écoutez, ce n'est pas pour critiquer votre travail vous savez, seulement pour vous aider. Peut-être qu'en partageant nos idées on pourrait s'aider mutuellement à comprendre ce qui s'est passé ?

Viktor pouffe, de malaise ou d'arrogance. Il sourit avec une bienveillance factice.

— Désolé, mais ce n'est pas parce que vous avez trouvé une blessure sur le corps de Thor que je dois vous révéler quoi que ce soit. En fait, je vous conseille plutôt de ne pas vous mêler de cette affaire. Non, "conseille" n'est pas le mot adéquat : je vous ordonne de ne pas vous mêler de cette affaire. Retournez à vos griffonnages et laissez-moi faire mon travail.

Viktor ouvre la porte et, du menton, lui fait signe de sortir. Hannah n'est pas prête à laisser tomber :

— Vous dites que c'est Ægir qui l'a tiré hors de l'eau ?

— Je n'ai pas d'autres commentaires à faire.

Il soupire avec lassitude.

— Mais ça ne vous paraît pas bizarre ? Je veux dire, que le père retrouve son propre fils noyé. Il était à sa recherche ?

Viktor ne dit rien. Mais le sourcil se lève et se baisse de nouveau. Aha ! Il n'a donc pas interrogé Ægir sur ce qu'il faisait quand il a retrouvé son fils.

— Il ne s'est écoulé que six heures. Ses parents sont encore paralysés de chagrin. Vous les avez bien vus vous-même.

Six heures. Hannah n'est encore qu'une criminologue novice, mais six heures lui semblent être une éternité, laissant à un éventuel malfaiteur suffisamment de temps pour brouiller et effacer ses empreintes plusieurs fois. Si tant est qu'il s'agisse d'un crime. Hannah fait une nouvelle tentative.

— Mais vous avez bien dû leur parler ? Reconstituer les dernières heures de Thor ?

Viktor soupire de nouveau, mais il semble se préparer à reprendre la discussion. Peut-être pour montrer qu'il n'est pas complètement incompétent. Hannah l'incite à parler :

— Vous devez bien soupçonner un crime puisque vous qualifiez la mort de Thor d'"affaire". Et si vous êtes allé chez ses parents, ce n'était pas pour leur témoigner votre respect ou vous occuper d'eux, mais pour faire ce que tout bon policier aurait fait dans une telle situation ; parler avec le cercle familial et amical pour essayer d'avoir une vue d'ensemble des faits.

— Personne n'a rien dit d'intéressant.

Aha ! Viktor se laisse amadouer par la flatterie. Hannah en rajoute une couche :

— Vous êtes un homme intelligent. Vous avez découvert quelque chose de plus que moi.

C'est gagné. Viktor hésite, ferme la porte et se tourne vers elle avec une confiance nouvelle dans le regard.

— Thor ne savait pas nager. Tout le monde le sait ici. Il avait peur de l'eau et avait toujours refusé de devenir pêcheur, au grand désespoir de son père.

— Son père est pêcheur ?

— Oui. Thor ne s'approchait jamais de l'eau. C'est problématique quand vous vivez de la mer et avec elle, comme la plupart des gens ici.

— Pourtant c'est ce qu'il a fait hier soir… ?

— Oui. Il était ivre. Il était chez son ami Jonni et s'est violemment disputé avec lui, alors il a décidé de rentrer. Jonni est la dernière personne à l'avoir vu en vie.

Hannah réfléchit.

— Et comment va Jonni ? Plutôt dévasté j'imagine ?

Le policier hésite à lui en dire plus, il semble peser le pour et le contre. Puis ses yeux bleus croisent le regard de Hannah.

— Jonni est introuvable depuis hier soir.

Au même moment, quelqu'un frappe à la porte.

Une femme glisse sa tête dans l'entrebâillement avant même d'y avoir été invitée. Elle ne prête pas la moindre attention à Hannah et s'adresse directement à Viktor :

— *Læknirinn er kominn**.

Viktor acquiesce. Une main posée sur la poignée de la porte, la femme toise Hannah de haut en bas, comme si elle venait de s'apercevoir de sa présence. Que voit-elle face à

* Le médecin est arrivé.

elle : une écrivaine alcoolique, une loque décrépite, une rivale amoureuse, une étrangère ? Hannah l'examine. Il semblerait qu'elle voie tout autre chose. Mais quoi ?

— Mon épouse, Margrét.

D'un geste presque militant, elle tend la main en guise de salut, Hannah s'en empare. La main est moite et ferme en même temps. Comme le museau d'un petit veau.

— Hannah.

Margrét presse un peu sa main dans la sienne, en guise de salut sororal ou d'avertissement ? Hannah observe Margrét, Viktor est chanceux. Ce n'est pas le genre de femme qu'on trouve en couverture des magazines de mode, son physique est brut et anguleux. Tant mieux. Hannah a horreur de l'idéal féminin en vigueur de la jolie poupée douce et coquine ; de ces femmes minces à grosse poitrine, maquillées comme des pots de peinture, qu'on applaudit pour leurs petits pains sans gluten et leurs connaissances en matière de mode en période de grossesse et de post-accouchement. Margrét est différente. Ses cheveux noirs noués en tresse tombent comme une corde épaisse le long de son dos, ses pommettes hautes encadrent des yeux d'un brun intense qui fixent ceux de Hannah avec insistance. Margrét est grande, presque aussi grande que Hannah, et elle semble avoir un corps robuste, comme façonné dans de la lave en fusion.

— Désolé, mais je dois y aller maintenant. Et vous aussi.

Viktor fait de nouveau signe que la visite est terminée, mais Hannah ne veut pas manquer l'occasion de rencontrer le médecin qui va autopsier le corps de Thor. Elle est prête à mettre son inventivité au rabais.

— Je peux utiliser vos toilettes ? Il faut vraiment que j'aille aux toilettes.

Et merde ! Elle inspecte la petite salle de bains couleur crème ; des serviettes à capuche taille enfant pendent à des patères à l'effigie de personnages Disney, un tabouret en plastique rouge est à moitié poussé sous le lavabo. Elle s'appuie sur le rebord de la fenêtre, merde ! Ce n'est pas ce qui était prévu. On l'a conduite aux toilettes avant de l'avoir présentée au médecin légiste. Lui et Viktor ont sauté dans la voiture pour aller à la maison de Thor. Hannah réfléchit. Il faut qu'elle prenne une longueur d'avance dans l'enquête, qu'elle récolte des informations que Viktor n'a pas encore. Qu'elle le rendre dépendant d'elle. Elle tire la chasse sans avoir utilisé les toilettes, ouvre et ferme le robinet, déverrouille la porte. Dans la cuisine, elle trouve Margrét assise sur la table, en train de fumer une cigarette par la fenêtre. Autour d'elle, les restes du déjeuner des enfants n'ont pas été ramassés, et des rails de train en bois sont éparpillés au sol.

— Je sais, je ne devrais pas fumer. Ça donne le cancer du poumon aux enfants et tout ça. Mais c'est mon seul luxe.

Margrét crache une bouffée de fumée dans l'air. Hannah l'observe, elle n'est pas vraiment du genre Mary Poppins à l'islandaise. Plutôt un personnage de la Nouvelle Vague, pas Godard, non. Plus accablée par l'âpreté du quotidien ; Truffaut peut-être. Oui. Elle pourrait tout à fait être l'héroïne d'un film de Truffaut. *La Femme d'à côté.*

— Je peux vous en prendre une ?

Hannah pointe du doigt le paquet. Margrét acquiesce, un peu surprise, puis elle sourit, comme soulagée d'être accompagnée dans son vice. Hannah allume sa cigarette et se penche vers la fenêtre.

— Alors dites-moi, pourquoi décide-t-on de devenir baby-sitter à plein temps ?

— Pourquoi pas ?

Hannah est surprise par la rapidité de sa réponse. Oui, c'est vrai. Pourquoi pas. Tout simplement. Pourquoi pas.

— C'était soit ça, soit travailler au bar.

— J'aurais sans doute préféré travailler au bar.

— Vous êtes alcoolique peut-être ?

Margrét regarde Hannah droit dans les yeux sans une once d'ironie. Hannah ressent le besoin soudain et surprenant d'être honnête vis-à-vis de cette étrangère ; et aussi d'elle-même.

— Oui. C'est bien possible.

— Ça vous rend plus heureuse ?

Hannah réfléchit.

— Sur le moment.

Margrét hoche la tête. Comme si elle comprenait parfaitement et qu'il n'y avait rien d'étrange ni de honteux à cela. Elle regarde ensuite par la fenêtre, l'air de chercher quelque chose de précis. Apparemment sans le trouver.

— Quel dommage pour Thor.

Hannah inspire profondément la fumée, tous ses sens sont à l'affût.

— Vous le connaissiez bien ?

Margrét hausse les épaules d'une manière qui pourrait aussi bien être un oui qu'un non. Elle écrase sa cigarette et ferme la fenêtre. Hannah a le sentiment qu'elle tait quelque chose.

Elle regarde Margrét commencer à ranger les restes du repas et remplir le lave-vaisselle.

— Il faut que je range un peu avant que les enfants se réveillent de leur sieste.

— Désolée, je ne vais pas vous déranger plus longtemps, s'excuse Hannah en écrasant aussi sa cigarette. Je voulais juste vous demander quelque chose, savez-vous où habite Jonni ?

La femme-volcan se tourne vers elle.

— Vous ne devriez pas mettre votre nez dans ces affaires. Il y a des secrets ici qu'il vaut mieux ne pas remuer.

Hannah est près de crever de curiosité.

— C'est-à-dire ?

Margrét rince une assiette dans l'évier, frotte un reste de nourriture tenace.

— Il faut vraiment que je range tout ça.

— Mais l'adresse de Jonni, vous l'avez ?

Margrét ferme le robinet.

— Je vous préviens : si vous mettez votre nez dans ces affaires-là, on vous le coupera.

Hannah reste immobile.

— Je suis sûre qu'il finira par repousser. Soyez gentille, dites-moi où habite Jonni.

12

Hannah foule la route de campagne. Comme tout cela est étrange ! La confiance et la cordialité de Margrét qui se transforment tout à coup en refus catégorique. Les secrets et les mises en garde. Qu'est-ce que Margrét peut bien taire ?

Hannah a quand même réussi à obtenir l'adresse de Jonni qui vit à quelques centaines de mètres de la “maison-commissariat” de Viktor et Margrét. Elle lève les yeux, au loin brille le Vatnajökull, le plus grand glacier d'Islande et l'attraction touristique locale. Hannah n'a aucune intention de l'étudier de plus près, elle n'a que faire de la neige, et encore moins de neige compactée qui ne fond jamais. La neige a été prise en otage par l'industrie commerciale de Noël qui en a fait une poudre magique, signe de paix et de tolérance neuneu une fois saupoudrée sur le monde. Quelle illusion. Le monde ne devient pas meilleur à l'approche de Noël, dans la vraie vie la neige c'est soit de la bouillasse dégoûtante, soit un danger mortel. Tant mieux si les calottes glaciaires fondent, qu'on s'en débarrasse. Non, bien sûr qu'elle ne le pense pas vraiment. Mais elle n'envisage pas une seconde d'aller patauger sur ce putain de glacier. Ce n'est que de la neige compactée, une utopie compressée. Apparemment, le glacier recouvrirait plusieurs volcans ; qui sait ce qui se passerait si l'un d'eux entrait en éruption et faisait fondre toute la glace. L'Islande serait-elle submergée ?

La sonnerie de son téléphone l'arrache à ses pensées. Après quelques tâtonnements elle finit par mettre la main dessus.

— Hannah, j'écoute.

— Je suis content de t'entendre. Tout va bien ?

Bastian a l'air inquiet.

— Pourquoi ça n'irait pas ?

— J'ai reçu ton mail. Disant que tu voulais rentrer. J'ai été débordé aujourd'hui, je viens juste de le voir. Tu es allée à l'aéroport ?

Ah oui, le mail qu'elle a envoyé à Bastian, dans lequel elle exprimait son sentiment d'incapacité à écrire un polar et son souhait de rentrer au Danemark.

— Je suis toujours sur place, et je pense rester. Il y a eu un meurtre.

— Qu'est-ce que tu racontes ? Un meurtre ?

Bastian marque une courte pause.

— Tu n'en es pas l'autrice au moins ?

Hannah sourit. Elle ne peut pas lui reprocher de se poser la question.

— Si, j'ai découpé Ella avec un couteau à pain pendant son sommeil et je suis actuellement en garde à vue.

Bastian soupire, soulagé.

— Sérieusement. Qui est mort, et comment ? Tu es sûre que c'est une bonne idée de rester là-bas alors qu'un meurtrier est en liberté ?

— La victime est un jeune homme, Thor, le neveu d'Ella, c'est vraiment tragique. Il s'est noyé.

— Noyé ? Mais la police pense qu'il s'agit d'un meurtre ?

Bastian est à la fois sceptique et intrigué.

— La police… c'est beaucoup dire. L'officier Viktor soupçonne que c'en soit un, et moi j'en ai la conviction.

— Tu es le nouvel inspecteur Morse, peut-être ?

— Je me vois plutôt comme une sorte de Jessica Fletcher.

Silence.

— Dans *Arabesque*, la série policière des années 1980.

— Ah ! Tu as été témoin du meurtre, peut-être ?

— La question n'est pas d'avoir vu le meurtre. C'est de trouver tous les indices qui me conduiront à son auteur.

Hannah sent le sourire de Bastian.

— Tu as donc été mordue par un détective fou, je dois dire que c'est plutôt surprenant. Mais bien entendu, ce n'est pas si mal pour ton polar.

Bastian marque une pause et continue :

— Car c'est une source d'inspiration, n'est-ce pas ?

Hannah réfléchit.

— Honnêtement, je ne sais pas vraiment pourquoi je fais ça. Pour l'instant je veux juste aider à tirer cette histoire au clair. Pour Ella notamment.

— Ça ressemblerait presque à de la compassion.

— C'est peut-être le cas.

Hannah se surprend elle-même. De la compassion. En réalité, elle ressent juste un fort sentiment de curiosité.

— Peu importe le motif de mon engagement. Ce qui compte, c'est que pour la première fois de ma vie je commence à réfléchir en termes d'intrigue. Ce qui n'est pas si mal pour ce polar à la con.

— Ce n'est donc pas un projet avorté ?

— Disons qu'il a un peu plus de chances de voir le jour.

— Hannah, promets-moi de faire attention à toi. Je suis sérieux, ne t'embarque pas dans quelque chose que tu ne maîtrises pas. Ne te mets pas en danger.

— Ma carrière est en train de se déliter. Comment ma vie pourrait-elle être davantage mise en danger ?

Bastian soupire.

— Bien. Mais il faut que tu te prépares pour la presse. Je vais essayer d'empêcher que ça arrive, mais sache bien que ça pourrait mal tourner si on découvre que tu essaies d'élucider un meurtre au milieu de tes vacances littéraires.

— Mes vacances ?

La communication est coupée avant que Hannah parvienne à ajouter quelque chose. Elle range son téléphone et lève les yeux vers le Vatnajökull. On dirait que le glacier s'est affaissé un peu plus sur la montagne.

Après une courte sonnerie, une femme aux cernes marquées vêtue d'un pull islandais ouvre la porte.

— Bonjour, je m'appelle Hannah, je suis hébergée chez Ella, et j'aurais voulu… Enfin…

La femme la regarde. Attends. Pas franchement décidée à mettre fin à cette situation embarrassante.

— Je voudrais juste remettre une lettre à Jonni. De la part d'Ella. Elle lui a écrit quelques mots de soutien et elle aimerait l'inviter à prendre une tasse de thé. Pour parler de ce qui s'est passé.

Hannah tend la lettre en essayant de ne pas trembler. La femme baisse les yeux, merde, Hannah espère qu'elle ne va pas la prendre et la lire. Elle découvrirait qu'il ne s'agit pas d'une invitation d'Ella à prendre le thé pour échanger des condoléances, mais d'une lettre de Hannah suppliant Jonni de lui parler de son amitié avec Thor. La femme regarde l'enveloppe, sceptique.

— Ella a le téléphone. Elle n'a qu'à appeler si elle veut parler à Jonni.

La femme veut refermer la porte, mais Hannah réussit de justesse à glisser le bout de sa bottine dans l'embrasure.

— Je suis au courant de la disparition de Jonni. Impossible pour Ella de l'appeler, pas vrai ?

La porte s'entrouvre.

— Comment savez-vous que Jonni a disparu ?

Elle regarde Hannah d'un air réprobateur.

— J'étais chez la famille de Thor tout à l'heure. Pour la veillée mortuaire.

L'angoisse submerge le visage de la femme.

— Alors tout le monde est au courant ?

De toute évidence, elle craint que la ville entière ne soupçonne son fils d'être impliqué dans la mort de Thor. Une peur légitime. Hannah secoue la tête pour la rassurer.

— J'ai parlé avec Viktor, l'officier de police. C'est lui qui me l'a dit. Je ne crois pas que d'autres sachent que Jonni a disparu.

Hannah n'est pas certaine que ce soit vrai, mais elle espère gagner sa confiance en la rassurant. Juste assez pour qu'elle donne la lettre à son fils. S'il finit par rentrer. La stratégie fonctionne. Après une courte réflexion, la femme en pull islandais tend la main et prend la lettre, apparemment sans intention de l'ouvrir. Heureusement.

— Je lui donnerai quand il rentrera.

La certitude placide de la femme étonne Hannah.

— *Quand* il rentrera… ? Ça lui arrive souvent de disparaître ?

Aucune réponse, mais à son expression, Hannah comprend que c'est le cas.

— Et où va-t-il généralement ? Pour faire quoi ?

— Il faut que je rentre.

La femme claque la porte au nez de Hannah sans un au revoir.

13

Affamée. Hannah regarde l'heure. 14 h 48. Elle n'a encore rien mangé de la journée, et avec tous ces événements c'est comme s'il était écoulé plusieurs jours. De plus, elle se demande comment poursuivre son enquête. Elle sent qu'elle devrait se rendre là où le corps de Thor a été découvert, mais elle ignore où se situe cet endroit. Et la nuit commence déjà à tomber. Cependant, elle croit savoir où elle pourra trouver à la fois de quoi manger et d'autres informations : au Bragginn.

Elle grimpe sur un tabouret, presque comme une habituée. Quelques pêcheurs retraités à la mine résignée occupent un coin du bar, Hannah se demande si ce sont les mêmes que la dernière fois. Quelle honte, elle se rend compte que son regard ne voit pas des individus, mais une masse de tristesse humaine. Elle cherche son admirateur, l'idiot du village qui l'a escortée jusqu'ici la veille, mais ni lui ni la femme au chien ne sont là. Néanmoins elle reconnaît aussitôt le barman. C'est l'incarnation d'un fan de heavy-metal, ou d'un tueur en série. Peut-être un peu des deux. Il doit avoir la quarantaine mais pourrait tout aussi bien avoir dix ans de moins ; l'alcool et le manque d'hygiène de vie ont cette capacité surprenante de pouvoir ajouter ou retirer des années. Il est peut-être entre les deux. Ses cheveux noirs mi-longs sont peignés en arrière, et gras comme le dos d'un autocollant ; pas par manque d'eau et de savon, mais plaqués à la cire. Par-dessus un T-shirt Iron Maiden, un blouson de cuir se bat vaillamment pour rester fermé sur sa bedaine.

— Eau minérale ou whisky Coca ?

Le métalleux la reconnaît, et il se souvient même qu'elle est à la fois au régime sec et à l'alcool fort ; selon la présence ou non de la police. Hannah meurt d'envie d'un cocktail, mais cela lui semble un péché encore plus grand en ayant le ventre vide. Elle attrape un menu dont ni la carte ni les plats qui y sont proposés ne semblent avoir changé depuis la fin des années 1980. Hannah élabore un menu qui présente le juste équilibre entre alcool et sobriété, le familier et l'exotique.

— Je voudrais un Irish coffee avec du pain grillé et du fromage de chèvre fumé, s'il vous plaît.

Le barman acquiesce, dépose l'Irish coffee sur le comptoir d'un geste rapide et professionnel ; il disparaît ensuite derrière des portes battantes, avant de réapparaître au même endroit quelques minutes plus tard, une assiette de pain et de fromage à la main. Le métalleux est à la fois barman et cuisinier. Hannah jette un œil à son assiette, étonnamment appétissante et même agrémentée d'un peu de poivron rouge. Elle attaque l'assiette avec une faim de loup.

— Une vraie tragédie ce qui est arrivé à ce garçon, Thor, hein ?

Elle avale le dernier morceau de fromage de chèvre avec un flegme forcé.

Le barman acquiesce.

— Terrible. Un si bon gars.

— Vous le connaissiez ?

Le Blouson-de-cuir hausse les épaules.

— De vue. Mais il ne traînait pas ici avec les autres, si c'est ce que vous voulez dire.

— Il ne buvait pas d'alcool ?

— Tous les jeunes d'ici boivent un petit coup de temps en temps, c'est pas comme s'il y avait grand-chose d'autre à faire. Mais il ne venait jamais les week-ends avec les autres jeunes.

— Il était plutôt apprécié pourtant, non ? Je l'ai aperçu jouer au foot hier soir.

— Oui, sans doute… Comme je vous dis je ne le connaissais pas vraiment, on disait juste qu'il était différent.

— Comment ça différent ?

De nouveau, le Blouson-de-cuir se lève et s'abaisse dans un haussement d'indifférence. Hannah comprend qu'elle n'avancera pas de cette façon.

— Vous savez où on l'a retrouvé ? lance-t-elle faussement détachée.

— Au bord de l'eau. Un peu au sud du port.

— Au sud ?

Hannah essaie de visualiser la ville à partir de ce qu'elle a vu et se rappelle.

— Près des bateaux de pêche ?

Le métalleux secoue ses cheveux gras.

— Non, à vrai dire ce n'est près de rien du tout. Un drôle d'endroit, si vous voulez que je vous dise.

Hannah essaie de ne pas paraître trop intéressée. Elle prend la dernière croûte de pain et croque dedans.

— C'est-à-dire ?

Le barman lève les paumes vers le ciel comme s'il déclinait toute responsabilité.

— Étrange, c'est tout. Je veux dire, qu'est-ce qu'il faisait là-bas ? À part des marais, il n'y a rien.

— Il a peut-être dérivé jusque là-bas en partant du port ?

— Ça m'étonnerait. Ça impliquerait qu'il ait traversé l'écluse, un passage sinueux, et le courant est très faible jusqu'au chenal. Par contre, beaucoup de bateaux circulent, et donc peu probable que personne ne l'ait vu.

— Je vois. On dit que c'est son père qui l'a trouvé. Vous savez s'il était parti à sa recherche ?

— Je ne vois pas d'autre raison. Qu'est-ce qu'il serait allé faire dans ce coin paumé sinon ?

Hannah hoche la tête, bonne question. Le barman se tourne vers une cliente qui vient d'entrer, la femme au chien. Ils bavardent, Hannah saisit quelques mots – Thor est encore au cœur de la conversation. Sa mort fait parler toute la ville. Hannah prend une grande gorgée de son Irish coffee et sent le mélange de chaleur et d'alcool parcourir son corps, elle se sent légère, légère, légère. Elle voudrait s'abandonner à cette sensation, boire dix verres de plus de cette potion magique, ne pas avoir à réfléchir. Il y a beaucoup trop de questions sans réponse, trop de morceaux à assembler pour éclaircir cette affaire. Et puis ce n'est pas son travail. Elle a un roman policier à écrire et voilà qu'elle perd son temps à courir après un hypothétique meurtrier.

Peut-être qu'au fond elle a surtout l'espoir qu'il existe ? Ça se tient. Thor jouait au football hier soir. Après quoi il a retrouvé des amis et bu quelques bières avec eux. Sur le chemin du retour, il est tombé dans l'eau, ivre. Son père a commencé à s'inquiéter de ne pas le voir rentrer à la maison et il est parti à sa recherche. Jonni a appris la mort de son meilleur ami et il s'est éclipsé, comme il lui arrive fréquemment de le faire. Il sera sûrement de retour avant ce soir. Et le coup derrière l'oreille, Thor a dû le recevoir en tombant dans l'eau. Hannah soupire, vide son verre. Elle devrait rentrer pour écrire, broder sur la réalité plutôt que d'essayer de la comprendre et de finir déçue par les fades banalités de l'existence. Non, mieux vaut construire ce meurtre avec des mots avant de découvrir qu'il n'a jamais eu lieu. Elle sort son porte-monnaie, dépose l'appoint sur le comptoir, glisse de son tabouret, mais s'arrête net. Qu'est-ce qui faisait de Thor un garçon différent ? Différent en quoi ? Au même instant, la porte derrière elle s'ouvre dans un vacarme, un jeune pêcheur se précipite à l'intérieur, les pans de son caban sont battus par le vent, ses yeux écarquillés :

— *Jonni er inni hjá Þór. Hann er með haglabyssu !*

Le bar tout entier se fige, la femme au chien lâche son verre. Hannah est perdue, elle se tourne vers le barman :

— Que se passe-t-il ?

— Jonni est chez les parents de Thor, il a un fusil de chasse !

14

HANNAH N'A JAMAIS VU un blouson de cuir bouger aussi vite. Étant la plus sobre du bar, elle parvient à sauter rapidement dans la voiture du métalleux, garée juste devant. La ceinture de sécurité non bouclée pend autour de son épaule droite. Elle s'agrippe des deux mains à la poignée de maintien. Le barman traverse la ville comme dans un film d'action. Ils arrivent devant la maison en quelques minutes. Blouson-de-cuir fonce hors de la voiture. Hannah se débat avec la serrure, bordel de merde, elle ne s'ouvre pas ! Elle rampe par-dessus le siège conducteur sans la moindre grâce, se jette hors de la voiture et rattrape son chauffeur près de la porte. Nom de Dieu, et il sonne en plus ! Hannah le regarde, sidérée.

— C'est un peu impoli de débarquer comme ça.

— C'est une situation d'urgence !

Le cœur de Hannah bat la chamade, elle bout, tout son corps est sous tension. Elle saisit la poignée, tourne les yeux vers son acolyte, voit qu'il l'approuve d'un signe de la tête, et ouvre la porte. Elle retient sa respiration pendant une seconde, entend un jeune homme crier, un homme plus âgé lui répondre, des femmes pleurer. Le duo de sauveteurs dépareillé se précipite dans le salon, où un jeune homme frêle en jean et T-shirt, les pieds nus, vise le front du père de Thor avec un fusil de chasse, des larmes plein les yeux. Viktor et le médecin légiste tendent la main au jeune homme en signe de médiation. La mère de Thor se cache le visage. Ella fait bouclier devant elle tout en gardant un œil vigilant sur la situation. Les autres invités gémissent tout bas.

— *Jonni, slepptu byssunni*[*] !

Hannah regarde son comparse avec surprise, elle ne l'imaginait pas capable de faire preuve d'une telle autorité dans la voix. Mais il doit avoir l'habitude de crier sur les clients alcoolisés et autres bagarreurs. Il a une certaine expérience dans la prévention des situations dangereuses. Toute la pièce se tourne vers Blouson-de-cuir et Hannah. Elle aimerait pouvoir disparaître d'un claquement de doigts, mais lui semble apprécier d'être le centre de l'attention. Malgré le fusil de chasse désormais pointé dans sa direction. Le regard du jeune homme, que Hannah suppose être Jonni, est glaçant de détermination.

— *Slepptu byssunnni. Þetta endar ekki vel*[**].

— *Það er honum að kenna að Þór er dáinn*[***].

Hannah regarde le barman, dont une mèche grasse vient de tomber sur le front, puis Jonni. Elle essaie de déchiffrer l'échange, ou au moins d'en comprendre le sens. L'intensité dans le regard du garçon ne faiblit pas, il tourne de nouveau son fusil vers Ægir. Pour le désigner ou le menacer ? Le

* Jonni, lâche le fusil !

** Lâche le fusil. Ça va mal finir.

*** C'est sa faute si Thor est mort.

corps de Hannah est tendu comme celui d'un porc juste avant l'abattage, un léger vertige la saisit, elle se rend compte qu'elle est en train de retenir sa respiration. Elle inspire et expire lentement. Sans un bruit. Elle croise le regard de Viktor, il a l'air hagard, c'est sans doute sa première prise d'otage. Si l'on peut dire. Elle devine un soulagement dans les yeux du policier lorsque le barman fait un pas décidé vers Jonni et lui tend la main, comme à un ivrogne qu'il faut aider à aller au lit. Il ne dit rien, ce ne sont pas des mots qui le calmeront. Il pose sa grosse main douce sur le bras de Jonni, toute la pièce retient son souffle, Vigdis regarde prudemment entre ses doigts. Jonni baisse un tout petit peu les bras, le fusil pointe à présent le ventre de la Statue de pierre. Un soulagement est perceptible dans la pièce, mais Jonni maintient sa position et regarde Ægir droit dans les yeux :

— *Það varst þú sem drapst hann**.

Il appuie sur la détente et le fusil émet un grand, un fracassant, un… tout petit "clic" à peine audible. Il n'est pas chargé. Vigdis pousse un hurlement. Jonni finit par jeter le fusil à terre, et s'effondre comme un condamné à mort épargné de la potence au dernier moment. Blouson-de-cuir se penche, passe un bras autour de Jonni qui fixe le cadavre de Thor, le regard vide ; le voit-il vraiment ? Viktor passe les menottes au jeune homme, les invités reprennent peu à peu leurs esprits. Hannah aussi. Elle rejoint Ella en faisant des pas de côté, le regard toujours dirigé vers la scène qu'elle n'ose pas encore quitter des yeux.

— Vous n'avez rien ?

* C'est toi qui l'as tué.

Du coin de l'œil, Hannah voit Viktor conduire Jonni hors de la pièce, et le barman les suivre doucement comme s'il était chargé de veiller au bon déroulé de l'arrestation. Hannah se tourne complètement vers Ella, qui tient toujours Vigdis dans ses bras comme une enfant au milieu d'un bombardement. Vigdis se dégage doucement de son étreinte protectrice, se dirige vers l'homme de pierre et le prend dans ses bras. Elle le serre si fort qu'il manque de tomber en miettes. Ella les observe. Il y a quelque chose dans son regard qui ne ressemble ni à de la bienveillance, ni à du soulagement, plutôt à un nuage de pensées sombres. Peut-être l'envie d'avoir, elle aussi, quelqu'un à protéger avec son amour ?

— Vous n'avez rien ? répète Hannah.

Ella se secoue, comme pour réinitialiser le monde. Ça va, elle n'a rien.

15

Le café est fumant et noir comme le charbon. Hannah verse deux tasses pendant qu'Ella cherche des biscuits dans un placard. Assises dans la cuisine, elles sont restées silencieuses pendant tout le trajet, comme si les mots leur avaient manqué pour décrire ce qui venait juste de se produire. Elles sont parties peu de temps après l'arrestation de Jonni. Elles ont seulement aidé à débarrasser les tasses et à ranger les chaises après le départ des invités venus exprimer leurs condoléances. Le petit cortège s'est dissipé comme la fumée après un coup de canon. Personne n'avait vraiment envie d'encombrer les parents endeuillés, ou plus exactement : tout le monde s'est empressé de rentrer chez soi pour cancaner sur les événements.

Dans une ville où les vols de cartons de bières et les mobylettes pétaradantes représentent habituellement le paroxysme de la criminalité, ce qui s'est passé aujourd'hui a fait voler en éclats les limites du drame. Et toute la ville doit en être complètement retournée, se dit Hannah. La vie ne sera plus jamais comme avant. Elle rendrait bien une nouvelle visite à Viktor pour assister à l'interrogatoire de Jonni, mais elle ne saurait trop quelle excuse inventer pour débarquer de nouveau. Le médecin aura-t-il eu le temps d'analyser le corps de Thor malgré les événements ? Probablement pas, la dépouille était toujours couchée au milieu du salon et ils attendaient forcément la fin du rassemblement pour procéder à l'autopsie. Mais ils ont été interrompus par Jonni et son fusil.

— Qu'est-ce qu'il a dit à Ægir ?

Hannah lance un regard interrogateur à Ella qui lui rend la pareille, comme si elle ne comprenait pas.

— Jonni, élabore Hannah. Pourquoi était-il aussi en colère après le père de Thor ?

Ella hausse les épaules et prend une gorgée de café.

— Je me trompe ou… il accusait Ægir d'être responsable de la mort de Thor ?

Ella hésite un peu et finit par attraper un stylo et une feuille.

Il être sous le choc de ce drame. Comme nous tous.

— Mais personne d'autre n'a sorti un fusil de chasse. Vous croyez qu'il sait quelque chose ?

Ella hausse de nouveau les épaules. Elle n'a pas vraiment l'air de vouloir commencer à émettre des hypothèses sur un éventuel crime, un mobile ou un coupable. Et d'un côté, cela peut se comprendre. Mais Hannah ne peut s'empêcher de titiller un tout petit peu plus son hôtesse.

— Jonni et Ægir ne sont pas en très bons termes, n'est-ce pas ?

Ella regarde Hannah droit dans les yeux. Un sourire indéfinissable se dessine sur sa bouche. Elle écrit de nouveau.

C'est le moins qu'on pouvoir dire.

— C'est-à-dire ?

Mais Ella se lève, enveloppe ses vieilles épaules d'une couverture. Griffonne un nouveau message.

J'ai besoin d'un peu de repos. La mort épuiser mes vieux os.

Hannah fait une dernière tentative.

— Jonni était-il une mauvaise fréquentation pour Thor ? Je veux dire ; il le faisait boire, il aime les armes, il est colérique… ?

Ella gribouille un dernier message à la va-vite.

Quelque chose comme ça.

Elle disparaît en haut des marches. Des pas pesants sur une journée pesante. Hannah prend la feuille avec les pattes de mouche de la vieille dame. Quelque chose comme ça. Qu'est-ce qu'elle peut bien vouloir dire ?

L'Île de la mort
Chapitre 1

Hannah allume une cigarette, ouvre la fenêtre ; les charnières résistent un peu mais finissent par céder grâce à une forte pression du pouce. Elle s'appuie au dossier de sa chaise, expire un grand coup. Dehors, le jour est déjà en train de se ratatiner. Mais nom de Dieu ! Elle ne peut quand même pas appeler son polar *L'Île de la mort*. Quel ennui. Mais quel genre de titre donne-t-on à un roman policier ? Hum. Quelque chose avec "meurtre", "mort", ou "femme". Ou alors en un mot : *Le Crime*, *Le Pont*, *L'Avocat*. Non, ce genre de titre est peut-être plus adapté à un film ou à une série. Il faut que les gens sachent tout de suite qu'il s'agit d'un polar. Surtout que, pour l'instant, son nom n'est pas associé à la littérature de genre. Un mot un peu choquant pour appâter les lecteurs. Bon. *L'Île de la mort* sera son titre de travail. Merde à la fin, de toute façon ce sera à vomir ! La cigarette qu'elle vient de poser dans le cendrier se consume toute seule. Hannah fait craquer sa nuque, puis ses doigts. Préparez-vous, voici venir le polar le plus grand, le plus beau, le plus rapidement écrit ! Un polar à la con, certes, mais le voilà.

L'herbe était inhabituellement verte pour un mois de novembre. Tore laça ses chaussures de foot avec une détermination toute particulière, comme si c'était la dernière fois. Il les laçait toujours de cette façon, c'était dans sa nature ; un garçon méticuleux et perfectionniste, pas seulement avec ses lacets, mais dans la vie en général. Ce qu'il ignorait, c'est que c'était effectivement la dernière fois qu'il laçait ses chaussures, et le match qu'il s'apprêtait à jouer avec ses amis allait être le dernier de sa courte vie de dix-huit ans. Avant le prochain lever du soleil, il serait mort.

Hannah lève les yeux, oui, oui, pas si mal ! C'est un début en tout cas. Elle se permet de broder sur la personnalité de Thor, car à vrai dire elle ne le connaît pas. Mais elle devrait. Elle écrit dans son carnet : *Qui était Thor ?* et se tourne de nouveau vers son clavier. Son polar a maintenant un début. La tâche n'est peut-être pas si insurmontable finalement. Elle ne lève pas les yeux de son écran pendant trois bonnes heures. Quand elle s'arrête enfin, le cendrier est rempli de mégots. L'obscurité a balayé les derniers restes de lumière depuis déjà un moment et une colonne de froid entre par la fenêtre ouverte. Hannah met un point final, essoufflée comme après un marathon. Elle est la première surprise d'avoir été en si bonne forme. Elle parcourt le document : sept pages. Hannah sourit, satisfaite. Elle finit par refermer son ordinateur, puis la fenêtre, et lève son corps supplicié par l'écriture.

Le rez-de-chaussée de la maison baigne dans le silence et l'obscurité. Hannah éclaire la pièce et lance la machine à café. Elle feuillette distraitement quelques vieux magazines en attendant que l'eau passe dans la machine. Quelle est la prochaine étape ? Elle a réussi à se lancer dans l'écriture de son livre, mais elle doit maintenant en savoir plus sur le crime. C'est ainsi qu'elle désigne la mort de Thor ; ce n'est peut-être qu'un fantasme, mais elle ne peut s'empêcher de penser qu'il y a un crime derrière tout cela. Ou en tout cas, un grand nombre de circonstances très mystérieuses. Pourquoi Thor, qui avait peur de l'eau, est-il quand même allé au bord de la mer après s'être enivré ? Son père, lui, l'a découvert comme s'il savait déjà que le cadavre de son fils flottait dans l'eau. Et pourquoi Jonni a-t-il accusé Ægir d'être responsable de la mort de Thor ? Plus important encore : Jonni savait-il que le fusil qu'il a pointé sur lui n'était pas chargé ? Sera-t-il inculpé pour tentative d'assassinat ? Et enfin : que va bien pouvoir révéler l'autopsie de Thor ?

Hannah secoue la tête et se lève pour aller se servir un café. Elle enveloppe la tasse de ses mains et sent la chaleur se répandre dans ses doigts. Elle boit une gorgée. Il y a trop de questions sans réponse. Le seul point rationnel, c'est qu'Ægir n'appréciait guère que son fils fréquente un garçon capable de débarquer au milieu d'une veillée funèbre en brandissant un fusil. Hannah frissonne en imaginant le drame qui se serait produit si l'arme avait été chargée. Si Jonni avait tiré sur Ægir, se serait-il arrêté là ou aurait-il abattu tous les invités ? Elle y compris ? Hannah médite un moment en buvant son café, quand tout à coup, une pensée lui traverse l'esprit. La scène du crime ! Comment a-t-elle pu l'oublier ? Ce drame avec Jonni a monopolisé toute son attention, si bien qu'elle en a oublié cette putain de scène de crime. La nuit est tombée et il est trop tard pour entreprendre une exploration. À moins que… Hannah regarde l'heure, il est tout juste huit heures passées. Elle se mord la lèvre, il fait sombre, mais techniquement, ce n'est pas encore la nuit. Elle attrape son manteau, laisse le café sur la table et oublie d'éteindre la lumière en sortant.

16

Bon d'accord, quand il fait sombre, techniquement, c'est bien la nuit. Hannah frémit, pose un pied investigateur dans l'herbe détrempée de la plaine. Elle regrette son excursion, l'obscurité a englouti le paysage ; et non seulement il est impossible d'explorer les environs pour y chercher des traces (quelles qu'elles soient), mais en plus, elle l'admet, elle a peur. Enfin, un tout petit peu. Elle espérait que l'endroit serait éclairé par un lampadaire sur la route ou par les lueurs de la ville. Mais rien. À son grand désespoir, elle doit se contenter du petit faisceau faiblard émis par la fonction lampe de poche de son téléphone. Hannah se sent comme une imbécile, à tous points de vue. À l'instant où elle se résout à rentrer au chaud dans le séjour d'Ella, elle sent une main se poser sur son épaule. Un cri lui échappe, elle s'écarte dans un soubresaut maladroit, met le pied dans une flaque d'eau dissimulée sous l'herbe, se tord la cheville et tombe dans la boue. Le faisceau lumineux de son téléphone éclaire la silhouette en tremblotant ; si son heure est venue, elle veut au moins partir avec une image nette de son assassin. Le sans-abri en manque de baisers lui sourit comme s'ils se croisaient dans les toilettes du Bragginn.

— Ça a l'air moelleux et confortable, mais l'herbe est vraiment le pire endroit pour faire une sieste.

Il tend la main vers elle. Hannah hésite un instant, mais réalise que si elle doit craindre quelqu'un dans cette ville, ce n'est sûrement pas cet homme en guenilles qui semble ravi de la voir. Elle prend sa main, se relève.

— Merci.

Elle s'époussette, comme si cela allait l'aider à se débarrasser de l'humidité qui imprègne ses vêtements.

— C'est là que le père de Thor a repêché son corps.

Guenille pointe le doigt en direction de l'eau. Hannah tourne la loupiote pathétique de son téléphone dans la même direction, mais ne distingue évidemment rien de plus que l'obscurité. Elle entend les vagues s'écraser sur la côte, battre les rochers.

— Il est mort dans l'eau ou sur la terre ferme ?

Elle éclaire de nouveau Guenille, qui hausse les épaules, non, bien sûr, comment pourrait-il le savoir ? Néanmoins, il semble être au courant de quelque chose.

— Comment connaissez-vous l'endroit où on l'a découvert ?

— J'ai vu Ægir le tirer hors de l'eau. Je l'ai même aidé.

Hannah le regarde, abasourdie.

— Vraiment ? Et… que faisiez-vous là pour commencer ?

Guenille hésite. Hannah sent qu'un secret est sur le point d'émaner de la silhouette négligée. Il regarde la mer.

— Il m'arrive de venir ici pour… enfin… dormir après quelques bières. Surtout l'été bien sûr ; j'ai construit un petit cabanon au bord de l'eau. J'aime bien venir dormir ici et être réveillé par le murmure des vagues. Ça me donne l'impression que le monde entier m'appartient.

Il sourit, penaud. Hannah le comprend ; il est sans-abri, mais possède quand même une cabane sur la plage. C'est peut-être tout ce dont on a besoin en fin de compte, même si la cabane en question n'est qu'un tas de planches qui sert juste à se protéger des intempéries.

— Mais nous sommes au mois de novembre. Pourquoi êtes-vous venu ici hier soir ?

— Je suis arrivé au petit matin. J'ai traîné au Bragginn jusque tard dans la nuit et je… je ne retrouvais pas les clés de mon appartement.

Il sourit de nouveau, cette fois un peu honteux. Il a donc un domicile. La politique sociale de Húsafjörður est certainement généreuse.

— Et vous avez vu Ægir sortir Thor de l'eau ?

Le cœur de Hannah s'emballe, elle sent qu'elle tient une piste pour son enquête. Un témoin oculaire ! Le sans-abri – qui ne l'est pas tant que ça – acquiesce, le regard plongé dans l'obscurité, peut-être en direction de l'endroit où s'est déroulé l'incident dramatique de la nuit dernière. Tous ses souvenirs sont-ils bien clairs malgré son absorption d'alcool ? Elle devrait peut-être l'aider à se rafraîchir la mémoire. Hannah fouille dans la poche intérieure de son manteau et en tire un paquet de cigarettes qu'elle tend à Guenille. Une main aux ongles longs saisit la clope qui dépasse du paquet.

— Merci.

— Je vous en prie. Comment vous appelez-vous au fait ?

— Gísli.

Elle lui tend du feu.

— Hannah.

Ils tirent en même temps sur leur cigarette. L'obscurité avale la fumée.

— Vous l'avez vu aller dans l'eau pour le récupérer ? Ægir, je veux dire.

— Non. J'ai vu qu'il luttait pour tirer le corps sur la terre ferme, c'est tout. Alors je me suis empressé d'aller l'aider. Je ne savais pas ce qui se passait, et j'ai réalisé qu'il était mort au moment où son corps gisait sur la plage. Et il l'était bel et bien, ça ne faisait aucun doute.

— Que s'est-il passé ensuite ?

Hannah essaie de contenir son excitation. Dans le noir, elle devine un haussement d'épaules de la part de Gísli.

— J'ai pris le téléphone d'Ægir pour appeler Viktor. Il n'était pas en état de le faire lui-même.

Gísli se tait. Comme s'il venait juste de repenser à la situation, de l'analyser.

— Il avait l'air sonné. Il devait être en état de choc.

Ça se tient. Cela ressemble bien à l'homme que Hannah a vu à la veillée funèbre. Un père désemparé, transi par le chagrin.

— Il a dit quelque chose ?

— Non. En y repensant, il semblait étrangement figé. Pas un mot, pas une larme, rien.

— Combien de temps s'est écoulé avant l'arrivée de Viktor ?

— Je ne sais pas exactement… C'est bizarre, mais c'est comme si le temps s'était décalé ou arrêté. Il s'est peut-être passé dix minutes, peut-être quarante-cinq. Je ne sais pas.

— Vous les avez accompagnés ? Viktor vous a interrogé ?

Une pause.

— Non. Je les ai aidés à mettre le corps de Thor dans la voiture d'Ægir et je les ai regardés partir.

Hannah tire une dernière bouffée sur sa cigarette et l'éjecte dans le noir en regardant la braise se résorber et disparaître. Elle frissonne, lève les yeux. Le ciel la surprend chaque soir. L'obscurité repose sur une ligne orange. Une pensée la frappe.

— Pourquoi êtes-vous revenu ?

Gísli aspire les dernières bouffées de sa cigarette et éteint le bout incandescent entre son pouce et son index. Il inspire profondément.

— Mes provisions.

— Vos provisions ?

Gísli agite le bras et commence à s'en aller. Hannah prend son geste comme une injonction à le suivre.

Le petit abri en bois grince sous le poids de Gísli. À quatre pattes, il est affairé à fouiller derrière ce qui s'apparente à un matelas. Elle regarde en direction de la mer, sent presque le goût de l'iode. Après avoir fourragé un moment, Gísli sort la tête.

Hannah plisse les yeux pour distinguer sa silhouette dans l'obscurité.

— Elle a disparu !

— Qu'est-ce qui a disparu ?

— Ma bouteille ! J'avais une bouteille de vodka pleine !

La douche froide. C'est tout ? Une bouteille de vodka !

— C'est un type qui vit près du glacier qui la distille. Elle est pas mal. J'en avais une bouteille pleine.

Gísli la Guenille continue d'explorer son cabanon. Agacée, Hannah tourne les talons. Elle est sur le point d'élucider un crime, et cet homme s'évertue à retourner sa cabane pour trouver une bouteille d'eau de vie artisanale. Tandis qu'elle s'avance sur le chemin du retour, elle entend Gísli marmonner au loin. Elle aurait peut-être dû prendre congé. Mais elle est trempée et fatiguée, et honnêtement, elle aurait bien besoin d'un petit remontant. De la vodka maison ou autre chose. Hannah se repasse le récit de Gísli. Pourquoi Viktor n'a-t-il rien dit à son propos ? Pourquoi ne pas l'avoir interrogé ? Un signe de son incompétence, assurément. C'est le trait humain que Hannah exècre le plus. Avec l'ignorance. Mais au fond, c'est peut-être la même chose.

Juste avant de rejoindre la route, elle doit enjamber un petit fossé. Hannah dégaine la lampe torche de son téléphone – elle se passerait bien d'un deuxième moment d'intimité avec l'herbe humide. Pas à pas, elle se fraie prudemment un chemin dans la lumière bleutée, mais s'arrête net. Le faisceau illumine quelque chose. Vraiment, elle ne rêve pas ? Hannah se penche. Une joie insolite, presque perverse, s'empare d'elle. Elle ne peut pas s'empêcher de sourire toute seule. Dans son écharpe, elle enveloppe soigneusement une bouteille de vodka brisée. Et sur le cul de la bouteille, incontestablement, il y a des traces de sang.

17

— VIKTOR N'EST PAS LÀ.

Margrét tient la porte entrouverte. Elle fixe Hannah – avec agacement ou curiosité ? La bouteille enveloppée dans l'écharpe (ou qui sait ! Peut-être l'arme du crime ?) est près d'exploser dans la main de Hannah.

— Je peux l'attendre à l'intérieur ?

— Je ne sais pas quand il sera de retour.

Le ton de la femme du policier n'est pas aussi distant que les mots qui sortent de sa bouche. Derrière elle, la maison reluit de silence. Les enfants sont-ils déjà couchés ? Hannah ignore à quelle heure les gosses de cet âge doivent aller au lit.

— Je crois avoir trouvé l'arme du crime.

Elle tend la main. Margrét regarde l'objet d'un œil sceptique.

— Thor a glissé sur une écharpe ?

Bon. L'humour noir est peut-être une vertu quand on est mariée à un officier de police. Hannah défait un peu l'écharpe, découvrant le cul de la bouteille brisée. Le regard de la femme-volcan se détache de la main de Hannah, glisse le long de son bras et s'arrête sur ses yeux. Pour lui témoigner son approbation ? Elle tire ensuite la porte vers elle et l'ouvre grand. Hannah entre avec soulagement.

Elle pose prudemment la bouteille sur la table du salon et s'assoit sur le canapé en cuir marron – un choix mobilier de Viktor ? Sûrement pas celui d'une femme en tout cas.

— Confortable, hein ? Il est vilain mais pratique, on peut essuyer les saletés en un coup de chiffon. Un avantage quand on a des enfants à la maison.

Margrét arrive avec deux verres de vin rouge, elle en tend un à Hannah qui le prend comme s'il contenait de l'or. Elle essaie de ne pas boire trop goulûment. Elle observe la femme du policier se glisser à l'autre bout du canapé et boire une gorgée de vin. La main de Hannah effleure le cuir marron. De l'extérieur, elles doivent avoir l'air de deux âmes égarées sur un canot de sauvetage démesuré. Margrét sort un paquet de cigarettes d'une petite boîte posée sur la table, en offre une à Hannah, l'allume pour elle, puis allume la sienne. Elle actionne également son briquet sur les mèches de deux gigantesques bougies. Hannah ferme les yeux, mélange le vin et la fumée dans sa bouche ; elle se sent inhabituellement apaisée. En rouvrant les yeux, elle surprend Margrét en train de la dévisager. Comme si elle se demandait à quel genre d'énergumène elle vient d'ouvrir sa porte.

— Où l'avez-vous trouvée ?

Margrét désigne l'arme présumée d'un mouvement de tête.

— Près de l'eau. J'y ai aussi rencontré un SDF – enfin, un type qui ressemble à un SDF, Gísli. Je crois que c'est sa bouteille.

— Vous croyez que c'est lui le coupable ?

Margrét se penche en avant, tapote sa cigarette sur le rebord du cendrier en pâte à sel. Hannah observe sa main, elle est fine et son mouvement gracieux et assuré. Pourquoi s'arrête-t-elle sur ces détails ?

— Non, il n'a pas de mobile. C'est juste un pauvre homme qui a perdu sa vodka.

— Gísli a perdu bien plus que cela.

La fumée sort de la bouche de la femme-volcan.

— C'est-à-dire ?

Hannah se penche en avant, fait tomber les cendres de sa cigarette. Elle sent le regard de l'autre femme se poser sur elle et devient tout à coup consciente de ses propres gestes.

— Il a été professeur à Stanford autrefois. En Mathématiques.

— Et que lui est-il arrivé ?

Margrét hausse les épaules.

— Ce qui arrive toujours quand on croit tout maîtriser. Quelqu'un vient détruire votre vie. Ou vous la détruisez vous-même.

— Je ne l'aurais jamais deviné en le voyant.

Hannah regarde droit devant elle. Elle se sent de nouveau observée mais n'ose pas regarder Margrét en retour. Pourquoi ? Quelque chose frémit en elle. Est-ce le vin ? Elle se tourne vers la femme du policier et fixe ses yeux ardents. Était-ce un sourire fugace ? Ou un simple rictus ? Quelque chose qui échappe au contrôle de Hannah est sur le point de se produire. Et elle n'est pas certaine que cela soit judicieux. Elle tend la main, saisit son verre de vin et se rafraîchit la bouche avec une grande lampée.

— Tout le monde cache un secret.

Margrét vide son verre et se lève. Hannah la regarde disparaître dans la cuisine. Elle réapparaît une seconde plus tard, la bouteille de vin à la main. Elle remplit les deux verres et regarde attentivement Hannah.

— Que cachez-vous ?

— Des tas de choses, répond Margrét, toujours debout. Et vous ?

Hannah hausse les épaules.

— Je ne sais pas. Une autrice de polars se cache peut-être au fond de moi. Ou peut-être quelque chose de pire.

Margrét semble hésiter. Elle finit par s'asseoir. Quelques centimètres plus près de Hannah que tout à l'heure. Elle suit les mains de la femme du policier qui triturent le paquet de cigarettes. Mais sans sortir de quoi fumer. Le cœur de Hannah se met à battre plus fort et fait monter la lave dans son corps. Elle tend le bras, approche doucement sa main du paquet de cigarettes posé dans celles de Margrét.

— Je peux en prendre une ?

Margrét observe les mains qui se saisissent du paquet. Leurs doigts se frôlent. Une déflagration secoue tout le corps de Hannah. Elle retient son souffle, n'ose pas regarder Margrét dans les yeux. Elle recommence. Frôle ses doigts avec les siens. Le regrette. Margrét est parfaitement immobile. Hannah ne peut pas faire autrement, c'est plus fort qu'elle. Elle caresse à présent la main qui tient le paquet de cigarettes. La main s'ouvre. Prend la sienne. Ses doigts glissent contre les siens. S'entremêlent. Le cœur de Hannah s'arrête de battre. Elle meurt. Ce contact. Le monde entier repose dans ce contact. La femme-volcan se tourne vers Hannah, braque les yeux sur elle et se penche en avant. Au moment où leurs lèvres se rencontrent, elles gardent toutes les deux les yeux ouverts. Grands ouverts. Comme pour se rassurer mutuellement. Hannah ferme enfin les paupières, tire Margrét contre elle et se glisse sous son corps en s'allongeant sur le canapé marron. Hannah a le cœur qui lui défonce la poitrine. Margrét lui retire son pull, il fait froid, la pièce est froide, l'air est froid, mais la lave coule dans ses veines. Elle glisse une main sous le chemisier de Margrét, touche son sein, un gémissement échappe à la femme couchée au-dessus d'elle. Hannah se serre contre elle, dévore sa bouche, sent le poids du désir lester le canapé. Hannah embrasse ardemment les lèvres douces et fermes de Margrét en essayant d'ouvrir son jean. Leurs deux corps ne laissent aucun espace vide, Hannah renonce, glisse finalement une main sur le bas-ventre de Margrét… Au même instant, la lumière des phares de la voiture de Viktor balaie le plafond et les emprisonne dans un faisceau qui leur glace le sang. Hannah entend le véhicule manœuvrer avant de se garer devant la maison.

— Merde !

Margrét se redresse d'un bond, ajuste ses vêtements en s'élançant vers l'entrée. Hannah ramasse son chemisier et son soutien-gorge et se précipite vers la salle de bains. Quel putain de cliché de merde !

Fermer la porte, respirer, faire baisser son pouls, remettre ses vêtements. Hannah se regarde dans la glace. Qu'est-ce que c'est que ce bordel ? Elle éprouve de la colère. Pas contre elle-même, pas contre Margrét, mais contre Victor qui les a interrompues. Elle a envie de ressortir en trombe et embrasser Margrét de nouveau. De l'amener chez Ella, s'enfermer avec elle dans la chambre mansardée pour ne plus en sortir. Son cœur bat la chamade. Elle sourit intérieurement. Merde ! Elle vient probablement de ruiner son enquête. De ruiner son projet. Elle devrait rentrer chez elle au Danemark pour ne plus jamais revenir. Bon, arrêtons d'être aussi théâtrale !

Hannah sort des toilettes d'un pas assuré.

— Il a découvert quelque chose ?

Viktor lui lance un regard interloqué. Tout à coup, Hannah réalise qu'elle avait déjà été prise d'une envie pressante la dernière fois qu'ils se sont vus dans cette maison. Et puis merde. Après tout, peu importe s'il pense qu'elle a des problèmes intestinaux, tant que ses soupçons ne vont pas plus loin.

— Le médecin légiste. Il a découvert quelque chose d'anormal sur le corps de Thor ?

Hannah garde les yeux rivés sur Viktor qui trifouille dans son sac pour sortir des papiers. Il est dos à elle. Aucune trace de Margrét.

— Ma femme m'a dit…

Nom de Dieu, que lui a-t-elle dit ?

— …que vous aviez quelque chose à me montrer.

Ouf ! Hannah se redresse, s'empare de la bouteille posée sur la table du salon d'un geste déterminé et s'avance vers le policier. Il se retourne. Fronce les sourcils, toujours avec des papiers à la main.

— Une bouteille cassée ?

— Pas une simple bouteille.

Viktor examine l'objet enveloppé dans l'écharpe.

— Une bouteille de vodka cassée… ?

Hannah soupire, pourquoi joue-t-il à ce petit jeu ? Il voit bien ce que c'est, à la fin !

— C'est une putain d'arme de crime ! Regardez, il y a du sang dessus !

Elle lui met la bouteille sous le nez, presque menaçante. Avec un air de défi, Viktor la prend dans ses mains en la laissant enveloppée dans l'écharpe.

— Ceci n'est pas l'arme du crime.

Hannah hausse les sourcils pour qu'il développe. Il hésite. Comme s'il devait choisir entre étayer son argument pour convaincre Hannah et se débarrasser d'elle, ou bien garder l'information secrète (comme son devoir l'y oblige) au risque que son silence accrédite l'hypothèse de la bouteille – et donne de l'importance au rôle d'enquêtrice que Hannah s'est attribué. Elle n'est pas prête à en démordre. S'il souhaite écarter l'hypothèse de la bouteille, il lui en coûtera l'information qu'il détient.

— Donc Thor n'est pas mort d'un coup derrière la tête ?

Hannah désigne la bouteille avec le menton. Viktor la tient toujours entre ses mains.

Fatigué, il se frotte le front, cela ne doit pas être évident pour un policier de campagne de se retrouver avec une affaire de meurtre sur les bras. C'est un peu comme si un agent de la circulation devait gérer un accident de la route. Hannah s'apprête à faire une nouvelle tentative pour le pousser à parler, mais Margrét entre dans la pièce au même instant. Instinctivement, le visage de Hannah s'adoucit, elle baisse les yeux. Non mais ça alors, elle rougit ? Margrét s'adosse contre le chambranle de la porte et croise les bras. Hannah a envie de les lui décroiser et de les enrouler autour d'elle. Bon, cette situation risque de déraper à tout moment.

— Écoutez, je ne suis pas venue ici pour vous ennuyer. Je voulais simplement vous apporter la bouteille, mais si vous avez la certitude qu'elle n'a pas la moindre importance dans l'enquête, je vous présente mes excuses.

Viktor soupire, se frotte de nouveau le front. Hannah et Margrét échangent un regard subreptice. Palpitations. De sa main libre, Viktor extirpe un sachet en plastique transparent de son sac et y glisse l'indice avec précaution.

— Pardon. La journée a été longue, et il se pourrait que cette bouteille se révèle utile à l'enquête. Merci de me l'avoir apportée.

— Mais ce n'est pas ce qui a causé la mort de Thor ?

Hannah lorgne vers Margrét, c'est elle qui baisse le regard cette fois. Elle préférerait peut-être qu'elle s'en aille ? Mais Hannah doit en savoir davantage. C'est peut-être sa dernière excuse pour débarquer chez Viktor et lui soutirer des informations. Hannah sent la déception poindre en elle. D'une part, parce que la découverte de la bouteille semble de moindre importance, et d'autre part, parce qu'elle n'aura plus de bonne raison de venir fureter après son départ. Elle garde son aplomb et reformule sa question.

— La mort de Thor a été causée par autre chose ?

Les frottements du policier passent de son front à sa nuque. S'il veut qu'elle s'en aille, il lui suffit de le dire.

— Il s'est noyé mais…

— Mais… ?

Allez, dis-le ! Hannah jette un coup d'œil à Viktor. Puis à Margrét dans l'embrasure de la porte. Subitement, l'idée que le policier partage le lit de cette femme-volcan lui semble insupportable – sa femme-volcan à elle. Elle l'imagine embrasser Margrét en lui souhaitant bonne nuit et serrer son corps contre le sien. Cette image lui tord le ventre.

— Il a reçu un coup sur la tête, il a été poussé dans l'eau, et comme il était inconscient il s'est immédiatement noyé, c'est ça ? avance-t-elle pour essayer de le faire parler.

Allez ! Confirme.

Viktor secoue la tête, hésite un peu, et s'ouvre à elle.

— Il a vraisemblablement reçu un coup derrière la tête, mais pas avec une bouteille. Un autre objet, en métal... Et... des marques sur ses épaules indiquent qu'on lui a tenu la tête sous l'eau.

C'est donc un meurtre ! Un meurtre délibéré ! Hannah tente de dissimuler son excitation. En vain. Elle repense aux quelques séries policières qu'elle a regardées – quel genre de questions un détective poserait-il ?

— Que cela vous indique-t-il sur le profil du meurtrier ? Avez-vous retrouvé des empreintes digitales, de l'ADN ?

Elle espère avoir l'air de quelqu'un qui s'exprime en connaissance de cause. Mais c'est peu probable.

— Nous n'aurons pas les résultats des tests ADN avant quelques jours. Mais nous allons également procéder à l'analyse de cette bouteille, elle pourra peut-être nous livrer de nouvelles informations. Ou confirmer ce que nous pensons.

— Et que pensez-vous... ? Vous avez un suspect ?

Hannah se tient sur la pointe des pieds. Elle s'est rapprochée de Viktor et Margrét sans même s'en rendre compte et se trouve à présent exactement entre eux. La femme-volcan est à portée de main.

— Je vous en ai déjà beaucoup trop dit. Ces informations doivent rester entre nous.

Viktor accompagne sa phrase d'un geste en direction de la porte. Hannah se dirige vers le hall d'entrée.

— Vous avez ma parole, tout ce qui s'est dit ou produit dans cette maison ce soir restera entre nous.

Elle croise brièvement le regard de Margrét en passant devant elle dans l'embrasure de la porte. Puis celui de Viktor. Il a l'air perplexe. Elle quitte le commissariat, jardin d'enfants et foyer de sa nouvelle amante avec un bref salut et l'esprit embrouillé par diverses émotions.

18

HANNAH TOURNE le verrou de la maison endormie en essayant de rester silencieuse malgré le parquet qui grince à chacun de ses pas gauches. Fébrile, elle fait le tour du salon plongé dans l'obscurité avec l'envie saugrenue de réveiller Ella. Elle a besoin de parler à quelqu'un. Ou alors d'être seule. Elle frémit, incapable de déterminer son humeur. Finalement, elle monte récupérer une bouteille de vin dans sa chambre. Elle allume un feu dans la cheminée et s'assoit devant les flammes, armée d'un verre de vin rouge. Une sensation désagréable lui colle au corps. Merde ! Elle a oublié de demander des nouvelles de Jonni à Viktor. Où peut-il bien être à présent ? Hannah réfléchit, y avait-il un lieu qui s'apparentait à une cellule de garde à vue dans la "maison-commissariat" ? Non. Mais que fait la ville de ses criminels dans ce cas ? Que fait-on d'un jeune homme qui menace le père de son ami décédé (assassiné !) avec un fusil ? L'a-t-on conduit à Reykjavik ? Renvoyé chez ses parents ? Hannah avale un demi-verre de vin et disparaît dans les flammes. Demain, il faut qu'elle retrouve la trace de Jonni. Qu'elle découvre le rôle qu'il tient dans cet imbroglio. Un rôle secondaire, Hannah en a l'intime conviction. En revanche, il n'en va pas de même pour Ægir. Pourquoi se trouvait-il au mauvais endroit presque au mauvais moment en train de repêcher le corps de son fils ? Et Gísli dans tout ça ? Cache-t-il d'autres secrets sous ses guenilles ? Et pourquoi Hannah a-t-elle retrouvé une bouteille de vodka cassée, tachée de sang frais sur le lieu du crime, s'il ne s'agit pas de l'arme en question ? Le verre est englouti d'un seul coup. Elle s'en sert un autre. C'est son dernier verre. Son tout dernier. Mais bien sûr ! C'est évident : ce n'est pas le meurtrier qui a frappé Thor avec la bouteille – c'est Thor qui l'a frappé pour se défendre ! Hannah sourit de son petit triomphe personnel. Si Thor a frappé son meurtrier avec l'arme, ce dernier doit avoir une blessure. Viktor aura-t-il déduit la même chose ? Viktor. Le sourire de Hannah se fane. Margrét lui a-t-elle parlé ? Bon. Du calme. Qu'aurait-elle bien pu lui dire ? "Au fait, je viens de bécoter cette écrivaine que tu trouves parfaitement agaçante. Ce serait sans doute allé plus loin qu'un simple baiser si ton retour ne nous avait pas interrompues." Hannah secoue la tête. Non. Il est invraisemblable que Margrét lui ait dit quoi que ce soit. À moins qu'elle ne soit du genre à tirer parti de la situation pour provoquer une scène conjugale et mettre fin à cette relation dépourvue d'amour, ou alors... Ou alors l'inverse ! Elle pourrait se servir de cette petite sortie de route pour rallumer l'étincelle dans le désert du lit conjugal. Remplissage du troisième verre de vin. Hannah a du mal à déterminer ce qui serait le pire : détruire un mariage ou le sauver. Vin dans la bouche, coule dans la gorge, chaleur qui se répand dans tout le corps. Hannah réalise qu'elle ne sait absolument rien de Margrét. Elles se sont vues deux fois.

Détends-toi tout de suite. Détends-toi. Détends… Mais elle doit en savoir davantage. Car Margrét lui fait ressentir… Hannah coupe court à ses divagations. Que ressent-elle pour Margrét au juste ? Elle ressent quelque chose. Et de plus intense que tout ce qu'elle a pu ressentir depuis de nombreuses années. Un sentiment de joie lui réchauffe le ventre. Hannah trinque en silence avec elle-même. Quelle nunuche ! Les flammes crachent des étincelles, un petit volcan. Elle termine la bouteille en contemplant le feu se consumer et devenir braises.

Ils le repêchèrent à l'aube. Tous les deux ; l'officier de police Villads et le gérant du bar aux cheveux gras. Quelques pêcheurs du coin s'étaient rassemblés pour observer en silence le corps dégoulinant d'eau salée ramené sur la terre ferme. Le médecin était arrivé en hâte avec sa voiture. À peine le corps du garçon fut-il déposé sur la plage que le médecin était déjà en train de l'examiner. Mais il n'y avait aucun doute à avoir. Les pêcheurs n'avaient jamais vu proie de la mer plus morte que celle-là. Dans la foule, le vieil Axel, endurci par le souvenir d'un demi-siècle de pêcheurs noyés, baissa les yeux vers la terre gelée en remarquant que Tore avait encore une chaussure de foot au pied.

Hannah lève les yeux de son écran et les plonge dans le ciel parsemé d'étoiles. Cette nuit d'écriture n'est pas si mauvaise. Elle finira peut-être bien par aboutir à un roman policier. Elle compte les pages, vingt. Quelle longueur doit faire un polar au juste ? Deux cent cinquante pages au bas mot, si elle veut qu'on la prenne au sérieux. Elle en est capable !

Une légère euphorie s'empare d'elle, elle attrape son téléphone pour envoyer un message à Bastian mais s'arrête aussi net. Pour lui dire quoi ? Que depuis ce meurtre, tout va comme sur des roulettes, qu'elle s'approprie purement et simplement des faits réels, qu'elle ne prend même pas la peine d'inventer des noms sans rapport avec la réalité. Et qu'au passage, elle vient de s'enticher de la femme de l'officier de police. Un facteur qui pourrait accessoirement compromettre le bon déroulé de sa collaboration avec Viktor dans l'éclaircissement de cette affaire, indispensable pour obtenir les informations – ou l'inspiration – nécessaires à son livre. Bon d'accord, "collaboration" est un peu exagéré. Mais quand même. Non. Elle partagera son optimisme quand elle aura une vraie raison de se réjouir. Hannah revient devant son clavier, elle se sent étonnamment en forme et veut profiter de cet élan pour écrire quelques pages de plus. Les fluctuations de l'inspiration sont impossibles à prédire.

Bang, bang ! Hannah se réveille. Lentement. Bang, bang ! Elle ouvre les yeux. Lâche un juron en quittant son lit. Combien de temps a-t-elle dormi ? Quelques heures tout au plus. Son mal de tête lui serre le crâne comme un bonnet de plomb. Trop de vin rouge. Irritée, elle ouvre la porte et tombe nez à nez avec Ella, un plateau dans les mains : brioches, fromage, café et un verre de jus de fruits. Ella sourit comme si elle avait oublié que son neveu était mort et que le meurtrier était toujours dans la nature. Une stratégie de survie, peut-être. Hannah sent la culpabilité s'insinuer en elle ; c'est elle qui aurait dû être aux petits soins pour Ella, qui aurait dû s'occuper de la vieille dame endeuillée. D'un autre côté, Ella semble apprécier d'être présente pour quelqu'un.

— *Ég gæti ímyndað mér að þú værir svöng**.

Hannah prend le plateau.

— Merci. J'ai écrit tard dans la nuit hier. Je n'ai pas beaucoup dormi.

Ella pointe le doigt vers le radio-réveil à côté du lit. Hannah tourne la tête. 14 h 31. Merde ! Une vraie adolescente. Dire qu'elle a perdu presque une journée entière à dormir. Hannah hausse les épaules en signe de repentance, comme s'il n'était pas dans ses cordes de s'imposer une discipline. Et ce n'est peut-être pas si faux. Elle transporte le plateau jusqu'au bureau et pousse son ordinateur sur le côté. Ella reste à la porte comme si Hannah était un vampire qui s'apprête à l'inviter à entrer. Sa réserve est compréhensible vu la manière dont Hannah l'a flanquée à la porte l'autre soir. D'un geste du bras, elle invite Ella à venir s'asseoir sur le lit défait. Elle prend une gorgée de café, s'appuie contre le bureau.

— Comment vous sentez-vous ?

Ella hausse les épaules. Son sourire lumineux se dissipe. Elle désigne quelques feuilles de papier sur le bureau et d'un geste de la tête demande la permission de les utiliser.

— Oui, bien sûr !

Hannah lui tend un stylo. Ella écrit.

Je partir chez Vigdis. Pour les préparatifs de l'enterrement.

Hannah hoche la tête.

— Une date a déjà été fixée ?

* J'imagine que tu dois avoir faim.

Samedi prochain. La police devoir d'abord finir ce qu'elle a à faire.

— Je croyais qu'ils avaient déjà procédé à l'autopsie ?

Ella fait non de la tête.

Pas fini.

— Et Jonni, vous savez ce qu'ils ont fait de lui ?

En garde à vous.

Il y a donc bien une cellule de garde à vue ? Hannah cogite. Impossible qu'elle se trouve chez Viktor et Margrét, n'est-ce pas ? Mais où dans ce cas ? Dans une petite grotte au bord de la mer ? Et si Jonni était enfermé dans une pièce de la maison où Hannah et Margrét ont… Absurde. Elle enrage ! Si c'est le cas, Hannah aurait pu lui rendre visite. L'interroger. À présent, elle doute d'avoir une chance d'y parvenir.

— La cellule de garde à vue se trouve au commissariat ?

Hannah rassemble des feuilles de papier en tas pour se donner un air détaché. Elle regarde Ella qui incline la tête. Hésite. Et finit par acquiescer. Mais le port de sa tête exprime quelque chose. Du scepticisme, de l'inquiétude ? Hannah devrait peut-être faire profil bas avec cette affaire de meurtre ; au moins face à Ella. Elle serait bien embêtée qu'on découvre la source d'inspiration de son polar. En parlant d'inspiration. Ella désigne *La Saga de Hrafnkell Godi-de-Freyr* posée sur la table de nuit et qui n'a pas encore été ouverte. Elle interroge Hannah du regard.

— Malheureusement, je n'ai pas eu le temps. Avec tout ce qui s'est passé…

Ella hoche la tête.

— Mais ça me ferait du bien de penser à autre chose. Je crois que je vais en lire quelques pages aujourd'hui. Je l'emporterai sans doute au Bragginn.

Ella est satisfaite. Hannah ne comprend pas pourquoi elle se réjouit tant que son invitée lise cette saga à la con. En tout cas, c'est une bonne excuse pour aller rôder en ville. Il faut qu'elle retourne au commissariat et qu'elle parle à Jonni.

19

Le livre alourdit sa poche. L'obscurité naissante de l'après-midi se blottit entre les montagnes, ôte les couleurs de la terre et s'infiltre dans les poumons de Hannah. Les innombrables nuances de vert semblent avoir été balayées au cours des derniers jours, comme si la mort de Thor avait retiré ses couleurs à la ville et à la nature. Mais la mort ne peut venir à bout du souffle du vent. Hannah replie les bras contre sa poitrine, tire un peu sur son bonnet, mais les bourrasques glaciales parviennent quand même à trouver l'entrée de son manteau. Elle est sonnée et désorientée par l'obscurité permanente qui dévore chaque jour avant son commencement. Elle presse le pas.

En arrivant devant le Bragginn, elle jette un bref coup d'œil à travers la vitre ; les habituels pêcheurs, la femme au chien, le Blouson-de-cuir aux cheveux gras derrière le comptoir. Tous sont là. Personne ne l'aperçoit passer en coup de vent devant la vitrine et poursuivre sa route.

Elle ne frappe pas à la porte cette fois. Malgré la distance, elle constate que Margrét est à la maison ; des cris d'enfants résonnent. Leurs parents devraient déjà les avoir récupérés, non ? À moins que ce ne soient les rejetons du couple. Hannah se rend compte qu'elle n'a jamais vu les enfants de Viktor et Margrét. Et en un sens, elle n'a pas vraiment réalisé qu'ils *avaient* des enfants. Cela ne rend pas Margrét moins attrayante à ses yeux, Hannah a toujours pris plaisir aux joutes sentimentales. Bien qu'elle en sorte rarement gagnante et qu'elle n'ait encore jamais concurrencé des enfants. Putain, mais elle a été modelée dans une boule de cynisme ou quoi ? Il faut vraiment être sonnée pour vouloir rivaliser avec des enfants dans l'espoir d'obtenir l'attention de leur mère ! Hannah tire son bonnet sur ses oreilles, hausse instinctivement les épaules. Ces gamins n'ont qu'à bien se tenir.

L'herbe est humide et la nuit lui apparaît d'un secours inattendu lorsqu'elle se met à ramper vers l'arrière de la maison. Hannah se retrouve trempée sur le coup, mais cette fois les gouttes ne lui font pas peur. Comment peut-on être assez bête pour percer une fenêtre qui donne sur la cellule de garde à vue ? Petite, il est vrai, mais suffisamment large pour pouvoir frapper sur le carreau et faire un brin de causette avec Jonni. Les criminels aussi ont le droit d'avoir une belle vue. Elle avance en rampant vers la petite extension ; d'après ses calculs, la cellule doit être située dans la continuité du bureau de Viktor. Comment se fait-il qu'elle n'ait pas vu la porte lors de sa première visite ? Elle refait le tour de la pièce mentalement, mais ne revoit pas d'ouverture. Pourtant, il *devait* y en avoir une. Elle ne se souvient pas non plus de la petite fenêtre, il doit donc y avoir une pièce supplémentaire dans le prolongement du poste de police. Hannah est arrivée juste devant la maison ; ventre au sol, elle regarde derrière elle : la pelouse du jardin se jette dans le champ d'à côté comme une piscine à débordement qui s'écoule dans la mer. À l'horizon, la silhouette des montagnes se dessine en nuances de gris et de noir. Un grincement retentit, puis un cliquètement ! Hannah sursaute, lève les yeux. Une fenêtre s'ouvre juste au-dessus d'elle. Les mains et la bouche de Margrét sortent de l'embrasure, elle allume une cigarette calée entre ses lèvres. Hannah se colle contre le mur, la fumée descend vers elle, et merde ! Elle ne doit surtout pas être découverte dans cette posture. À moins que Margrét ne l'ait déjà grillée en train de ramper dans la pelouse comme une pauvre imbécile ? Serait-ce un jeu, une façon de faire comprendre à Hannah que Margrét sait qu'elle est là ? Hannah regarde la cendre tomber sur son épaule. Que doit-elle faire ? Attendre, continuer, se relever d'un coup et divulguer sa présence ? Non, ce serait une pure idiotie. Elle aurait beau se confondre en justifications, elle passerait pour une *stalkeuse*, une psychopathe. Mieux vaut attendre, en espérant que la fenêtre ne reste pas éternellement ouverte et qu'elle pourra reprendre sa quête dans un moment. Hannah patiente. Respire lentement par le nez. Une éternité passe. Un mégot ardent finit par tomber à côté d'elle, elle se jette sur le côté. Un peu plus et elle le recevait dans les cheveux. La fenêtre se referme, Hannah pousse un soupir de soulagement, elle en déduit qu'elle n'a pas été aperçue. Elle continue à ramper le long du mur tandis que le mégot finit de se consumer derrière elle.

Hannah s'agrippe au rebord de la fenêtre, se hisse et regarde par le petit carreau comme une piètre cambrioleuse. Elle colle sa tête contre la vitre et met les mains de chaque côté pour mieux voir. Mais la pièce est éteinte, elle ne discerne rien. Que dalle. Elle tapote prudemment la fenêtre du bout des ongles. Elle a l'impression que ses petits coups résonnent dans les montagnes. Rien. Elle regarde tout autour d'elle. Fait une nouvelle tentative avec une phalange. Toujours rien. Hannah jure en silence, elle s'apprête à reprendre sa position de serpent pour s'en aller, mais tout à coup, une petite lampe éclaire la pièce. Les battements de son cœur redoublent d'intensité. Un jeune homme pâle et maigre est assis là, sur un petit matelas, il a des poches sous les yeux, noires et gonflées comme des sacs-poubelles. Jonni. Il lève les yeux vers la petite fenêtre mais ne semble pas remarquer la présence de Hannah. La voit-il ? Elle frappe de nouveau. Lui fait signe, essaie de le faire venir près de la vitre. Ses yeux sont braqués dans sa direction, vides, comme si rien en ce monde ne valait la peine d'être capté par son regard. Et en dernier lieu, une écrivaine danoise quadragénaire qui fait l'hystérique derrière une fenêtre. Elle se demande si elle devrait avoir peur ; mais si le jeune homme paraissait hargneux et terrifiant avec son fusil à la main, il semble à présent minuscule et inoffensif. De plus, un mur et une vitre les séparent.

— Jonni. On peut discuter ?

Hannah chuchote fort, elle se demande s'il l'entend. Probablement pas. Et alors, à quoi s'attendait-elle ? La petite fenêtre ne s'ouvre pas, évidemment. Et elle ne va quand même pas se mettre à crier. Hannah cogite. Elle finit par sortir son carnet et en déchire une page. Opte pour l'anglais, par sécurité. Elle colle le bout de papier contre la vitre.

*I want to help you. Find out what happened to your friend**.

Bon, c'est peut-être un peu exagéré. Comment Hannah pourrait-elle le moins du monde aider Jonni ? Et comment peut-elle être certaine qu'il n'est pas le meurtrier de Thor ? Elle essaie de l'observer, scrupuleusement. Présente-t-il une plaie susceptible d'avoir été causée par une bouteille de vodka ? Ça ne saute pas aux yeux. Mais il est assis dos au mur. Il peut très bien avoir été blessé derrière la tête ou sur le dos. Le jeune homme ne réagit pas au message inscrit sur le morceau de papier. Hannah le reprend, écrit de nouveau.

*I know you didn't do it***.

Elle laisse le bout de papier un peu plus longtemps que précédemment. Cette fois, Jonni semble l'avoir vu. Il regarde droit vers la fenêtre, hésite encore. Mais il finit par se lever et s'avancer dans sa direction.

— Que faites-vous là ?

Hannah sursaute, se retourne. Margrét se tient derrière elle. À côté de Viktor. Merde !

* Je veux t'aider. Découvrir ce qui est arrivé à ton ami.

** Je sais que tu n'y es pour rien.

20

Hannah ne s'arrête pas de courir avant d'être arrivée devant le Bragginn. Non mais putain de merde ! Comment peut-on être une telle quiche ? Pour commencer, être prise en flagrant délit, et ensuite, jouer les dégonflées et détaler sans un mot. Mais quelle abrutie ! Qu'est-ce qu'ils doivent penser d'elle ? Hannah souffle comme un phoque, son pouls ne faiblit pas, elle essuie des gouttes imaginaires sur son front, tourne la tête de tous les côtés. Personne ne la suit. Évidemment. Il n'y a pas quantité d'endroits où se réfugier à Húsafjörður, s'ils veulent la retrouver ils le feront sans peine. Derrière la vitre, les pêcheurs gobent les mouches, hagards. Hannah pousse la porte, elle entre et commande un double whisky tout en essayant de reprendre le contrôle de ses mains tremblantes. Le barman aux cheveux gras la sert sans jugement. Il lui fait un signe de la tête – l'air de dire "merci pour l'intervention 'prise d'otages' de la dernière fois" – avant de se tourner de nouveau vers la femme au chien. Le whisky numéro deux a droit à un peu de répit sur le comptoir après une petite gorgée. Hannah plonge son regard dans le verre. Bon. Quelles sont ses possibilités maintenant ?

Y retourner pour s'excuser, se justifier ? Non. Il n'y a rien à expliquer, la situation est claire comme de l'eau de roche, elle ne ferait que perdre la face une fois de plus. Tout oublier et rentrer chez elle ? Non, hors de question qu'elle abandonne maintenant. Faire comme si de rien n'était ? Que se passerait-il au juste ? Elle ne pourra pas revoir Margrét sans devoir s'expliquer. Et elle vient de ruiner tout espoir de collaboration avec Viktor, il ne lui reste donc pas grand-chose à perdre. Très bien, voilà ce qu'elle va faire : ignorer cet épisode embarrassant tant qu'il ne la rattrape pas. Hannah se dépouille de son manteau et commande un Coca pour accompagner son whisky. Maintenant, il s'agit d'être rusée. Comment entrer en contact avec Jonni désormais ? Impossible de savoir combien de temps il restera en garde à vue, et que se passera-t-il après ? S'il y a un après. Hannah a envie de se frapper. La seule chance qu'elle avait de s'entretenir avec le principal suspect de cette affaire, elle l'a ruinée toute seule. Allez, finie l'autoflagellation, cela ne la mènera nulle part. La blessure. Il faut qu'elle parte à la recherche de la blessure causée par la bouteille de vodka. Hannah regarde autour d'elle. À première vue, personne n'a l'air d'avoir de gros pansement ou quoi que ce soit qui pourrait signaler un coup de bouteille. La femme au chien porte un bonnet, mais à en juger par sa manière de s'accrocher au bar et au Blouson-de-cuir, il est peu probable qu'elle soit capable d'attaquer un homme autrement qu'avec sa libido. Hannah est exaspérée. Une fois de plus, la femme au chien a mis le grappin sur le barman, pourtant Hannah aurait bien besoin d'un autre verre et d'un petit entretien approfondi au sujet d'Ægir. Son petit doigt lui dit qu'elle n'aura pas grand-chose à tirer des pêcheurs avinés et de leur anglais médiocre.

Elle soupire et sort la saga de sa poche, autant tuer le temps en jetant un œil au folklore islandais.

La Saga de Hrafnkell Godi-de-Freyr. Pour commencer : une flopée de noms d'hommes, père d'untel ou fils d'untel, et de lieux dont Hannah n'a jamais entendu parler. Elle plisse les yeux, elle aurait dû prendre ses lunettes. Elle s'efforce de retenir les liens de parenté et le nom des localités à mesure que l'intrigue se déploie doucement. C'est l'histoire d'un dénommé Hrafnkell, un sacré type. Il règne sur une vallée, agit comme bon lui semble et répond aux autres seulement quand il en a envie. Et il en a rarement envie. Hrafnkell possède un étalon, Freyfaxi, qu'il aime plus que tout au monde ; personne d'autre n'a le droit de le monter, et il jure de tuer quiconque s'y risquerait. Bon, plutôt clair comme intrigue. Hannah tourne les pages. Il n'y a plus qu'à attendre que quelqu'un débarque et monte son cheval. Et en effet. Quelques pages plus loin, un pauvre berger apparaît, et malgré le large choix de juments à sa disposition, il décide de faire un tour sur l'étalon. Et cætera, et cætera. Harfnkell est fou furieux, il saute sur son cheval et part tuer le berger d'un coup de hache. Il est plutôt navré d'en arriver là, mais un serment est un serment, et quand on se fait une promesse à soi-même, il faut bien la tenir.

— Un autre ?

Hannah lève les yeux vers le Blouson-de-cuir qui a enfin réussi à se libérer de la femme au chien, visiblement rentrée chez elle. Les yeux pleins de gratitude, elle contemple la main du barman remplir son verre. Elle boit une gorgée et se surprend elle-même : l'envie de se replonger dans l'histoire de Hrafnkell Godi-de-Freyr – y aura-t-il des conséquences à son acte barbare ? – est plus forte que celle de questionner le barman au sujet de la relation de Thor avec son père. Mais les livres sont d'une admirable patience.

— Vous le connaissez bien ce Jonni ? Vous aviez l'air d'avoir un lien particulier.

Le barman agrippe le rebord du comptoir des deux mains et hausse les épaules.

— Je connais tous les jeunes de la ville. Mais Jonni est celui sur qui j'en sais le moins. Avec Thor.

— Pourquoi ?

Hannah remue un peu sur sa chaise.

— Tous les autres viennent au bar, passent un peu de temps ici ou viennent récupérer une bouteille par la porte de service quand ils n'ont pas encore l'âge. Vous voyez ce que je veux dire. Mais ces deux-là, jamais… Je me suis toujours dit que c'étaient des petits gars bien comme il faut. Jamais de bagarres ou de trucs comme ça.

Hannah est dubitative. S'ils étaient plus raisonnables que les autres, comment se fait-il que l'un ait été tué et que l'autre se retrouve en prison ? Ça ne colle pas avec l'image qu'elle s'est faite de Jonni. Elle essaie d'avancer prudemment :

— Jonni, pourquoi a-t-il menacé Ægir ?

Le barman hausse les épaules. Après tout, c'est vrai. Comment pourrait-il le savoir ?

— Vous pensez que Jonni suspecte Ægir d'être responsable de la mort de Thor ?

Son visage se déforme légèrement dans un rictus qui pourrait aussi bien vouloir dire oui que non. Hannah enfonce le clou.

— Croyez-vous qu'Ægir ait quelque chose à voir avec la mort de son fils ?

Le visage derrière le bar inspecte rapidement la pièce. Pas d'oreilles curieuses à portée de voix. Il se penche vers Hannah, baisse un peu la voix.

— Ægir est responsable d'un grand nombre de choses dans cette ville. Ça, tout le monde le sait. Mais la mort de Thor…

Le Blouson-de-cuir lève les bras, l'unique bouton de son vêtement est à deux doigts d'être éjecté de son ventre.

— … Il ne ferait jamais une chose pareille. Il l'aimait tellement. C'était son seul enfant, vous savez.

Une pensée surgit dans l'esprit de Hannah, quelque chose qu'elle n'avait pas pris en compte jusque-là mais qui tout à coup lui paraît essentiel.

— Vigdis, quel âge a-t-elle ? Je veux dire, elle doit être beaucoup plus jeune qu'Ella pour avoir un fils de cet âge ?

Le barman hausse les épaules.

— Seulement quelques années de moins, je crois.

— Mais Thor n'avait que dix-sept ans, elle a dû l'avoir très tard dans ce cas ? À plus de quarante ans ? Et Ægir – il doit bien avoir dix ans de plus qu'elle… ?

La queue-de-cheval se balance derrière la tête du barman en signe d'acquiescement.

— Je crois qu'ils avaient fini par abandonner. C'était très important pour Ægir d'avoir un fils, mais ils n'y arrivaient pas. Quand Vigdis a fini par tomber enceinte, la ville tout entière a cru à un miracle.

Ils se taisent tous les deux. Lèvent la tête, l'air songeur.

— Pour ses parents, le drame de l'avoir perdu n'en est que plus terrible.

Hannah essaie de digérer toutes ces informations. L'un des points évoqués par Blouson-de-cuir lui revient. Elle essaie d'arranger sa voix pour ne pas avoir l'air de mener un interrogatoire.

— De quoi Ægir est-il responsable ?

Les yeux derrière le bar refont le tour de la pièce, personne à proximité. Mais au même instant, la femme au chien revient ; elle a oublié son écharpe et il faut absolument que Hannah et le barman soient au courant. Hannah bouillonne, mais quel talent pour réclamer du temps, de l'espace et de l'attention, celle-là ! Elle examine la femme plus en détail : cheveux clairs sous son bonnet, regard gris éméché. Elle est bien alcoolisée, et son envie de flirter s'est envolée. Elle ne considère plus le barman comme un hypothétique partenaire sexuel, mais comme la personne en charge de retrouver son écharpe. Le chien se met à aboyer avec la même impatience que sa maîtresse, et c'est finalement Hannah qui trouve le morceau de laine, tombé sous une chaise. Sans un remerciement, la femme disparaît dans la nuit devenue noire, et quand Hannah se retourne vers le bar, son interlocuteur est en train de servir des bières à deux pêcheurs qui semblent en avoir déjà bu suffisamment pour le restant de leurs jours. Au milieu de leur discussion, Blouson-de-cuir fait un mouvement de tête dans la direction de Hannah. Il finit par lui faire signe d'approcher, elle descend de son tabouret, perplexe, et s'approche des pêcheurs. Elle fait une demi-tête de plus qu'eux.

— Vous vouliez connaître les méfaits d'Ægir ? Ces deux-là pourront vous raconter.

L'un des deux pêcheurs serre le poing et déblatère en islandais. Hannah identifie quelques jurons dans le flux de paroles, le ton de sa voix dit le reste : Ægir s'est foutu d'eux. Hannah se tourne vers le barman.

— Qu'est-ce qu'il leur a fait exactement ?

— Il a racheté leurs quotas de pêche. Ou comme ils disent : il les leur a volés.

Hannah ne comprend pas.

— C'est-à-dire ?

— Grâce à son argent, son pouvoir et son énorme chalutier. Les petits pêcheurs ne peuvent pas concurrencer Ægir. Son bateau est gigantesque, il attrape en un jour ce que les autres pêchent en une semaine. Et comme il vend ses prises à bas prix, tous les autres pêcheurs ont fait faillite. Il rachète leurs quotas puis les recrute, mais en leur versant un salaire beaucoup plus bas que s'ils travaillaient à leur compte.

Le pêcheur indigné brandit de nouveau le poing et lâche un flot de paroles que Hannah interprète comme une nouvelle salve de jurons.

— Mais ces deux-là refusent de travailler pour lui. Ils se retrouvent donc au chômage, celui-ci a même perdu sa famille.

Hannah hoche la tête. Ægir n'est donc pas qu'un homme de pierre, c'est aussi un homme d'affaires sans vergogne et un seigneur local. Endeuillé par la mort de son fils. Comme le berger de la saga, tué par Hrafnkell pour avoir monté son cheval. Sur quel cheval Thor a-t-il bien pu monter ? Si tant est qu'il ait fait quoi que ce soit qui ait pu justifier qu'on le tue. Hannah doit s'entretenir avec Ægir. Mais d'abord, il faut qu'elle rentre et termine la lecture de cette saga.

21

Hannah le sent dès qu'elle pose la main sur la poignée. Quelqu'un l'attend à l'intérieur. Elle songe un instant à faire demi-tour, elle n'a pas la moindre envie d'entrer en confrontation – et encore moins avec Viktor, qu'elle soupçonne de se cacher derrière cette odeur de café qui flotte jusqu'à la porte d'entrée. Elle retient son souffle et tend l'oreille. La voix d'Ella émet une fréquence continue, ne laissant pas à l'invité l'occasion de révéler son identité. Mais c'est inutile : le manteau du policier est accroché dans l'entrée. Hannah ferme les yeux. Bon. Cette conversation était inévitable. Elle devait avoir lieu tôt ou tard. Elle annonce son arrivée d'un grand claquement de porte et déploie suffisamment d'assurance pour s'aventurer dans le salon. Mais elle s'étouffe en voyant l'invité se retourner. Sur la chaise qui fait face à Ella, ce n'est pas Viktor qui est assis, mais Margrét. Hannah tente de maîtriser ses émotions et d'adopter une attitude sereine, mais s'agrippe quand même au rebord de la table pour ne pas mourir sur le coup. La vieille dame désigne Margrét en gesticulant, comme pour indiquer qu'elle est là pour Hannah. Seigneur, qu'a-t-elle bien pu raconter à Ella ? Avec un peu de chance, pas grand-chose ; avec beaucoup de chance, rien du tout. Hannah essaie d'adopter un ton calme :

— Tiens, bonsoir. Contente de te revoir.

Non mais il faut vraiment être une sacrée quiche pour balancer un truc pareil ! Margrét l'examine sans révéler ses intentions.

— On pourrait peut-être parler de ce qui s'est passé ?

Hannah déglutit, sa bouche se dessèche. Bon. Elle a dû aviser Ella de l'une ou l'autre de ses gaffes pour s'exprimer de manière aussi allusive. Il s'est produit quelque chose. Et Hannah est sur le point de se faire passer un savon. Elle se caresse le dessus des bras comme pour les empêcher de tomber. À son embarras s'ajoute une envie irrésistible de voir Margrét nue.

— Tu veux qu'on monte dans ma chambre pour discuter ?

Hannah se sent comme une collégienne qui a enfin réussi à ramener son amie chez elle, et qui se demande si la réalité sera à la hauteur des fantasmes qu'elle a alimentés en l'imaginant dans sa chambre. Une fois la porte fermée, elle traverse la pièce, tire une cigarette d'un paquet négligemment posé sur le bureau, l'allume, ouvre la fenêtre, s'assoit sur le bureau et passe la main à travers l'encadrement. Margrét reste debout à côté du lit.

— J'ai persuadé Viktor qu'il était plus sage que ce soit moi qui vienne te parler, étant donné notre… (Margrét a un petit rictus, comme si le mot qui suivait l'embarrassait.)… rapprochement amical de l'autre soir.

Hannah hoche la tête, mon Dieu, elle rougit ? Elle tourne les yeux vers l'obscurité, observe sa propre fumée s'envoler en volutes. Elle ne parvient pas à regarder Margrét dans les yeux lorsqu'elle lui demande :

— Que sait Viktor ?

— Il sait tout. Nous t'avons surprise tous les deux quand tu essayais de parler à Jonni.

D'accord, on joue donc à ce petit jeu qui consiste à faire comme si rien ne s'était passé. Hannah est déçue, elle pensait que Margrét aurait au moins le courage de reconnaître ce qu'il y a eu entre elles. Mais si ce n'est pas le cas, il est inutile d'espérer que cela se reproduise. Hannah a besoin de savoir ce que Margrét en pense. Si tant est qu'elle en pense quoi que ce soit.

— Et l'autre chose… Tu lui en as parlé ?

Margrét la regarde fixement, la lueur d'une flamme semble danser dans ses yeux. Elle finit par faire non de la tête. Soulagement.

— Et Ella… ?

Négatif là aussi. Soulagement jusqu'au bout des doigts. Bien, il faut savoir garder certains secrets.

— Il était en colère que je vienne parler à Jonni ?

— Qu'est-ce que tu cherches à tirer de ce garçon au juste ?

Margrét la scrute. Est-ce vraiment si compliqué à comprendre ? La cigarette finit de se consumer. Hannah l'écrase et ferme la fenêtre.

— La vérité, bien entendu. Où il était ce soir-là. Ce qui s'est passé.

— Mais tu ne crois pas qu'il ait tué Thor ?

Il ne s'agit pas d'une question mais d'une constatation, que Margrét étaye en sortant de sa poche le mot pitoyable de Hannah. Il a dû tomber par terre quand elle a été prise en flagrant délit et a détalé comme l'imbécile qu'elle est.

— Non. Mais je crois qu'il connaît l'identité du coupable.

Hannah s'interrompt. Peut-elle faire confiance à Margrét ? Elle penche pour un oui à cinquante pour cent, peut-être un peu plus, étant donné qu'elle n'a rien dévoilé de leur petite aventure sur le canapé.

— Je crois qu'Ægir est le coupable.

Un éclat de rire échappe à Margrét. Est-ce à cause de la monstrueuse invraisemblance de son hypothèse, ou est-ce une manière méprisante de lui dire "mais tout le monde le sait" ?

— Ça te paraît inconcevable à ce point ?

Hannah observe Margrét qui vient de s'asseoir sur le lit. Elle a envie de l'y pousser complètement.

— Tu crois qu'Ægir aurait tué son propre fils ? Il l'aimait par-dessus tout.

— Donc d'après toi c'est impossible ?

Margrét hausse les épaules.

— Je ne suis pas l'enquêtrice.

— Moi non plus.

— Tu agis pourtant tout comme.

Mais pas comme une très bonne enquêtrice, pense Hannah, étant donné que la seule hypothèse minable qu'elle soit capable d'avancer incrimine le suspect le plus évident. Margrét fronce les sourcils.

— Cela dit, il est vrai qu'Ægir aurait un mobile.

Hannah bondit du bureau.

— Quoi ? Comment ça il aurait un mobile ?

Margrét se recule dans le lit.

— Je ne suis pas du genre à révéler les secrets des autres. Tu n'as qu'à demander à Jonni.

Hannah est perdue. Mais merde à la fin, qu'est-ce qu'elle entend par-là ? Et pourquoi Margrét s'enfonce-t-elle de plus en plus loin dans le lit ? Hannah fait un pas en avant, cinquante centimètres les séparent. Elle plonge ses yeux dans ceux de Margrét, son cœur part au galop. Lorsqu'elle se penche en avant pour embrasser la femme-volcan, c'est tout son monde qu'elle met en péril, mais quand les lèvres de Margrét répondent à son baiser, elle tombe dans un abîme dont elle voudrait ne jamais se relever.

22

IMPOSSIBLE DE DIRE combien de temps s'est écoulé avant qu'Ella frappe doucement à la porte. Hannah a dû s'endormir, en tout cas le lit est vide quand elle ouvre les yeux et elle n'a aucun souvenir du départ de Margrét. Un drôle de chagrin monte en elle ; elle a le sentiment d'avoir perdu quelque chose qu'elle aurait pu retenir en restant plus attentive. Quelques cheveux noirs sur l'oreiller et une odeur qui n'est pas la sienne font poindre en elle un lancinant sentiment d'absence. Les images qui lui viennent par flashes, peau nue contre peau nue, ne sont pas les fragments d'un rêve ; c'est ce qui lui reste d'une relation bien réelle avec une personne qu'elle veut aimer encore en parlant d'avenir avec elle. Elle glisse les jambes par-dessus le rebord du lit ; elle manque sévèrement de romantisme pour croire à ses propres rêveries. Plutôt que de pourchasser le bonheur, mieux vaudrait sans doute essayer de tirer parti de la mélancolie.

Le dîner, composé de poisson et pommes de terre, est avalé sans un mot. Hannah mastique lentement en observant Ella qui, pour une fois, semble se satisfaire du silence qui règne entre elles. Ou peut-être a-t-elle simplement du mal à engager une conversation sur les événements récents ? Les histoires de mort, de meurtre et de menaces ne sont faciles à digérer pour personne, jeune ou vieux. Et puis, il y a eu la petite situation embarrassante de tout à l'heure. Et si elle savait pour Margrét et elle ? Hannah doute que Margrét lui ait dit quoi que ce soit en s'éclipsant, mais les femmes ont peut-être toutes le don de pressentir les infidélités qui se trament sous leur propre toit ?

Hannah se rappelle qu'aujourd'hui, Ella devait retrouver Vigdis pour les préparatifs des funérailles de Thor.

— Vous avez pu préparer la cérémonie ?

Ella hoche la tête, mitigée.

— Elle aura lieu à l'église ?

Ella acquiesce.

— Et ensuite ? Un rassemblement est prévu après l'enterrement ?

La vieille dame acquiesce de nouveau et s'arrête de manger. Un silence de plomb s'abat sur la pièce, comme si une force inexplicable se manifestait. Elles observent le silence, lui font place un moment. Dehors, le vent se déchaîne, il chatouille les carreaux des fenêtres. Des étincelles s'échappent de la cheminée ; si elles n'étaient pas l'une et l'autre submergées par leurs propres inquiétudes, ce moment aurait pu se révéler d'une chaleureuse harmonie.

— Argh ! Argh !

Ella pousse un cri effroyable qui arrache Hannah à ses pensées. Son hurlement laisse place à des sanglots d'une telle intensité que la vieille dame est renversée de sa chaise et précipitée au sol, impuissante. Les larmes inondent ses joues, ses mains, ses genoux. Cette fois, Hannah n'hésite pas une seconde à s'approcher d'elle pour la prendre dans ses bras. Elle se précipite à côté d'Ella et, d'un geste, tente de la soulager du poids de son chagrin. Elles restent longuement ainsi. Ella en pleurs, Hannah sans la moindre pensée, simplement immobile. Elle fixe les flammes jusqu'au dernier reniflement d'Ella qui semble anémiée par la douleur. Au moment où Hannah, elle-même engourdie, aide Ella à se remettre sur ses jambes, c'est comme si leurs rapports se réinitialisaient. Pas un mot sur ce qui vient de se produire. Ella part aux toilettes et lance la machine à café à son retour. Hannah débarrasse la table et fait la vaisselle ; elles ressemblent presque à un vieux couple et cette idée a quelque chose de réconfortant.

Emmitouflées dans des couvertures, elles boivent une grande tasse de café, assises chacune sur un canapé. Une connivence les relie. Au bout de quelques minutes, Ella se penche vers la table basse pour attraper son carnet d'adresses et trouve une page blanche sur laquelle elle écrit :

Tu venir à l'enterrement ?

Hannah acquiesce. Assurément. Vu la tournure des événements, les funérailles semblent être la meilleure occasion de faire progresser l'enquête. À moins, bien entendu, que les choses s'éclaircissent d'ici là, mais elle en doute. Demain matin, elle ira rendre visite à Ægir, à condition d'y parvenir sans causer trop de problèmes. En parlant de problèmes, il faut qu'elle essaie de prendre ses distances avec Margrét dorénavant. Il faut qu'elle cesse de tout mélanger, de prendre des détours qui pourraient compromettre l'enquête.

Tout en se décidant, elle rage de ne pas avoir le numéro de Margrét et lorgne vers le petit carnet d'adresses d'Ella, ouvert en toute innocence sur la table qui les sépare.

Il est un peu plus de deux heures du matin quand elle remonte dans sa chambre. Elles ont dû dîner autour de minuit, mais les interminables heures d'obscurité abolissent peu à peu toute notion du temps. La nuit s'infiltre partout. À vrai dire, Hannah se sent trop fatiguée pour écrire, mais elle doit tenir un certain rythme si elle veut garder foi en la réussite de son projet de roman policier. Elle s'installe devant son clavier, somnolente. Elle a débouché sa dernière bouteille de vin rouge pour se servir un petit verre. Elle boit avec parcimonie, reprend là où elle s'était arrêtée.

Tout le monde connaissait l'identité du meurtrier mais personne ne voulait la lui révéler. Elle avait interrogé la famille, les amis, les voisins ; mais le meurtre semblait s'être refermé sur lui-même et avoir disparu, personne n'osait défier l'homme qui détenait le pouvoir, personne ne voulait avoir

Eh ! La saga. Hrafnkell, que personne n'osait défier et qui avait tué le berger d'un coup de hache pour le punir d'avoir monté son cheval. Hannah sort le livre. Comment le père du berger s'est-il vengé de la mort de son fils ? Elle est absorbée par sa lecture. Elle apprend qu'avec l'aide de braves paysans, le père du berger a réussi à traîner Hrafnkell en justice et à le faire condamner à céder son domaine et tous ses privilèges ; et qu'avec l'aide desdits paysans, il a même obtenu que la sentence soit exécutée : Harfnkell et ses hommes ont été privés de leur domaine, que le père a pu récupérer. On a même offert à ce dernier l'opportunité de se débarrasser de Hrafnkell pour libérer la vallée de son tyran une bonne fois pour toutes ; mais le père, dans sa grande miséricorde, l'a laissé s'en aller avec ses hommes. Évidemment, il y a eu un retour de bâton, et quand Hrafnkell a finalement retrouvé sa grandeur et sa force, il est revenu, a renversé le père et récupéré son domaine. Quelle lecture déprimante ! Quelle est la moralité ? Qu'il est impossible de vaincre les grands princes, que les détenteurs du pouvoir – aussi brutaux et haïs soient-ils – sont toujours les vainqueurs ? Que l'on doit purement et simplement supprimer les tyrans sous peine de les voir revenir dérober le pouvoir ? Hannah cogite. Pourquoi Ella lui a-t-elle donné cette saga en particulier ? Et comment pourrait-elle pomper cette intrigue sans que cela saute aux yeux ? Y a-t-il un lien tordu entre cette histoire et la mort de Thor ? Soudain, un coup de feu retentit, pas dans la nuit lointaine, dans le salon ! Et puis un autre, et encore un ! Un fracas de carreaux qui volent en éclats, et encore un coup de feu. Terrorisée, Hannah se jette sous le bureau, mais qu'est-ce qui se passe putain ? Après le quatrième coup de feu, elle entend le ronflement d'une voiture qui accélère dans la cour et prend la fuite, elle se relève d'un bond et parvient tout juste à apercevoir deux phares éblouissants disparaître dans la nuit. Hannah se jette sur la poignée de la porte, mains tremblantes, et dévale les escaliers.

— Ella ! Ella !

Les rideaux flottent devant une fenêtre brisée, le feu flamboie dans la cheminée et commence à se répandre sur la moquette. Hannah se précipite et jette vigoureusement un tapis sur le début d'incendie tout en essayant d'avoir une vue d'ensemble de la pièce. Mais où est Ella nom de Dieu ? Constatant qu'il n'y a ni mort ni mourant dans le salon, elle accourt dans la chambre de la vieille dame. Elle est allongée dans son lit mais Hannah ne parvient pas à voir si elle est morte ou vivante.

— Ella ?

À contrecœur, Hannah s'approche du lit, son pas est lourd. Elle tend prudemment le bras en avant pour se donner du courage. À l'instant où son tibia heurte le rebord du lit, elle aperçoit le visage d'Ella, blafard. Pétrifiée, Hannah approche sa main, où prend-on le pouls ?

— Argh !

Ella brandit les bras vers elle, putain de bordel de merde, elle est vivante ! Hannah hurle de peur et de soulagement, son cri trouve un écho : les deux femmes hurlent à tue-tête, perdues dans la nuit, avant de tomber dans les bras l'une de l'autre. Hannah n'a jamais ressenti un si profond soulagement. C'est elle qui tremble maintenant.

— Mais putain c'était quoi ?

Hannah tente de retrouver ses esprits, des convulsions secouent la tête d'Ella qui crache des jurons en islandais.

— Ils sont partis. Je les ai vus partir.

La vieille dame bondit de son lit comme si son expérience de mort imminente l'avait rajeunie de dix ans. Elle n'a pas été touchée, Dieu merci ! Hannah la suit dans le salon, elles éclairent la pièce et constatent les dégâts. Outre la fenêtre cassée, la vitrine aux figurines d'éléphants est en miettes et le canapé criblé de petits trous.

— Des coups de fusil ?

Ella acquiesce, absente. Elle sort son éléphant préféré des décombres de l'armoire en verre et le retourne dans sa main.

Il est intact. Hannah frémit, la nuit glacée de novembre s'invite par la fenêtre manquante.

— Vous avez quelque chose pour la remplacer ? Vous pensez être en mesure d'appeler la police ?

Ella lève les yeux vers elle, comme si elle était tout à coup incapable de comprendre le danois.

— La police. Viktor ?

Elle décroche le téléphone et le tend à la vieille dame qui comprend et repose l'éléphant. Elle compose le numéro de la police. Pendant un court instant, Hannah pense : et si c'était Margrét qui sortait de ses rêves pour venir décrocher le téléphone ? Quelle idée déplacée. Elle chasse cette pensée et se rend dans le hangar à bois qu'Ella lui a indiqué, pour y récupérer de quoi faire rempart contre le souffle de la nuit islandaise.

Une petite ampoule recouverte de toiles d'araignées éclaire péniblement le hangar. Pour la première fois depuis les coups de feu, Hannah prend conscience de l'étonnante énergie déployée en elle par l'adrénaline. C'est comme si son cerveau reptilien avait activé le mode survie pour mettre sa conscience en veille ; le fossé entre son besoin instinctif d'agir et son incapacité à comprendre lui procure la sensation irréelle de flotter hors de son corps. C'est sans doute ce que ressentent les soldats sur le champ de bataille. Hannah tremble de froid. Le vent s'immisce entre les larges fentes des murs du hangar, il faut qu'elle rentre. Elle a trouvé des planches et des clous, mais pas de marteau.

Quand Hannah revient dans la maison, Ella a terminé son appel avec (probablement) Viktor et ramasse les bris de verre dans une pelle, cahin-caha. Hannah est frappée de voir qu'elles se comportent toutes les deux comme si le danger était derrière elles ; devraient-elles rester sur leurs gardes ? Elles ne réalisent sans doute pas encore tout à fait ce qui vient de se passer, ni la signification de cet acte. Mais Hannah a vu la voiture disparaître de ses propres yeux, et cette manière de s'enfuir semblait être le signe d'une mission accomplie : semer la peur dans la maison d'Ella.

Les yeux de Hannah s'arrêtent sur la collection de vieux outils accrochés au mur. Elle est presque certaine qu'un marteau s'y trouvait, peut-être suspendu à ce crochet qui ne soutient plus rien. Elle décroche finalement une pioche de la collection. Le poids du vieux métal et la beauté du manche sculpté l'étonnent. Des initiales y sont gravées : T.J. Si seulement tous les objets de décoration pouvaient être aussi fonctionnels. Elle réussit à calfeutrer la fenêtre en clouant les planches grâce au bout arrondi de la pioche. Elle est toujours à l'œuvre quand Viktor arrive en trombe à bord de sa voiture de police, une dizaine de minutes plus tard. Hannah décide de faire abstraction de leur dernière rencontre, espérant que la fusillade éclipsera l'épisode de son intrusion dans le jardin en mode serpent.

— Arrêtez !

Viktor fait irruption dans la maison comme si la fusillade était toujours en cours et qu'il interpellait les coupables. Mais c'est en direction de Hannah qu'il accourt en faisant de grands gestes de dissuasion.

— Quoi ?

Hannah s'immobilise, la dernière planche et la pioche dans chaque main.

— Quelle idée d'avoir calfeutré cette fenêtre ! Comment vais-je faire pour déterminer ce qui s'est passé maintenant ?

— Je peux vous le dire, moi, ce qui s'est passé. Des espèces de psychopathes ont débarqué en voiture et ont ouvert le feu sur la maison comme si c'était une putain de cible de tir.

Son ton sarcastique sied mal à la situation ; Hannah se demande si ce sont les méthodes affligeantes de Viktor, son propre embarras ou le fait qu'il soit marié à Margrét qui l'incitent à la désobéissance civile. Viktor semble à deux doigts de la frapper. Hannah descend de sa chaise avec emphase, fière de son bricolage – et pas qu'un peu. Elle a réussi à planter un ou deux clous qui ne dépassent qu'à moitié ou ne partent pas de travers. Le rempart tient bon. Ella s'approche de Viktor et parle avec lui en islandais, ce qui agace profondément Hannah ; d'une part parce qu'elle ne comprend pas ce qu'ils disent, et d'autre part parce que c'est sa version du drame de cette nuit que le policier aurait dû écouter en premier. Après la deuxième audition de témoin et une interminable séance de photos, Hannah allume une cigarette et regarde la voiture de Viktor s'en aller. Avant de partir, il leur a fait la recommandation – parfaitement évidente et inutile – de fermer la porte à clé cette nuit. Il a retrouvé trois douilles dans la cour, qui auraient vraisemblablement été tirées avec un fusil de chasse. Presque tous les habitants de la ville en possèdent un. Ella a réussi à convaincre le policier qu'elles n'avaient pas besoin de protection, assurant qu'elle monterait elle-même la garde avec son propre fusil, et qu'elle espérait bien que les malfaiteurs reviennent. *Je leur tirer droit dans les couilles*, a-t-elle précisé sur un bout de papier, en réponse au regard dubitatif de Hannah. Cette dernière en revanche n'a guère envie de rester éveillée en attendant de se faire descendre par une nouvelle fusillade au volant ou par une balle perdue d'Ella. Morte de fatigue, elle souhaite bonne nuit à son nouveau chien de garde et se traîne jusqu'à son lit.

23

Difficile de se réveiller d'une nuit sans sommeil. Après quelques heures agitées sous sa couette, Hannah finit par s'aventurer dans le salon, vaseuse. Le froid s'y est logé comme un convive inopportun. Devant un feu de cheminée, Ella est assise sur le canapé perforé, une couverture sur les épaules. La lumière du jour ajoute quarante pour cent de monstruosité aux dégâts.

— Il faut qu'on s'occupe de cette fenêtre.

Hannah frissonne, attrape une couverture tissée.

— Vous connaissez un vitrier ?

Ella la regarde interloquée, son nez est tout bleu. Hannah désigne le massacre qui fait office de fenêtre de substitut et qui, de toute évidence, ne tiendra pas bien longtemps. Une planche est déjà tombée.

— Quelqu'un qui pourrait réparer la fenêtre ? explicite-t-elle en remuant sous sa couverture.

— *Einmitt já**.

— Il faut qu'il vienne aujourd'hui.

* Tout à fait, oui.

Hannah s'assoit sur le fauteuil à bascule, elle sent qu'il y a urgence. Les figurines de la vitrine ont été minutieusement posées sur une petite table. Le meuble en verre, lui, s'est mystérieusement déplacé de cinquante centimètres.

— Vous avez essayé de déplacer l'armoire toute seule ? Vous auriez pu vous tuer !

La vieille dame hausse les épaules, elle a simplement voulu se débarrasser des traces de l'attaque de cette nuit, c'est bien normal. Hannah se lève et récupère quelques vieux journaux avec lesquels elle commence à envelopper les bris de verre mortels qui saillent du meuble ; après quoi les deux femmes allient leurs forces pour transporter la vitrine derrière la maison. Ella l'observe amèrement un court instant et tourne les talons, déterminée à ne plus jamais voir cet objet de sa vie. Elles repassent un coup d'aspirateur pour enlever les derniers éclats de verre. Ella pose un tapis devant la cheminée, à l'endroit où la moquette a pris feu. Le vitrier – qui d'après ce qu'a compris Hannah est charpentier mais s'y connaît aussi en pose de fenêtres – peut venir le jour même. Ella l'attendra à la maison.

— D'après vous, qui a pu faire ça ?

La fumée s'élève au-dessus de leurs tasses de café. Elles sont assises sur le canapé sommairement arrangé ; une couverture recouvre les trous. Hormis la fenêtre misérablement calfeutrée et la vitrine manquante, le salon est comme d'habitude. Les yeux vert émeraude d'Ella fixent un point au-delà de tout espace-temps. Elle semble connaître la réponse, mais n'en dit pas un mot.

— Quelqu'un que vous connaissez ? Quel était son mobile d'après vous ?

Hannah ressemble sûrement à une parodie de Viktor ou à une caricature d'enquêtrice dans une mauvaise série policière américaine (ou peut-être un peu des deux), mais sa curiosité est telle qu'elle peine à faire preuve d'inventivité dans son interrogatoire. Allez, dis-le ! Hannah scrute minutieusement Ella ; elle doit avoir l'air de se livrer à une séance d'hypnose dans l'espoir de la faire parler. Mais ni l'interrogatoire ni l'hypnose ne semblent faire effet, la vieille dame reste muette. Hannah se risque à une nouvelle tentative.

— Ella, avez-vous des ennemis ?

Son regard de glace la transperce. Une chose est claire : quel que soit le nom de l'ennemi d'Ella, elle le tiendra secret. Soit. Qui ne tente rien n'a rien. À vrai dire, Hannah a du mal à imaginer qu'Ella puisse avoir un différend avec quelqu'un. Car la vieille dame, si elle n'est pas l'incarnation de la sociabilité, est habituellement aussi joviale que quelqu'un qui viendrait d'avaler un euphorisant. Mais pas aujourd'hui. Est-elle angoissée, en colère ou simplement pensive ? Peut-être les trois à la fois.

— Ça vous dérange si je sors faire un petit tour, ou vous… pensez pouvoir rester seule à la maison ?

Ella sourit timidement. Elle hoche la tête et note une phrase sur un petit bout de papier : *Je n'avoir pas peur d'être seule.* Hannah finit sa tasse de café et abandonne la vieille dame sur son canapé perforé.

La pluie a aidé les tireurs fous à effacer leurs traces, Hannah ne voit plus la moindre empreinte de pneu dans la cour.

Espérons que Viktor aura pensé à les photographier la nuit dernière. Une modeste gratitude vient s'ajouter au cocktail de sentiments que l'officier de police inspire à Hannah. Il a été très délicat de sa part de ne pas mentionner sa tentative ratée d'entrer en contact avec Jonni la veille. Et au fond, elle l'aime bien. Après tout, il n'y est pour rien si sa position lui donne accès aux informations convoitées par Hannah ; et ce n'est pas non plus sa faute s'il est marié à la femme que Hannah… Eh bien, que Hannah quoi ? Peu importe. Elle doit veiller à être plus respectueuse et bienveillante envers lui.

En marchant en direction de chez Ægir, Hannah réalise qu'elle devrait peut-être se montrer plus prudente. On a essayé de lui tirer dessus et elle se promène au vu de tous comme une cible vivante. Elle se rassure en réaffirmant son hypothèse : il ne s'agissait que de coups de semonce. Si quelqu'un avait réellement voulu attenter à sa vie et à celle d'Ella, il aurait pu s'introduire dans la maison – la porte n'étant jamais verrouillée – et les abattre pendant leur sommeil. Hannah est convaincue qu'Ella connaît l'identité du tireur de cette nuit. Mais elle aussi a un suspect dans le collimateur – elle s'apprête d'ailleurs à confronter l'intéressé à son hypothèse.

C'est Vigdis qui ouvre la porte, et elle paraît plus petite que la veille. Est-il possible de rétrécir de chagrin ? Hannah lui présente ses excuses pour le dérangement, et explique qu'elle vient de la part d'Ella pour savoir en quoi elle pourrait les aider. Vigdis reste muette d'étonnement. Merde ! C'est compréhensible. Quelle excuse bidon. Hannah se racle la gorge.

— Bon d'accord, pour être tout à fait honnête ce n'est pas Ella qui m'envoie. En fait, elle ignore que je suis ici. Et je sais bien que vous avez suffisamment de soucis en ce moment, mais je voulais simplement vous informer qu'on a tiré sur la maison d'Ella cette nuit. Avec un fusil.

Vigdis porte les mains à sa bouche. Hannah n'ose même pas imaginer dans quelle colère se mettrait Ella si elle apprenait qu'elle est en train d'importuner une mère endeuillée avec cette histoire de fusillade. Mais heureusement, la réaction de Vigdis semble indiquer qu'Ella ne l'en a pas informée. Un avantage pour le faux alibi de Hannah, mais qui risque de décupler la colère d'Ella quand elle l'apprendra.

— J'ai pensé que vous aimeriez être au courant. Il est vrai qu'Ella a peu de gens dans son entourage.

Bon d'accord, c'est un peu banal de jouer la carte du pathos, mais Hannah n'a pas beaucoup de jokers dans son jeu. Vigdis la remercie de l'avoir informée. Elle lui demande si Ella va bien, à quoi Hannah répond par l'affirmative, et demande à Vigdis si elle et Ægir pouvaient éviter de dire qui leur en a parlé. Ils n'auront qu'à raconter qu'ils ont appris la nouvelle en ville. Vigdis accepte.

— Et si ce n'est pas trop demander, j'aurais aimé pouvoir parler avec Ægir, simplement pour savoir s'il aurait quelques idées pour sécuriser la maison.

Vigdis hésite un peu mais finit par inviter Hannah à l'intérieur. Elle est soulagée, mais en même temps exaspérée de constater que lorsqu'une femme demande l'aide d'un homme, l'argument paraît toujours crédible.

L'homme de pierre est assis face aux fenêtres panoramiques, le regard perdu dans les montagnes. Ses yeux se tournent quand Vigdis lui présente Hannah en islandais. En revanche, cette dernière est un peu étonnée de lire dans le regard d'Ægir qu'il ne la reconnaît pas. Elle peut comprendre qu'il ne se souvienne pas de l'avoir vue lors de la veillée funèbre de Thor, mais elle s'attendait au moins à ce que son nom déclenche une réaction chez l'homme qui a sillonné la nuit pour essayer de lui tirer dessus. Au grand soulagement de Hannah, Vigdis prend congé ; mais dès son départ, un trouble inattendu s'empare d'elle. Tout à coup, sa mission ne lui semble plus aussi facile que prévu. Inquiète, elle prend place sur la chaise qu'on lui indique. Quelque chose dans le regard d'Ægir la met profondément mal à l'aise. Son visage n'est plus vide d'expression, elle décèle un changement dans les rides marquées de son front. Difficile de dire de quoi il s'agit, mais cela remplit Hannah d'un sentiment de nervosité. Ou plus exactement, d'effroi. Elle essaie de s'en tenir à son plan, en espérant que la barrière de la langue ne lui serve pas d'échappatoire – et en espérant aussi que sa voix à elle ne tremble pas trop.

— Je sais que c'était vous.

Ægir l'observe avec un calme psychopathe. Hannah se sent analysée, démasquée.

— La nuit dernière. J'ai vu l'arrière de votre voiture.

Elle bluffe, car à vrai dire, elle ne peut pas avoir la certitude que les phares qu'elle a aperçus étaient ceux de la voiture d'Ægir, il est loin d'être le seul propriétaire d'un 4x4 dans les parages. Mais elle le sait, tout simplement. Elle le *sait*.

— Je n'ai pas la moindre idée de ce dont vous êtes en train de me parler.

Son visage de pierre ne laisse rien transparaître, mais il lui fait heureusement la faveur de lui répondre en danois. Hannah regarde les mains d'Ægir, elles sont grosses et rugueuses, ses veines sont comme des câbles qui courent le long de ses avant-bras musclés et ses cheveux gris sont d'une épaisseur enviable. Il était, et il est encore un bel homme. Elle baisse les yeux, de peur qu'il surprenne sa fascination. Elle sait qu'il ment. De plus, elle entend suffisamment l'islandais pour avoir compris que Vigdis vient juste de lui résumer l'épisode de la fusillade chez Ella. Il sait exactement de quoi elle parle, pourquoi nier, pourquoi jouer à ce jeu ?

— Sachez simplement que je ne me laisse pas aisément impressionner.

Il lève un sourcil, joint calmement ses mains de pêcheur. On dirait des gants de cuir.

— Vous ne manquez pas de culot pour oser venir ici et m'accuser d'un tel méfait. Mon fils vient d'être tué, et je n'ai ni le temps ni l'énergie d'écouter une Danoise folle qui court partout en m'accusant de tentative d'assassinat.

Hannah voit bien qu'il la prend de haut, mais elle n'en démord pas. C'est exactement là où elle veut l'emmener.

— Ce ne sont pas mes accusations qui vous irritent. C'est le sujet. Vous savez que je me suis renseignée sur la mort de votre fils, et vous savez que ces renseignements vous concernent. Alors je vais être directe : pourquoi étiez-vous, comme par hasard, à l'endroit précis où Thor s'est noyé cette nuit-là ?

— Aaargh !

Ægir explose, renverse la table, le café. Sa masse gigantesque touche presque le plafond. Il fond sur Hannah en serrant ses poings de cuir, elle n'avance pas la moindre excuse pour tenter de le calmer, s'enfuit de la maison comme si elle était en feu. Putain de merde ! Pour la deuxième fois en moins de vingt-quatre heures elle se sauve couverte de honte à cause d'un interrogatoire raté. Merde, merde, merde !

Hannah trottine sur la route, gonflée par l'adrénaline et l'humiliation. Elle allume fébrilement une cigarette ; le bout luit dans l'obscurité qui, déjà, envahit la ville. Il lui semble pourtant que le matin vient de se terminer. Hannah crache la fumée en se maudissant. Outre la honte d'avoir été chassée par la fureur d'un père endeuillé, elle est convaincue que sa stratégie était la pire pour obtenir des aveux d'Ægir. Elle se frappe le front, elle vient de dévoiler à Ægir que, un : elle enquête sur la mort de son fils, et deux : il est son principal suspect. Mais si ce n'est pas lui qui a voulu leur faire peur hier, qui donc a tiré ces putains de coups de feu ? Elle doit améliorer considérablement ses méthodes si elle veut espérer éclaircir ce mystère. À moins qu'il ne soit trop tard. Cette fois, elle n'a plus d'autre choix que de raconter son impair à Ella. À moins que… Elle pourrait peut-être éviter que la mise à feu de l'homme de pierre n'arrive jusqu'aux oreilles d'Ella ? C'est possible. Si Ægir porte une forme de culpabilité, il n'est pas certain qu'il en parle. Mais Vigdis racontera inévitablement la scène à Ella, c'est sa sœur après tout. À moins que Hannah réussisse à la persuader de ne pas le faire. Il faut qu'elle retourne chez eux.

Devant la porte d'entrée, elle hésite. Et si c'était Ægir qui ouvrait ? Sa stratégie de jouer les rôdeuses vient juste de prouver son inutilité, mais elle pourrait attendre qu'il quitte la maison ? Et en même temps, où irait-il ? Hannah est sur le point d'abandonner, elle commence à tourner les talons, à moitié résolue à ramper jusque chez Ella pour tout lui avouer, quand tout à coup la porte s'ouvre. C'est Vigdis, elle met un doigt sur sa bouche en refermant doucement la porte derrière elle. Elle chuchote.

— Je suis navrée qu'il se soit mis dans une colère pareille. Cela lui arrive souvent ces derniers temps.

Un peu étonnée, Hannah regarde la dame qui se culpabilise face à elle. Non seulement elle a perdu son fils, mais elle se retrouve en plus à devoir ramasser les pots cassés après les fureurs de son mari. En l'occurrence, son accès de colère était sans doute justifié, mais Vigdis semble ignorer ce détail. Bien. Ils ne dialoguent donc pas, et Ægir a pour habitude de monter dans les tours pour un rien. C'est ce que Hannah déduit de la situation, et même si elle ressent une pointe de mauvaise conscience, la situation est nettement à son avantage. Elle accorde sans mal son indulgence puisqu'en réalité, c'est elle la fautive.

— Ce n'est pas grave. C'est ma faute, j'ai parlé de Thor, je n'aurais pas dû. Je voulais simplement lui présenter mes condoléances.

Bon, pas besoin d'en faire des tartines en jouant les saintes non plus. Mais ça fonctionne. Vigdis prend ses mains dans les siennes.

— Je sais que c'est beaucoup vous demander, mais ne pourrait-on pas passer l'éponge sur cette petite scène ?

Hannah ne pouvait pas espérer mieux, elle acquiesce, mais ne peut s'empêcher de trouver cela un peu étrange. Vigdis doit avoir ses raisons, et Hannah pense les connaître.

— Ils ne s'entendent pas très bien, n'est-ce pas, Ella et Ægir… ?

Vigdis hésite un peu mais finit par faire oui de la tête.

— Je ne sais pas pourquoi, mais il en a toujours été ainsi. Ella ne le porte pas dans son cœur, et… Enfin, ce genre de scènes ne risque pas d'arranger les choses.

Hannah hoche la tête, compréhensive. Elle tend sa main vers elle, mais à sa grande surprise, Vigdis la prend dans ses bras dans un élan de familiarité.

— Promettez-moi de prendre soin d'elle.

— Je vous le promets.

Hannah ne précise pas qu'Ella semble tout à fait apte à prendre soin d'elle toute seule. Elle doit lui poser une dernière question difficile. Elle se défait de son étreinte.

— Pensez-vous que… qu'il serait mieux que je ne vienne pas à l'enterrement ?

— À cause de ce qui s'est passé ? s'enquiert Vigdis, interloquée. Non ! Il faut que vous veniez. Tant que vous vivez chez ma sœur, vous faites partie de la famille. Et ce n'est pas pour vous offenser, mais Ægir aura d'autres invités à surveiller, il ne prêtera même pas attention à vous.

Hannah acquiesce, mais elle ne comprend pas. Bon d'accord, Ægir n'est pas franchement apprécié, mais de là à devoir "surveiller" des invités à l'enterrement de son propre fils, c'est tout de même mystérieux. Hannah quitte la maison endeuillée avec un étrange sentiment de victoire et un flot de nouvelles questions.

24

Un seul meurtre dans un roman policier, est-ce bien suffisant de nos jours ? N'en faudrait-il pas plutôt quatre ou cinq pour retenir l'attention des lecteurs ? Et puis, il faut aussi alterner entre différents points de vue et insérer des passages cinématographiques, pour faire croire au lecteur que ce qu'il est train de lire est plus intéressant que cela ne l'est réellement. Hannah doit essayer. Au bout de cinquante pages, il est temps d'introduire un nouveau meurtre et de commencer à varier les perspectives pour que le lecteur ne meure pas d'ennui. Assise à sa place habituelle, près de la fenêtre, Hannah est exaltée. Certes, elle n'a pas réussi à obtenir d'aveux de la part d'Ægir, mais sa réaction n'a fait que confirmer ses soupçons : il cache quelque chose. Et elle est bien décidée à trouver de quoi il s'agit le jour de l'enterrement.

Une personne souffrait plus encore de la mort de Tore que ses propres parents : Esther. Trois ans durant, elle avait été son amoureuse, ils étaient tout l'un pour l'autre. Le premier baiser des amis d'enfance avait eu lieu lors d'une sortie scolaire dans les glaciers, et ils avaient fait l'amour pour la première fois dans un voilier de pêche, avec les mouettes pour seuls témoins. Une tasse de thé froid entre les mains, elle se sentait vide. Vivre ou mourir, cela n'avait plus d'importance à ses yeux. Elle n'avait ni la force de continuer à vivre, ni celle de se tuer. La seule chose qui occupait son esprit, c'était la vengeance. Elle savait qui était le meurtrier. Elle élabora mentalement des plans pour s'introduire par la fenêtre de sa chambre, sachant qu'il la laissait toujours ouverte quand il dormait. Elle s'y faufilerait comme un chat, s'approcherait du lit en silence, et le réveillerait juste avant de lui planter un couteau dans la poitrine. Elle voulait qu'il la regarde dans les yeux et qu'il comprenne ce qui était en train de lui arriver, qu'il sache qu'elle ne pouvait supporter qu'il ait tué le garçon qu'elle aimait. Et elle s'en sortirait innocente, c'était une certitude. Elle avait déjà imaginé un parfait alibi.

Hannah lève les yeux, satisfaite. Écrire un polar, c'est plutôt marrant finalement. Comme ce n'est pas de la vraie littérature, inutile de se mettre la pression. Hannah n'a jamais senti une si grande liberté dans son déploiement artistique, elle n'a jamais écrit autant de pages en si peu de temps. Elle ressent encore plus de satisfaction en imaginant qu'elle est sur le point d'apporter une preuve à sa théorie : n'importe quel imbécile est capable d'écrire un polar en un mois. Elle a envie d'appeler Bastian. Au bout de deux tentatives, il répond.

— Ce n'est pas parce que je suis en Islande que tu pourras te débarrasser de moi aussi facilement.

— Hannah ! Quelle joie de t'entendre. J'étais en plein dîner. Comment vas-tu ?

— Tu dînes avec qui ? Tout se passe à merveille ! J'ai écrit cinquante-cinq pages. Et je viens de commencer à introduire de nouveaux points de vue, je ne suis pas loin de devenir la nouvelle reine du polar scandinave.

— Tu commences à changer de perspective au bout de cinquante-cinq pages seulement ? Tu aurais dû présenter tous les points de vue avant la vingtième page.

— Ah bon, c'est une règle peut-être ? Tu dînes avec qui ?

— Une règle, si on veut oui. C'est juste un dîner comme ça.

— Un dîner comme ça ? Qui est avec toi ? Je t'appelle pour t'apporter de bonnes nouvelles, pour te dire que j'avance sur mon polar, et la seule chose que tu trouves à faire c'est de me critiquer tout en refusant de me dire avec qui tu es train de dîner ?

Une pause à l'autre bout du fil. Un sentiment d'inquiétude s'empare de Hannah.

— Allô, tu es là ?

Là, elle commence à être nerveuse. Bastian ne lui cache jamais rien.

— Le projet "un polar en un mois" a été abandonné sans que j'en sois avertie, ou quoi ?

Rire nerveux à l'autre bout de la ligne.

— Mais non, mais non ! Enfin !

Hannah entend le bruit d'une porte qui s'ouvre, des voitures, Bastian allume une cigarette. Il vient de sortir, pour s'éloigner de qui ?

— Ça suffit Bastian. Maintenant tu me dis ce que tu es en train de me cacher et avec qui tu dînes, sinon je pars me jeter dans une crevasse de glacier.

Bastian hésite, des sirènes résonnent derrière lui. C'est drôle. Hanna n'est en Islande que depuis quelques jours, mais elle avait déjà oublié le ballet incessant des sirènes, si nombreuses qu'elles ont cessé de la troubler dans son travail depuis bien des années. Ici, elle n'a pas entendu la moindre sonnerie, bien que les crimes frappent plus vite que l'éclair. Bastian est peut-être avec une femme ?

— Tu es à un rencard, c'est ça ?

— Non. Je bois juste un verre avec…

— Avec qui ?

Encore une pause à l'autre bout du fil. Et un long soupir ; il recrache sans doute la fumée de sa cigarette.

— Jørn J.

— Pardon, avec qui ?

Les oreilles de Hannah se mettent à bourdonner, la ligne n'est pourtant pas parasitée.

— Je sais que ça peut paraître bizarre, mais c'est un chic type, tu sais.

— Un chic type ?

Hannah a la bouche complètement desséchée.

— Oui enfin… On a discuté après la foire du livre et…

— Qu'est-ce que tu es en train de me dire putain ? Que tu t'es mis cet enfoiré de Jørn J. dans la poche à la foire du livre sans m'avoir avertie de quoi que ce soit, et que tu lui lèches le cul depuis tout ce temps ?

— Hannah, calme-toi, merde ! On dîne juste ensemble en buvant quelques bières.

— Vous dînez ensemble en buvant quelques bières ? Ça s'appelle un rencard ! Un rencard entre couilles dans le but d'élaborer une stratégie pour vous débarrasser d'une femme comme moi qui…

— Hannah, tu dévies sur une pente féministe là.

— Va te faire foutre Bastian.

Elle raccroche et jette son téléphone sur le lit. Mais qu'est-ce que c'est que ce complot de dingues ? Est-ce qu'ils manigancent un truc dans son dos depuis tout ce temps ? Non, ça suffit la paranoïa, c'est elle qui a décidé de partir. Mais merde à la fin, pourquoi Bastian fait-il ami-ami avec son rival numéro un tout à coup ? Qu'est-ce qu'ils peuvent avoir en commun, hein… ? Oh non. Il ne peut y avoir qu'une seule raison : Bastian ne croit plus en son projet de polar ! Il est déjà en train de préparer le terrain pour collaborer avec son principal adversaire. Ça se tient. Jørn correspond au profil des autres "écrivains" publiés par Bastian ; si ce dernier a continué de travailler avec Hannah jusque-là, c'est pour s'accorder le prestige de publier une écrivaine sérieuse et reconnue, mais maintenant qu'elle est en train de creuser sa propre tombe littéraire, Bastian tente d'attirer l'ennemi dans son camp. Espèce de gros porc de capitaliste ! Hannah se retient de crier, elle voit son téléphone s'allumer. Un SMS. Elle s'en saisit avec fureur, c'est Bastian.

Arrête de toujours te sentir visée. Il n'y a pas de quoi s'inquiéter, je reste ton éditeur. Je suis de ton côté. Et Jørn est quelqu'un de bien quand on apprend à le connaître. Il a même proposé de te donner des tuyaux pour ton polar…

— Aaargh !

Elle lance son téléphone contre le mur, l'écran se lézarde en frappant le sol comme un projectile militaire. Quel foutage de gueule ! "Des tuyaux pour son polar" ? Hannah hurle dans son oreiller, finit par le déchirer, donne des coups de pied dans le lit.

— Aïe, putain de merde !

Et encore des coups de pied.

Au moment où Ella ouvre la porte, Hannah est par terre en train de sangloter, un orteil en sang, tandis que les plumes de l'oreiller déchiré lui tombent dessus comme les dernières poussières du Jugement dernier.

— Absurde. C'est parfaitement absurde.

Elle est assise sur le canapé, à la fois enragée et abattue, le pied posé sur une chaise. Ella s'apprête à lui faire un bandage.

— Aïe !

Hannah se tord. Ella saisit la cheville enflée un peu plus doucement.

Et merde. Elle va boiter pendant plusieurs jours.

— Il n'y a rien de pire que la déloyauté.

Ella lève les yeux vers elle, acquiesce comme si elle partageait ardemment son avis. Elle repose doucement le pied sur la chaise. Hannah lui sourit avec gratitude.

— Merci. Et désolée de me mettre dans des états pareils. Ils me rendent complètement dingue.

Ella revient avec une tasse de café fumant qu'elle tend à Hannah. Elle s'installe en face d'elle et écrit derrière une enveloppe.

Et maintenant ? Tu n'abandonner pas le livre au moins ?

— Putain, sûrement pas ! Pardon, je n'arrête pas de jurer. Mais merde, j'en ai ma claque à la fin.

Elle souffle sur son café, le regard perdu dans le vide. Ella fait de même. Un sentiment de honte vient frapper Hannah de plein fouet.

— Pardon. J'ai conscience que ce qui m'arrive est bien ridicule en comparaison de ce que vous traversez.

Ella écrit.

Tout le monde avoir ses problèmes. Les miens ne rendre pas les tiens moins graves.

Hannah acquiesce, mais sans être convaincue de partager son avis. Maintenant qu'elle a le pied bandé et une tasse de café entre les mains, ses contrariétés lui paraissent dérisoires comparées au meurtre du neveu d'Ella et à l'attaque de sa maison. Mais elle ne va pas se laisser abattre ! Jørn J. ne parviendra pas à la faire renoncer à son projet, si c'est ce qu'il a en tête ; et hors de question qu'il vienne lui donner des conseils à la con. Son cœur s'emballe de nouveau. Elle sent des pulsations dans son pied. Elle doit se ressaisir, couper tout contact avec Bastian, terminer son projet et prouver qu'elle est capable d'écrire un polar – et de qualité ! Sans leur aide. Voilà son plan. Hannah est déçue par Bastian et se sent profondément blessée. Qu'il fricote avec Jørn pour le travail – ou plutôt, pour le *business* – c'est une chose, mais le fait est qu'il a également abusé de sa confiance sur le plan amical. Elle a toujours pensé que les amitiés suivaient le même schéma de jalousie absurde que les couples : si pour une raison légitime on ne souhaite pas que son ami ou son partenaire fréquente une personne en particulier, on est parfaitement en droit de s'attendre à ce que ça n'arrive pas. Qui sait, Viktor a peut-être interdit à Margrét de la voir ? Hannah lorgne vers son téléphone cassé ; Ella a essayé de le réparer avec un morceau de ruban adhésif mais il refuse de s'allumer malgré ses tentatives répétées. Après tout, quelle importance ? Margrét n'a même pas son numéro, et elle ne veut plus adresser la parole à Bastian, elle n'a donc que faire d'un téléphone.

25

Elle parvient à écrire trois pages supplémentaires du point de vue d'Esther avant d'aller se coucher. Trois pages au cours desquelles elle imagine et accomplit un acte de vengeance d'une extrême brutalité. Deux vies sont supprimées dans ce laps de temps : la première victime, Hannah l'assassine d'un coup de couteau en pensant au visage de Jørn ; la deuxième a les traits familiers de Bastian. Pure et simple catharsis ! L'écriture lui donne soif, mais sa valise ne contient plus que des cadavres de bouteilles. Hannah regarde l'heure. Bientôt minuit. Le centre-ville est trop loin (et l'image trop pitoyable !) pour clopiner jusque là-bas avec son orteil cassé. Ella est allée se coucher. Les chances de trouver de l'alcool dans la maison ne sont peut-être pas complètement nulles. Certes, elle n'a jamais vu la moindre bouteille de vin, de bière ou d'alcool fort, mais après tout, elle n'a jamais cherché non plus. Grisée par cette idée, elle descend les escaliers en claudiquant. Rien dans la cuisine. Rien dans le salon. Hannah traîne la jambe jusqu'à une chaise en maugréant après avoir inspecté tous les fonds de placards de la cuisine, ainsi que tous les éventuels lieux de stockage du salon. Elle réfléchit. Les pulsations reprennent dans son pied. Dans le hangar à bois ? A-t-elle une chance d'y trouver son bonheur ? Dans son souvenir il n'y avait que des bûches et des outils. Y aurait-il une cave quelque part ? Non, pas à sa connaissance. Et il est sans doute un peu optimiste d'espérer trouver une cave à vin dans une maison d'ouvriers perdue au milieu de la campagne. Mais pourquoi pas de la gnôle ? Allez. Respirer, essayer d'atténuer son niveau de désespoir. Hannah se sent pitoyable, elle commence à se persuader qu'elle n'a pas besoin d'alcool, mais soudain, elle repense au bureau d'Ella. Elle y a déjà passé une tête une ou deux fois, juste comme ça. La pièce est à deux portes de sa chambre, et elle lui est apparue chaque fois aussi déprimante : un petit bureau, une chaise et une bibliothèque, le tout couvert de poussière et enveloppé dans une aura d'immobilité qui lui rappelle un musée. Aurait-elle une chance de trouver une bouteille de spiritueux dans cette pièce ? La douleur de son orteil s'atténue subitement, elle réussit presque à monter les escaliers en courant.

Bizarrement, la porte est verrouillée. Merde ! Pourquoi juste maintenant ? Sans doute une inadvertance d'Ella. Même la porte de la salle de bains n'a pas de verrou – ce qui a déjà conduit à un certain nombre de situations embarrassantes. Et avant la fusillade, la porte d'entrée non plus n'était jamais fermée à clé. Hannah récupère un coupe-papier dans sa chambre et commence à bidouiller la serrure comme une piètre cambrioleuse. Le verrou se montre peu coopératif – c'est peu dire –, et à l'instant où son outil se casse en deux, Hannah sent redoubler son envie d'alcool. Elle jure en silence, elle en a maintenant la conviction : il *doit* se cacher de l'alcool derrière cette porte. L'idée vire à l'obsession, elle se démène jusqu'au hangar à bois pour y récupérer un robuste tournevis. Après avoir traficoté en vain dans le trou de la serrure, elle se rend à l'évidence : c'est sans espoir. Déterminée, elle glisse le tournevis entre le chambranle et la porte, tourne l'outil, colle son épaule contre le bois et tousse un grand coup en poussant de toutes ses forces ; elle a réussi à forcer la porte. Elle tend l'oreille un instant, tout est silencieux. Ella n'a visiblement rien entendu. Hannah se glisse dans le bureau et appuie sur l'interrupteur. Elle commence par fouiller une armoire encastrée, mais qui ne renferme que de vieux vêtements semblant dormir là depuis des décennies. Elle examine ensuite la bibliothèque, quelques sagas sont mélangées à des encyclopédies et des livres de poche – du genre qu'on trouve en supplément de magazines féminins. Plusieurs classeurs sont posés sur l'étagère du bas, à côté de ce qui s'apparente à des carnets de comptes et un album photo. Hannah sort ce dernier. Il doit être entreposé là depuis au moins vingt ans car la poussière l'a presque momifié. Elle décolle minutieusement les pages de carton brun les unes des autres, les photos sont cachées derrière du papier parchemin. Elle tourne le papier, presque avec révérence, dévoilant des photos noir et blanc sur lesquelles elle découvre des enfants posant devant une maison qu'elle identifie comme étant celle d'Ella – la seule différence est un bâtiment attenant (une grange ?), probablement détruit depuis. Une petite fille aux cheveux ébouriffés pose avec un bébé dans les bras. Ella avec sa petite sœur Vigdis qui vient de naître ? Hannah fait défiler les années en tournant les pages de l'album ; les filles grandissent, Ella reçoit sa confirmation, puis plusieurs années se succèdent au cours desquelles une seule des deux filles est présente. Vigdis. Une unique photo les réunit à nouveau. Ella est devenue une jeune femme. Et de nouveau, seule Vigdis apparaît sur les images – à partir de là, il n'y a plus qu'elle, et ce jusqu'à ce que les photos noir et blanc s'arrêtent comme une feuille dans une imprimante à court d'encre. Hannah parcourt les pages vides en pensant aux rares photos qu'elle possède de sa propre enfance. La documentation de ses jeunes années s'arrête au début de l'adolescence ; après cette période, aucune aide visuelle ne lui permet d'être en prise directe avec ses souvenirs, il ne lui reste que la vie. Parfois, Hannah se met à douter de ce qu'elle a réellement fait entre treize et vingt ans. De toute façon, elle n'a jamais été du genre à corner les pages des albums photo. Hannah pousse un grand soupir en pensant à tous les tirages de l'horrible famille de sa sœur, classés dans de terrifiants albums qu'on l'a obligée à écumer au fil des ans. Mais pourquoi Ella disparaît-elle pendant une période qui semble s'étendre sur plusieurs années ? Hannah feuillette l'album une nouvelle fois, à la recherche d'un détail qui lui aurait échappé. Pourquoi Ella s'absente-t-elle pendant plusieurs années de son adolescence ? Était-elle mal à l'aise devant l'appareil ? Ou bien partie en *Efterskole** ? Mais il n'est même pas sûr que ce type d'établissements existait à l'époque, et encore moins en Islande. Hannah parcourt de nouveau les photos. Elle note un changement dans le regard de la jeune Ella entre la dernière photo avant la pause et sa réapparition : ses yeux

* Il s'agit d'un type d'internats propres au Danemark; une césure permettant aux jeunes Danois âgés de 14 à 18 ans de vivre des expériences dans divers domaines, tels que les arts, le sport ou l'aide à la personne.

semblent vides. Hannah feuillette l'album jusqu'à la fin et décèle le motif qu'elle n'avait pas vu tout à l'heure : sur les photos d'enfance, Ella est toujours souriante, mais quand elle devient jeune femme, plus le moindre sourire. Hannah secoue la tête, elle n'est pas non plus du genre à se poiler quand on lui tire le portrait. Elle doit garder à l'esprit d'en demander plus à Ella sur son histoire. Elle réalise qu'elle en sait très peu sur son hôtesse. Elle range l'album et continue à chercher.

Les tiroirs du bureau ne renferment pas de flasque d'alcool, ni le moindre vice caché ; cependant, celui du bas est fermé à clé. Hannah est assiégée par la curiosité et cette fois-ci, le verrou se montre moins résistant : après un petit tour avec le demi-coupe-papier, le tiroir s'ouvre. Des dossiers. Déçue, Hannah les feuillette rapidement ; papiers d'assurance. Elle est sur le point de refermer le tiroir, frustrée par sa quête d'alcool ratée, quand sa main bute contre une masse dure sous les dossiers. Elle sort un petit sucrier en porcelaine. Drôle d'endroit pour ranger un tel objet. Elle ôte le couvercle. Quelque chose repose au fond du petit bol : une chaîne de cou. Elle prend prudemment le collier dans ses mains ; à première vue, ce n'est pas un objet de grande valeur, Hannah se demande même s'il s'agit d'un métal précieux. Peut-être de l'argent plaqué, mais à ce jour, le bijou ressemble plus à une babiole achetée sur un marché. La chaîne épaisse a été cassée, mais porte un pendentif facilement identifiable : un Mjöllnir*. Si ce bibelot a été rangé sciemment dans le sucrier-du-tiroir-verrouillé, c'est qu'il

* Dans la mythologie nordique, Mjöllnir est le nom donné au marteau de Thor, dieu du Tonnerre.

doit avoir une valeur sentimentale, pense Hannah. Sinon, pourquoi Ella prendrait-elle la peine de le cacher aussi minutieusement, alors que ses grosses bagues en or sont exposées au vu et au su de tous dans la salle de bains ? Hannah repose le bijou et ferme le tiroir, réussit même à le reverrouiller. La porte, en revanche, ne peut pas être réparée aussi facilement ; le cadre est légèrement cassé à l'endroit où elle l'a forcé à coups de tournevis. Elle ramasse quelques débris de bois par terre pour minimiser les traces de son effraction, en espérant qu'Ella ne remarque rien.

Hannah reste allongée un moment à contempler la nuit islandaise avant de s'endormir, et quand les rêves font leur entrée dans sa conscience, ils filent comme un train de marchandises rempli de souvenirs qui ne sont pas les siens, mais qui se sont déroulés dans cette maison, cinquante ans en arrière.

26

Le matin. Elle sent des pulsations dans son orteil, comme si un petit troll coincé à l'intérieur essayait d'en sortir à coups de marteau. Hannah oublie un instant que son téléphone est cassé et soupire en essayant de l'allumer, sans succès. Quelle heure peut-il bien être ? Elle s'avance vers la fenêtre en boitant et tire le rideau. Le ciel gris semble vouloir tenir le jour à distance.

En marchant vers les toilettes, Hannah sursaute : la porte du bureau est grande ouverte, Ella est dans la pièce et la fusille du regard. C'est la première fois que Hannah se sent personnellement visée par sa colère. Le regard de glace d'Ella la frappe comme un coup. Hannah se ratatine. Elle s'éclaircit la voix et invente un mensonge.

— Il m'a semblé entendre du bruit ici cette nuit.

Hannah regarde le chambranle de la porte du coin de l'œil.

— J'ai eu peur qu'ils soient de retour. Les gens qui ont tiré. Et comme je n'avais pas la clé, j'ai forcé la porte. Pour les chasser si c'était le cas.

Le regard d'Ella est un détecteur de mensonges. Et même Hannah ne se trouve pas crédible. Seigneur.

— Pardon, j'aurais dû réfléchir. J'étais complètement désespérée, j'avais besoin d'un verre, je me suis dit que je trouverais peut-être quelque chose à boire ici. Une bouteille d'alcool, n'importe quoi. C'est idiot, j'en ai bien conscience.

Ella considère l'aveu de Hannah, elle hésite à la croire. Quelques secondes passent. Finalement, elle semble trouver son explication suffisamment pathétique pour être crédible. Mais la vérité n'appelle pas toujours le pardon. Ella éteint la lumière et ferme la porte derrière elle en tournant ostensiblement la clé dans la serrure. Elle lance un regard foudroyant à Hannah.

— Je paierai pour la réparation de l'encadrement, bien entendu. Pardon.

La vieille dame ne lui répond pas, mais elle profère des paroles en islandais en descendant les escaliers. Hannah croit décrypter des jurons. Elle reste immobile un instant. Honteuse d'être dépendante au point de forcer une porte, mais plus honteuse encore d'avoir trahi la confiance de son hôtesse. Et merde. Cependant, quand elle va sous la douche l'instant d'après pour essayer de laver ses péchés, Hannah ne peut s'empêcher de se demander pourquoi Ella ne parvient pas à passer l'éponge sur son petit coup fourré. Bien sûr, il est normal qu'elle soit agacée et frustrée d'avoir une porte cassée, mais la personne que Hannah a appris à connaître jusque-là aurait, dans ses bons jours, simplement ri de la situation et fait réparer la porte. Elle a l'impression que ce ne sont pas tant les dégâts causés qui énervent Ella que son intrusion dans le bureau. Cacherait-elle quelque chose dans cette pièce ? Hannah augmente le débit d'eau froide et se lave de cette pensée avec un petit cri aigu : le bureau ne renfermait rien d'autre qu'un passé poussiéreux.

Hannah saute le petit déjeuner. Elle préfère éviter la colère et la déception d'Ella, sous peine de s'empêtrer dans de nouvelles justifications. Elle lance un "à plus tard" un peu lâche et se sauve avec son ordinateur, déterminée à passer une journée d'écriture au bar. Il faut qu'elle quitte la maison, c'est certain, mais elle ne peut pas se permettre un jour de plus sans avancer sur son polar. Elle part avec l'espoir naïf de doubler sa productivité en écrivant dans un lieu public, et éventuellement de recueillir de nouvelles informations sur la mort de Thor.

Elle commande un café, un peu de pain grillé et un œuf à la coque. Étant la première cliente, elle décide de s'asseoir en salle en espérant que les habitués se retrouvent un peu plus tard. Le matin n'est pas franchement synonyme de productivité quand il s'agit de noircir des pages, elle décide donc de commander une petite goutte de whisky pour accompagner son café et lancer la machine créative. Isolée par ses écouteurs sans musique, Hannah réussit à écrire quelques pages en une heure ; et quand les pêcheurs à la retraite commencent à arriver, elle s'installe au comptoir pour changer un peu d'air. Elle commande un nouveau café-whisky et tente d'engager la conversation avec Blouson-de-cuir en parlant de tout et de rien.

— Les matinées sont plutôt calmes ici, non ?

Blouson-de-cuir hausse les épaules en feuilletant son journal.

— Ça me permet de lire un peu les nouvelles.

Hannah se demande si c'est une manière de lui faire comprendre qu'il préférerait lire son journal en paix. Mais elle est d'humeur curieuse. En inaugurant la conversation avec un ragot, elle aura peut-être une chance de le faire parler.

— Je ne sais pas si vous êtes au courant, mais on a eu une petite frayeur l'autre jour. Enfin, une grosse frayeur en réalité. Quelqu'un a attaqué la maison.

Blouson-de-cuir lève un œil de son journal. Parfait, il n'a pas entendu parler de l'attaque de l'autre nuit contre la maison d'Ella. Hannah se redresse, voilà un petit joker. Elle explicite un peu.

— Quelqu'un a tiré sur la maison en pleine nuit. Vraiment terrifiant.

Elle affecte un air bouleversé et cela fonctionne. Il replie son journal et le met de côté. Elle a toute son attention.

— Quelqu'un a été blessé ?

Le barman semble réellement inquiet. Hannah secoue la tête.

— Ils ont seulement cassé une fenêtre et fait quelques trous dans le mur. Ça ressemble plus à un acte d'intimidation qu'à une tentative d'assassinat. Mais bon, vraiment glauque quand même.

— Et vous ne savez pas qui c'était ? s'enquiert le barman, inquiet.

Elle secoue la tête et lève les bras dans un geste de résignation.

— Je n'arrive vraiment pas à imaginer qu'Ella puisse avoir des ennemis qui chercheraient à lui faire du mal.

— Qu'est-ce qui vous fait penser qu'elle était la cible ?

Hannah remue sur son tabouret, mal à l'aise. Qu'est-ce qu'il entend par là ? Que c'est elle qui était visée ?

— Vous ne croyez tout de même pas que quelqu'un aurait cherché à m'attaquer ?

Blouson-de-cuir hausse les épaules et se tourne vers une autre cliente, la femme au chien. Hannah boit une grande gorgée de son café-whisky. Serait-elle vraiment sur le point de démasquer le meurtrier ? D'après ses quelques connaissances en matière de polar, elle sait que la vie de l'enquêteur finit toujours par être menacée quand il s'approche un peu trop près de la vérité. Mais cette idée est un peu absurde, car elle est encore loin d'avoir démasqué qui que ce soit. Ægir est son seul suspect. Et elle a déjà fait un pas de trop dans cette impasse. Elle vide sa tasse – mais si c'était vraiment elle, et non Ella, qu'on avait essayé d'intimider ? Et ce parce qu'elle se serait révélée être une meilleure détective que Viktor ? Hannah rit doucement ; bon, elle ne se fait quand même pas une si haute idée de ses talents d'enquêtrice. Mais pourquoi ces coups de feu ? Viktor y serait-il mêlé ? Des sueurs froides coulent dans son dos, elle va trop loin, ces théories conspirationnistes n'ont aucun sens. Il faut qu'elle renouvelle son approche.

La femme au chien ne se montre pas particulièrement obligeante ni obligée quand Hannah joue des coudes vers elle en essayant de garder son équilibre, une tasse de café dans chaque main et un sourire malicieux aux lèvres – elle tente d'avoir l'air chaleureuse mais passe plutôt pour une imbécile.

— Bonjour. Je ne veux pas avoir l'air de m'incruster, mais j'ai remarqué que nous buvions toutes les deux un café dans notre coin, alors je me suis dit… enfin, qu'on aurait pu se tenir compagnie.

La femme toise Hannah avec indifférence – elle se sent vraiment bête et doit passer pour une cruche avec ses deux tasses de café dans les mains. Son sourire idiot refait surface.

— Je vois que vous n'avez pas fini votre tasse. C'était bête de ma part…

Hannah est à court de mots et de dignité. Elle va pour faire demi-tour quand la femme au chien prend l'une des deux tasses et désigne le tabouret à côté du sien. Hannah s'assoit après une courte hésitation.

— J'ai vu que vous aviez un chien. Il est tellement mignon.

Hannah regarde la bête en espérant que son mensonge ne soit pas trop flagrant. Il bave. Pitié, qu'elle ne lui demande pas de le caresser. Quelle race ça peut bien être ? Il la regarde avec des yeux de peluche, peut-être un genre de chien de berger ? La femme transvase le café d'une tasse à l'autre et boit prudemment. Ses gestes dégagent un calme presque effrayant – son assurance rend Hannah nerveuse. Elle observe sa nouvelle amie de comptoir. De près, elle ne ressemble pas à une alcoolique, contrairement à ce que Hannah s'était figuré les fois précédentes.

— Je viens boire mon café ici chaque matin, lance-t-elle comme si elle avait lu dans les pensées de Hannah.

— Moi aussi.

Hannah se sent stupide. Cette nouvelle rencontre prend un bien mauvais départ, chaque phrase qu'elle prononce est un mensonge.

— Je suis seulement de passage, je ne connais pas grand monde ici. Je m'appelle Hannah.

— Vous logez chez Ella, n'est-ce pas ?

— Oui. Vous la connaissez ?

Elle acquiesce. Évidemment.

— J'imagine que vous êtes au courant pour le meurtre. Tragique.

La femme au chien se tourne vers Hannah.

— La police penche pour l'hypothèse du meurtre ?

Oh non ! C'est vrai, il n'a pas été annoncé officiellement que la mort de Thor était un meurtre. Hannah a envie de se mordre la langue. Elle tente de se rattraper, mais difficile de nuancer une telle affirmation.

— Je voulais dire pour "la mort". La mort de Thor. Je ne sais pas s'il s'agit d'un crime bien sûr, mais j'imagine qu'une enquête est toujours ouverte dans ces cas-là.

Qu'une enquête est ouverte ? Il faut qu'elle mette un terme à cette discussion au plus vite. Comment peut-elle être maladroite au point de ruiner son interrogatoire en jouant les moulins à paroles ? Bon, elle doit bien pouvoir tirer quelque chose de cette tentative ratée. La femme au chien a les yeux perdus dans le vague, on dirait que l'hypothèse d'un meurtre l'a fait changer de dimension, et c'est compréhensible. Qui pourrait rester serein en apprenant qu'un meurtrier est peut-être dans la nature ?

— Vous connaissiez Thor ?

Hannah parvient à tirer son interlocutrice de ses pensées, mais elle a du mal à interpréter l'expression de son regard. De la peur ? Elle secoue la tête.

— Pas vraiment. Mais c'était sans doute un bon garçon. Quelle tristesse qu'il soit parti si jeune.

Soudain, Hannah sent quelque chose d'humide sur son tibia, elle baisse les yeux et découvre que le chien essuie ses babines dégoulinantes sur son pantalon. Il lui lance un regard quémandeur en couinant un peu. Hannah retire sa jambe ; la propriétaire du chien tire sur la laisse en découvrant ce qu'il est en train de faire.

— Rex, non ! Je suis navrée.

— Ce n'est rien.

Hannah ressort son sourire d'imbécile - elle doit sûrement avoir l'air d'une perverse qui essaie d'attirer un enfant dans sa fourgonnette. Malheureusement, la femme au chien descend de son tabouret et appelle Rex.

— Merci pour le café. Et désolée pour la bave.

— Aucun problème.

Hannah sourit à la bestiole, quand tout à coup une pensée lui traverse l'esprit.

— Au fait, juste une dernière petite chose… Je sais que c'est un peu insensé comme question, mais vous n'auriez pas vu quelqu'un dans les parages avec une blessure derrière la tête… causée par un coup de bouteille ?

Face au regard de son interlocutrice, Hannah se sent vraiment idiote.

— Pourquoi ?

— C'est juste que… Oubliez.

Hannah laisse tomber. Mais la femme au chien fait un pas en arrière et lui chuchote :

— Vous croyez qu'une personne qui présenterait une telle blessure serait impliquée dans le meurtre… ?

Hannah acquiesce prudemment. Elle ne veut pas dévoiler ses soupçons, mais elle ne voudrait pas non plus passer à côté d'une piste.

— Le sans-abri. Il a une grosse bosse derrière la tête, murmure-t-elle, grave.

— Gísli ?

Hannah est stupéfaite, est-ce vraiment possible ? La femme hésite, et finit par acquiescer ; mais avant toute question supplémentaire, elle et son chien ont déjà franchi la porte. Hannah reste immobile un instant. Elle réalise tout à coup qu'elle ne lui a pas demandé son prénom.

27

Gísli n'est pas dans son cabanon. Évidemment. Hannah a commandé un dernier café-whisky avant de partir à l'aventure, car si le quasi-SDF se révélait être le meurtrier, elle ne serait pas à l'abri d'un incident. Elle a du mal à envisager cette hypothèse, c'est peut-être pour cette raison qu'elle reste plutôt sereine – elle ne saurait expliquer pourquoi, mais selon elle, son profil ne colle pas avec celui d'un meurtrier. Néanmoins, peut-être sommes-nous tous en mesure de tuer si les circonstances s'y prêtent. Et Hannah ne peut exclure un tel scénario : mettons que Gísli ait croisé Thor et qu'ils aient eu une sorte de querelle qui aurait dégénéré en bagarre. Thor finit par frapper Gísli avec une bouteille de vodka, lequel riposte en lui cognant la nuque avec un objet contondant. L'adolescent tombe dans l'eau. Paniqué, Gísli lui tient la tête sous la surface jusqu'à ce que le corps inanimé cesse de tressaillir. Rongé par la culpabilité, il se rend ensuite au Bragginn et boit plus que de raison. Il retourne sur les lieux du crime, mais surprend Ægir en train de tirer le corps hors de l'eau. Tout cela se tient, peut-être même un peu trop bien. Hannah a lu quelque part que les meurtriers prévenaient souvent eux-mêmes la police après leur forfait. Si Gísli présente effectivement une blessure susceptible d'avoir été causée par la bouteille de vodka, il est très probable qu'il soit le criminel. Cette idée la remplit de tristesse.

Assise en tailleur, elle observe les vagues s'écraser contre les rochers en patientant dans le petit royaume de Gísli. Un sentiment monte en elle, ou plutôt un désir. Celui d'avoir Margrét à ses côtés et de contempler la mer avec elle. Elle sent tout à coup une étrange chaleur s'emparer de son corps. Elle s'imagine passer une nuit dans cet abri avec son amante, entrelacées l'une contre l'autre avec le vent qui…

— J'adore recevoir de la visite !

Hannah sursaute, son fantasme lui fait honte, comme s'il était visible au monde entier. Gísli surgit et colle son visage enjoué au sien. Il ne présente pas les traits d'un tueur, mais de tels critères existent-ils ? La mort sourit peut-être comme Gísli, elle a peut-être de sympathiques pattes-d'oie au coin des yeux, on peut peut-être lire une chaleureuse espièglerie sur sa bouche, comme sur celle de l'homme qui se tient face à elle. Hannah tente de garder son calme et de rester impassible, mais elle sent son pouls accélérer.

— Je voulais simplement savoir si tout allait bien depuis l'autre soir.

— Merci. C'est gentil de ta part.

Gísli s'assoit à côté d'elle, cette attention semble l'émouvoir sincèrement. Il fouille dans un sac en plastique, en sort deux bières et en tend une à Hannah. Elle décline, elle n'est quand même pas alcoolique au point de profiter de l'alcool d'un homme en guenilles.

— Ça me ronge.

Gísli décapsule sa bière de la main gauche en regardant vers la mer. Hannah l'observe avec attention, son sang continue de pulser frénétiquement. Elle essaie de respirer calmement. Est-il sur le point de lui faire une confession ?

— Les images d'Ægir en train de tirer Thor hors de l'eau. Elles m'obsèdent. Et ça me rend triste.

Bon, il a ravalé ses aveux. Hannah scrute Gísli. Présente-t-il une blessure derrière la tête ? C'est difficile à dire car il porte un bonnet tiré jusqu'aux oreilles.

— Elles sont en train de geler, gémit Hannah en mettant les mains sur ses oreilles à elle.

— Tu devrais mettre un bonnet. Venir en Islande au mois de novembre sans se couvrir la tête c'est… idiot.

— Je sais, je l'ai oublié à la maison.

— Tu veux que je te prête le mien ?

— Je ne voudrais pas que tu aies froid.

Mais avant même qu'elle ait pu ajouter un mot, Gísli a déjà retiré son bonnet pour le mettre sur la tête glacée de Hannah. Il sent mauvais, elle essaie de faire abstraction de l'odeur et de ne pas penser aux innombrables bactéries qui sont en train de passer du cuir chevelu du SDF au sien. Elle a du mal à le regarder, c'était presque trop facile de lui soutirer son bonnet, il est d'une gentillesse à toute épreuve.

— Mieux ?

Hannah acquiesce, sourit.

— Merci.

Lentement, elle se tourne vers lui pour examiner sa tête. Ses cheveux sont de telles broussailles que seule une paire de ciseaux en viendrait à bout. Ils sont collés à son cuir chevelu, mais à première vue, Hannah ne détecte pas de blessure ni de bosse. Elle doit trouver une excuse pour inspecter l'autre côté de son crâne. Elle se lève, ouvre les bras face au vent qui souffle allégrement sur la plaine.

— Ah ! C'est merveilleux le grand air !

— Tu n'as plus froid ?

Hannah enroule ses bras autour d'elle, jouant la godiche à outrance. Comme si elle venait juste de découvrir l'existence du vent et de l'air.

— Nous, les citadins, nous avons une drôle de relation avec la nature. Nous l'adorons et la détestons en même temps. C'est comme un rendez-vous galant un peu foireux : d'un côté on a très envie d'y aller, mais on ne sait pas trop comment s'habiller pour l'occasion.

Gísli sourit. Boit une gorgée de bière.

Hannah se tourne de nouveau vers l'abri et s'assoit nonchalamment de l'autre côté du SDF. Elle le regarde, scanne sa tête pour tenter d'y déceler une preuve accablante. Mais elle ne voit rien. Elle prend une profonde inspiration et rassemble ses forces pour passer au plan B, qu'elle espérait pouvoir éviter. Elle commence à lui caresser le crâne.

— Tu as de beaux cheveux.

— Vraiment ?

— Vraiment. Ils sont épais, robustes, mais ils auraient besoin de…

— D'être coupés… ?

Hannah acquiesce. Elle ferme les yeux et fouille la tête de Gísli en essayant de donner une apparence amicale à son geste, sa main monte jusqu'au sommet de son crâne, rien, juste des cheveux emmêlés, pas la moindre bosse, mais là ! Derrière la tête elle sent quelque chose ; un petit renflement qui ressemble à une blessure. Elle repasse ses doigts dessus, doucement, juste assez pour que ça fasse mal. Au même moment Gísli saisit sèchement son poignet.

— Désolé, mais je crois qu'il y a un malentendu.

Le sourire de son visage est éclipsé par une grimace impossible à décoder.

— Pardon, ce n'était pas pour…

Gísli ôte la main de Hannah de ses cheveux mais ne la lâche pas.

— Je ne suis pas… Il est vrai que je n'ai pas eu de relation avec une femme depuis des années, mais tu n'es pas… Enfin, pas mon genre.

Hannah tente de réprimer un sourire. Gísli croit qu'elle en pince pour lui ! Et : il la repousse. Très bien. Hannah se lève, mi-soulagée, mi-bouleversée d'avoir trouvé la preuve qu'elle recherchait. Elle enlève le bonnet, le rend à Gísli.

— Merci. Et désolée.

Sans un au revoir, elle détale à toute vitesse pour s'en aller loin de l'abri, de Gísli, de la mer, du vent et de tous les sentiments confus que cette situation lui procure. Elle doit apporter la preuve de ses soupçons fraîchement confirmés à Viktor, et le plus rapidement possible.

La voiture n'est pas dans la cour, Viktor est donc probablement absent. Hannah hésite un instant. Il ne faudrait pas que Margrét pense qu'elle est venue pour la voir. Mais elle s'est trompée : c'est Viktor, et non Margrét, qui lui ouvre la porte. Elle est accablée par un mélange de soulagement et de déception, ce qui a dû produire une curieuse grimace sur son visage, car le policier a l'air très inquiet.

— Tout va bien ? Quelqu'un est revenu tirer sur la maison… ?

Viktor a déjà la main posée sur son manteau.

— Non, non, ça va… l'arrête-t-elle. Je ne viens pas à propos de l'attaque. Mais je crois savoir qui a tué Thor.

Viktor est surpris, il examine Hannah qui sent une certaine méfiance de sa part – son haleine exhalerait-elle encore des effluves du whisky de ce matin ? Mais il finit par l'inviter à le suivre dans son bureau. D'un geste, il lui propose du café ; elle accepte en hochant la tête et s'éclaircit la gorge avant d'entamer son explication.

— Je sais que cela peut sembler difficile à croire, mais cette bouteille que j'ai trouvée…

Le policier est sur le point de faire une objection – il doit en avoir assez d'entendre parler de cette bouteille – mais elle ne lui laisse pas le temps de l'interrompre et continue son histoire.

— Je sais que ce n'est pas l'arme du crime. Mais je pense… Je pense que Thor s'est défendu en frappant son meurtrier avec cette bouteille. Le sang était frais. Et j'ai mené ma petite enquête.

Viktor fronce les sourcils, ce n'est pas exactement le genre de choses qu'un policier sous pression a envie d'entendre quand il a une affaire de meurtre sur les bras. Encore une intervention civile de sa part.

— J'ai pensé que si je trouvais la personne qui avait une bosse derrière la tête, j'aurais démasqué le meurtrier. Et je viens de trouver quelqu'un qui présente exactement une telle blessure.

Pause dramatique.

— Gísli.

Viktor croise les bras et plisse les yeux, une ride apparaît sur son front.

— Et comment avez-vous réussi à inspecter le crâne de Gísli pour obtenir cette preuve ?

— Je l'ai touché.

— Vous l'avez touché ?

Une deuxième ride apparaît sur son front. Comme si Hannah venait de lui avouer qu'elle avait peloté le sans-abri. Bon, techniquement, ce qu'elle a fait.

— Je sais que ça peut paraître un peu bizarre, mais enfin… J'ai réussi à toucher sa tête. Et je l'ai senti, je l'ai vu. Il y avait une bosse, une plaie, du sang séché.

Viktor semble regretter qu'elle soit venue lui faire part de cette information. Sans doute parce qu'il est maintenant obligé d'enquêter sur son accusation. Il pousse un soupir, Hannah a presque de la peine pour lui.

— Gísli a la triste réputation de se retrouver mêlé à des bagarres d'ivrognes. Quand il a trop bu et qu'il a passé une mauvaise journée, il a tendance à… montrer un autre visage que celui de l'homme affable, un peu ivre et mélancolique qu'il est habituellement.

— Mélancolique ?

Ce n'est pas l'image que Hannah s'était faite de Gísli. Mais dans ce cas, l'hypothèse d'une bagarre qui aurait dégénéré en meurtre est d'autant plus plausible. Elle sent quelque chose remuer en elle.

— Mais alors, vous devez être en mesure de le prouver facilement, non ? Je veux dire, si le sang retrouvé sur la bouteille porte l'ADN de Gísli…

— Oui, je vais sans doute me pencher là-dessus, répond le policier après une rapide évaluation de la situation. Mais ceci est mon dernier avertissement : je vous demande d'arrêter de faire mon travail à ma place, sinon je serai dans l'obligation de vous empêcher de faire le vôtre.

— Le mien ?

— Je peux faire en sorte de vous éloigner.

— Vous pouvez me renvoyer au Danemark ? s'enquiert-elle, sceptique.

— Non, ce n'est pas ce que je veux dire. Mais je peux vous poursuivre pour avoir perturbé le travail de la police.

Hannah est abasourdie. Elle vient lui livrer une information capitale et se prend des menaces en pleine tête. Sans ajouter un mot, Viktor lui montre la sortie et ferme la porte derrière elle.

28

Une note informe Hannah qu'Ella s'est absentée pour aller chez Vigdis. C'est à la fois un soulagement et une déception. Pour se racheter de ses méfaits nocturnes, elle décide de réparer l'encadrement de la porte, et elle croit se souvenir qu'il restait quelques planches dans le hangar. Elle fouille un moment et finit par trouver du bois dont l'essence se rapproche de celle de la porte, ainsi qu'une petite boîte de clous de taille adéquate. Ne trouvant toujours pas de marteau, elle reprend la pioche dans le salon. Avec une ingéniosité dont elle s'étonne elle-même, elle réussit à réparer l'encadrement et à lui redonner, sinon son état originel, du moins un état décent. La porte ferme maintenant correctement. Hannah passe l'aspirateur et jette un dernier coup d'œil dans la pièce secrète avant de refermer la porte en se jurant de ne plus jamais trahir la confiance d'Ella. Ce soir, elle préparera le dîner et se montrera sous son profil le moins abominable. La nuit commence déjà à tomber, Hannah s'assoit sur le perron et allume une cigarette. Tout à coup, elle commence à avoir mauvaise conscience ; il y a quelques heures, la culpabilité de Gísli ne faisait aucun doute à ses yeux, mais qu'arriverait-il s'il se révélait innocent ? Si l'ADN retrouvé sur la bouteille n'était pas le sien et qu'il devait se défendre bec et ongles pour réfuter cette accusation, l'isolement qu'il subit déjà au sein de la communauté locale ne ferait probablement que s'aggraver. D'un autre côté, l'idée que le sympathique idiot du village puisse réellement être le meurtrier est presque pire. Hannah frémit. Si son hypothèse se confirmait, sa visite chez Gísli pourrait-elle l'avoir mise en danger ? Quoi qu'il en soit, il est sans doute plus raisonnable de faire profil bas tant que cette affaire n'a pas été élucidée. Pour éviter de finir elle-même en prison, ou pire : morte.

Par chance, les placards de la cuisine débordent de nourriture, à tel point que Hannah n'a pas besoin d'aller faire les courses, ni de s'inquiéter d'une éventuelle catastrophe nucléaire. Avec toutes ces provisions, Ella pourrait facilement survivre deux ou trois ans si l'Islande était coupée du reste du monde pour son approvisionnement. Hannah cuisine sa spécialité, le symbole de ses années de célibat et le seul plat auquel elle réussisse à donner un goût de "fait maison" : les pâtes à la sauce tomate. En remuant les tomates en conserve et les épices dans la marmite, elle se sent presque chez elle et étrangement à son aise. Elle goûte, c'est plus que passable – bon, une lichette de vin rouge dans la sauce n'aurait rien gâché, mais elle s'est promis de ne plus retourner la maison pour ce genre de bêtises. Presque de bonne humeur, elle dresse la table et allume même une bougie. Il fait maintenant nuit noire. Elle met une bûche dans la cheminée et y jette une allumette. Hannah s'installe en attendant le retour d'Ella qui ne devrait plus tarder à rentrer. À vingt heures trente, ses spaghettis ont pris l'aspect d'un plat du pauvre un peu gluant. Et froid. Hannah fait le tour de la table pour la vingtième fois, elle regarde le téléphone fixe et se décide enfin à décrocher le combiné. Elle feuillette le petit carnet d'adresses d'Ella, recouvert de ratures, et le parcourt plusieurs fois avant de trouver le numéro qu'elle cherche. Heureusement, c'est Vigdis qui répond. Hannah ignore ce qu'elle aurait fait si c'était son mari qui avait décroché. La discussion se termine rapidement. Vigdis lui apprend qu'Ella est partie de chez elle il y a déjà plusieurs heures. Hannah raccroche avec un sentiment désagréable, elle est inquiète. Il y a plusieurs heures ? Mais que peut-elle bien faire depuis tout ce temps ? Elle réalise qu'elle n'a pas le numéro de portable d'Ella, ce qui est étrange car elle en possède pourtant un, et un modèle plutôt récent de surcroît. Pourquoi n'a-t-elle pas pensé à la prévenir dans ce cas ? Hannah laisse le repas en plan, attrape son manteau et s'apprête à sortir. Mais à peine a-t-elle passé le pas de la porte que les phares de la voiture d'Ella illuminent la façade de la maison. Comme une mère inquiète, elle attend la vieille dame sur le perron en la regardant sortir de la voiture.

— Où étiez-vous ?

Ella passe devant elle sans un mot ; ses yeux ont changé, ils sont remplis d'une colère nouvelle. Hannah la regarde passer. Est-il possible qu'elle lui en veuille à ce point pour la porte ? Hannah la rattrape.

— J'ai réparé l'encadrement, enfin j'ai essayé en tout cas, il n'est pas exactement comme…

Mais elle n'a pas le temps de terminer son explication, Ella noircit un petit morceau de papier.

Je aller me coucher.

Et avant même que Hannah ait pu lui présenter le plat collant qu'elle a préparé, Ella s'est déjà éclipsée dans sa chambre. Après une rapide évaluation de la situation, Hannah se met à table et mange ses pâtes froides. Le feu est sur le point de mourir dans la cheminée et Hannah est perdue. Devrait-elle s'inquiéter, s'enquérir de ce qui ne va pas, craindre de se faire jeter de la maison ? Mieux vaut peut-être laisser ses sentiments de côté. Demain, elle sera fixée.

Incapable d'écrire un seul mot, Hannah s'allonge sur son lit – son horloge interne lui fait comprendre qu'elle est à des années-lumière de s'endormir si tôt. Le sommeil se laissant désirer, elle sort la saga et essaie de retrouver l'endroit où elle s'était arrêtée. Quarante minutes plus tard, elle repose le livre, étonnée de l'avoir terminé si vite. Il faut avouer que c'était plus intéressant qu'elle ne l'aurait pensé. Un peu trop d'intrigues judiciaires à son goût, mais cette lecture l'a bien divertie – et lui a même donné matière à réflexion. Tenir parole, répéter les mêmes erreurs que ses prédécesseurs, l'homme est-il stupide à ce point ? Hannah n'a pas le temps d'élaborer une réponse, déjà, elle s'endort.

Le commissaire de police se frotta la barbe, il avait désormais trois meurtres sur les bras ; et les deux derniers n'étaient pas nettement plus évidents à élucider que le précédent. Sa théorie première avait évidemment été qu'ils soient l'œuvre d'un seul et même meurtrier. Mais le mode opératoire était si radicalement différent qu'il finit par en douter. Le premier homicide avait été perpétré méthodiquement: la victime avait reçu un coup sur la nuque avec un objet contondant avant d'être poussée dans la mer; les deux autres, bestialement poignardées chez elles. Il devait forcément s'agir de deux meurtriers différents. Mais si deux tueurs étaient dans la nature, comment sa petite ville se relèverait-elle d'un tel cataclysme ?

Hannah fait claquer sa langue en signe de satisfaction. Couchée tôt, levée tôt. Finalement, ce n'est pas un si mauvais cocktail pour écrire maintenant que les nuits blanches arrosées de vin rouge sont hors de sa portée. Elle tend l'oreille. La routine matinale d'Ella ne semble pas être différente des jours précédents, et si son regard enflammé de la veille ne hantait pas son esprit, Hannah croirait presque que tout est comme d'habitude. La journée d'hier a peut-être simplement été effacée. Hannah ouvre la fenêtre, de timides rayons de soleil parviennent à percer le ciel de novembre. Elle prend une grande inspiration, il est vrai que l'air est un peu plus frais ici.

Ella se conduit réellement comme si elle avait oublié tout ce qui s'est passé la veille; elle sert deux tasses de café en voyant Hannah descendre les escaliers et des brioches encore chaudes trônent sur la table. La vieille dame sourit. Hannah la salue, tâte le terrain. Tout va bien. Sa bonne humeur tient le coup.

— Hier soir… Où étiez-vous ?

Ella regarde Hannah, interloquée. Puis elle écrit.

Chez Vigdis.

— Et après ?

Toute la soirée.

Hannah s'apprête à démentir sa dernière phrase, à lui raconter son coup de téléphone à Vigdis, mais finit par se raviser. L'ambiance apaisée qui les réunit de nouveau est peut-être fragile, il n'y a pas de raison de la faire voler en éclats. Il n'est pas impossible que Hannah ait mal compris ce que lui a dit Vigdis ; Ella était peut-être partie de chez elle dix minutes avant son appel, et non plusieurs heures. Elles dégustent les brioches en silence. Ella lit le journal, Hannah prend des notes dans son carnet. Elle pense intégrer un retournement de situation dans son polar ; il y aura un cheval dans l'histoire, comme dans la saga. Un cheval que personne n'aura le droit de monter mais que l'un des suspects volera avant de s'enfuir sur son dos. Où s'enfuira-t-il ? Hannah fait cliqueter son stylo-bille ; agacée par son tic, Ella lève un sourcil de son journal.

— Désolée, mais je viens de penser à quelque chose. Ces derniers jours ont été un peu… inhabituels. Mais je me disais… Je n'ai presque pas vu les environs. Et j'aurais bien aimé me promener un peu dans la nature. À cheval.

Ella lui lance un regard d'incompréhension. Elle est peut-être en train d'imaginer Hannah sur le dos d'un cheval. C'est bien probable, car la vieille dame esquisse un sourire. Et hoche la tête.

— *Farðu þangað. Það er best**.

Elle lui tend une adresse, Hannah prend le papier en la remerciant.

— Vous pensez qu'ils sont ouverts aujourd'hui ?

Ella acquiesce. Hannah la remercie pour le petit déjeuner, puis l'aide à débarrasser la table et à faire la vaisselle.

* Va là-bas. Tu ne trouveras pas mieux.

Elle saute la douche. Inutile de se décrotter pour aller dans une écurie. Réjouie par sa petite expédition, elle est tout excitée en démarrant la vieille Jeep qu'Ella lui a prêtée pour l'occasion.

Elle trouve le centre équestre sans difficulté. Outre les indications très précises d'Ella, de nombreux panneaux lui montrent la route. Mais quand Hannah arrive enfin devant le centre de Guðmunður, une telle frayeur la saisit qu'elle tire impulsivement le frein à main. Elle regarde par la fenêtre encrassée, incrédule. C'est impossible. Ça ne peut pas être lui. Ça *ne peut pas* être lui.

29

HANNAH RESTE ASSISE quelques minutes dans son véhicule, elle a envie de s'en aller, de faire demi-tour, de s'éclipser. Mais quelque chose en elle, attisé par la colère et la curiosité, la pousse à rester. Elle prend une grande inspiration et, incertaine de ce qui est sur le point de se produire, décide d'affronter la situation. Merde à la fin, il ne va quand même pas empiéter sur son territoire !

Il sourit en la voyant, comme s'il s'était attendu à la croiser ici pile aujourd'hui. Comme s'ils étaient convenus d'un rendez-vous. Ses horribles dents trop blanches ont l'air aussi fausses que le grand sourire affecté qui les découvre. Hannah est à deux doigts de s'étouffer en apercevant cet enfoiré de Jørn Jensen.

— Qu'est-ce que tu fous là ?

— Merci de ton accueil ! Moi aussi, je suis ravi de te voir.

— Je ne rigole pas. Qu'est-ce que tu fous là ?

Hannah se dirige vers Jørn comme une maîtresse des lieux réclamant son droit de propriété. Elle le toise d'un regard contempteur. Il porte des bottes d'équitation, un pantalon d'extérieur et un coupe-vent d'une marque norvégienne hors de prix. Son casque d'équitation sous le bras rend son déguisement presque trop réaliste pour être crédible.

— J'ai été pris d'une soudaine envie de monter un cheval islandais. Je n'ai pas fait d'équitation depuis tout gosse.

— Il y a des chevaux au Danemark aussi.

— Mais la nature n'est pas aussi belle. Je suis venu faire des recherches pour mon nouveau livre. Et je suis déjà diablement inspiré, je veux dire – regarde autour de toi ! C'est sensationnel.

Jørn ouvre grand les bras, comme un poète qui partagerait avec la plèbe une vérité qu'il vient de toucher du doigt. Hannah est prise d'un léger vertige.

— Tu as vraiment l'air d'un con dans cette tenue.

Elle se tape le front mentalement. Ce n'est pas ce qu'elle voulait dire ; elle aurait dû rétorquer : *tu es venu bousiller mon projet, mettre des bâtons dans les roues de ma créativité, me provoquer et saper ma motivation.*

— On ne peut pas tous être aussi élégants que toi, riposte Jørn en souriant.

Hannah réalise qu'elle doit avoir l'air d'une sacrée imbécile, accoutrée des fripes qu'elle a empruntées à Ella. Elle remue légèrement dans son pull en laine démesuré. Ça gratte. Quant à son vieil imperméable, elle s'y sent un peu à l'étroit.

— Où est Bastian ?

Jørn a l'air surpris.

— Je sais que vous êtes comme cul et chemise maintenant. Il sait que tu es ici ?

— En fait, c'était son idée, confesse-t-il après une courte hésitation. Il s'est dit que ma présence pourrait te motiver ;

que ma tête de con te donnerait une envie démoniaque de gagner ton pari.

Merde. Depuis quand a-t-il l'aplomb de se livrer à l'autodérision ? Et comment Bastian peut-il la connaître au point de savoir exactement comment la faire réagir ? Cependant, la question centrale est tout autre : pourquoi Jørn J. participerait-il à la mise en scène de ce petit stratagème tout en sachant que cela pourrait aider Hannah à écrire son polar ? Peut-être qu'en réalité, il ne comprend pas très bien le rôle qu'on lui a donné. À peine cette idée a-t-elle traversé l'esprit de Hannah que Jørn lui démontre déjà qu'elle a raison.

— Bastian s'est dit que mon aide te serait favorable. En te donnant des conseils par exemple.

— Des conseils ?

— Au cas où tu serais bloquée.

Bastian sait parfaitement qu'elle préférerait s'entailler le bras avec un couteau à pain émoussé que de recevoir des conseils d'écriture de la part de Jørn. Mais l'hypothèse de ce dernier lui apprend deux choses à son sujet, premièrement : qu'il ne croit pas une seconde qu'elle soit capable d'aller au bout de son projet. Et deuxièmement : qu'il est venu en Islande pour assister à sa défaite aux premières loges et se repaître de son malheur. Non, il est hors de question qu'elle lui fasse ce plaisir ! Elle ne l'a jamais autant détesté qu'en le voyant là, planté au milieu d'une écurie, avec des centaines de millions sur son compte en banque et la ferme conviction d'être un sauveteur littéraire. Un homme – sans doute le propriétaire – arrive vers eux en tirant un poney qui semble beaucoup trop dodu et court sur pattes pour supporter une personne adulte. Jørn attache son casque et monte sur le petit cheval sans qu'on l'y aide. Ses pieds touchent presque le sol. Nom de Dieu, il a l'air d'un bel abruti.

— Si ça te dit, on pourrait se balader ensemble dans la nature ? J'ai loué un guide particulier mais je veux bien t'en faire profiter gratis.

— Merci, mais j'aimerais mieux mourir que de me promener avec toi.

— C'est bien ce que je pensais.

Jørn porte la main à son casque, probablement pour se donner un air cool ou un semblant de noblesse, mais son geste ne fait qu'accentuer sa dégaine de crétin. Il tressaute sur le dos du canasson qui s'éloigne au petit trot – on dirait la figurine d'Elvis posée sur le tableau de bord de la voiture d'Ella. C'est la chose la plus horripilante que Hannah ait vue de toute sa vie.

Après une longue discussion avec le propriétaire des lieux, Hannah se voit confier un cheval bai et robuste, mais qui semblerait plus adapté à un enfant. Elle hésite un instant avant d'essayer de grimper sur son dos. C'est la première fois qu'elle monte sur un animal vivant et cela lui paraît légèrement abusif. Mais la raison l'emporte sur ses divagations morales : le cheval sert de moyen de transport à l'homme depuis la nuit des temps. Et si Jørn en est capable, elle l'est aussi. Elle saisit les rênes, glisse un pied dans l'étrier et se hisse sur son destrier. Avec une facilité déconcertante. En revanche, elle jette un regard inquiet vers la famille de Suédois avec qui elle va profiter de cette balade guidée. Classique. Le jour où elle décide de jouer les touristes, il faut que d'autres visiteurs se pointent. Les enfants ont déjà lancé les chevaux dans un manège infernal qui consiste à leur faire faire le tour de la cour au galop – et le mode d'éducation antiautoritaire des parents ne se montre pas d'une grande efficacité. Hannah décide de rester en fin de cortège. Hors de question qu'elle se fasse éjecter de sa monture à cause des folies hippiques des petits Suédois. Elle serre doucement les rênes et se penche en avant pour caresser son cheval, espérant ainsi gagner sa confiance et passer une balade paisible. Mais à l'instant où le groupe se met en route à la demande du guide islandais – un homme d'environ cinquante ans, au visage buriné et coiffé d'une crinière semblable à celle de ses chevaux – la jument de Hannah se presse en première position. Hannah s'agrippe à la bête. Son casque disproportionné lui glisse sur le front et finit par l'aveugler. En dépassant le guide, elle a tout juste le temps de saisir au vol son commentaire amusé.

— Vous avez le cheval de tête !

Les explications introductives du guide lui reviennent à l'esprit ; les chevaux sont des animaux grégaires dotés d'un instinct de fuite. Elle regrette aussitôt son idée stupide de balade équestre et visualise déjà sa propre mort : éjectée de sa jument et piétinée par la famille suédoise qui lui trotte dessus en déchiquetant son corps à coups de sabots. Mais à peine est-elle arrivée au bout de cette pensée que le cheval arrête son *tölt** et poursuit sa route au pas vers le vaste horizon. Hannah se retourne nerveusement, c'est elle qui mène le groupe ; le guide à la crinière est juste derrière elle,

* Allure propre au cheval islandais, que ce dernier possède en plus du pas, du trot, du galop et de l'amble. La particularité de cette allure est que le cheval a toujours au moins un pied au sol.

souriant, suivi de la famille. Elle essaie de se détendre, de faire corps avec la nature.

En effet, c'est *beau*. Bien que le froid de la fin d'automne lui pince les joues, les doigts et les pieds, Hannah se laisse happer par les innombrables nuances de jaune ; des touches de vert, de brun et de rouge lui donnent presque un goût de terre en bouche. Le ciel bleuté est parcouru de nuages gris vaporeux, et on dirait qu'une nouvelle couche de neige est venue orner le sommet des montagnes. Hannah remue un peu sur sa monture. Sa jument baie avance au pas, mais rester assise sur une selle relève tout de même de l'exercice d'agilité pour son corps vieillissant. Elle n'est pas mécontente d'avoir choisi la balade la plus courte. Hannah inspire profondément l'air frais dans ses poumons, elle essaie de se gorger du paysage, de prendre conscience de ce qui l'entoure. Ça l'aide un peu. Le cheval avance en balançant son corps, elle essaie de suivre son mouvement. Elle pousse un soupir de soulagement. Se sent un peu mieux. Elle devrait peut-être simplement arrêter de se tourmenter, prendre de la hauteur sur la situation. Son livre avance bien, peut-être que si elle reste concentrée en évitant de se laisser distraire, Jørn rentrera au Danemark aussi sec. D'ailleurs, rien ne l'oblige à le revoir. Cette idée la soulage un peu. La ville n'est pas très grande, certes, mais elle pourrait rester à l'intérieur ces prochains jours. Éviter le bar et les autres lieux publics. Faire abstraction de la présence de Jørn. Oui, c'est ce qu'elle va faire. Elle ne va pas se tourmenter pour lui, elle ne va pas le laisser enrayer la machine presque bien huilée de son polar.

Arrivé devant un petit cours d'eau, son cheval s'arrête instinctivement. Hannah se retourne vers l'homme à queue-de-cheval. Il hoche la tête.

— Vous pouvez continuer.

— Continuer ?

— Allez-y doucement, vous ne serez pas mouillée. Le cheval est habitué.

Hannah regarde le courant, sceptique. L'eau a l'air glacée. Mais avant qu'elle ait pu entreprendre quoi que ce soit, l'homme à la crinière fait claquer sa langue et le cheval se lance dans la traversée de la rivière. Un tout petit cri échappe à Hannah, elle s'agrippe à la bête qui projette des éclaboussures en avançant et lui détrempe les jambes. Son casque est retombé sur ses yeux. Elle entend les gamins suédois rigoler dans son dos. Au milieu du cours d'eau, la jument s'arrête. Hannah relève un peu son casque et regarde nerveusement autour d'elle, et maintenant ? Le reste du groupe est toujours sur la rive, Hannah se tourne vers eux, désespérée.

— C'est vraiment le bon chemin ?

— Oui, oui, il faut juste que vous traversiez l'eau.

Hannah regarde en face. La rive est encore loin. Pourquoi les autres ne la suivent-ils pas si c'est le bon chemin ? Elle regarde de nouveau derrière elle, lève les bras, l'homme à la crinière lui fait signe de continuer. Hannah donne une petite tape sur le flanc du cheval et lance quelques *hue ! hue !* mais l'animal ne bouge pas. Ses jambes trempées commencent à lui donner vraiment froid et elle aimerait s'extraire de cette situation aquatique le plus vite possible.

— Plus fort ! lui crie le guide depuis l'autre rive. Donnez-lui un plus grand coup !

Elle n'a pas tellement envie de le frapper plus fort, mais finit par décoller ses jambes du ventre de l'animal et lui donne un petit coup de talons sur les flancs. Instantanément, le cheval part au grand galop, Hannah perd l'équilibre, bascule en arrière, les rênes lui échappent et elle tombe à l'eau dans un fracas d'éclaboussures. Argh ! Elle n'a jamais rien senti d'aussi froid ! Pendant un court instant elle se dit que c'est la fin, elle agite les bras, les jambes et finit par avoir pied. L'eau glacée lui transperce la peau. Sur la rive, les petits merdeux explosent de rire tandis que leurs parents essaient de les faire taire. L'homme à la queue-de-cheval arrive héroïquement à son secours. Hannah se relève entièrement, tout près de pleurer. Elle pense tout à coup au cheval, lève la tête et l'aperçoit déjà sur l'autre rive. Mais il n'est pas seul. À côté de lui, un autre guide islandais se tient sur un cheval, et à côté de celui-ci, un autre cavalier. Jørn J. Il lève le bras.

— Bouge ! Si tu ne bouges pas tu vas mourir d'hypothermie !

30

Ses dents n'arrêtent pas de claquer. Son corps, ce traître, refuse de se débarrasser de cette grosse frayeur. Hannah touche sa peau, elle est brûlante et ruisselante de sueur. Une serviette autour du corps, elle se réchauffe dans le sauna du centre équestre. La porte s'ouvre. L'homme à la crinière tend la main, il a apporté une bouteille de whisky. Hannah n'a jamais été aussi heureuse de voir un homme avec une serviette aussi courte autour de la taille et une queue-de-cheval aussi longue sur la tête. Elle n'a d'autre choix que d'acquiescer. Il entre et referme la porte derrière lui. S'assoit à côté d'elle, débouche la bouteille avec les dents et la lui tend. Hannah boit une grande gorgée. Elle sent la brûlure du liquide parcourir l'intérieur de son corps. Le guide boit aussi un petit coup et remet le bouchon.

— Ça va mieux ?

Hannah acquiesce, avec de l'alcool dans le sang ça va forcément un peu mieux.

— C'est la première fois que ça arrive. Il va de soi que vous serez remboursée.

Hannah secoue la tête, ce n'est pas une question d'argent. L'humiliation ne se rachète pas. Elle plisse les yeux, tente d'oublier l'image de Jørn sur la rive d'en face. Elle brûle de l'intérieur. Son corps s'arrête de trembler. Une pensée la frappe, elle se tourne vers l'homme à la crinière.

— Il savait que j'allais venir ici ?

— L'autre écrivain danois ?

— Ce n'est pas un écrivain, c'est une franchise.

Hannah regrette un peu que sa réponse ait été aussi brusque. L'homme à la crinière n'y est pour rien.

La chaleur du poêle dessine de petites gouttes de sueur sur la peau du guide islandais, il regarde droit devant lui, médite sur sa réponse. Et finit par acquiescer. Il se tourne de nouveau vers Hannah.

— C'est votre petit ami ? Il avait l'air très content de vous voir.

Pff! Petit ami ? Elle reprend une gorgée de whisky. Le goût est plus amer que tout à l'heure.

— Votre ennemi ? hasarde l'homme à la crinière en ôtant la bouteille des mains de Hannah.

Elle ferme les yeux, laisse le whisky brûler l'intérieur de son corps.

— Je déteste tout de lui. Je déteste sa façon de sourire, je déteste le son de sa voix, et je déteste tout ce qu'il représente. Je déteste la prétention qu'il a de se dire écrivain, je déteste ses livres et je déteste les gens qui lisent ses livres et qui l'aiment. Je déteste son succès.

Hannah ouvre les yeux, le sauna est très sombre. Cet élan de sincérité inattendu la soulage. L'homme à la crinière se lève, verse de l'eau sur le poêle, retire sa petite serviette et la secoue devant les pierres chaudes. Une vague de chaleur les envahit. Il se rassoit, s'adosse contre le mur en bois. Ils se gorgent tous les deux de chaleur.

— Moi aussi je me méfiais du succès des autres. Je passais beaucoup de temps à maudire tous les gens moins talentueux que moi qui se voyaient offrir des opportunités dont j'osais à peine rêver.

— Dans quel domaine ? s'enquiert-elle en tournant la tête vers lui.

— Le théâtre.

Hannah hoche la tête.

— Comment avez-vous réussi à ne plus les détester ?

L'homme à la crinière hésite. Il fixe le feu.

— Je n'ai pas réussi, je les déteste toujours.

— Mais vous avez abandonné le théâtre ?

Il acquiesce.

Le chemin du retour lui paraît long. La Jeep cahote sur la route de gravier. La nuit est déjà en train de tomber, Hannah jurerait pourtant que le jour vient à peine de se lever. Elle met les pleins phares. Elle a toujours aimé la nuit, mais les innombrables variations d'obscurité qui se succèdent chaque jour commencent à lui peser. Avec un peu de chance, elle réussira à terminer son livre avant que la déprime hivernale ne l'ait complètement abattue. Son excursion à cheval ne s'est pas montrée très fructueuse en termes d'inspiration. Elle constate avec agacement que le sabotage de Jørn n'attaque pas seulement sa motivation, mais ses recherches également. Elle est convaincue d'une chose : si son polar doit avoir un thème, ce sera la vengeance. Sous toutes ses formes. Il faudrait peut-être aussi qu'elle s'arrête sur le choix du meurtrier, car elle compte bien mettre quelques suspects de plus sur la table avant de faire vraiment monter le suspense. Elle accélère un peu pour arriver à la maison le plus rapidement possible, elle a un meurtrier à trouver.

Un interrogatoire scrupuleux de tous les habitants ne permit pas de faire la lumière sur l'affaire, à croire qu'une amnésie collective avait frappé la ville la nuit précédant la mort de Tore. Le massacre de son père et de sa mère laissait également la communauté bien silencieuse. Le commissaire de police était né et avait grandi dans cette ville, il connaissait tout le monde. Une analyse des comportements de chacun devrait donc lui permettre d'identifier le meurtrier. Quelqu'un avait-il changé, s'était forgé de nouvelles habitudes ou avait écarté les anciennes ? Il se gratta la barbe, il pourrait peut-être procéder à une analyse ADN de quelques personnes ? Juste pour voir si cela délierait les langues. Mais il courait le risque de propager des rumeurs ou des calomnies, il devait se montrer prudent.

Hannah lève yeux, une pensée la traverse : la réalité sert-elle de modèle à son polar, ou son polar anticiperait-il la réalité ? En tout cas, il ne serait pas si bête d'enquêter sur d'éventuels comportements étranges. Quelqu'un se tiendrait-il à l'écart, ou aurait même quitté la ville ? Hannah explorera cette piste demain, mais pour l'heure, elle doit faire ce qu'elle a repoussé toute la journée. Elle sort le nouveau téléphone qu'elle a acheté chez l'épicier du coin, sur le chemin du retour – il l'a même aidée à le mettre en route et à activer sa carte prépayée. Mais impossible de joindre Bastian. Au bout du troisième échec, Hannah renonce. Qu'il aille se faire foutre. Elle observe le téléphone comme s'il était de mèche, sa théorie se renforce : Bastian a certainement saisi l'opportunité de se débarrasser d'elle. Les derniers succès critiques de Hannah remontent à plusieurs années et l'éditeur dépense beaucoup d'énergie pour une personne qui ne lui cause que des tracas. Tu parles qu'il s'est saisi de son idée délirante d'écrire un polar, qu'il l'a appuyée et insisté pour que Hannah l'exécute ! Son but n'était pas qu'elle publie un roman policier à la fin du compte, mais bien qu'elle achève enfin sa carrière d'écrivaine toute seule. Cela lui permettrait de se libérer d'elle et de se concentrer sur d'autres auteurs plus prometteurs. Mais serait-il vraiment capable d'une telle chose, cet homme qu'elle connaît depuis tant d'années, qu'elle appelle son ami ? L'amitié n'est peut-être pas éternelle, on finit peut-être par se lasser d'une personne comme Hannah. Elle a la gorge qui se serre. Si elle avait les larmes faciles, elle se serait effondrée sur-le-champ. Elle essaie de se raisonner, d'envisager cette idée sous une autre perspective, de se montrer rationnelle, mais rien n'y fait. C'est une idée tenace. L'apitoiement laisse lentement place à la colère. Il ne va pas s'en tirer comme ça ! S'il croit pouvoir mettre Hannah au rebut aussi facilement pour miser sur Jørn, il se trompe. Elle écrira ce polar, même si ce doit être le dernier livre de sa carrière.

Hannah en tremble encore quand elle prend son manteau et signale à Ella qu'elle sort faire une promenade nocturne. La vieille dame est assise devant la cheminée en train de griffonner sur un bloc-notes. Elle lève les yeux et fait signe à Hannah d'approcher. Celle-ci hésite, elle n'a pas le temps pour ce genre de choses. Mais elle obtempère quand même.

— Quelque chose ne va pas ?

Ella prend une autre page de son bloc-notes. Hannah trépigne. Elle lit. Son ventre se tord. Elle lit une seconde fois.

— Margrét a appelé. Pour me parler ?

La vieille dame acquiesce.

— Pourquoi ?

Ella secoue la tête, elle ne sait pas, et se penche de nouveau sur son bloc-notes. Hannah l'observe un instant, hésitante, et finit par s'incliner par-dessus son épaule.

— Qu'est-ce que vous écrivez ?

Le discours pour l'enterrement de Thor.

La nuit est glaciale, Hannah claque la porte derrière elle et s'enfonce dans l'obscurité.

31

Hannah prend une grande inspiration devant la maison de Viktor et Margrét. Qu'est-ce qu'elle peut bien lui vouloir ? La porte s'ouvre avant qu'elle ait eu le temps de se donner le courage de frapper. Margrét la regarde comme si elle avait passé sa soirée à l'attendre. Une énergie intense émane d'elle, Hannah lui lance un sourire qui reste sans réponse. Sans un mot, Margrét se décale pour la laisser entrer.

— Viktor ? demande Hannah en passant le pas de la porte, un peu nerveuse.

— Parti.

Margrét fouille dans un tiroir. Elle est belle, même dans un vieux jean et un T-shirt usé, mais son visage ne laisse transparaître aucune émotion. Hannah a envie de prendre sa main, de l'embrasser, de l'allonger par terre, là, dans l'entrée, lui arracher ses vêtements, toucher sa peau…

— Viens.

Margrét l'interrompt dans ses pensées. Mais ce n'est pas une invitation à un moment d'érotisme, c'est une demande sèche et froide. Un ordre. Elle traverse la maison d'un pas ferme et déterminé. Hannah est déroutée, où vont-elles ? Elle n'ose pas lui demander, se contente de la suivre. Margrét déverrouille une porte à l'aide d'une clé suspendue à un petit trousseau. Hannah lui emboîte le pas. Quand la pièce s'éclaire, elle reconnaît aussitôt le bureau de Viktor – ou le commissariat. Elle est étonnée qu'il y ait un accès par la maison, mais comprend sans mal qu'il ne privilégie pas ce chemin pour accueillir les gens. Les traîner à travers la cour a quelque chose de plus officiel. Margrét traverse le petit bureau en trois enjambées et déverrouille une deuxième porte. Hannah s'arrête net. Derrière la porte, Jonni est assis sur son lit, les yeux levés vers elle. Mi-humain, mi-fantôme.

— Tu as dix minutes avant le retour de Viktor.

D'un mouvement sec, Margrét lève le menton vers Jonni. Hannah réalise aussitôt qu'il s'agit de la plus grande faveur qu'on lui ait faite depuis le début de son enquête. Un entretien confidentiel avec le suspect numéro un.

Margrét reste debout, elle encourage Jonni d'un signe de la tête. Elle a laissé la porte ouverte, visiblement convaincue qu'il ne s'enfuira pas. Elle prononce une phrase en islandais. Le garçon acquiesce vaguement, les yeux rivés au sol.

— Tu peux lui poser toutes les questions que tu veux.

Hannah hoche la tête et tire une chaise en face de Jonni. Elle essaie de créer une bulle d'intimité autour d'eux.

— Tu étais avec Thor le soir de sa mort ?

— Hmm.

— Et vous vous êtes disputés ?

Il regarde Margrét, un peu hésitant, elle lui fait un geste d'encouragement. Hannah a de la peine pour le jeune homme, qui ressemble d'ailleurs plus à un petit garçon dans son pantalon de survêtement et son T-shirt noir légèrement trop grand.

— Oui, on s'est disputés. Mais je ne l'ai pas tué.

— Je sais.

Dans les faits, Hannah ne peut pas en avoir la certitude, mais son intuition lui dit que Jonni est innocent.

— Mais pourquoi avoir débarqué chez ses parents avec un fusil de chasse ?

Il fixe le sol. On dirait que les larmes lui montent aux yeux. Hannah ne le brusque pas.

— On… Thor et moi, on était ensemble.

Il lève la tête. Croise le regard qui lui fait face. La réalité revêt soudain un tout autre visage. Les pièces du puzzle s'assemblent. Le serveur du bar qui trouvait Thor différent des autres adolescents. Le silence de Margrét lorsque Hannah lui a demandé dans quelle mesure elle connaissait Thor. La haine de Jonni à l'encontre d'Ægir, qui n'a pas l'air d'être homme à se réjouir de l'homosexualité de son fils unique. Hannah a envie de se donner des gifles pour se punir d'avoir été aussi longue à la détente ; elle aurait pu le deviner bien avant ! Malgré sa propre orientation sexuelle, qu'elle qualifierait de fluide, elle imagine rarement que les personnes qui l'entourent puissent ne pas être hétérosexuelles. Peut-être parce que le monde est fondé sur le postulat que tout le monde l'est. Elle tente de laisser de côté l'exaspération que lui procure son propre aveuglement et repense à Ægir – était-il la cause de la dispute entre les deux garçons ce soir-là ? Mais Jonni devance sa question.

— Ægir voulait que Thor me quitte. Il venait d'apprendre pour nous – ce soir-là.

— Et il l'a fait – il s'est séparé de toi… ?

Il recommence à s'agiter nerveusement.

— Non. Mais il était complètement à l'ouest. Il disait qu'il ne savait pas quoi faire. Son père venait de le mettre à la porte, ça l'a complètement paniqué. Thor était hyper proche de ses parents.

— Je vois. Un enfant unique. Un miracle.

Jonni retient ses larmes. Margrét regarde sa montre. Le cerveau de Hannah fait des étincelles, elle a mille questions en tête mais elle n'aura pas le temps de les poser toutes. Il faut qu'elle commence par les plus importantes. La nuit du meurtre.

— Que s'est-il passé ensuite ? Après votre dispute ?

Jonni hausse les épaules.

— On… Je lui ai dit qu'on ferait mieux de partir à Reykjavik tous les deux. Faire des études, aller à la fac, n'importe quoi… Du moment qu'on était ensemble loin de ce trou à rats. Mais Thor a refusé. Il voulait rester. Reprendre l'entreprise de pêche de son père, quelle idée débile… Lui, pêcheur ? Il ne sait même pas nager.

Il essuie une larme sur sa joue. Ses traits sont ceux d'un garçon qui a tout perdu. Hannah aimerait poser sa main sur son épaule et lui dire que tout ira bien. Mais elle-même a du mal à envisager une issue favorable à sa situation.

— Il était chez toi et puis il est parti, n'est-ce pas ?

— Oui. Il était en colère, moi aussi. Je voulais le rattraper… Mais en même temps, j'espérais qu'il se ferait écraser par une voiture. Insensé, hein ?

Jonni lève les yeux. Emprisonne le regard de Hannah.

— Je l'ai aimé autant que je l'ai détesté cette nuit-là. Quoi qu'il se soit passé, tout est ma faute. C'est à cause de moi qu'il s'est mis dans cet état.

— Tu n'y es pour rien, l'interrompt Margrét.

Ils échangent quelques phrases en islandais. Voyant l'heure avancer, Hannah essaie désespérément de revenir à la discussion.

— Tu as une idée de qui aurait pu le tuer ? Son père ?

Jonni secoue la tête.

— Je ne pense pas… Je veux dire, tout le monde sait qu'Ægir peut péter les plombs parfois. Mais il aimait Thor…

Margrét fait un pas vers Hannah.

— Il faut y aller maintenant.

Hannah hésite, elle est loin d'avoir fini sa conversation avec Jonni.

— Viktor sera là d'une minute à l'autre, insiste Margrét. Il ne faut pas qu'il te trouve ici – une fois de plus.

Hannah ressent comme une petite décharge, on dirait qu'elle fait allusion à leur première soirée. Comme si elle éprouvait du remords.

— Merci Jonni. J'espère que tu sortiras vite d'ici.

À la grande déception de Hannah, Margrét ne l'invite pas à revenir dans la maison mais la fait directement sortir par le bureau de Viktor. Hannah s'arrête sur le pas de la porte. Elle a envie de lui dire quelque chose mais elle ne sait pas quoi.

— Merci d'avoir fait ça pour moi.

— Je ne l'ai pas fait pour toi mais pour lui. La vérité doit être connue du plus grand nombre… Elle te sera peut-être utile. Mais maintenant, il faut que tu partes.

Hannah essaie de cacher sa déception. Margrét n'a même pas mentionné leur aventure et reste opaque comme un mur ; était-ce un faux pas, a-t-elle déjà tout effacé de sa mémoire pour ne plus jamais recommencer ? Hannah meurt d'envie de l'embrasser, mais elle reste plantée là, dans l'embrasure de la porte, moitié dedans, moitié dehors. Elle ne veut pas risquer de gâcher la rencontre qu'elle lui a permis d'avoir avec Jonni. Elle ne veut pas tirer de conclusions hâtives. Alors elle domine ses sentiments et fait un pas vers la cour avec tout le sang-froid dont elle dispose. Mais à peine a-t-elle franchi le seuil que Margrét la retient, la tire vers elle et l'embrasse. Intensément. Comme si elle embrassait quelqu'un pour la toute dernière fois de sa vie. Hannah est à deux doigts d'imploser. Mais Margrét lâche prise.

— Tu devrais peut-être t'acheter un nouveau téléphone.

— Tu as essayé de m'appeler plusieurs fois… ? s'étonne Hannah.

— Trouve-toi un nouveau téléphone, c'est tout. Je ne prendrai pas la peine de passer par Ella la prochaine fois.

Hannah acquiesce. Elle a du mal à cacher son sourire. Elle sort son carnet de sa poche et note rapidement son numéro, déchire la page et la tend à Margrét.

— J'en ai déjà acheté un.

Hannah lui lance un dernier regard, fait demi-tour et s'en va. Mais tout à coup une pensée lui traverse l'esprit.

— Quand vous avez parlé en islandais avec Jonni, que t'a-t-il dit ?

Margrét hésite.

— Ses derniers mots à Thor. Juste avant qu'il parte de chez lui, cette nuit-là.

— Et qu'est-ce que c'était ?

— Je te déteste.

Sa gorge se serre. Merde. Ce sont les derniers mots qu'il a dits à son petit ami avant que celui-ci se fasse tuer.

Hannah rentre à la maison le cœur battant. Elle sent encore le baiser sur sa bouche. Et elle a le sentiment que tout est beaucoup, beaucoup plus compliqué qu'elle ne le croyait.

32

L'OFFICIER AXELSON se gratta la barbe, déconcerté par les événements des jours précédents et les quatre meurtres qu'il devait maintenant élucider. La jeune Edith était sous sa surveillance, il la tenait en cage comme une bête sauvage. Elle avait dépecé son beau-père à coups de hache mais elle était encore mineure – comment traiter une affaire pareille ? Axelson avait reçu la visite de la police scientifique de Reykjavik, et allait maintenant devoir se coltiner son détestable rival de l'académie de police. Après leurs études, ce dernier s'était installé à la capitale pour se spécialiser dans les enquêtes. Pétur avait toujours été un arrogant salaud, et l'idée qu'il séjourne provisoirement dans la ville d'Axelson pour l'aider à tirer l'affaire au clair était presque insoutenable à ce dernier. L'officier était fermement décidé à déployer tous les moyens qu'il avait à sa disposition pour le tenir hors de l'enquête, et ce même s'il devait en résulter que les meurtres restent non élucidés. Cela valait toujours mieux que de donner l'occasion à cet imbécile de Pétur d'accrocher une médaille de plus à son abominable uniforme.

Hannah s'arrête, remonte un peu dans le document. Ça commence à ressembler à un livre. Mais est-elle suffisamment concentrée ? Ou se laisse-t-elle trop influencer par les sentiments qui l'assaillent dans la vraie vie ? Elle réalise qu'elle n'a pas encore imaginé la fin de son roman et qu'elle ne connaît toujours pas l'identité du meurtrier. Elle se contente d'explorer différentes voies, mais elle doit se concentrer davantage sur l'intrigue. Travailler la structure. En tapotant légèrement sur le fond du paquet, elle en fait sortir sa dernière cigarette, l'allume sans ouvrir la fenêtre. Dehors, le vent est déchaîné ; elle a peur de faire sauter les charnières qui ont déjà menacé de se décrocher en émettant un petit grincement la dernière fois. Elle n'a jamais eu une réflexion aussi profonde sur son processus d'écriture. Vu de l'extérieur, on le qualifierait probablement d'intuitif ; ou en des temps plus romantiques, on aurait dit que l'autrice est guidée par l'inspiration divine. Mais elle ne souscrit pas à l'idée que l'artiste soit un être génial et supérieur, doté d'un lien spirituel direct avec Dieu. Elle ne croit pas non plus que l'art de l'écriture puisse être enseigné à coups d'études théoriques de la fiction ou d'analyses techniques de l'intrigue et des effets. Mais en quoi croit-elle au juste ? Elle croit très fort en son goût ; en ses connaissances psychologiques ; en sa compréhension de la vie humaine. Mais quelles sottises. Elle a déjà du mal à comprendre sa propre vie. C'est peut-être la raison qui la pousse à écrire, au fond. Essayer de trouver du sens. Elle se lève, ne tenant pas en place. Se dégourdit les jambes en faisant le tour du lit ; le seul itinéraire que sa petite chambre lui permette. Ses yeux tombent sur l'image de la Vierge Marie. Comment peut-elle avoir l'air aussi calme et zen alors que son fils vient d'être cloué à une croix de la manière la plus brutale qui soit ? Et pas seulement son fils à elle, qui plus est, mais carrément le fils de Dieu, qui… Nom de Dieu ! Ça lui est venu comme un flash. Pourquoi n'y a-t-elle pas pensé plus tôt ? C'est peut-être sans importance pour l'enquête, mais ça n'en reste pas moins un élément qui pourrait lui permettre de préciser sa vue d'ensemble ! Le fils de Dieu, le fils d'Ægir. Né après des années de mariage. Au moment où Vigdis passait le cap de la quarantaine, amenuisant considérablement leurs espoirs… Et si Thor n'était pas le fils biologique d'Ægir ? Le cœur de Hannah bat la chamade. Elle a du mal à déterminer en quoi cette information pourrait être importante, mais elle sent qu'elle l'est. Il faut qu'elle pose la question à Ella. Bien qu'elles ne soient pas vraiment dans les meilleurs termes depuis l'intrusion de Hannah dans son bureau. Le cœur battant, elle se précipite dans les escaliers, en espérant que la vieille dame ne soit pas encore couchée.

Ella lui lance un regard indéfinissable, Hannah commence à être mal à l'aise. Elle frotte les paumes de ses mains moites contre les accoudoirs en tissu du fauteuil. Les fesses posées sur le rebord de l'assise, elle est partagée entre l'excitation provoquée par l'attente de la réponse d'Ella, et le regret d'avoir posé la question. Chaque seconde qui passe accentue le silence ; le regard de Hannah s'égare sur la nouvelle fenêtre, on pourrait presque croire que le salon n'a jamais été la cible d'une fusillade. Seuls les éléphants témoignent d'un certain désordre ; ils ont été posés là où il y avait de la place et peuplent la pièce comme une colonie itinérante. Hannah s'éclaircit la gorge, Ella n'a peut-être pas bien compris la question ? Elle hésite à se répéter ou, au contraire, à saisir cette occasion pour se rétracter. Mais Ella se penche en avant, trouve un morceau de papier et écrit. Hannah attend, tendue.

Ægir être assurément le père de Thor. C'est Vigdis qui ne pas pouvoir pendant des années. C'était le bonheur quand elle être enfin tombée enceinte.

Hannah lit le mot, partagée entre la déception et le scepticisme. Elle réprime son envie de corriger les fautes d'Ella. Hésite à lui en demander plus. Jusqu'à quel point peut-elle pousser le bouchon ?

— Mais c'est souvent ce qu'on dit ; que la femme ne peut pas, alors que le vrai problème c'est la qualité du sperme de l'homme. Et j'imagine qu'un homme comme Ægir serait plutôt réticent à avouer à son médecin qu'il doute de sa capacité de reproduction. Bien qu'il soit beaucoup plus âgé que Vigdis, et…

Une main veineuse surgit et saisit le bras de Hannah pour mettre fin à sa logorrhée. Ella regarde Hannah ; la colère se lit dans ses yeux.

— *Ægir er pabbi Þórs. Ég er alveg viss. Ég veit ekki hvert þú ætlar en þú verður að stoppa. Spurningar þínar þínar leiða bara til vandræða.*

Hannah se transforme en point d'interrogation vivant. À croire que la vieille dame a oublié que son invitée ne la comprend pas. Elle griffonne rapidement quelques mots sur le papier. Hannah suppose qu'il s'agit d'une reprise de ce qu'elle vient de dire.

Arrêter avec toutes tes questions. Tu avoir des problèmes. Et moi aussi.

Hannah observe le mot. Le regard pénétrant d'Ella l'exhorte à acquiescer. Mais Hannah est incorrigible, le message de la vieille dame ne fait qu'attiser son envie de creuser un peu plus. Elle se lève silencieusement et retourne dans sa chambre.

Le jour n'est même pas encore levé quand Hannah se réveille avec un plan qu'elle sait d'avance condamné à l'échec. Mais elle doit essayer. Elle a passé la majeure partie de la nuit éveillée, à réfléchir, à se tourner et se retourner, à s'agiter en regardant la Lune. Elle est arrivée dans une impasse : trop de questions, trop peu de gens à qui les poser. Personne, en réalité. Elle n'a donc d'autre choix que de s'en remettre à une personne neutre ; quelqu'un qui, comme elle, n'est pas d'ici, et qui n'est pas impliqué dans cette histoire. Bien qu'elle répugne à le reconnaître, il faut qu'elle discute avec ce cher Jørn.

Nul besoin de demander son adresse, elle est déjà passée deux fois devant son énorme 4x4 de location hier. Même si l'idée lui paraissait pertinente et convaincante en quittant la maison, elle doit s'arrêter un instant devant l'immense villa pour prendre une grande inspiration. Ceci *n'est pas* un appel à l'aide, sa demande de renseignements doit être vue comme un geste amical, une main tendue à un collègue. La réconciliation et tout le tralala. Hannah inspire à fond une dernière fois, s'avance devant la porte et presse la sonnette.

33

Il est d'abord surpris, puis naturellement sceptique, mais un sourire finit par illuminer son visage net et joliment hâlé. Hannah se retient de lui lancer une pique qui ruinerait son plan. Elle doit se montrer amicale. Aimable. Et non lui cracher au visage, lui donner un coup de pied dans l'entrejambe et partir en courant.

— Je serais enchanté d'échanger avec toi. Entre donc.

Il ouvre grand la porte ; Hannah maîtrise ses pulsions et pénètre dans la maison comme une personne civilisée. Elle n'oublie pas qu'elle est là pour l'abuser. L'exploiter à son insu. Et elle n'entend pas laisser tomber son armure.

— Je m'apprêtais à faire mes exercices de yoga matinaux, tu ne vois rien de mal à ce que je fasse quelques étirements pendant qu'on discute ?

Hannah n'y voit surtout rien de pire, mais elle se contente de hocher la tête.

— Non bien sûr. C'est moi qui te dérange.

— Impec. Dans ce cas je me lance dans une petite série de salutations au soleil. Tu devrais essayer – c'est très bon pour la souplesse, pas seulement celle du corps, mais de l'esprit aussi. "Mind and body", comme on dit.

Hannah observe Jørn. Accoutré d'une espèce d'ensemble de survêtement pour adulte, il lève les mains au-dessus de la tête comme un crétin. Mais elle doit admettre qu'il a l'air plutôt serein. Cela lui provoque un reflux gastrique. Elle avale péniblement sa salive. S'assoit sur un canapé pas très net en essuyant une miette de pain du revers de la main.

— Qui habite ici en temps normal ?

— Je ne sais pas trop, une famille. C'est mon agent qui s'est occupé de tout, donc je ne sais pas grand-chose d'eux.

— Et où sont-ils actuellement ?

Jørn se penche en avant, lève les fesses en l'air. Posture du chien tête en bas.

— Aucune idée.

Hannah brûle de lui faire remarquer que la famille a probablement été contrainte de s'exiler sur le canapé d'un voisin pour laisser à Jørn tout le loisir de batifoler dans leur maison. Ses yeux tombent sur un jouet ; les pauvres enfants sont peut-être en train de le chercher partout. Mais il est vrai que de son côté, Hannah a envahi la maison d'Ella.

— Tu comptes rester combien de temps ?

Posture du chien tête en haut.

— Le temps qu'il me faudra. Comme je te l'ai dit, je suis venu faire quelques recherches pour mon prochain livre.

— L'histoire se déroulera ici ?

— Je n'en suis pas encore là. Mais je crois qu'il y aura un paysage hostile en toile de fond. Ça parlera du combat d'un homme contre la toute-puissance des éléments, combat qui s'avérera en réalité être contre lui-même. Une manière de fuir sa vie. Jusqu'à ce qu'il découvre le cadavre d'une très belle femme qui aura subi un viol avant d'avoir été tuée et jetée dans un ruisseau. Il se trouvera alors dans l'obligation de sauver cette femme en élucidant le meurtre.

— Comment peut-il la sauver si elle est morte ?

Hannah observe Jørn avec dégoût, il prend à présent une sorte de posture de planche. Regarde droit devant, en pleine réflexion philosophique.

— Il s'agit plutôt d'un sauvetage symbolique. Il la sauve en démasquant le meurtrier.

Hannah le toise ; l'envie de lui planter un objet tranchant dans le ventre lui a maintes fois traversé l'esprit. L'éviscérer. Il se relève, met les bras en l'air et ferme les yeux, tout son corps est exposé. Ce serait le moment idéal. Elle chasse cette pensée. Venons-en au meurtre.

— Tu as sans doute entendu parler de ce qui est arrivé ; ce jeune homme qui a été retrouvé noyé il y a quelques jours ?

— Oui. Un accident tragique.

Hannah hésite. Est-ce vraiment judicieux ? Mais Jørn vient s'installer en face d'elle et remplit deux verres d'eau. Impossible de faire marche arrière.

— Ce n'est pas un accident. Tous les éléments montrent qu'il s'agit d'un crime.

Dans un premier temps, Hannah se demande s'il a bien compris ce qu'elle vient de lui dire. Il l'examine longuement, il ne la croit pas ? Elle est légèrement déçue qu'il n'ait pas le moins du monde l'air choqué.

— Tu t'en inspires pour ton livre ? hasarde-t-il avec un léger sourire.

Hannah le regarde, irritée, mais réussit à se dominer. Au diable son petit air condescendant ! Elle doit faire preuve d'honnêteté si elle veut obtenir son aide. Elle ment quand même un peu pour sauver son honneur.

— On ne peut pas dire que ce soit une reproduction fidèle des événements. Il y a beaucoup d'éléments que j'invente. Des retournements de situation.

Jørn hoche la tête, l'air de dire "bien sûr".

— Et maintenant, ton livre est au point mort car l'enquête autour de la disparition de ce pauvre garçon patine aussi ?

Bon. Fini les querelles d'ego, Hannah doit ramener la discussion à l'essentiel. Elle boit un peu d'eau, Jørn fait craquer ses doigts. Prodigieusement agaçant.

— C'est très important d'étirer ses articulations quotidiennement.

Hannah ne répond pas.

Crac, crac.

— Il y a plusieurs suspects, mais quelque chose ne colle pas. C'est comme s'il manquait… un élément.

Elle se lève du canapé, fait des allées et venues. Jørn la suit du regard.

— L'arme du crime ?

— Un objet contondant. Non retrouvé.

— Les suspects ?

— Son père, son petit ami gay, et une espèce de sans-abri qui était présent au moment de la découverte du corps – et qui a une bosse derrière la tête. Longue histoire.

— Des témoins ?

— Le sans-abri cabossé.

— Un mobile ?

Hannah s'arrête net. Merde alors, il est bon. Pourquoi ne s'est-elle pas penchée plus avant sur ce point ? Jørn répond lui-même à sa question.

— Son petit ami par jalousie, son père par honte, le sans-abri par homophobie. Trois mobiles en béton, si tu veux mon avis.

Hannah se rassoit.

— Mais tu ne les connais pas. Jonni est charmant et ce n'est pas un jaloux ; son père a pu éprouver de la honte, mais Thor était son fils unique et il l'aimait profondément ; quant au sans-abri, il est trop gentil pour être homophobe.

Jørn secoue la tête, il ne peut s'empêcher de sourire.

— Je pensais que ton cynisme et ta méfiance seraient un avantage dans une affaire criminelle. Mais en fait, tu es une vraie fleur bleue !

— Qui a dit que j'étais méfiante envers les autres ?

— Toi-même. Dans une interview à *Politiken*, il y a quelques années.

Hannah est étrangement flattée. Jørn a lu une interview d'elle. Et en même temps, elle a envie de lui en coller une – fleur bleue ! Il parle comme il écrit : comme un putain de cliché. Elle se défend.

— Ma méfiance se situe plutôt sur un plan abstrait. Je me méfie de l'humanité en général.

Jørn secoue la tête. Fait un horrible bruit avec sa bouche.

— Hannah, je ne pensais pas dire cela un jour. Mais tu es beaucoup, beaucoup trop naïve pour écrire des romans policiers.

Son envie de tuer Jørn refait surface et lui apparaît maintenant comme une réelle possibilité, mais Hannah mobilise toute sa conscience morale et réprime son envie de l'assommer avec la théière en métal posée devant elle. Mais, une minute ! Pourquoi a-t-elle des pensées aussi agressives ? Pourquoi des envies de violences assaillent-elles son esprit dès lors que quelqu'un l'agace ? Une frayeur mêlée de honte s'empare d'elle. Si elle pense de manière aussi primitive et impulsive, pourrait-elle aller jusqu'à commettre des actes de violence, jusqu'à tuer ? Et qu'est-ce qui la différencie d'un hypothétique meurtrier ? La main de Hannah se met à trembler légèrement, elle essaie de le dissimuler mais Jørn s'en aperçoit.

— L'abstinence ?

Elle hurle à l'intérieur. Sourit comme une psychopathe à l'extérieur.

— Je ne suis pas alcoolique.

— Et je ne suis pas multimillionnaire, je ne possède pas non plus de luxueuse résidence secondaire sur la côte, ni de parts sur un somptueux cheval de course en Allemagne du Nord.

Jørn lance un sourire à Hannah, qui n'a d'autre choix que de le lui rendre. Qu'est-ce que c'est que ce bordel ? Elle reconnaît que c'était plutôt drôle. Se pourrait-il qu'elle l'apprécie un peu finalement ? Non ! On se concentre. Elle est là pour l'exploiter, abuser de sa confiance, flatter son amour-propre pour lui soutirer de l'aide à son insu. C'est pour ça qu'elle est venue. Pas pour faire ami-ami.

— Concernant le mobile. En théorie, tu as raison de dire qu'ils ont tous les trois un mobile convaincant. Mais encore une fois, tu ne les connais pas. Je ne crois vraiment pas…

— Qu'ils soient capables de commettre un tel acte. Tu l'as déjà dit. Mais c'est vrai que tu es une grande connaisseuse de l'âme humaine.

La dernière remarque contient-elle un compliment mal dissimulé, ou s'agit-il d'une réflexion narquoise ? Hannah hésite, mais penche pour la deuxième option.

— Tu diras que je suis naïve si tu veux, mais je considère mon raisonnement comme un rempart contre le stéréotype. Ça m'évite d'enfoncer des portes ouvertes.

— Le pire ennemi du stéréotype, c'est l'analyse.

Oh mon Dieu, mais quelle banalité ! Il a vraiment dit ça ? Hannah regarde Jørn, elle a du mal à cacher son écœurement.

— Et de toute évidence, son meilleur ami, c'est toi.

Jørn observe Hannah, elle se mord la langue. Et merde. Ne pas s'aventurer sur ce terrain. Ne pas s'aventurer. Sur ce terrain. Elle se penche en avant en signe de réconciliation. Si elle veut espérer tirer profit de cette conversation – intime au point qu'elle sente la sueur de Jørn le Yogi – elle doit faire un peu plus d'efforts.

— Écoute, je ne suis pas venue pour faire l'imbécile en face de toi. Nous avons nos divergences sur notre approche de l'écriture et sur la vie en général, mais encore une fois, je veux vraiment connaître ton point de vue sur cette affaire. Et peut-être que tu as raison, que l'un de ces trois suspects est effectivement le coupable. Mais jouons à un petit jeu et faisons abstraction d'eux un instant ; quelle direction devons-nous prendre pour résoudre ce casse-tête criminel ?

Jørn fait craquer sa nuque (beurk) et se gratte discrètement l'entrejambe (re-beurk). Visiblement, le jeu l'emballe.

— Alors, un bon roman policier comporte trois éléments indispensables. Premièrement : une ouverture violente et spectaculaire, de préférence un meurtre. Deuxièmement : de fausses pistes et de faux suspects, et troisièmement… et là, ça devient intéressant pour toi…

Jørn fait une pause si longue que Hannah s'attend à ce qu'il lui dévoile le sens de la vie.

— Troisièmement.

— J'écoute.

— Le point numéro trois est : la surprise.

— La surprise ?

Hannah le regarde d'un air sceptique. C'est tout ?

— Quel est le dénouement qui te surprendrait le plus ? Si tu y réfléchis, il se pourrait bien que tu parviennes à t'approcher de la personne qui a tué Thor. Ou du meurtrier de ton polar.

Hannah le remercie pour son aide et se lève avec le sentiment de n'avoir rien appris de plus que ce qu'elle aurait pu trouver en deux clics sur Google. Créer la surprise et faire des recherches. Qui sait où ça pourrait la mener ? Peut-être à miser sur un cheval de course en Allemagne du Nord.

Devant la porte d'entrée, le corps de Jørn s'élargit ; à l'aide de ses jambes et de ses bras, il cherche à montrer qu'il est le roi. Le roi du polar, du yoga et de la virilité. Il la regarde avec insistance, elle sent qu'un dernier conseil bien senti va sortir. Et en effet. Le visage de Jørn devient sérieux.

— Pour être tout à fait honnête, je doute fort que cette affaire puisse réellement être utile à ton roman. Il peut se passer des mois avant que la lumière soit faite, et même si on finissait par découvrir ce qui s'est réellement passé, les chances sont grandes pour qu'on apprenne que ce n'était qu'un bête accident. D'après moi, c'est une impasse, et tu ferais mieux de profiter de ce temps pour lire de bons romans policiers, regarder quelques séries et t'en inspirer pour comprendre ce qu'est un *vrai* polar. Ensuite, tu t'entretiens avec d'anciens policiers, tu lis quelques rapports de casiers judiciaires, et pouf ! Tu as une intrigue policière en béton. Ah oui, et rappelle-toi que ton personnage principal ne doit pas être sympathique. Personne n'aime suivre un héros sympathique dans un polar.

Hannah le fixe un long moment, elle a tout à coup l'impression de le voir sous son vrai jour : ce n'est qu'un plagiaire pathétique. Mais cela ne lui donne pas plus de sympathie à l'égard du personnage, elle sent au contraire son mépris s'intensifier. Elle s'éloigne de la maison en secouant la tête.

— Tu te trompes. La réalité est bien plus intéressante que la fiction.

Le chemin du retour devrait la conduire chez Ella, pourtant Hannah est en train de traverser un champ et passe une frontière invisible. Elle fera tout ce qui est en son pouvoir pour élucider le meurtre de Thor.

34

HANNAH RESSENT le besoin d'appréhender les choses sous un nouvel angle, c'est pourquoi elle se dirige vers le bâtiment le plus insipide des environs : Olís, la station-service du coin. Hormis une très jeune fille assise derrière le comptoir, la boutique est vide. Les yeux de Hannah parcourent les présentoirs à la recherche d'une boisson alcoolisée, mais ne tombent que sur des sodas, des bonbons et des saucisses. Elle se rappelle tout à coup qu'en Islande, on ne trouve que des bières faibles en alcool dans les supermarchés ; le vin et les alcools forts sont vendus dans des magasins spécialisés, dirigés par l'État. Merde. Au moins, cela lui donne une occasion d'engager la discussion. Elle se faufile jusqu'à la caisse.

— Tu sais où je pourrais acheter de l'alcool par ici ?

Hannah se force à sourire à la jeune fille assise derrière la caisse enregistreuse. Elle doit avoir seize ans tout au plus. Est-ce qu'une enfant est légalement autorisée à tenir une station-service ? L'adolescente lève les yeux – de son téléphone, suppose Hannah, ce qui lui donne aussitôt une raison d'être agacée. Elle commence à en avoir marre des adolescentes lymphatiques.

— Oui, il faut aller au Vínbúð*.

— Et c'est loin ?

— Rien n'est jamais bien loin ici.

La jeune fille baisse déjà les yeux. Hannah s'apprête à lui remettre les idées en place, mais s'aperçoit que c'est un livre qui accapare son attention. Hannah éprouve une sympathie immédiate à son égard.

— Qu'est-ce que tu lis ?

Quand elle lève son livre, Hannah a envie de l'adopter : elle lit *Bonjour tristesse* de Françoise Sagan. Ce monde n'est peut-être pas si désespéré, finalement.

— *Sur ce sentiment inconnu dont l'ennui, la douceur m'obsèdent, j'hésite à apposer le nom, le beau nom grave de tristesse.*

— Vous l'avez lu ?

La jeune fille regarde Hannah avec intérêt, cette dernière acquiesce. Un étrange sentiment de solidarité s'empare d'elle ; elle sent que, si elle parvient à saisir ce moment, elle pourrait réussir à gagner sa confiance.

— C'était mon livre préféré quand j'étais adolescente… D'ailleurs, c'est le livre qui…

Hannah se surprend à vouloir livrer un détail absolument sincère et intime. Elle en a déjà un peu honte, mais la jeune fille attend sa réponse, elle n'a d'autre choix que de terminer sa phrase.

— En fait, c'est en lisant ce livre que j'ai découvert qu'on pouvait devenir écrivain.

L'adolescente est tout ouïe.

— Vous êtes écrivaine ? C'est quoi votre nom ?

* Il s'agit du nom des magasins d'État détenant le monopole de la vente d'alcool.

— Hannah Krause-Bendix.

Les yeux de la fille s'illuminent. Est-ce à dire qu'elle l'a identifiée ?

— Hein, c'est vous ?

Une douce chaleur se répand sur le visage de Hannah, elle ne sait plus trop de quel côté regarder, elle se sent comme une petite fille qui vient de recevoir un compliment. L'identification – ou plutôt la *reconnaissance* – de sa personne, de son travail, lui fait monter le sang aux joues et rend son corps un tout petit peu plus léger. C'est ce qui compte le plus pour elle, elle l'a toujours affirmé, et bien qu'elle soit dans une épouvantable station-service au milieu d'un trou perdu en Islande, elle sent la vanité s'enrouler autour d'elle comme une barbe à papa collante qu'elle a juste envie de laisser fondre sur sa langue.

— J'ai lu seulement un de vos livres, *Mes Jours en solitaire*, mais je l'ai vraiment adoré. Ce personnage qui n'adresse la parole à personne pendant un an… C'est tellement *emo*.

Bon, un seul livre, la jeune fille n'est peut-être pas une fan inconditionnelle, mais quand même. Hannah sent qu'elle vient de trouver une nouvelle voie pour entrer dans cette ville dont toutes les portes, par une action étrange et agaçante, ne cessent de s'ouvrir et de se refermer devant elle ; le moment est venu de récolter les fruits de cette conversation civilisée et de sa rencontre avec une "fan".

— Si tu veux, je pourrais t'envoyer une sélection de mes livres ?

— Je gagne pas des masses ici, donc…

— Non, non ! Je t'en ferais cadeau, évidemment. Je crois bien que c'est la première fois que je rencontre une lectrice de mes livres aussi jeune. Cela me ferait le plus grand plaisir.

Bizarrement, Hannah parvient à faire preuve d'une sincère amabilité sans même se forcer. Son geste ne cache pas la moindre arrière-pensée. Mais elle sent la pureté de ses sentiments s'estomper.

— Je peux te prendre un paquet de King's Blue ?

La jeune fille pose les cigarettes sur le comptoir. Hannah sort son porte-monnaie. Elle essaie de prendre un air désintéressé en passant au plus délicat de tous les sujets.

— Tu connaissais Thor, le jeune homme… qui est décédé ?

La fille la regarde, déconcertée par le tour inattendu que prend tout à coup la conversation. Elle finit par acquiescer.

— Il était un peu plus âgé que moi, mais on avait beaucoup d'amis en commun.

— Pas un ami proche, donc ?

La fille fait non de la tête. Mince.

— Donc tu n'as pas… ?

— Pas quoi ?

Hannah réfléchit, il faut qu'elle prenne des pincettes.

— Tu n'as pas entendu parler de ce qui aurait pu se passer cette nuit-là ? Je veux dire, les jeunes discutent entre eux, et parfois… Je ne sais pas. Peut-être que quelqu'un est au courant de quelque chose qu'il n'a pas envie de raconter à la police…

La fille hausse les épaules.

— En vrai, ça n'arrête pas de parler. Mais moi j'ai pas trop envie d'écouter ces trucs.

Hannah hoche la tête. Comme si elle trouvait cela raisonnable.

— Bien sûr. Mais… qu'est-ce qu'on raconte ?

La fille lève les yeux. Vient-elle de prendre conscience que la présence de Hannah n'est justifiée que par son envie de fouiner ? L'adolescente penche un peu la tête, Hannah se sent étrangement mise à nu.

— Vous savez ce que j'admire le plus chez vous ? C'est que vous n'écrivez pas des polars à la con comme tout le monde. Je trouve ça hyper cool que vous écriviez des livres que seuls des gens chelous comme moi liront.

Hannah sourit. Que répondre à cela ? Impossible de continuer à l'interroger à présent, et elle ne peut pas non plus lui parler de son projet de polar.

— Merci pour les cigarettes, Miss chelou. À plus.

Hannah se dirige vers la sortie, mais alors qu'elle s'apprête à passer le pas de la porte, l'adolescente l'interpelle.

— Eh ! Vous avez oublié de prendre mon nom et mon adresse !

Hannah la regarde, interloquée. L'adolescente paraît déstabilisée.

— À moins que vous ayez dit ça juste comme ça, pour les livres… ?

Hannah se frappe le front. Retourne vers la fille et sort son carnet.

— Bien sûr, j'allais presque oublier. Tu peux les noter là.

Elle l'observe écrire sur une page vierge.

— Iðunn ? C'est joli.

La fille, Iðunn, rend son carnet à Hannah.

— Désolée de ne pas pouvoir vous en dire plus sur ce que les gens disent à propos de la mort de Thor. Je sais bien que vous vous intéressez particulièrement à la psychologie humaine, et qu'un événement comme ça aurait pu vous inspirer… pour vos personnages.

— Pour mes personnages, oui… C'est exactement pour cela que je t'ai posé la question.

— On organise une fête ce soir, vous pourriez passer si ça vous dit. Enfin… ce n'est pas vraiment une fête, c'est plus… Tous les jeunes de la ville se réunissent en mémoire de Thor. Pour lui rendre hommage à notre façon. Je suis sûre que vous pourriez découvrir quelque chose d'intéressant en venant faire un tour…

Hannah regarde Iðunn, elle a envie de la prendre dans ses bras ; quelle aubaine inespérée pour son enquête !

— Oui, bien entendu, je viendrai avec plaisir !

Iðunn sourit de toutes ses dents. Hannah en comprend vite la raison lorsque la jeune fille lui attrape le bras pour souligner un dernier point.

— Cool ! Juste une dernière chose… Vous pourriez aller nous acheter de l'alcool au Vínbúð… ?

35

Une demi-journée, quelques heures d'attente un peu nerveuse, un passage au Vínbúð et une longue sieste plus tard. Hannah est à peine entrée dans le local qu'elle a déjà envie de rebrousser chemin. Iðunn avait raison : c'est littéralement toute la jeunesse de Húsafjörður qui est rassemblée dans cette petite cave – qui sert vraisemblablement de chambre à quelqu'un. Elle regarde tout autour d'elle : un canapé-lit déplié qui semble n'avoir jamais été fait, un coin *gamer* avec deux écrans d'ordinateurs posés sur une toute petite table poussiéreuse et une grande chaise de bureau qui ressemble davantage au siège d'un vaisseau spatial. Aux murs, des posters froissés de groupes dont Hannah n'a jamais entendu parler, et par terre, un désordre de nature indéfinissable. Dans un coin, un baby-foot bruyant. Outre le fait que Hannah se sente trop vieille d'au moins mille ans pour être là, la pièce exiguë commence à faire monter en elle un sentiment de claustrophobie tandis que les images de ses propres soirées rasantes entre adolescents lui reviennent comme de vilains tics. Iðunn semble remarquer que Hannah est sur le point de se dégonfler. Sa nouvelle amie de la station-service lui attrape fermement le bras comme une mère agrippe son enfant devant un passage piéton, et l'empêche de s'enfuir.

— Je sais que c'est un peu bizarre vu que tu as l'âge d'être notre grand-mère, mais honnêtement : tu es la personne la plus cool de cette pièce.

Hannah est-elle censée être flattée ? Si oui c'est raté, mais elle se laisse quand même entraîner dans la tanière. Quand elles atteignent l'épicentre de la pièce – une petite table basse vernie par la crasse et les restes de nourriture – Hannah ouvre le sac qu'elle a discrètement apporté. Une salve d'applaudissements et des cris de joie retentissent quand les adolescents découvrent le contenu : du vin blanc moelleux et deux bouteilles de vodka. Hannah s'empresse de filouter un verre de vin avant que les adolescents surexcités ne se jettent sur la bouteille ; elle en boit la moitié en une gorgée tout en analysant la pièce. Il doit y avoir entre vingt et vingt-cinq personnes, âgées de quinze à vingt ans. Hannah a de nouveau le sentiment étrange d'avoir fait un saut dans le temps et d'être retournée dans sa propre jeunesse. Peut-être à cause de leur manière de se comporter ; ces conversations un brin trop exaltées, ce manque d'assurance palpable qu'ils compensent par des attitudes exagérées et de grands mouvements de bras. Une attitude qui semble transcender les époques et être spécifique à l'adolescence. Si elle a l'impression d'avoir fait un saut dans son propre passé, c'est peut-être aussi parce que la mode vestimentaire de sa jeunesse est, de toute évidence, revenue sur le devant de la scène ; ce qui n'est pas pour favoriser son sentiment d'appartenance mais donne plutôt raison à Iðunn : elle pourrait être leur grand-mère, ou du moins leur mère. Une énorme enceinte crache de la musique rock indé dont Hannah a du mal à déterminer la décennie. Le style paraît ancien, mais pourrait tout aussi bien être actuel. Un type qui joue de la guitare électrique, ça ne se démode jamais. Hannah ne s'attendait pas à être assaillie par une horde de fans, bien sûr, mais elle est tout de même un peu étonnée que sa présence ne suscite pas le moindre questionnement. Les adolescents ont à peine remarqué que c'est elle qui, dans sa grande générosité, leur avait apporté de l'alcool. Du coin de l'œil, elle aperçoit Iðunn, engagée dans une discussion passionnée avec d'autres filles de son âge. Hannah se retrouve un peu livrée à elle-même. Mais peu importe, cela lui laisse le temps de repérer une proie avec qui s'entretenir. Son instinct l'aurait naturellement portée vers l'un des adolescents mal à l'aise qui épient l'assemblée en restant tapis dans un coin, mais Hannah jette son dévolu sur un garçon qui se tient au milieu de la pièce et amuse la galerie comme un humoriste de stand-up dans une salle intimiste. Le garçon est large d'épaules, ou peut-être simplement musclé – Hannah ne fait pas vraiment la différence – il pourrait bien s'agir d'un des joueurs de foot qu'elle a aperçus le jour où elle croisé Thor. Le jeune homme a les cheveux blond cendré, épais et rasés sur les côtés, son visage est harmonieux sans être spécialement beau. Quoi qu'il en soit, elle se verrait bien partager quelques ragots avec lui et recevoir des éloges de sa part. Hannah attend qu'il aille aux toilettes et elle passe à l'attaque. Elle feint de faire la queue et l'interpelle quand il retourne vers la fête.

— Sympa ton T-shirt.

Hannah essaie d'adopter un ton de voix qui ne la fasse passer ni pour une maman, ni pour une pédophile. Le garçon l'examine, essayant clairement de la replacer dans un contexte. En vain.

— Euh, on se connaît… ?

Hannah avait anticipé son scepticisme, elle lui tend la main en souriant et espère de tout cœur qu'il a lavé les siennes après son passage aux toilettes.

— Bonsoir, je m'appelle Hannah, je suis une amie de Thor.

Le garçon lui tend une main molle et moite et la regarde d'un air dubitatif. Elle atténue son mensonge.

— Enfin, une amie d'Ella pour être plus exacte, la sœur de la mère de Thor…

Encore un regard sceptique, justifié lui aussi, pense Hannah. Elle tente un dernier mensonge, plus plausible.

— Je suis une amie de la famille. Une parente éloignée du Danemark.

L'adolescent secoue la tête, mais sans avoir l'air convaincu à cent pour cent par son explication.

— Et ils auraient aimé que je… Enfin, toute la famille est évidemment très triste, et on m'a demandé de récolter quelques souvenirs au sujet de Thor. Pour l'éloge funèbre.

Hannah a envie de se donner un grand coup sur la tête; mais d'un autre côté, elle doit bien se trouver une excuse.

— Et qu'est-ce qui vous laisse croire que j'aie quoi que ce soit à vous raconter… ?

— Tu le connaissais, non?

— Ce n'est pas ce que j'ai dit.

Le garçon s'adosse au cadre de la porte. Il est en train de la draguer, ou quoi? En tout cas, elle a réussi à capter son attention, jusque-là tout va bien. Hannah fait un pas vers lui. Ce qui semble plaire à l'adolescent.

— Tu n'es pas obligé de le couvrir de louanges si tu n'en as pas envie. Mais s'il y a quelque chose qu'il te semble important de mentionner…

— J'ai droit à quoi en échange ?

— Pardon ?

Il se penche un peu plus vers Hannah, reluque ses seins, il est excessivement alcoolisé. Difficile pour Hannah de faire comme si de rien n'était.

— Oublie. Je vais trouver quelqu'un qui le connaissait mieux.

Hannah se tourne pour rejoindre les autres, mais un bras vigoureux la retient physiquement.

— Attendez ! Et si je vous disais que j'ai vu Thor le soir de sa mort… ?

Tous les muscles de Hannah se tendent. Elle scrute son interlocuteur. L'aurait-elle sous-estimé ? Son petit jeu de confidences-contre-des-faveurs-sexuelles serait-il plus vicieux qu'elle ne le pensait ? Elle se dit qu'il bluffe, se libère de son bras.

— Tu auras plus de chances avec une fille de ton âge.

Hannah se dirige vers la fête, mais un dernier coassement d'adolescent en mal d'attention résonne dans son dos. Hannah se fige, a-t-elle bien entendu ? Elle tourne la tête. Le garçon hoche la sienne, son regard lubrique a disparu. Pendant un court instant il paraît sobre et sincère.

— C'est vrai. J'ai vu Thor rentrer chez lui à pied ce soir-là. Ensuite, une voiture s'est arrêtée et l'a emmené.

Hannah le regarde.

— Redis-moi ton prénom ?

Hannah doit décamper au plus vite de cette soirée d'adolescents : pendant qu'elle discutait dans la queue des toilettes, le taux d'alcoolémie des ados est monté d'un cran, la chambre s'est transformée en château gonflable où une foule de torses nus rebondissent au rythme de titres grunge des années quatre-vingt-dix repris à l'unisson. Elle se démène pour passer à travers les bras et les jambes qui s'agitent de tous les côtés, l'odeur de sueur et les haleines alcoolisées, qui pendant un court instant lui donnent envie de ne plus jamais boire une goutte d'alcool. On la pousse plusieurs fois en arrière, en avant, et elle finit par se retrouver coincée entre un garçon et une fille qui se jettent l'un sur l'autre dans une danse de leur invention. Hannah a du mal à respirer, elle a besoin d'espace. Comment autant d'adolescents peuvent-ils rentrer dans vingt mètres carrés ? Elle essaie de leur signaler qu'elle veut sortir, mais se retrouve poussée de tous les côtés. Son salut lui vient du garçon des toilettes auquel elle a soutiré à l'instant des informations, il traverse la foule et l'arrache à ce qui était à deux doigts de tourner au plan à trois non consenti. Il crie par-dessus Nirvana.

— J'aurais pas cru que vous étiez du genre à danser !

Il lui sourit et fait quelques mauvais pas de danse, Hannah lui fait signe qu'elle n'a pas entendu. Elle agite les bras en guise d'excuse, réussit à traverser la piste de danse aux allures de purgatoire et peut enfin avancer sans encombre jusqu'à la sortie. Mais à l'instant où elle tend la main vers la poignée de la porte pour retrouver sa liberté et explorer sa nouvelle piste, Iðunn s'élance devant elle.

— Tu ne peux pas partir maintenant.

Hannah sent une pointe de culpabilité en réalisant qu'elle s'apprêtait à partir sans dire au revoir à sa nouvelle amie. Elle feint d'avoir l'air fiévreuse.

— Je ne me sens pas très bien, j'ai besoin de prendre l'air.

— Parfait. On va bientôt commencer la grande cérémonie.

L'expression de Hannah révèle son incompréhension.

— La cérémonie ?

— En hommage à Thor. Tiens-moi ça.

Avant que Hannah ait eu le temps de prononcer un mot, Iðunn lui lance deux bidons d'alcool à brûler dans les bras. Elle remarque aussi que l'adolescente tient une multitude de petits morceaux de papier vert clair dans ses mains. Derrière elle, une autre fille tient une poignée de stylos dans une main et des allumettes dans l'autre.

— On va brûler quelque chose ?

Iðunn sourit.

— Exactement.

36

En l'espace de quelques minutes, les participants de la fête se sont matérialisés à une vitesse miraculeuse sous le ciel étoilé. Comme si une force invisible les avait propulsés à l'extérieur – ou quelqu'un a-t-il peut-être tout simplement coupé la musique. Hannah regarde autour d'elle en frissonnant. L'énergie des adolescents est feutrée par les doudounes et les bonnets, mais tout le monde semble savoir ce qui se prépare et patiente dans un moment de recueillement. Iðunn agit en meneuse, elle récupère les bidons d'alcool à brûler des mains de Hannah et les vide généreusement sur un gros monceau composé de divers éléments inflammables : du vieux bois, des meubles et quelques branches. Une pensée traverse l'esprit de Hannah. Étant la seule véritable adulte de l'assemblée, n'est-elle pas censée empêcher des gamins ivres de faire brûler des choses ? Mais elle ne parvient pas à dire quoi que ce soit, car elle a le sentiment qu'elle ne devrait même pas être là ; qu'elle n'est pas partie prenante de ce qui est sur le point de se produire, qu'on l'autorise seulement à en être spectatrice. Une allumette est craquée. Les morceaux de bois s'enflamment instantanément. On en craque une autre, et encore une. Le feu prend vite et les flammes s'élèvent bientôt comme un feu de la Saint-Jean hivernal. Iðunn se place devant, tient la liasse de papiers vert clair dans ses mains et fait résonner sa voix dans la nuit.

— *Eitt á mann*[*].

Hannah regarde autour d'elle, un peu perdue. Elle essaie de suivre le déroulé du projet, observe les jeunes recevoir chacun un morceau de papier, un stylo, et commencer à écrire. Certains discutent du contenu à voix basse. D'autres sourient, d'autres encore sont gagnés par l'émotion. Mais personne ne fait l'idiot. Iðunn s'approche de Hannah.

— Chacun écrit un mot d'adieu à Thor qu'il jettera ensuite dans les flammes. Et après… Eh bien, après on espère qu'il les recevra, où qu'il se trouve.

Hannah hoche la tête. Elle observe les jeunes et sent sa gorge se serrer un peu quand les premiers mots sont jetés dans les flammes.

— Tu ne voudrais pas en écrire un ?

Hannah regarde Iðunn, surprise.

— Moi ? Mais je ne le connaissais même pas.

— Si j'étais Thor, je serais folle de joie de recevoir un mot de ta part après ma mort.

Hannah essaie d'ignorer la teneur légèrement bizarre de ce compliment, mais en effet : elle ne perdrait rien à lui écrire un mot. Elle accepte, prend un papier et un stylo. Réfléchit un moment. Elle n'a jamais été douée pour exprimer ses vœux, tout l'agace dans cette manière d'écrire : les formules toutes faites, la banalité des mots, *félicitations*

* Un par personne.

par-ci, *mes condoléances* par-là. Depuis qu'elle a quitté la maison de ses parents, ces derniers lui ont envoyé une carte d'anniversaire chaque année. Accompagnée chaque fois du même mot. Elle sait que c'était sa mère qui les écrivait, et son père n'a pas su perpétuer la tradition après sa mort. Hannah réalise que ces cinq dernières années, ces mots idiots lui ont manqué. Elle mâchouille le bout de son stylo. Qu'écrit-on à un mort qu'on ne connaissait pas ? Elle pose la mine sur le papier.

Cher Thor. Je suis désolée que ta vie pétillante se soit terminée si vite. Bien que cela ne soit sans doute plus d'une grande importance à présent, sache que tu as inspiré beaucoup de monde, et moi en particulier.

Hannah fait une pause. Ajoute quelques mots à la hâte.

Je vais tout faire pour démasquer ton meurtrier.

Elle plie le morceau de papier et le jette dans les flammes. Elle regarde le feu s'en emparer, grignoter sa promesse.

— Vous êtes toujours là ?

Hannah reconnaît cette voix, elle tourne la tête, étonnée, et reste interdite en voyant Jonni, un papier vert dans la main. Que fait-il ici ? Elle l'a vu dans sa cellule il y a à peine un jour.

— Tu es… ?

— J'ai été libéré. Je ne me suis pas échappé, si c'est ce que vous pensez.

— Mais tu es toujours… suspect… ?

Jonni hausse les épaules comme s'il l'ignorait. Hannah constate cependant qu'il semble heureux d'avoir retrouvé sa liberté. Sous les lueurs orangées des flammes, il ressemblerait presque à un adolescent ordinaire. Elle se mord la lèvre, elle aimerait lui poser tant de questions, mais quelque chose l'en empêche. Sans doute a-t-il le droit, au moins le temps d'une soirée, de retrouver ses amis pour partager cet insoutenable chagrin qu'il a dû porter seul en prison. Le vent change de direction et envoie la fumée dans le visage de Hannah. Elle recule un peu. Frissonne dans le froid crépitant, suit du regard l'ascension des flammes et de la fumée qui disparaît dans les étoiles. Un sentiment inattendu point en elle ; et si, par un tour métaphysique, Thor recevait ces derniers adieux sur papier vert ? Elle se surprend elle-même. D'où lui vient ce sentiment ? Il y a quelques jours seulement, elle se serait moquée avec mépris de cette cérémonie pathétique et mièvre, mais aujourd'hui, elle la trouve apaisante et pleine de sens. Pour ces jeunes gens, mais aussi pour elle-même. Hannah s'accorde le droit de profiter du moment. Autour d'elle, on commence à s'étreindre, certains pleurent. Elle observe Jonni. Iðunn et la fille aux allumettes sont à ses côtés, le prennent dans leurs bras. De nouveau, Hannah ressent une étrange pointe d'espoir en l'avenir ; pas nécessairement son avenir à elle, mais celui de ces jeunes gens qui lui succèdent. Elle sent que le moment est venu de s'en aller, s'éloigne lentement du feu. Arrivée sur la route, elle marche en direction de la ville, emplie d'un calme qu'elle n'avait pas ressenti depuis plusieurs jours.

Hannah ne parvient pas à rentrer directement à la maison, elle *doit* transmettre ses dernières informations à Viktor. D'une part, parce qu'elle a envie de voir sa tête quand elle va lui communiquer des indices aussi décisifs pour l'enquête, mais également parce qu'il est presque de son devoir de citoyenne de l'informer pour la voiture. Hannah essaie de mémoriser les détails que le garçon des toilettes lui a donnés sur le modèle et l'apparence du véhicule ; ce faisant, elle réprime les pensées lubriques qui l'assaillent à l'idée de voir Margrét dans quelques instants, au moment où elle frappera à la porte des forces de l'ordre.

— Il est plus de minuit.

Les cernes qui bordent les yeux de Viktor sont si sombres qu'on croirait presque qu'ils ont été maquillés. Ses cheveux sont dressés sur sa tête, et c'est la première fois que Hannah le voit mal rasé ; mais manifestement, elle ne l'a pas réveillé. Pour une fois, il porte l'uniforme.

— Je détiens une information très importante.

— Je vous ai demandé de ne pas vous mêler de cette enquête.

— Je viens de voir Jonni. Il n'est plus sur la liste des suspects ?

— Allez-vous-en.

Viktor va pour refermer la porte, mais Hannah a tout juste le temps de mettre son pied dans l'embrasure. Il la regarde, fatigué. Plus l'air en colère, juste fatigué.

— Vous êtes au courant que Thor a été aperçu en train de monter à bord d'une voiture la nuit où il a été tué ?

Hannah capte une lueur de stupéfaction sur le visage de Viktor.

— Noire ou bleu foncé, un genre de 4x4. C'est un ami de Jonni qui l'a vu. Cette nuit-là, il avait fait le mur pour aller fumer du cannabis avec des amis, c'est pour ça qu'il n'avait rien osé dire. Mais il a vu Thor ce soir-là. Et il est certainement la dernière personne à l'avoir vu en vie. Hormis son meurtrier, bien entendu.

— Sous réserve, enfin, que votre soi-disant témoin dise vrai… comment s'appelle-t-il ?

— Évidemment qu'il dit la vérité.

— Son nom ?

— J'ai promis de ne pas le dire.

— Bonne nuit, et disparaissez.

Viktor claque la porte sur le pied de Hannah qui doit dominer tout son être pour ne pas crier.

— Il s'appelle Stefan ! Stefan Haraldsson.

La porte s'ouvre instantanément, laissant l'occasion à Hannah de retirer son pied écrasé et de se glisser derrière la chemise froissée du policier.

Hannah est de nouveau assise sur le canapé en cuir marron, mais cette fois, on ne lui propose ni un verre de vin, ni une partie de jambes en l'air. Viktor a installé une chaise en face d'elle, il fait visiblement preuve d'une grande maîtrise de soi pour éviter que la façade ne craque. En vain.

— Les résultats de l'analyse ADN de la bouteille sont tombés. Nous avons la certitude que le sang n'est pas celui de Jonni, mais les empreintes digitales sont bien celles de Thor.

Viktor fait une pause. Et poursuit son aveu.

— Je crois donc que vous aviez raison. Thor a probablement frappé son agresseur avec la bouteille. Nous n'avions pas assez de preuves pour retenir Jonni en garde à vue, et les arguments de son avocat étaient suffisamment nombreux et convaincants pour le faire libérer malgré ses menaces envers Ægir. Le fait qu'il soit si jeune, qu'il ait agi sous le coup de l'émotion, que son casier judiciaire soit vierge… À présent nous… Eh bien, nous n'avons plus aucun élément. À part la bouteille.

— Et la voiture.

Hannah tente de se montrer encourageante. Elle ne peut réprimer une certaine joie à l'idée d'avoir retrouvé une place centrale dans l'enquête.

— Nous recherchons Gísli. Pour faire analyser son sang et voir s'il correspond à celui de la bouteille.

— Donc c'est un suspect ?

— Nous le recherchons.

Viktor marque une courte pause. Et dans un dernier souffle il lâche :

— Ou plutôt : *je* suis à sa recherche. On ne peut pas dire que je sois aidé par une foule de collègues. Mis à part le médecin légiste et le laboratoire de Reykjavik, je suis plutôt seul.

— Ils ne peuvent pas envoyer quelqu'un pour vous aider ?

— Ils n'ont pas les ressources nécessaires, à moins que nous soyons sûrs à cent pour cent qu'il s'agisse d'un meurtre.

Hannah le regarde, interloquée.

— Et ce n'est pas le cas ?

— Savez-vous combien de personnes meurent chaque année, piégées par la nature, dans ce pays ? Des morts d'hypothermie, des pêcheurs qui tombent à l'eau… C'est beaucoup plus simple pour eux de classer cette affaire en mort accidentelle.

— Et le rapport du médecin légiste ?

— J'attends toujours les derniers résultats. La blessure qu'il a sur la tête… Rien ne prouve qu'il ne se soit pas simplement cogné contre une pierre en tombant.

— Mais vous disiez que les marques sur ses épaules indiquaient qu'on l'avait tenu sous l'eau, n'est-ce pas ?

— Apparemment, ces marques pourraient être de cause naturelle. Nous manquons toujours de preuves irréfutables.

— Mais ces résultats que vous attendez. Que doivent-ils démontrer ?

Viktor hésite. Il lui en a déjà révélé beaucoup trop mais, de toute évidence, il a besoin de partager ses pensées avec quelqu'un. Hannah se tait, son silence et sa patience suffisent à le pousser à parler.

— Elles montreront s'il avait quelque chose dans le sang.

— Alcool ou drogues ?

Viktor acquiesce.

— Nous savons que Jonni et lui étaient ivres. Mais Thor ne prenait pas de drogues. Alors, si nous trouvons quelque chose… Ça peut être une piste.

Hannah cogite. Toutes ces suppositions désespérées partent dans des directions si différentes qu'il devient difficile de les raccorder : le sans-abri – qui n'est pas sans abri, mais est assurément un alcoolique sans le sou – est l'unique suspect d'une affaire dans laquelle la victime aurait peut-être – ou peut-être pas – ingéré des drogues de nature indéterminée avant de connaître son terrible sort. Avant cela, le jeune homme serait monté à bord d'une voiture de luxe – qui, de toute évidence, ne peut pas appartenir au sans-abri – et il aurait vraisemblablement frappé son meurtrier à la tête avec une bouteille, drogué ou non. Hannah est consciente que Stefan-Musclor pourrait avoir menti, mais elle l'a trouvé extrêmement crédible – ou plutôt, trop bête pour élaborer un tel mensonge au débotté. Cependant, son histoire de voiture ne semble pas aider Viktor le moins du monde, au contraire.

— Je sais bien que c'est une maigre consolation, mais si vous avez besoin de discuter de l'affaire avec quelqu'un, je suis là... Sincèrement. Je ne cherche pas à vous harceler, mais si j'ai réussi à trouver des indices qui vous ont échappés, il y a peut-être une raison.

Viktor l'observe.

— La bouteille. La voiture. Je ne saurais dire pourquoi, mais les gens semblent s'ouvrir plus facilement à moi. Peut-être parce que je ne suis pas d'ici. Ou peut-être parce qu'ils me croient trop stupide pour assembler les pièces du puzzle.

Viktor sourit. Analyse Hannah du regard. Comme s'il l'avait percée à jour.

— Ou peut-être parce que vous êtes plus aimable et plus digne de confiance que vous n'aimeriez le reconnaître.

Hannah remue un peu, embarrassée. Elle se lève pour changer de sujet.

— Je suis sérieuse. Si vous pensez qu'il pourrait vous être utile de m'impliquer dans cette enquête, je serais ravie de vous aider. Sans vous barrer la route ni enfreindre la loi.

— Et sans venir fouiner dans mon jardin ?

Hannah se pétrifie. Elle avait allégrement occulté sa fâcheuse excursion dans le jardin, mais ce n'est pas ce petit rappel qui lui donne la chair de poule. C'est le possible sous-entendu de ce "venir fouiner".

37

HANNAH QUITTE LA MAISON de Viktor, heureuse de s'être vu attribuer le rôle officieux de co-enquêtrice, mais gardant à l'esprit qu'elle devra se montrer plus vigilante. Au moment de se glisser sous sa couette glacée une demi-heure plus tard, ses pensées tournent dans sa tête avec une confusion qui est habituellement le signe qu'elle a bien trop bu. Les idées qui trébuchent les unes sur les autres, le cerveau qui ne parvient plus à faire les connexions suffisantes pour créer un ensemble logique. Tout à coup, son téléphone sonne et l'écran s'éclaire. Elle commence à sentir des papillons dans son ventre – et si c'était Margrét ? Elle saisit son portable posé sur la table de nuit, mais, comble de la déception : c'est Jørn. Il veut simplement la remercier pour leur agréable conversation, et lui rappeler qu'elle sera toujours la bienvenue si elle avait besoin d'aide. Ils pourraient peut-être même partir en excursion ensemble ? Ce serait l'occasion d'effectuer des recherches pour leurs livres respectifs. Il a un 4x4 tout terrain. Le message de Jørn se termine par un emoji voiture. Exaspérant. Hannah ne répond pas. Elle met son téléphone en mode silencieux, ferme les yeux et s'efforce de ne plus penser à Jørn. Elle tombe rapidement dans un profond sommeil. À sa grande surprise, elle se réveille à sept heures précises le lendemain matin, plus fraîche et reposée qu'elle ne l'a été de toute sa vie d'adulte. Ella n'est pas encore levée quand Hannah prend l'initiative de préparer du café et faire griller du pain. Des gestes banals, mais qui lui donnent le sentiment d'un regain de contrôle. Elle s'assoit à la table de la cuisine, croque dans une tartine de confiture et avale une gorgée de café en essayant de se concentrer sur son polar.

L'alarme n'avait pas sonné quand Edith s'était échappée de sa cellule, c'est pourquoi il s'était écoulé plusieurs heures avant que l'officier Axelson ne découvre sa disparition. Plusieurs heures qui auraient pu lui laisser le temps de se faire du mal, ou pire encore : de commettre de nouveaux forfaits. Tout en sillonnant les environs à sa recherche, à bord de sa voiture, il essaya de trouver une logique aux événements. Elle avait tué le père de son petit ami, mais avait-elle également tué son petit ami lui-même ? Impossible, ils étaient trop heureux ensemble. Axelson caressait sa longue barbe quand soudain ! Une pensée le frappa : plusieurs meurtriers étaient impliqués. Il frémit ; tout à coup, la jeune fille n'était plus le seul individu dangereux qui courait en liberté, elle avait également un complice. C'était peut-être ce dernier qu'Edith s'apprêtait à retrouver ? Peut-être envisageaient-ils de préparer de nouveaux meurtres ensemble. À peine eut-il émis cette hypothèse que tout lui parut beaucoup plus logique en imaginant deux meurtriers dans le coup. Cela expliquait l'alibi d'Edith, les messages mystérieux retrouvés sur son téléphone, et surtout, cela expliquait comment elle avait pu s'échapper de sa cellule alors que le verrou avait été forcé de l'extérieur. Boum! Un vacarme assourdissant perce le crâne d'Axelson, et tout s'obscurcit. Il n'a même pas le temps d'apercevoir la voiture qui vient de le percuter de plein fouet par la gauche.

Hannah pousse ses lunettes sur son front, satisfaite. Voilà, maintenant il y a un accident de voiture, c'est sans doute un atout si son livre est adapté au cinéma. Et il y a de grandes chances qu'il le soit, c'est un polar après tout. Biip. Hannah regarde son téléphone une deuxième fois pour s'assurer qu'elle n'a pas rêvé. Non. C'est bien un message de Margrét qui lui donne rendez-vous devant l'une des attractions naturelles islandaises qui effraie le plus Hannah : elle lui propose de la retrouver au pied du glacier. À vrai dire, la seule chose qui pourrait être pire, c'est qu'elles grimpent carrément en haut du glacier. Hannah évalue sa réponse mais il n'y a aucune hésitation à avoir. Elle s'apprête à écrire "oui", quand Ella entre dans la cuisine, l'interrompant avec un salut matinal et un regard inquisiteur.

— Café ?

Ella acquiesce et s'installe. Hannah lui sert une tasse. Souriante.

— Rassurez-vous, je ne suis pas en train de devenir folle, j'ai seulement passé une bonne nuit de sommeil. Qui sait, peut-être que je commence à fonctionner à peu près normalement ?

Ella hoche la tête, mais impossible de déceler la moindre trace d'un sourire sur son visage. Hannah se rappelle que l'enterrement doit avoir lieu le lendemain, cela doit énormément lui peser. Elle se sent un peu honteuse de l'avoir oublié et de n'avoir pensé qu'à son sommeil. La nouvelle Hannah, pleine d'énergies positives, regarde la vieille dame avec une sincère compassion.

— Tout est prêt pour demain ?

Ella acquiesce. Attrape un bout de papier. Écrit.

Je aller chez Vigdis aujourd'hui, aider pour les derniers préparatifs.

— Je peux vous accompagner si vous voulez.

Ella fait non de la tête.

— Vraiment, j'aimerais pouvoir vous aider. S'il y a quoi que ce soit que je puisse faire.

Hannah est sincère. Bien que cela l'empêcherait d'aller se promener avec Margrét sur le glacier. Ella griffonne une phrase, rapide et déterminée.

Merci, mais je préférer être seule.

Hannah pousse la corbeille de pain grillé vers Ella mais celle-ci lui présente la paume de sa main, comme pour lui signifier qu'il est absurde de se donner la peine de la lui proposer. Hannah observe ses bras, on dirait deux fines branches à l'écorce fragile. Elle semble avoir vieilli, Ella. Ses joues se sont creusées et ses cheveux clairsemés en l'espace de quelques jours seulement. La mort de Thor l'a vraiment affectée. Soudain, Hannah pense à ces histoires d'amants qui se laissent dépérir pour mourir immédiatement après le décès de leur bien-aimé. Bien sûr, cela arrive surtout dans les couples ou lorsqu'un parent perd son enfant ; Hannah n'a jamais entendu parler d'une tante qui serait morte d'amour pour son neveu. Mais si Ella ne perdait pas le goût de la vie pour Thor, alors pour qui d'autre ? Hannah beurre un petit morceau de pain pour la vieille dame avant de disparaître en haut des escaliers pour aller prendre une douche. Quand elle redescend, une demi-heure plus tard, Ella n'a pas touché à la tartine, et sa tasse de café est toujours pleine. Et probablement aussi froide que le regard de la vieille dame, perdu dans le vide.

38

Hannah marche à grands pas vers le glacier, bouillonnante d'énergie. Elle a essayé de se rendre la plus attrayante possible physiquement, malgré sa stratégie vestimentaire qui consiste en une superposition de couches de laine. Ses principaux efforts ont donc consisté à se laver les cheveux et mettre une touche de mascara. L'énorme bloc de glace se trouve à un ou deux kilomètres de distance, le trajet laisse à Hannah le temps d'alimenter de nombreux espoirs quant au déroulement de son rendez-vous avec Margrét. Si elles se retrouvent à cet endroit précis plutôt qu'en ville, cela ne peut pas être juste un hasard. Hannah sourit. "En ville". En réalité, ce n'est rien de plus qu'un agglomérat de cabanes posées au bord de la mer. Elle respire profondément, elle est presque arrivée. En revanche, elle n'aperçoit toujours pas Margrét. Les pensées de Hannah orbitent autour de toutes les éventuelles motivations qui auraient pu conduire Margrét à lui donner rendez-vous ici. À vrai dire, elle ne voit qu'une seule raison, et celle-ci lui procure une sensation de chaleur sous ses multiples couches de laine. Mais quand elle aperçoit enfin Margrét après quelques pas, ses épaules s'affaissent automatiquement de déception. Elle n'est pas seule, elle a emmené les quatre enfants avec elle. Pendant une seconde, Hannah hésite à faire demi-tour, mais trop tard. L'un des petits démons en combinaison de ski vient de pointer son doigt vers elle. Hannah agite la main, sourit et s'avance jusqu'à eux. Les enfants – qui, à vue d'œil, doivent avoir entre trois et quatre ans – bondissent sur des rochers d'aspect aussi glissant que le glacier qui tire la langue derrière eux. Hannah lève les yeux vers la montagne de glace qui se révèle plus redoutable et plus noircie qu'elle ne l'avait imaginé. Elle reconnaît tout de même que c'est une belle aire de jeux. Qui manque un peu d'équipement, certes, mais les enfants ont l'air de s'amuser : ils courent dans tous les sens comme de petits trolls et ramassent des pierres. Mais par pitié, qu'aucun d'entre eux n'aille faire une mauvaise chute. Hannah serait incapable de gérer une fracture de pied d'enfant.

— Je suis contente que tu aies pu venir.

Margrét, qui réussit à avoir l'air élégante dans une tenue à la fois chaude et pratique, est assise sur une pierre et fume une cigarette. Hannah la rejoint, mais reste debout.

— Ce n'est pas comme si j'avais un million de choses à faire. À part un livre à terminer.

— Et un meurtre à élucider.

— Et un meurtre à élucider.

Hannah se demande si Margrét est au courant que Viktor lui a donné la permission de s'investir un peu plus dans l'enquête. C'est peut-être la raison pour laquelle elle voulait lui parler ? Elle tâte le terrain.

— Je sais que tout ça est un peu compliqué… Le fait que j'essaie sans cesse de m'immiscer dans l'enquête, que je sois dans les pattes de Viktor, mais… Enfin, je ne sais pas s'il t'en a parlé, mais on s'est mis d'accord pour que je flaire de nouvelles pistes. Je partagerai mes trouvailles avec lui en échange de ce qu'il sait. Mais rien d'officiel, évidemment.

— Nous sommes mariés. Tu crois que nous ne parlons pas ?

Le regard de Margrét transperce celui de Hannah, on dirait que le glacier se reflète dans ses yeux. Hannah délire ou elle a un air taquin ?

— Je ne sais pas… Jusqu'à quel point parlez-vous au juste ? Du travail, de… tout ça, quoi.

Margrét sourit.

— Je ne lui ai rien dit pour nous, si c'est ce qui t'inquiète.

Hannah se sent profondément soulagée. Pas seulement d'apprendre que leur aventure reste un secret bien gardé, mais d'entendre Margrét verbaliser – confirmer – qu'il y a bien quelque chose entre elles pour la première fois. C'est important pour elle.

— C'est de ça que je voulais te parler.

Son sentiment de satisfaction s'évapore aussitôt de son corps. Mais bien évidemment que c'était ça ! Elle a emmené Hannah au milieu d'un paysage sauvage pour mettre fin à une relation qui n'a jamais vraiment commencé ; et ce, devant une bande de gamins guillerets pour que tout ça ait l'air inoffensif, innocent, ordinaire et soit réduit à néant comme un flocon de neige sur l'asphalte brûlant. Hannah acquiesce. Oui, bien sûr qu'elle veut subir l'humiliation de se faire éconduire.

— Inutile d'en dire plus. Je comprends toutes les complications que la situation peut engendrer. Pour moi, c'était seulement une distraction. Une distraction idiote. J'espère n'avoir rien détruit.

Margrét hoche la tête.

— Pour moi, la distraction n'est pas forcément une mauvaise chose. Et ce n'est pas la première fois que je… la recherche, si tu vois ce que je veux dire. C'est rare qu'elle s'invite ici, c'est tout.

Hannah la regarde. Il lui revient à l'esprit une question qu'elle voulait lui poser.

— Thor s'était confié à toi concernant sa relation avec Jonni, n'est-ce pas ? Je veux dire, étant donné que tu t'es montrée si ambiguë quand je t'ai demandé dans quelle mesure tu le connaissais… ?

Margrét acquiesce. Et lève les yeux vers Hannah, un peu agacée.

— Mais enfin, viens t'asseoir ! Ne crains pas de te geler le cul, j'ai une couverture.

Hannah réalise qu'elle se tient comme une statue de sel dans le vent. Margrét lui fait une place sur sa pierre, Hannah s'assoit à côté d'elle.

— Donc, vous avez une sorte d'accord, ou… ? Viktor et toi ?

Margrét est amusée.

— Un accord sur le fait que mon désir ne se porte pas sur lui, mais qu'il reste quelqu'un de charmant, de gentil et de drôle, et que la vie – en général – n'est pas trop triste à condition de prendre des libertés de temps en temps, qui me permettent de tenir le coup ? C'est ce que tu entends par un accord ?

Hannah n'a jamais rien entendu d'aussi réactionnaire de toute sa vie, elle se retient de se lancer dans un monologue sur l'importance de rester fidèle à sa nature intrinsèque ; comment Margrét peut-elle se satisfaire de vivre à demi ? Hannah l'observe.

— Pourquoi… ? Tu pourrais déménager à Reykjavik, partager la vie de quelqu'un que tu n'aurais pas besoin de tromper. Tu pourrais avoir tout ce que tu as ici, mais sans vivre dans le mensonge.

Hannah se rend bien compte que sa formulation a quelque chose de bien-pensant, mais après tout, les faits sont ce qu'ils sont. Cependant, Margrét n'a pas l'air particulièrement affectée par le jugement que Hannah porte sur sa vie. Elle a sûrement dû penser exactement la même chose des centaines de fois. Margrét regarde les enfants jouer.

— Tout cela. Vivre une vie confortable, agréable, ne manquer de rien. Matériellement et spirituellement. La nature, le sentiment de communauté. Être un élément faisant partie d'un tout. C'est ce que je suis. Je suis la femme du policier, une nourrice en qui les gens ont confiance. L'air que respirent mes enfants est pur, ils se couchent chaque soir en ayant bien mangé, en étant heureux et en sécurité. Quand je serai vieille on s'occupera de moi, et quand je mourrai je serai regrettée.

Hannah regarde Margrét. Pense-t-elle vraiment ce qu'elle dit ?

— Quand tu mourras ? C'est à ça que tu penses – au bel enterrement que tu auras, aux hommages rendus par tout le village en mémoire de la bonne citoyenne que tu étais ? Une citoyenne qui veillait à ce que le quotidien reste inchangé, à ce que tout le monde vive une vie calme, sereine et agréable ?

— Quelque chose comme ça, oui.

— Mais des catastrophes, il s'en produit tous les jours. Regarde Thor, par exemple.

— Tu m'as mal comprise. Ce ne sont pas les catastrophes dont j'ai peur. Ce que je crains, c'est l'âpre et long chemin de la vie, qui peut devenir terriblement solitaire quand on lutte trop contre elle.

— Mais en menant une telle vie, tu ne prends pas le moindre risque.

— Et toi, quels risques prends-tu ?

Hannah se sent bête face au regard que lui lance Margrét.

— Et d'ailleurs, si je ne prenais pas de risques, qu'est-ce que je ferais ici avec toi ?

C'est un argument que Hannah a du mal à contrer, néanmoins il est difficile d'accepter que Margrét se satisfasse de cette vie. Mais d'un autre côté : si Hannah vit avec ce sentiment persistant de solitude, c'est peut-être parce qu'elle n'a jamais fait aucun compromis. Elle chasse cette idée. Plutôt vivre seule que de perdre sa liberté. Hannah a envie de lui en demander davantage, de défier la vision que Margrét se fait du monde, de lui extorquer des détails sur Viktor et leur vie de couple, et de connaître ses rêves de jeune fille. Mais au lieu de cela, elle lui demande comment s'appellent les enfants, s'ils montent souvent au glacier, et comment elle trouve le temps de passer une journée entière en compagnie d'êtres incapables de parler correctement, ou d'aller seuls aux toilettes. Margrét lui livre une information essentielle, elle a toujours vécu à Húsafjörður, elle y a tous ses amis et toute sa famille. Cela a sans doute une certaine valeur.

Tout à coup, Hannah sent quelque chose de froid dans sa nuque qui lui procure une sensation glaçante en dégringolant dans son dos. Elle met un long moment à réaliser que les enfants se sont faufilés derrière elle, ont formé une boule avec la neige du glacier et l'ont glissée dans sa nuque. Hannah bondit, commence à hyperventiler, saute et danse pour retirer la neige qui s'est logée entre sa peau et ses vêtements.

— Argh ! C'est glacial, je meurs !

Les enfants rient si fort que leurs petites combinaisons de ski menacent de craquer. Hannah réussit à se débarrasser du morceau de glace enfoui sous ses innombrables couches de vêtements, mais l'eau froide lui mouille toujours le dos. Elle a envie de projeter ces petits démons ricaneurs dans les airs, mais quand elle s'aperçoit que Margrét aussi a le sourire aux lèvres, Hannah prend du recul sur la situation ; elle se dit qu'au fond, elle est comme un banal personnage de comédie dont les réactions sont aussi prévisibles qu'un ciel gris est annonciateur de pluie. Elle éprouve une envie de se surprendre, de surprendre Margrét et les petits monstres ; elle court jusqu'au glacier, gratte de la neige qu'elle compresse entre ses mains et se lance à la poursuite des enfants.

— Aha ! Vous allez me le payer !

Même si les enfants ne comprennent pas ce qu'elle dit, ils poussent de petits cris d'excitation et courent dans tous les sens, si bien que, même sans avoir besoin de faire semblant d'être mauvaise au jeu du loup, Hannah ne parvient pas à les attraper. Elle finit par capituler et jette un peu de neige en direction des bambins qui esquivent joyeusement sa tentative de vengeance ratée. Hannah a tout juste eu le temps de reprendre son souffle quand soudain, une grosse boule de neige la frappe en pleine tête. À quelques mètres de là, Margrét sourit malicieusement tandis que les petits sont près d'éclater de rire. Même Hannah se surprend à rire, son cœur bat fort, ses joues sont brûlantes. Elle a du mal à se rappeler la dernière fois qu'elle a souri avec autant de sincérité. Les deux femmes ne parlent pas de ce qu'il adviendra de leur relation, mais sur le chemin du retour, Margrét prend la main de Hannah et la serre un peu dans la sienne. Ce n'est pas grand-chose, mais cela suffit à faire comprendre à Hannah que tout ne s'arrête pas là.

39

HANNAH NE TIENT PAS en place. Elle accompagne Margrét et les enfants pour parcourir les derniers cent mètres jusqu'à la "maison-commissariat" ; en réalité c'est un détour pour elle, mais elle n'a rien d'autre de prévu et l'excursion touche à sa fin. Elle ignore quand elle reverra Margrét. Avec ou sans les enfants. Elle observe les petits diables en combinaison de ski déployer leurs dernières forces après l'épuisante balade et courir jusqu'à la maison. Hannah marche un peu en retrait derrière Margrét et réfléchit à une excuse pour rester encore un peu. Mais en s'approchant de la maison, elle a le sentiment désagréable que quelque chose cloche. La voiture de Viktor est bizarrement garée, on dirait qu'il s'est arrêté trop tôt, trop loin de la maison. En se rapprochant, les deux femmes remarquent que les deux portières de la voiture sont grandes ouvertes.

— Qu'est-ce que c'est que ça ?

Margrét s'arrête net, elle a vu la même chose que Hannah. Les enfants sont à quelques pas seulement de la porte d'entrée, grande ouverte également. Prises simultanément d'un sentiment de déséquilibre, les deux femmes accourent pour empêcher les enfants d'entrer dans la maison. Sur le seuil de la porte, Hannah agrippe un bout de combinaison de ski, tire l'enfant en arrière et découvre des taches sur le sol du hall d'entrée. Des taches de sang.

— *Bíddu*[*] *!*

Margrét retient également deux enfants dans ses bras, son visage est livide. Les petits rient un peu, croyant peut-être qu'il s'agit d'un jeu amusant. Ils se tortillent pour se libérer. Hannah tourne les yeux vers Margrét, son regard flamboie d'une frayeur saisissante, elle semble à deux doigts de voler en éclats comme une fragile statue de glace. Et Hannah veut à tout prix empêcher cela.

— Reste avec les enfants, je vais voir à l'intérieur.

Sans un mot de plus, Hannah réussit à loger tous les enfants dans l'étreinte protectrice de Margrét ; du coin de l'œil, elle la voit éloigner le petit groupe de la maison en chuchotant quelques mots rassurants, qui ont peut-être un effet sur les enfants, mais dont elle ne semble guère convaincue.

— Fais attention à toi !

Sur cette mise en garde, Hannah franchit la porte poisseuse de sang. Son cœur bat la chamade pendant qu'elle marche à pas lents vers le salon. Elle a vu suffisamment de films à suspense pour savoir que c'est à ce moment précis qu'elle est censée dégainer son arme ou attendre du renfort. Mais elle n'a aucune arme à dégainer, et personne à appeler en renfort. Hannah réalise qu'elle n'a pas peur, elle est simplement tendue à l'extrême à l'idée de ce qui l'attend. Elle se faufile jusqu'à la porte du salon et, prête à affronter le pire,

[*] Attendez !

s'élance au milieu de la pièce : tout est parfaitement calme et normal. À part un verre renversé sur la table basse et quelques gouttes d'eau qui tombent sur la moquette. Hannah fixe le verre en train de s'écouler pendant de longues secondes, mais tout à coup, un bruit retentit dans la cuisine. Son sang se glace. La peur s'empare enfin d'elle. Mais elle ne peut plus reculer, il faut qu'elle inspecte la maison, il faut qu'elle sache, pour le bien des enfants qui attendent dehors, frigorifiés et fatigués. Elle s'avance jusqu'à la cuisine, jette un rapide coup d'œil autour d'elle en quête d'une arme, saisit un chandelier en laiton posé sur une commode, le brandit haut dans les airs. Animée par l'intention d'apparaître menaçante, intrépide, et sérieusement prête à briser le chandelier massif et acéré sur la tempe de l'intrus, elle s'élance dans la cuisine en poussant un cri qui la surprend elle-même. Et qui surprend aussi la silhouette penchée au-dessus de l'évier qui, dans un sursaut de frayeur, se retourne vers l'arme suspendue dans les airs. La silhouette se protège le visage en poussant un hurlement. Quelques millièmes de seconde avant qu'une poussée d'adrénaline ne propulse le bras de Hannah en pleine cible, elle reconnaît les deux yeux qui fixent les siens : ce sont ceux de Viktor.

Hannah baisse les bras, son pouls bat à lui faire exploser les veines. Elle reste hébétée face au policier ; il est blafard et perd beaucoup de sang, il essaie de bander son bras droit qui a déjà imprégné tout un torchon posé sur la table devant lui. Les gouttes de sueur coulent sur son front avec presque autant d'abondance que le sang qui s'échappe de sa blessure, laquelle semble à la fois longue et profonde. Hannah regarde de tous les côtés.

— Il y a quelqu'un d'autre ici ? Qui vous a fait ça ?

Viktor remue péniblement la tête, au bord de l'effondrement. Hannah tire une chaise, l'installe dessus. Elle prend le relais de sa tentative de bandage, clignant nerveusement des yeux pour ne pas s'évanouir. Elle n'a jamais supporté la vue du sang, il lui est déjà arrivé de se trouver mal au cinéma en regardant un film trop sanglant, et même les petites plaies la font défaillir. C'est sans doute l'adrénaline qui l'empêche de tourner de l'œil pendant qu'elle enroule autour du bras de Viktor la bande de gaze avec laquelle il a lui-même essayé de juguler l'hémorragie. La plaie est une longue incision, probablement causée par un couteau de cuisine. Elle balaie la pièce du regard à la recherche de l'arme en question, mais elle est introuvable. Et de nouveau, elle craint que l'assaillant de Viktor, qui l'a manifestement poignardé dans sa propre maison, soit caché dans une autre pièce, le couteau à la main. Elle remplit un verre d'eau, le pose devant Viktor. Il a l'air affaibli, Hannah n'arrive pas à déterminer si c'est à cause de la douleur ou du sang qu'il perd. Elle porte le verre à sa bouche, il boit avidement.

— Vous êtes certain qu'il n'y a personne dans la maison ?

Viktor acquiesce.

— Certain. Il est parti. S'est enfui. Il est déjà loin.

— Qui était-ce ?

Hannah est près de mourir de curiosité.

— Gísli. C'était Gísli.

La stupeur fige le visage de Hannah, elle regarde Viktor, bouche bée.

— Gísli ? Vous en êtes sûr ?

— Certain. C'est moi qui l'ai conduit ici.

Les parents sont venus récupérer leurs enfants, Margrét a occupé les siens avec un dessin animé et des bonbons, loin de la conversation grave qui se tient à présent dans la cuisine. Hannah a réussi à essuyer correctement les traces de sang, afin que les petits puissent entrer sans être traumatisés à vie. En fait, aucun d'entre eux ne semble avoir eu le temps de comprendre la gravité de la situation. Quand il se lance dans les explications, Viktor a repris quelques couleurs.

— J'ai reçu les résultats concernant la bouteille. Ils démontrent que c'est le sang de Gísli qui a été retrouvé dessus, il semble donc que vous ayez raison. C'est lui que Thor a frappé cette nuit-là.

— Et c'est donc lui qui a tué Thor ?

Viktor hausse les épaules. Ou du moins, l'épaule qui n'est pas tenue par une attelle de fortune.

— Vous le pensiez incapable de violence. Mais quand il a réalisé que c'était l'hypothèse qui sous-tendait mon interrogatoire… il a perdu les pédales.

— Et la voiture alors ? Il a essayé de s'enfuir avec ? Que s'est-il passé ?

Viktor hoche la tête.

— Non. Comme je vous l'ai dit, je suis allé le trouver dans son abri et lui ai demandé de me suivre pour discuter. Il s'est montré très récalcitrant, il m'a posé des questions pendant tout le trajet et paraissait très nerveux. Je voulais lui parler dans de bonnes conditions, pas dans la voiture, s'asseoir à mon bureau autour d'un café. Je voulais l'avoir en face de moi quand il répondrait à mes questions.

— Mais vous n'avez pas réussi à aller jusqu'au commissariat ?

Hannah est impatiente, elle voudrait tout savoir tout de suite, mais au fond d'elle, elle sait que Viktor ne peut pas lui livrer une explication satisfaisante. Gísli, un meurtrier… Tous les éléments semblent aller dans ce sens, bien sûr, mais cela paraît presque trop simple. Ou trop triste. Hannah a du mal à expliquer pourquoi, mais elle a le sentiment que l'enquête se fourvoie.

— Il a tellement insisté que j'ai fini par lui parler de la bouteille et de l'analyse dans la voiture. Je n'ai pas eu besoin d'évoquer l'hypothèse selon laquelle le sang retrouvé sur la bouteille serait celui du meurtrier, il a immédiatement senti que je l'accusais. C'est là qu'il a commencé à m'attaquer. Il a essayé de me frapper pendant que je conduisais. J'ai réussi à garder le contrôle du véhicule jusqu'à la maison, à l'en tirer et à le conduire à l'intérieur. À aucun moment je n'ai eu l'intention de l'enfermer, ni de lui passer les menottes, mais vu la résistance qu'il opposait, j'ai dû m'y résoudre. Seulement, je n'ai pas réussi à aller aussi loin.

— Il s'était déjà emparé du couteau ?

Viktor acquiesce.

— Je n'ai même pas eu le temps de m'en rendre compte. D'un coup, j'ai senti l'entaille sur mon bras et je l'ai vu s'enfuir. J'aurais bien essayé de le poursuivre, mais je perdais trop de sang.

Hannah et Margrét se regardent. Inquiètes.

— Heureusement que tu ne l'as pas poursuivi ! s'exclame Margrét. Manifestement, il aurait été prêt à tout pour ne pas perdre sa liberté.

— Nous devons le retrouver.

— J'ai appelé des renforts de Reykjavik, je ne peux pas m'occuper de lui tout seul. Et encore moins avec ça.

Viktor incline la tête en direction de son bras. Le médecin est en route, Hannah prédit que plusieurs points de suture seront nécessaires.

— Quand seront-ils là ? Les renforts.

— Le plus tôt possible. Donc, vraisemblablement, pas avant plusieurs heures.

Hannah hoche la tête.

— On ne peut pas attendre. Si Gísli a paniqué, chaque minute qui passe lui laisse le temps de se faire du mal ou d'en faire autour de lui. Nous devons le retrouver tout de suite.

— Nous n'avons pas la moindre obligation. Vous êtes une civile, vous n'allez pas pourchasser un meurtrier armé d'un couteau.

— Mais il n'est pas…

— Ça suffit !

Viktor hausse le ton, il semble déployer ses dernières forces pour garder un certain contrôle sur la situation.

— Vous ne partez pas à la recherche de Gísli, c'est compris ?

Hannah observe Viktor, le cocktail de médicaments administrés par Margrét ne semble pas avoir fait disparaître la douleur. Elle n'a d'autre choix que d'acquiescer. Au même moment, on frappe à la porte. Margrét va ouvrir au médecin, Hannah se lève avec elle. Elle a l'impression d'avoir suffisamment dérangé comme ça.

Hannah marche lentement le long de la route. Elle frémit de la tête aux pieds, elle ne peut se résoudre à rentrer et se tourner les pouces, il faut qu'elle fasse quelque chose. Elle est parfaitement consciente du danger que représenterait une confrontation avec Gísli ; elle risquerait, elle aussi, de se prendre un coup de couteau. Elle frissonne en imaginant la lame tranchante pénétrer sa chair. Non, elle ne peut pas prendre ce risque. Elle songe un court instant à demander à Jørn de l'accompagner. On peut lui reprocher beaucoup de choses, mais c'est un grand gaillard qui parviendrait sans doute à contrôler un alcoolique nerveux et turbulent. Sauf que Viktor en a été incapable. Et si Hannah avait sous-estimé Gísli ? S'il était réellement un meurtrier froid et sans scrupule ? En réfléchissant bien, il est peut-être d'autant plus dangereux qu'il n'a rien à perdre. Pas de travail, pas de famille, juste la liberté de boire et de contempler la mer. Et peut-être est-il prêt à la défendre jusqu'à la mort. Hannah tremble, elle sent quelque chose se poser sur son front. Une sensation légère et glacée. Elle lève les yeux et s'aperçoit qu'il commence à neiger. De gros flocons tombent du ciel, se déposent dans ses cheveux, parent son manteau de blanc. Non, elle va bien évidemment tenir Jørn hors de cette histoire, elle va bien évidemment rentrer et attendre que la situation se débloque, elle ne va pas provoquer de nouveaux crimes, elle ne va pas jouer les héroïnes. Elle va rentrer chez Ella, boire une tasse de café et s'entretenir avec elle de l'enterrement de demain, lui proposer son aide. S'asseoir au chaud dans le salon et laisser la police faire son travail. Elle est convaincue que Viktor lui donnera suffisamment d'informations sur les événements des prochains jours pour pouvoir les intégrer à son livre. Toutes ces pensées raisonnables commencent à apaiser son esprit, quand soudain, elle s'arrête. Face à elle se tient une silhouette sortie de l'épais rideau de neige, tel un esprit jailli de la brume. Hannah déglutit et tente d'étouffer le sentiment de panique qui croît en elle lorsqu'elle réalise que cette silhouette, c'est Gísli.

40

Hannah et Gísli se tiennent face à face, attendant comme deux cow-boys en duel. Hannah essaie d'apercevoir le couteau, en vain. Gísli la fixe avec des yeux meurtris, ou peut-être seulement voilés par l'alcool. Hannah respire profondément pour garder son calme. Après tout, Gísli n'est pas forcément au courant qu'elle sait ce qu'il a fait. Elle pourrait essayer de s'adresser à lui normalement, de le calmer en lui faisant croire qu'il n'a rien à craindre d'elle, passer son chemin et rentrer chez Ella sans que la situation ne prenne un tour dangereux. Impossible de faire demi-tour en courant. Le risque qu'il la rattrape est trop grand. Mais elle ne peut pas non plus passer devant lui et faire comme si de rien n'était. Elle opte pour une formule passe-partout.

— Dis donc, la neige a déboulé sans crier gare !

Gísli la fixe en silence. Au moins dix mètres les séparent. C'est trop pour que Hannah réussisse à déchiffrer l'expression de son visage, et pas assez pour ignorer sa présence.

— D'ailleurs, où vas-tu quand il neige ? Je veux dire, tu ne peux pas rester dans ta cabane avec un froid pareil.

Silence. Les flocons de neige tombent de plus en plus densément. Hannah commence à avoir du mal à distinguer Gísli.

— J'ai mon appartement.

Ah, quel soulagement… Hannah n'avait pas oublié qu'il possède un appartement, mais elle a réussi à l'amener sur un sujet anodin. Sa stratégie de jouer la normalité fonctionne. Peut-être. Elle lance une nouvelle réplique dans ce qui pourrait être un double jeu de dupes – mais peut-être pas.

— J'avais oublié que tu avais un appartement. Il est loin d'ici ?

— Je ne peux pas y aller maintenant.

Gísli paraît profondément frustré. Hannah reste dans son rôle.

— Pourquoi ?

— Je ne peux pas, c'est tout.

Sa voix a un ton de défi. Hannah sait très bien pourquoi il ne peut pas approfondir, elle évite d'enfoncer le clou. Elle s'apprête à le quitter et à reprendre sa route, quand il lâche soudain une phrase sidérante qui fait tourner l'angoisse de Hannah à plein régime.

— Je pourrais rentrer avec toi ?

Elle le regarde. A-t-elle bien entendu ? S'agit-il d'un test ? Les flocons de neige tombent comme des boules de coton qui feutrent le paysage et rendent la situation encore plus irréelle. Hannah réalise que si la neige continue à tomber avec une telle intensité, elle risque d'avoir du mal à retrouver son chemin. La situation provoque une vision dans son esprit : Gísli la poignarde avec le couteau de cuisine, tachant de sang le paysage fraîchement enneigé, telle une version macabre du drapeau danois. Elle n'arrive plus à déchiffrer l'expression de son visage à travers les flocons. Elle devrait s'assurer que son intention n'est pas de les massacrer, elle et Ella, mais quelle que soit la raison qu'il invoque pour la suivre, la méfiance de Hannah ne saurait s'atténuer. C'est pourquoi elle choisit la solution la plus follement imprudente. Elle l'invite à la suivre.

— Allez viens, bravons ce froid polaire et essayons de retrouver notre chemin.

Ils marchent en silence, toutes les pensées de Hannah se rassemblent autour d'une seule question : est-elle en train de marcher vers la mort, suivie de près par son bourreau ? Elle réfléchit à un moyen d'appeler à l'aide dès son arrivée chez Ella. Elle n'ose pas sortir son téléphone tout de suite, Gísli est tout près d'elle et ne la lâche pas des yeux. Et pour penser à des choses plus bassement pratiques au milieu de sa marche vers l'échafaud : que va dire Ella ? Et que va-t-elle dire à Ella ? Ils arrivent avant qu'elle parvienne à trouver une justification convaincante. Hannah est soulagée de voir la voiture de la vieille dame garée dans la cour et les fenêtres de la maison éclairées. Un double meurtre est sans doute plus compliqué à commettre.

— Nous y voilà.

Hannah affiche un sourire crispé en demandant à Gísli de bien vouloir laisser ses bottes à l'extérieur, sous le petit auvent. Une idée importune émerge dans son esprit, elle a peut-être trouvé un titre pour son livre : *Le Meurtrier aux pieds nus*. Il n'est pas complètement pieds nus cependant ; Hannah a du mal à ôter ses yeux des chaussettes miteuses de son invité. Passé le seuil de la porte, ils sont accueillis par une chaleureuse odeur de feu de bois et une Ella qui les dévisage comme une mère inquiète.

— Je ne suis pas seule, j'espère que ça ne pose pas de problème ? Vous connaissez peut-être Gísli ?

Hannah affecte un air calme et assuré. Mais remarquent-ils que sa voix tremble ? Ella acquiesce, comme si elle ne voyait rien d'anormal à ce que Hannah ramène un sans-abri aux chaussettes trouées chez elle. La vieille dame s'adresse à lui en islandais, peut-être pour évoquer l'arrivée soudaine de la neige ou lui proposer une boisson chaude. En tout cas, Gísli la suit dans la cuisine où Ella commence à s'affairer avec la machine à café. Hannah reste un peu en retrait. Elle sent son téléphone dans sa poche, guette une occasion de s'absenter pour appeler Viktor. Mais elle hésite à laisser Gísli seul avec Ella. Et s'il l'attaquait, ou la prenait en otage ? Cela dit, si elle ne fait rien, il pourrait brusquement dégainer son couteau et les poignarder toutes les deux. Ce n'est plus qu'une question de minutes avant qu'il se rende compte que Hannah en sait plus qu'elle ne le laisse entendre. Elle doit appeler à l'aide de toute urgence. Elle s'excuse en anglais, pour que Gísli comprenne.

— Je vais faire un petit tour aux toilettes.

Gísli l'observe – avec un air bizarre ? Hannah a du mal à le déterminer, elle sent son pouls s'emballer et ses pieds la conduire prestement vers la salle de bains. Et merde, fait chier ! Refermant la porte derrière elle, elle cède à la panique en réalisant qu'il n'y a pas de verrou. Machinalement, elle ouvre le robinet, comme si le bruit allait masquer quoi que ce soit. Trois pressions sur son téléphone et une interminable tonalité à l'autre bout du fil. Allez ! Hannah fixe la porte nerveusement. Les secondes s'écoulent. Et enfin !

— Commissariat de Húsafjörður, Viktor à l'appareil.

— C'est moi, Hannah ! Il est là. Chez Ella.

— Qui est là ?

À l'autre bout du fil, le policier a l'air d'un parfait imbécile. Hannah désespère, il devrait déjà avoir sauté dans sa voiture et être en route vers la maison ! Elle répond presque en criant :

— Gísli est ici !

Les yeux rivés sur la fenêtre obscurcie par la nuit, Hannah découvre une autre forme à côté de son reflet. Gísli, qui se tient dans l'embrasure de la porte, le regard braqué sur elle.

Hannah s'assoit servilement sur le canapé, la gorge nouée. Elle n'ose pas lever la tête. Elle sent les yeux de Gísli posés sur elle. Le téléphone qu'il vient de lui confisquer enfle sa poche. Elle s'est rétractée auprès de Viktor, expliquant qu'il n'y avait aucun danger, que c'était juste pour rire. Une main tendue vers Hannah a suffi à Gísli pour lui soustraire son téléphone ; d'un signe de la tête, il l'a ensuite envoyée au salon, calmement, normalement. Trois tasses de café fument tranquillement sur la table avec un gâteau. Ella s'installe en face de Hannah, s'enfonce dans le fauteuil qui lui tend les bras. Par chance, elle ignore qu'elle s'apprête peut-être à boire sa dernière boisson chaude, à manger sa dernière part de cake. Le canapé s'abaisse de deux centimètres quand Gísli vient s'asseoir à côté de Hannah ; elle sent son odeur, l'âcre puanteur de l'homme sauvage, elle ressent sa présence et entend presque son pouls, comme s'il faisait partie d'elle. Ou elle de lui. C'est sans doute ainsi que se manifeste la véritable crainte d'un être. La gorge de Hannah se serre en observant le couteau démesuré qu'Ella a apporté pour couper ce gâteau industriel desséché. Gísli s'en empare, elle retient son souffle, après un geste d'hésitation, il tranche finalement le cake. En regardant Hannah dans les yeux ? Son anglais de Stanford lui donne un air affable.

— Tu en veux ?

Hannah se contente d'acquiescer. Ella jargonne en islandais, Gísli lui répond ; on dirait qu'ils se connaissent et s'apprécient. Peut-être avait-il simplement besoin de voir un visage amical, de discuter au chaud, se protéger de la tempête de neige. Et rien de plus. Peut-être ne se soucie-t-il pas du coup de téléphone de Hannah à Viktor et compte juste manger son gâteau, boire son café et s'en aller. Peut-être n'est-il même pas dangereux.

— Si tu dis quoi que ce soit à Ella, je t'égorge avec ce couteau à gâteau.

Gísli sourit à pleines dents. Il doit donc savoir qu'Ella ne comprend pas l'anglais. Il peut dire tout ce qu'il veut à Hannah sans craindre d'alarmer la vieille dame. Subitement, Hannah perçoit une opportunité de le ramener à la raison en évitant que le danger de la situation ne fasse paniquer Ella. Hannah s'efforce d'adopter un ton de voix parfaitement ordinaire.

— Il faut que tu te rendes à la police. Je sais ce que tu as fait à Viktor, ils te retrouveront tôt ou tard.

— Ils ?

— Des renforts de Reykjavik sont en route. Je sais que tu n'avais pas de mauvaises intentions, que c'était un geste désespéré…

— Tu ne sais rien du tout.

Gísli l'interrompt. Hannah regarde Ella du coin de l'œil, elle ne semble pas deviner un traître mot de leur discussion. Elle vient de se lancer dans des mots croisés.

— C'est moi qui ai trouvé la bouteille tachée de ton sang. Mais je suis convaincue que tu n'es pas responsable de la mort de Thor.

Ella lève les yeux vers eux. Elle a dû entendre le prénom de son neveu. Hannah passe au danois pour lui donner des explications.

— Gísli est très affecté par toute cette histoire autour de Thor. J'essaie simplement de lui expliquer que la police fait son possible pour déterminer ce qui est arrivé ce soir-là.

Ella hoche la tête et boit une gorgée de café. Elle fixe les flammes un court instant et retourne à ses mots croisés, comme s'ils n'étaient tous trois que des êtres solitaires partageant un moment de convivialité. Hannah se tourne vers Gísli et fait une nouvelle tentative.

— Tu dois te rendre, pour ton propre bien. Tu expliqueras que tu t'en es pris à Viktor dans la panique. Tout le monde pourra le comprendre, tu écoperas d'une peine allégée. Mais plus le temps passe, plus tu risques de commettre de nouvelles bêtises… L'effet boule de neige, en somme. Ça ne peut qu'empirer.

Gísli l'examine.

— Qu'est-ce que tu connais aux crimes et aux châtiments, au juste ?

Hannah contient une envie machinale de faire une référence à Dostoïevski, et lève les bras au ciel. Elle change de tactique.

— Tu as raison. Je n'y connais rien. Mais laisse-moi au moins te demander de ne pas nous faire de mal. Ni à Ella, ni à moi. Nous n'y sommes pour rien si tu te retrouves dans cette situation malheureuse. J'aimerais pouvoir t'aider. Je peux te conduire au commissariat, on peut même passer chez toi s'il y a quelque chose que tu aimerais récupérer.

Gísli continue de la fixer, les yeux cachés sous la broussaille de sa barbe. Il n'a toujours pas retiré son manteau ni son bonnet. Serait-il en train de douter ? C'est peu probable, il semble plutôt ailleurs. Soudain, son regard devient moins autoritaire et se fait quémandeur.

— L'alcool. Vous le rangez où ?

Merde ! Hannah est bien placée pour savoir qu'il n'y a pas la moindre goutte d'alcool dans toute la maison. Mais elle va tout faire pour satisfaire sa demande, ou plus exactement : pour éviter de le contrarier, de crainte qu'il recoure à la violence. Hannah pense aux bouteilles de vin vides cachées dans sa valise et invente un mensonge pour gagner du temps.

— J'ai du vin dans ma chambre. Tu veux que je monte le chercher ?

Gísli acquiesce.

— Je t'accompagne.

Ils arrivent en haut des marches en quelques secondes, mais Hannah a le sentiment que des années viennent de s'écouler. Elle regrette son initiative. De mémoire de femme, il s'agit de la stratégie de diversion la plus insipide jamais élaborée. Dans deux minutes, Gísli découvrira qu'elle l'a mené en bateau et qu'elle n'a rien pour calmer ses nerfs d'alcoolique impulsif. Ses pensées tourbillonnent en quête d'un nouveau plan. Pourquoi Viktor n'arrive-t-il pas ? Il a pourtant dû entendre le désespoir dans sa voix, il est censé se démener pour éviter que le sang coule une nouvelle fois dans sa petite circonscription. En entrant dans la chambre, Hannah regarde la fenêtre. Elle a dû oublier de la fermer ;

elle est entrebâillée et de la neige s'est déposée sur le cadre. Elle constate avec dépit qu'il n'y a pas le moindre phare de voiture à l'horizon, juste la nuit blanchie à la craie. Gísli reste dans l'embrasure de la porte pendant que Hannah avance et s'agenouille devant sa valise. Elle fait vaguement mine d'y fouiller. Si elle parvenait à le faire entrer, elle réussirait peut-être à l'enfermer dans la chambre ; elle pousserait ensuite l'énorme commode devant la porte et sauterait dans la Jeep avec Ella pour se mettre en sécurité.

— Blanc ou rouge ?

Hannah lui présente deux bouteilles de vin qu'elle tient par le goulot, en espérant qu'il ne remarque pas qu'elles ont été débouchées et vidées de leur contenu depuis longtemps. Elle a délibérément laissé la lumière éteinte, pour éviter que sa supercherie ne soit démasquée ; seul l'éclairage du palier pénètre faiblement par la porte.

— Prends les deux.

Hannah acquiesce, déglutit et se relève, prête pour la grande révélation de son imposture. Gísli n'a pas quitté la porte, si elle veut que son plan fonctionne, elle a besoin qu'il avance de quelques pas.

— Ça te dérange si je ferme juste la fenêtre ? Histoire de ne pas mourir de froid cette nuit.

Hannah a envie de se donner des coups de bouteilles vides sur la tête, quelle idée d'employer une telle formule devant un meurtrier présumé ? Quelle piètre victime. Quand Gísli lui donne son assentiment, elle grimpe sur le bureau et s'exécute. Faisant mine que les charnières sont coincées, elle secoue la poignée et finit par se retourner pour lui demander son aide.

— Pourrais-tu… ?

Gísli hésite un instant mais finit par s'approcher, elle lui laisse sa place, il attrape la fenêtre de la main gauche et la tire avec une extrême facilité. Subitement, Hannah lui éclate l'une des deux bouteilles derrière la tête, avec une telle puissance qu'elle en vacille presque. Elle s'agrippe au rebord du bureau et perd quelques précieuses secondes au cours desquelles Gísli réalise ce qui vient de se produire. À peine a-t-elle le temps d'apercevoir ses dents découvertes et d'entendre son hurlement, qu'il plaque ses mains contre son dos et la pousse de toutes ses forces à travers l'embrasure. Hannah se démène pour se cramponner au rebord, mais ses mains lâchent prise – dans une ultime pensée, elle voit cette situation comme la pire issue possible à son plan stupide, elle n'avait même pas évalué le risque d'attaquer un homme deux fois plus fort qu'elle devant une fenêtre ouverte. Pendant les quelques millièmes de seconde que dure sa chute, Hannah se voit tomber en arrière au milieu des flocons de neige et sent une douloureuse décharge irradier son dos au moment où elle frappe la terre gelée. Elle entrevoit tout juste le visage meurtrier de Gísli dépasser de la fenêtre avant que la neige recouvre ses yeux, et que tout devienne noir. Complètement noir.

41

Hannah est morte. Enveloppée dans un nuage, dans de la ouate. Hannah est une grosse boule de coton, attendant qu'on l'humecte pour transformer la structure de ses fibres et lui redonner vie. Ses yeux sont en ouate. Amas brumeux de laine blanche, les ombres ondoient comme dans un rêve ; c'est donc à cela que ressemble le ciel. Sa bouche aussi est en ouate, elle tente de l'ouvrir, de dire quelque chose, mais les morts n'ont pas de voix. Elle essaie de bouger, de lever une main, mais ses bras pèsent des tonnes et elle ne sent pas ses doigts. A-t-elle des pieds ? Elle remue mentalement les jambes, sachant qu'elles ne la mèneront nulle part.

— Elle s'éveille ?

Les oreilles de Hannah ne sont pas bourrées de coton, une voix de femme atteint directement son système nerveux. Est-ce Dieu qui lui parle ? Sa vue s'affûte, elle oblige ses yeux à se concentrer, à dissiper la brume laiteuse. Une lumière, une puissante lumière inonde ses yeux, et quand elle les referme, l'obscurité. Quand elle les rouvre, la lumière a disparu. Elle voit les traits d'une femme vêtue de blanc qui s'applique à sonder son âme. Dieu ?

— Elle est sur la bonne voie.

Hannah est perdue, quelle voie ? De nouveau, elle cligne lentement des yeux et c'est comme si on en ôtait une petite couche de ouate. Elle entrevoit une femme d'âge mûr, cheveux gris, sa tenue blanche est un uniforme. Dieu n'a pas besoin d'un badge nominatif sur la poitrine, si ? Hannah essaie de lire ce qui y est écrit. Ça commence par "Dr", suivi d'un nom islandais. Deux pensées lui viennent : elle n'est pas morte, et elle est à l'hôpital. Les images lui reviennent peu à peu ; sa chute, le visage de Gísli par la fenêtre, les flocons de neige tombant sur son visage quand elle regardait le ciel. En revanche, impossible de déterminer comment elle est arrivée à l'hôpital et depuis combien de temps elle s'y trouve.

— Elle aura bientôt repris connaissance ?

Hannah perçoit une autre voix, celle d'un homme. Elle la connaît, mais elle est incapable de la resituer. Le monde réel commence doucement à reprendre forme autour d'elle : elle est à l'hôpital, entourée de médecins et peut-être d'autres personnes. Tous s'inquiètent pour sa santé. Elle est en vie, mais pas suffisamment pour quitter cet état d'inconscience. Un autre détail lui revient : Ella ! Elle n'a pas entendu sa voix, elle n'est pas présente dans la pièce et elle s'est retrouvée seule avec un meurtrier chez elle après la chute de Hannah. Un grognement sort de sa gorge cotonneuse.

— Ella…

— Pardon, on ne vous a pas comprise… ?

Elle sent quelqu'un se pencher tout près d'elle.

— Ella ?

— Elle demande Ella.

La voix de l'homme, de nouveau. C'est Viktor. Elle sent à présent sa main se poser sur son bras. Une main rassurante.

— Ella est à l'enterrement.

Hannah ne comprend pas tout de suite – c'est Ella qu'on enterre ? Mais elle finit par se rappeler, Viktor parle de l'enterrement de Thor. Elle n'a donc pas perdu connaissance plus d'une demi-journée. Elle essaie de parler, mais elle a du papier de verre dans la gorge.

— De l'eau…

Quelqu'un saisit sa demande éraillée et glisse une paille entre ses lèvres. Elle boit goulûment. Elle a la sensation que l'eau décolle la ouate de son corps, comme une grosse couverture qu'on retire. Elle voit un peu plus distinctement : la femme médecin, Viktor, dont le bras est solidement pansé, et une infirmière. Hannah essaie de reprendre le contrôle de son corps, de bouger. Mais il n'obéit pas. Un sentiment de panique monte en elle.

— Je suis paralysée ?

Hannah cherche désespérément le visage du médecin, qui lui sourit.

— Vous avez eu de la chance. Vous auriez pu vous fracturer le dos dans votre chute, mais vous vous en sortez avec l'avant-bras droit cassé. Nous avons quand même été obligés de vous opérer, votre corps est probablement encore un peu endormi par l'anesthésie.

Hannah baisse les yeux sur ses membres, elle remarque qu'elle porte une blouse d'hôpital et que son bras est dans un plâtre.

— Les effets de l'anesthésie auront complètement disparu d'ici quelques heures, et je crains que vous commenciez alors à avoir très mal, pas seulement au bras mais dans tout le corps. À en juger par le nombre d'ecchymoses, vous aurez du mal à vous déplacer pendant plusieurs semaines.

— Mais je peux quand même marcher ?

— Encore une fois, vous avez eu beaucoup de chance. Vous pourrez rentrer chez vous dès que vous vous sentirez rétablie. Mais vous devez vous reposer quelques jours. Je vais vous prescrire des antidouleurs, vous pouvez demander tout ce dont vous avez besoin à l'infirmière.

Le médecin note quelque chose sur une feuille de papier, l'infirmière souriante hoche la tête derrière elle.

— Je vous apporte à manger, vous n'avez qu'à tirer la ficelle si vous avez besoin de moi.

Le personnel médical quitte la pièce. Hannah regarde Viktor qui l'observe d'un air inquiet.

— Comment vous sentez-vous ?

— Comme si j'étais tombée d'une fenêtre et que j'avais le corps engourdi.

Viktor sourit.

— La chute n'a pas atteint votre bonne humeur.

Elle le regarde et baisse les yeux sur l'épais bandage qui enveloppe son bras.

— Et vous… ?

— On m'a fait un nombre incalculable de points de suture, mais heureusement, la plaie n'était pas aussi profonde qu'elle en avait l'air. Un bon pansement, quelques antidouleurs et je devrais être rétabli d'ici peu.

Hannah essaie de se mettre en position assise, elle sent la douleur envahir tout son corps.

— Attendez !

Viktor attrape une télécommande posée sur le lit, il appuie sur un bouton, le lit bouge et relève automatiquement

Hannah. Dans cette position, ses membres commencent à picoter ; c'est désagréable, mais la sensation d'avoir retrouvé son corps lui procure un léger soulagement.

— Gísli. C'est Gísli qui m'a poussée par la fenêtre, et après... Que s'est-il passé ? S'en est-il pris... à Ella ? À lui-même... ?

Hannah entend le désespoir de sa propre voix, mais Viktor la regarde calmement.

— Il s'est enfui, impossible de retrouver sa trace. Mais il a eu la délicatesse de laisser ceci.

Viktor pose le téléphone de Hannah sur la couverture.

— Sûrement pour éviter qu'on le trace.

Hannah regarde le téléphone, et lève les yeux vers Viktor.

— Et Ella ?

— C'est Ella qui vous a retrouvée. Si elle n'avait pas réagi aussi vite, les conséquences auraient pu être bien pires. Elle vous a traînée jusque dans la maison et a pris soin de vous en attendant l'arrivée des secours.

Hannah lui lance un regard incrédule.

— Ella m'a traînée à l'intérieur ? Elle doit peser, quoi... quarante-huit kilos ?

— Si elle ne l'avait pas fait vous seriez morte d'hypothermie. L'ambulance a mis presque une heure à arriver à cause de la neige.

Hannah réalise que Húsafjörður ne possède pas son propre hôpital.

— Et où suis-je actuellement, au juste ?

— Au Centre de santé des Fjords de l'Ouest.

— C'est à combien de temps de Húsafjörður ?

— Trois quarts d'heure. Si la route est bien dégagée.

Hannah balaie la pièce du regard, légèrement désespérée.

— Quelle heure est-il ?

Viktor jette un œil à sa montre.

— Un peu moins de dix heures.

— L'enterrement est à dix heures et demie !

Hannah a déjà basculé les jambes par-dessus le rebord du lit, elle a envie de hurler, son corps lui fait un mal de chien.

— Qu'est-ce que vous faites ?

Viktor la retient d'une main calme.

— On va à l'enterrement de Thor.

— Nous n'arriverons jamais à temps.

— Vous dites qu'on est à trois quarts d'heure de route, non ?

— Oui, mais sans prendre en compte la neige et l'état dans lequel vous êtes… Nous y serons au plus tôt dans une heure et demie.

Hannah rassemble toutes ses forces et esquisse un sourire pour contrebalancer la douleur.

— Vous ne pouvez pas mettre le gyrophare et appuyer un peu sur l'accélérateur ?

Viktor soupire, puis l'aide à sortir de son lit et à enfiler ses vêtements. Cinq minutes plus tard, une infirmière éberluée observe une écrivaine danoise quadragénaire clopiner dans le couloir et quitter l'hôpital, assistée par un policier.

Hannah reste silencieuse les premières longues minutes du trajet vers Húsafjörður. Elle a tout juste assez de forces pour pointer vaguement le bras gauche vers la bouteille d'eau quand elle a besoin de prendre un antidouleur. Son bras droit est enveloppé dans une attelle et repose contre sa poitrine, comme un corps étranger. Elle baisse les yeux sur son plâtre massif.

— Je dois le garder combien de temps ?

— Quatre semaines.

Hannah est abattue : quatre semaines ! Elle ne réussira jamais à terminer son livre ! Un petit râle de découragement a dû lui échapper car Viktor lui lance un regard inquiet.

— Tout va bien ? J'essaie de rouler aussi doucement que possible, mais avec toute cette neige… c'est difficile.

— Je ne pourrai pas écrire un mot ces quatre prochaines semaines. Plus rien n'a d'importance.

Hannah contemple l'épaisse et lourde couche de neige qui recouvre la toundra islandaise. Les cinquante centimètres qui sont tombés ont transformé le paysage, elle jurerait s'être posée sur une nouvelle planète ; un pays légendaire entre le rêve et la réalité, un lieu qui prolonge son sentiment d'être enveloppée dans de la ouate et renforce celui de ne pas être libre de ses mouvements. Comme marcher contre le vent ou courir dans ses rêves sans se déplacer.

— Vous pourriez conduire un tout petit peu plus vite ?

— Désolé, mais dans ces conditions… Je préférerais que nous arrivions vivants.

Difficile de le contredire, Hannah ne le presse pas davantage. La route est couverte d'une épaisse couche de neige, et même si Viktor a un bon coup de volant, c'est une véritable patinoire. Ils s'arrêtent un instant, laissent passer une voiture qui arrive en face. Hannah augmente la température du siège chauffant, elle essaie de rester zen malgré la situation.

— Vous êtes devenues de bonnes amies avec Margrét, non ?

Hannah est instantanément pétrifiée. Elle s'efforce d'avoir l'air détendue, cool.

— Oui… enfin. Amies, si on veut. Je ne sais pas si j'appellerais ça de l'amitié.

— Comment, alors ?

Viktor la regarde. Ce qui l'inquiète à plus d'un titre.

— Gardez les yeux sur la route.

Viktor tourne la tête vers la route gelée.

— Ça lui fait du bien.

— Du bien ?

— D'échanger avec des adultes. Vous savez, passer ses journées avec des enfants… En un sens, elle est trop intelligente pour ça. Elle a besoin de côtoyer d'autres personnes spirituelles.

— Elle a pourtant l'air heureuse avec les enfants. Et elle s'en sort bien avec eux.

— Oui, mais c'est censé être provisoire. Le temps que les nôtres soient assez grands. Mais je ne sais pas… J'ai peur qu'elle ne passe jamais à autre chose.

— Que ferait-elle d'autre sinon ?

— Eh bien, elle a un diplôme de bibliothécaire. Vous avez dû en parler j'imagine, vous êtes passée plusieurs fois chez nous, n'est-ce pas ?

Hannah remue sur son siège chauffant, mal à l'aise. Elle a l'impression qu'il est en feu, baisse la température au minimum. Que sait Viktor, exactement ?

— C'est un peu embarrassant à admettre, mais pour être honnête, j'ai surtout parlé de moi. Je ne lui ai pas posé beaucoup de questions…

Viktor sourit.

— C'est Margrét tout craché, ça. Toujours là pour écouter la merde des autres. Pardon, je… je me rends coupable de la même faute. Tout décharger sur elle et oublier de lui demander comment elle se sent réellement. Je me dis souvent qu'elle est trop bien pour moi.

Hannah contemple la neige. Le blanc. Que répondre à cela ?

— Je trouve qu'elle a l'air très heureuse.

— Vous le pensez sincèrement ?

Hannah se remémore le discours de Margrét sur son besoin de sécurité, sa joie d'être là pour les autres. Elle acquiesce avec conviction.

— C'est en tout cas ce qu'elle m'a dit. Qu'elle est heureuse et ne pourrait s'imaginer vivre une autre vie.

Viktor hoche la tête, comme si cette information le rendait profondément heureux. Mais l'expression de son visage change subitement.

— Je sais que tu couches avec ma femme, mais ça ne se reproduira plus.

Hannah fixe Viktor, vient-il vraiment de dire ce qu'elle croit avoir entendu… ? Il désigne son bras.

— Quatre semaines de plâtre. Tout va devenir beaucoup plus pénible pour toi maintenant.

Elle regarde par la fenêtre, il s'est remis à neiger. Violemment.

42

Hannah s'empresse de sortir de la voiture quand Viktor se gare enfin sur le parking de la petite église qui, à en juger par le nombre de véhicules stationnés, doit être pleine à craquer. Elle n'attend pas son pilote, se précipite à l'intérieur pour assister aux derniers instants des funérailles de Thor. Elle pénètre dans l'église au milieu d'un psaume, tente de se faire discrète. Au dernier rang, elle parvient à se glisser sur un banc déjà plein ; elle fait un signe de la tête pour s'excuser et remercier ce qui semble être une famille au complet. Elle se demande s'ils connaissaient Thor personnellement, ou s'ils sont simplement venus manifester leur respect. Hannah essaie de ne pas penser à sa discussion avec Viktor, ni à son corps endolori qui aurait bien besoin de quelques cachets antidouleur. Elle tâche de se rappeler la dose journalière et, levant les yeux vers Jésus crucifié, se sent un tout petit peu solidaire avec lui. Tendant le cou, elle aperçoit Ella assise au premier rang, à côté de Vigdis et Ægir. Elle ne voit que leurs dos, mais elle imagine leurs visages anéantis face au cercueil blanc de Thor. Le psaume se termine, les dernières notes d'orgue s'évanouissent. Un pasteur se met en position de prédication devant l'autel et, d'une voix sépulcrale, s'engage dans un discours grave. Hannah tente de décrypter l'islandais, elle identifie le nom de Thor çà et là, mais s'autorise au bout de quelques minutes à ne plus essayer de comprendre le sermon. Elle observe plutôt les invités assis dans l'église. Des chaises supplémentaires ont été ajoutées dans l'allée centrale, à croire que toute la ville a fait le déplacement. Elle reconnaît quelques adolescents présents à la fête de l'autre soir. Parmi eux, Jonni et Iðunn ; le Blouson-de-cuir du bar est assis à quelques places de là, de même que la femme au chien et un certain nombre d'habitués du Bragginn. Viktor aussi s'est faufilé dans la foule, il est assis au centre de l'église, à côté de Margrét. Elle aperçoit également les parents de Jonni et plusieurs visages entrevus ici et là. Mais tout à coup, ses yeux s'arrêtent sur une nuque qui lui donne la chair de poule. La nuque se retourne, dévoilant un visage souriant. Jørn.

La cérémonie se termine un quart d'heure plus tard, le cercueil de Thor est transporté hors de l'église et placé dans un corbillard. La neige tombe à gros flocons quand le véhicule s'éloigne, et semble étouffer les pleurs de la foule massée sur le parvis. Dès la fin de la cérémonie, Hannah omet toute forme de discrétion. Au lieu d'aller directement présenter ses condoléances à Vigdis et Ægir – ou, plus important encore, de prendre Ella dans ses bras – elle se précipite vers Jørn et lui frappe le dos de toutes ses forces avec son bras gauche, à peu près fonctionnel. Enfin, peut-être pas si fort, car il continue de sourire en se tournant vers elle. Il a l'air préoccupé cependant.

— Bonjour Hannah. Comment vas-tu ?

— Qu'est-ce que tu fous là ?

— Je suis venu présenter mes condoléances.

— Tu ne le connaissais pas.

— J'ai tellement entendu parler de lui, c'est tout comme.

Hannah a un soupçon. Jørn est-il venu s'inspirer de sa réalité à elle ? Cette idée déclenche une vague de colère en elle. Hors de question qu'il pompe son histoire ! Elle ne lui appartient pas.

— Tu ne viens pas à la réception.

— J'ai appris ce qui t'est arrivé. Je suis vraiment soulagé qu'il ne se soit rien produit de pire.

— Oui, bien sûr. Mais encore une fois : rentre chez toi et ne t'approche plus. Tu n'es pas le bienvenu.

— Tu es devenue un peu possessive avec ton territoire, non ?

Hannah regarde Ella du coin de l'œil, elle est en train de les observer. Il faut qu'elle aille la voir. Qu'elle l'aide à affronter cette journée.

— C'est un moment difficile pour tout le monde. La dernière chose dont les gens aient envie, c'est qu'un étranger s'immisce dans ce moment de deuil.

— C'est drôle que tu dises ça. Toi qui connais à peine la famille.

— Je ne suis pas une étrangère. Je loge chez la tante de Thor, et j'ai été présente dès le début.

Jørn hésite. Il tourne les yeux vers Vigdis et Ægir, entourés par une foule consolatrice, et finit par hocher la tête.

— Très bien, je vais te laisser tranquille. Mais fais attention, les meurtriers ont tendance à se présenter aux enterrements.

Jørn fixe Hannah avec gravité, elle ne peut s'empêcher de sourire à pareille idiotie.

— Si Gísli est assez bête pour se pointer, il sera immédiatement attrapé.

Jørn éclate de rire.

— Classique !

Hannah est un peu déboussolée.

— Qu'est-ce que tu veux dire ?

— C'est classique de penser que le suspect le plus évident est forcément le criminel. Mais ce n'est jamais comme ça que ça se passe.

Hannah le regarde, incrédule. Est-il à ce point perdu dans son univers de romans policiers pour être convaincu de détenir la vérité ? Pour croire que ses règles dramatiques ont également cours en dehors de ses livres ?

— Désolée mais je vais devoir partir, tu m'exaspères beaucoup trop.

Hannah tourne les talons.

— Fais-moi signe si tu as besoin d'aide pour écrire, avec ton bras… Je note très vite. Tu me dictes, je rédige !

De la main gauche, Hannah parvient discrètement à lui faire un doigt d'honneur, tout en se dirigeant vers Ella pour la prendre dans ses bras et lui offrir toute la bienveillance que son corps épuisé est capable de donner.

La réception organisée dans la maison de Thor a un air de déjà-vu. Outre l'absence du corps exposé de ce dernier, c'est une exacte réitération de la veillée mortuaire de la semaine précédente. Mêmes invités, même atmosphère oppressante. Hannah se tient devant la petite table où sont posées les boissons, elle essaie de ne pas s'ébouillanter avec le café en inclinant maladroitement le thermos au-dessus de sa tasse avec la main gauche. Elle ne verse que quelques gouttes à côté, les essuie rapidement avec son bras plâtré. Et le regrette aussitôt en pensant aux semaines qu'elle va devoir passer avec. Elle lorgne vers Margrét qui s'entretient avec Jonni, elle a envie de les rejoindre, mais que dirait-elle ? Hannah pioche quelques biscuits, les pose sur une assiette. Elle réussit à la maintenir en équilibre sur son attelle tout en tenant le café dans l'autre main et se dirige vers Ella.

— Tenez, c'est pour vous.

Ella se contente de hocher la tête, anéantie, elle prend l'assiette mais ne touche pas aux biscuits. Pendant le trajet de l'église à la maison, elles n'ont pu échanger que quelques mots sur les événements de la veille. Hannah l'a remerciée pour son acte héroïque, mais Ella ne semblait pas vouloir en parler davantage. Elle a l'air maussade. Hannah se demande si ce sont uniquement les funérailles qui affectent son humeur, ou si elle reste traumatisée par cette histoire de chute. Elle suit le regard d'Ella, ses yeux sont rivés sur Ægir, lui-même entouré de quelques proches. Il serre un morceau de papier dans sa main.

— Vous pensez qu'il va dire quelque chose ?

Ella la regarde.

— Faire un discours, je veux dire.

La vieille dame hausse les épaules, se lève et s'en va. Hannah la suit des yeux, interloquée.

— *Salerni.*

L'un des rares mots que Hannah ait retenus : toilettes. Elle attend en se tournant les pouces et sent le malaise monter en elle ; un épais brouillard de deuil emplit la pièce de reniflements, de conversations étouffées, de déférence. Elle regarde autour d'elle et pense aux mots de Jørn – et si le meurtrier était présent ? Elle chasse cette idée. C'est Gísli le tueur, l'analyse de la bouteille l'a montré et ses agressions de Viktor et Hannah le confirment. Elle n'a même pas besoin d'attendre son arrestation pour avoir la fin de son polar. D'ailleurs, elle pourrait rentrer le terminer sur-le-champ si elle n'avait pas ce foutu plâtre. Elle doit trouver un moyen d'écrire – dicter son texte à quelqu'un n'est peut-être pas une idée si saugrenue. Mais sûrement pas à Jørn. Du point de vue de l'intrigue, il lui manque aussi un mobile. Les raisons qui ont poussé Gísli à tuer Thor resteront des suppositions, car elle n'a pas particulièrement envie de lui poser directement la question. Elle trouvera bien quelque chose. Il faut évidemment qu'il y en ait un, de mobile, il ne peut pas s'agir d'un simple accident. Sinon le polar n'a aucun intérêt. L'histoire doit prendre de la hauteur en apportant une moralité, si l'on veut répondre aux attentes du lecteur. On ne peut pas écrire tout un livre sur un homicide involontaire. À moins que… ? Hannah se demande si elle pourrait créer la surprise avec son polar, se démarquer, défier ce qui constitue l'ADN du genre, le dissoudre en révélant que tout n'était qu'un malheureux hasard, montrant ainsi la vanité d'une quête permanente de la responsabilité de nos actes ; responsabilité qui ne recouvre peut-être aucune réalité, elle proposerait ainsi une déconstruction de nos repères moraux…

— Joli plâtre.

Hannah est tellement absorbée par ses pensées qu'elle ne remarque même pas l'arrivée de Margrét. Elle prend tout à coup conscience de son délabrement physique et essaie de s'en sortir avec une pirouette.

— Qu'est-ce qu'on ne ferait pas pour se dispenser de terminer un livre !

Margrét se contente de l'observer. Sans le moindre sourire.

— Je me suis inquiétée pour toi. J'aurais voulu accompagner Viktor à l'hôpital, mais avec les enfants... Quelqu'un devait rester avec eux à la maison.

L'attention sincère que Margrét porte à sa santé donne à Hannah l'envie soudaine et surprenante de se faire border, chouchouter, de dormir, laisser son corps se reposer et ne penser à rien d'autre que son rétablissement. Elle a l'impression qu'un poids écrase son corps tout entier et pas seulement ce foutu bras handicapé ; tous ses membres ont envie de lâcher prise, d'être soignés et libérés de toute obligation. Elle aurait peut-être dû rester à l'hôpital.

— C'est bien aimable à Viktor d'être venu me chercher. Surtout qu'il a lui aussi un bras mal en point.

— Aimable, si on veut... Il est allé au même hôpital pour se faire recoudre le bras et poser son bandage, il en a profité pour récupérer le dernier témoin qui a aperçu le criminel... Tout se coordonnait plutôt bien, c'était purement pratique.

Hannah regarde Margrét, un peu surprise. Décèlerait-elle une pointe de jalousie dans sa voix ? Ou du moins, un brin d'irritation car Viktor a souvent l'occasion d'être avec Hannah pour son travail ? Elle jette un regard vers le policier qui discute avec quelques adolescents. Elle a la sensation qu'il garde un œil sur elle, même en lui tournant le dos.

— Ce n'est pas pour critiquer l'organisation, mais j'aurais espéré qu'il y ait un peu d'alcool. Je me serais bien fait la grâce d'un petit remontant.

Margrét l'observe, hoche la tête.

— Je crois que ton corps n'a nul besoin de poison à l'heure qu'il est.

Elle pose sa main sur le bras bien portant de Hannah. Un geste minuscule et tout à fait normal, mais qui semble quand même audacieux. Margrét fixe Hannah avec insistance.

— Rejoins-moi. Dans deux minutes ?

Elle lève un sourcil. Hannah croit comprendre le message. Margrét quitte la pièce, Hannah tripote quelques biscuits, fait rapidement le tour du salon, échange quelques banalités avec des invités indifférents et finit par la rejoindre. Elle la trouve dans la cuisine, seule. Hannah referme la porte derrière elle. Elles se regardent. Comme si se retrouver seules dans cette pièce leur suffisait. Margrét fait un pas vers Hannah et l'embrasse. La détermination de son geste la déconcerte. Margrét l'observe de nouveau. Prend sa main libre dans la sienne.

— Vraiment. J'ai été très inquiète pour toi. Quand on a appelé Viktor pour lui apprendre que Gísli t'avait poussée par la fenêtre… j'ai cru que tu étais morte.

Encore une fois, la bienveillance de Margrét émeut Hannah avec une intensité qu'elle a du mal s'expliquer. Pour la première fois depuis de très nombreuses années, elle sent les larmes lui monter aux yeux. Elle ne comprend pas pourquoi. Peut-être parce qu'elle vient juste de réaliser qu'elle a frôlé la mort. Gísli avait-il l'intention de la tuer en la poussant par la fenêtre ? Hannah réprime son besoin instinctif de garder le contrôle, de dominer ses émotions. Ses épaules s'affaissent un peu, une larme coule sur sa joue. Elle la laisse rouler jusqu'à son menton avant de l'essuyer doucement. Elle secoue la tête pour elle-même.

— Regarde-moi… Je suis à un enterrement et je pleure sur mon sort.

— C'est souvent ce qui arrive à ce genre d'occasions, non ? La situation nous donne simplement une excuse pour nous l'accorder.

Hannah regarde Margrét. Avoir quelqu'un comme elle auprès de soi chaque jour, quelqu'un qui vous soutient quand vous ne tenez plus sur vos jambes, doit être merveilleux. Elle tend la main vers elle, aimerait sentir son corps contre le sien, bien que ce geste soit risqué et inapproprié au beau milieu des funérailles de Thor ; mais Hannah s'en fiche, elle veut la prendre dans ses bras, tout simplement, et très égoïstement. Margrét lui caresse la joue, tendrement, mais tout à coup un faible appel à l'aide retentit. Pétrifiées, leurs yeux ne se quittent pas.

— Qu'est-ce que c'était ?

— On aurait dit la voix d'Ella.

Elles se précipitent toutes les deux dans le petit couloir, guidées par le bruit, une voix d'homme vocifère un bref commandement ; sans la moindre hésitation, Margrét ouvre la porte d'un geste sec, les deux femmes se paralysent simultanément : à même le sol de cette petite buanderie, elles découvrent Ægir penché au-dessus d'Ella, ses mains robustes emprisonnent le cou de la vieille dame. Elle est à moitié allongée sur une planche à repasser recouverte de chemises froissées, et à en juger par le désespoir qui ternit son regard, son assaillant serre de toutes ses forces.

43

Les meurtriers ont tendance à se présenter aux enterrements. Les paroles exaspérantes de Jørn résonnent dans la tête de Hannah, mais en les prononçant il ne sous-entendait probablement pas que le père du défunt commettrait un nouveau meurtre le jour des funérailles. Hannah se sent parfaitement impuissante en voyant Margrét s'élancer sur Ægir dans un déferlement d'invectives en islandais, l'implorant sans doute de cesser, de lâcher, d'arrêter. Mais ce n'est pas un combat à armes égales, l'acharnement d'Ægir porte à croire qu'il tient vraiment à tuer Ella sous leurs yeux. Impossible de l'arracher à son méfait, il semble presque possédé. Hannah manque de tomber à la renverse quand Viktor et quelques hommes déboulent par la porte pour venir à la rescousse de Margrét. En joignant leurs forces, ils parviennent à extirper la gorge d'Ella des mains de fer et à les immobiliser dans le dos d'Ægir dans une sorte d'arrestation maladroite. Hannah voit Ella s'effondrer sur le canapé, se précipite à ses côtés pour prendre son pouls avec sa main bien portante. Elle hésite un instant avant de toucher sa gorge cramoisie par l'étreinte d'Ægir. Boum boum. Boum boum. Boum boum.

Hannah constate avec soulagement qu'Ella est en vie, bien qu'elle ait perdu connaissance. Derrière elle, quelques visages inquiets et bouleversés observent la vieille dame, puis Hannah, comme si elle était médecin et en mesure de les renseigner sur son état. Mais Hannah n'a pas la moindre connaissance médicale, juste un peu de bon sens.

— Elle s'est évanouie. Prenez ses jambes et mettez-les en l'air. Quelqu'un pourrait-il apporter de la glace pour son front ?

Comme une unité militaire bien soudée, le petit groupe parvient à réanimer Ella en quelques minutes. Elle est sonnée et terrorisée. Elle murmure quelques mots en islandais, les yeux révulsés. On dirait qu'elle voit sans voir. Elle porte doucement ses mains à son cou en gémissant. Hannah prend sa main dans la sienne.

— Du calme. C'est terminé.

Hannah a enfin l'impression qu'Ella la voit vraiment. Elle lui sourit pour essayer de la rassurer. Le regard de la vieille dame balaie tous les visages qui l'entourent, braqués sur elle comme si elle revenait d'entre les morts. Ce qui n'est pas tout à fait faux. Hannah a senti qu'il y avait eu de l'agitation dans son dos, mais c'est seulement en se relevant qu'elle constate qu'Ægir, Viktor, Margrét et le groupe de brillants sauveteurs ont quitté la pièce. Elle se tourne de nouveau vers Ella.

— Comment vous sentez-vous ?

Ella secoue la tête. On dirait que ça va. Quelqu'un lui apporte un verre d'eau, elle boit. Avec précaution, comme si son œsophage avait été comprimé. Maintenant que le danger est passé, chacun se met à commenter la situation, le volume sonore monte excessivement haut, certains pleurent, d'autres ont les traits du visage paralysés par le choc. Près de la porte, Hannah aperçoit une silhouette qui ressemble plus à un fantôme qu'à un être humain. Vigdis.

L'attaque d'Ella a mis fin à la réception, les invités s'en vont lentement après quelques mots de Viktor indiquant que Vigdis et Ægir ont besoin de calme. Un petit noyau de personnes reste cependant sur place. Si Ella n'avait pas insisté pour aider à nettoyer la maison de son propre assaillant, Hannah se serait éclipsée depuis longtemps. Viktor, Margrét et Blouson-de-cuir sont également restés. Ægir et Vigdis aussi, évidemment ; ils se sont retirés dans leur chambre pendant que les autres débarrassent les restes de la réception. Après s'être assuré du départ du dernier invité, Viktor se tourne vers Hannah et Margrét qui rassemblent les tasses usagées de part et d'autre d'une table.

— Je pourrais m'entretenir seul à seul avec Ella ?

Elles acquiescent. Une drôle de sensation s'empare de Hannah quand elle se dirige vers la sortie et sent le regard de Viktor dans son dos. Margrét ferme la porte derrière elles. C'est comme s'il s'était écoulé un demi-siècle, et non une demi-heure, depuis leurs retrouvailles dans cette pièce.

— Mais qu'est-ce qui se passe, putain ?

Hannah regarde Margrét ouvrir la fenêtre pour fumer. Elle allume sa cigarette, inspire, expire.

— Ella et Ægir ne se sont jamais entendus. Mais de là à se haïr à ce point… Je ne m'en serais jamais doutée.

— Le deuil lui a peut-être déclenché une crise psychotique ?

— C'est possible ça… ?

Hannah hausse les épaules.

— Le deuil peut provoquer des réactions dingues chez les gens.

Hannah observe Margrét, elle a les yeux rivés sur le paysage. Comme si elle avait envie de grimper par-dessus la fenêtre et de s'enfuir loin d'ici. Hannah aimerait s'approcher d'elle mais le moment lui semble inapproprié. Peut-être à cause de ce que dégage Margrét, sa manière de se détourner, ses bras croisés. Hannah se concentre sur autre chose.

— La force avec laquelle il serrait son cou… Il semblait prêt à la tuer. Comme si supprimer une vie ne représentait rien à ses yeux.

Margrét se tourne vers elle et l'étudie en détail, Hannah devient nerveuse.

— Qu'est-ce que tu veux dire par là ?

— Je veux simplement dire que, peut-être… Peut-être que ce n'était pas la première fois qu'Ægir tentait de tuer quelqu'un. S'il est capable d'agir comme il l'a fait tout à l'heure, eh bien oui, je le crois capable d'avoir tué son propre fils.

Margrét tire une grosse bouffée sur sa cigarette et retient la fumée un instant avant de la recracher dans l'air froid.

— Ou peut-être qu'il pense qu'Ella a une part de responsabilité dans la mort de Thor.

Hannah regarde Margrét avec épouvante.

— Tu suspectes Ella d'avoir tué Thor ?

Margrét hausse les épaules.

— Qu'est-ce que tu sais d'elle au juste ?

Hannah sent son corps s'échauffer. Elle bouillonne de colère. C'est la deuxième fois de la journée qu'on lui reproche de ne pas connaître Ella et son entourage.

— Ella est incapable de faire du mal à qui que ce soit, et encore moins à Thor. Elle l'adulait !

— Je ne dis pas non plus qu'elle aurait volontairement tué son neveu. Mais les accidents, ça arrive. Et parfois, on préfère les dissimuler. Ce ne serait pas la première fois que ça arrive à Ella.

Margrét tire une dernière fois sur sa cigarette, jette le mégot par la fenêtre et, sans la refermer, quitte la pièce sans autre forme d'explication. Hannah reste paralysée par un sentiment déplaisant, difficile à définir. Le vent s'infiltre dans ses vêtements, sa peau et tout son corps.

L'interrogatoire n'a pas été long. D'après Viktor, ni Ella ni Ægir ne veulent révéler l'élément déclencheur de l'agression, et la vieille dame refuse de porter plainte. Viktor a donc décidé de classer l'affaire. Que faire d'autre ? Étreinte par une certaine inquiétude, Hannah observe Ella manœuvrer sa Jeep avec un sang-froid impressionnant pour quelqu'un qui vient de subir une tentative de meurtre. Chaque petite secousse provoque une douleur lancinante dans son bras plâtré, et Hannah regrette secrètement qu'Ella ait décliné la proposition de Blouson-de-cuir de les ramener dans sa voiture. Hannah ne peut pas prendre le volant, mais elle est à deux doigts de penser qu'elle réussirait à conduire plus calmement qu'Ella malgré son bras cassé. La neige recouvre toujours largement la route, faisant avancer la voiture par à-coups. Hannah prend sur elle.

— Pourquoi refusez-vous de raconter ce qui s'est passé à Viktor ?

Hannah regarde Ella, qui se contente de hausser les épaules. Elle fait une nouvelle tentative.

— Il n'a pas le droit d'agir de cette manière. Ça avait l'air vraiment violent. Si nous n'étions pas intervenues, il vous aurait étranglée.

Ella reste silencieuse. Ses yeux ne quittent pas la route. Hannah lâche l'affaire. Elle repense à la phrase de Margrét : quel incident Ella a-t-elle pu dissimuler par le passé ? Margrét la soupçonne-t-elle sincèrement d'avoir tué Thor ? L'idée lui paraît tellement absurde que Hannah ne prend même pas la peine de creuser. Mais Margrét sait quelque chose à propos d'Ella qu'elle refuse de dévoiler. Cela alimente l'inquiétude de Hannah. Elles arrivent devant la maison, mais la vieille dame est obligée de se garer un peu plus haut sur la route, la neige lui arrive aux genoux et même une Jeep ne peut s'y frayer un chemin. Hannah suit la vieille dame jusqu'à la maison en essayant de marcher dans les empreintes creusées par ses pas. Chaque foulée devient un exercice d'équilibre à cause de ce satané plâtre. Arrivée devant la porte, Ella se retourne vers Hannah. Elle semble vouloir lui dire quelque chose, mais se rétracte. Elle ferme la porte à clé derrière elles. Après avoir déposé ses chaussures enneigées dans l'entrée, Ella s'éclipse dans la cuisine. Elle revient avec un petit bloc-notes. Écrit.

Arrêter de fouiner, c'est danger. Te reposer. Écrire ton livre.

En lisant son mot, Hannah ne peut s'empêcher de sourire.

— Ne vous inquiétez pas pour moi. Je vais m'en sortir avec ce livre. Je m'en suis bien sortie avec ça.

Elle lève le bras. Mais Ella ne sourit pas. Elle se contente de la regarder et écrit de nouveau.

Arrêter de poser des questions sur la mort Thor ou tu partir de chez moi.

Le sourire de Hannah s'affaisse. Mais qu'est-ce qui se passe au juste ? Sans un mot de plus, Ella monte dans sa chambre. Hannah reste immobile un moment, elle se sent comme une enfant qui ne comprend pas pourquoi elle vient de se faire gronder. Elle sort son téléphone de sa poche et appelle Margrét. Au bout de deux tentatives, sa voix résonne enfin à l'autre bout du fil.

— Ne m'appelle pas s'il te plaît.

— Désolée, mais c'est ce que tu m'as dit à propos d'Ella, j'aimerais vraiment connaître le fond de ta pensée et…

— Écoute.

Margrét s'interrompt. Marque une longue pause. Hannah croit un court instant que la communication a été coupée, mais la voix de son interlocutrice résonne de nouveau. Elle a l'air fatiguée.

— Nous venons d'avoir une longue discussion avec Viktor. À propos de toi et moi.

— D'accord… ?

Le cœur de Hannah martèle sa poitrine. Et se brise un peu. Elle savait bien que ce moment arriverait tôt ou tard.

— On va arrêter de se voir pendant un moment, et je te demande de cesser de m'appeler.

— Mais je croyais que vous aviez une sorte d'accord, qu'il comprenait ?

— Pas pour toi. Pardon, mais… sois gentille et arrête de me téléphoner. Ma vie est suffisamment compliquée en ce moment.

— Oui… Bien sûr.

— Merci. Merci de ta compréhension.

Margrét raccroche, laissant Hannah complètement désarçonnée. Comment a-t-elle pu perdre les deux seules confidentes qu'elle avait dans cette ville en l'espace de quelques minutes ? Elle se sent terriblement seule, et pour la première fois de sa vie ce sentiment lui fait peur. Habituellement, elle n'a besoin de personne, elle n'a jamais été du genre à appeler sa famille ou ses amis pour les ennuyer avec ses problèmes ou combler un sentiment de solitude. Au contraire, elle a toujours mis un point d'honneur à ne dépendre de personne, et elle a toujours privilégié sa propre compagnie au détriment de celle des autres. Elle réalise à présent qu'elle ressent le besoin impérieux d'être avec quelqu'un, et cette idée lui fait froid dans le dos. Car la seule personne qui lui vient à l'esprit, c'est Jørn.

— Allô ?

Comme d'habitude, sa voix est d'une gaieté horripilante, comme s'il attendait justement un appel de courtoisie. Et Hannah a du mal à l'admettre, mais c'est précisément le genre de réconfort minable dont elle a besoin. Elle s'efforce de n'avoir l'air ni trop agressive, ni trop pathétique.

— J'ai besoin de prendre un verre. Je ne peux pas conduire avec mon bras et il y a trop de neige pour oser prendre le risque de me casser l'autre. Donc… Pourrais-tu me récupérer et me conduire au Bragginn… ? Enfin, seulement si tu es d'accord. Et tu peux prendre un verre aussi.

Hannah sent le sourire de Jørn à l'autre bout du fil.

— Tu m'invites à prendre un verre ?

Hannah pousse un profond soupir.

— Dis-moi juste oui ou non.

— Bien sûr. Je saute dans ma voiture illico.

Hannah raccroche, exaspérée par sa propre faiblesse. Mais un tout petit peu soulagée.

44

— Je te l'avais dit.

Hannah et Jørn sont au Bragginn depuis quelques secondes seulement, mais elle ressent déjà une violente envie de le frapper. Il ne lui facilite pas la tâche en se comportant de manière aussi horripilante. Mais en même temps, elle lui est très reconnaissante de l'avoir délivrée de la maison d'Ella avec une telle rapidité. Hannah n'avait pas encore retiré son manteau, que le klaxon du gros 4x4 retentissait déjà dans la cour.

— Oui, oui. Les meurtriers ont tendance à se présenter aux enterrements. Mais nous ne savons pas s'il s'agit d'Ægir.

Hannah omet de lui parler des soupçons qui pèsent sur Ella. Elle a déjà initié Jørn aux événements de la tentative d'étranglement, il n'a pas besoin d'en savoir plus pour l'instant. Elle ne lui parle pas de Margrét non plus. Elle descend un demi-verre de vin rouge – un geste inélégant mais indispensable – et avale quelques antidouleurs.

— Comment va ton bras ?

Hannah secoue la tête comme si ça n'allait pas du tout. Et ce n'est pas complètement faux, il n'est pas évident de boire de la main gauche.

— Tu es bloquée.

Hannah regarde Jørn, déroutée.

— Comment ça ?

— Tu ne comprends pas ce qui se passe autour de toi, tu ne sais plus sur qui tu peux compter. Tu doutes de connaître un jour la vérité sur la mort de Thor. Et tu ne sais pas non plus comment tu vas terminer ton polar.

Il vient de faire exploser le baromètre de la provocation, Hannah a envie de se sauver dans la neige, disparaître pour toujours et ne plus jamais entendre un seul mot sortir de la bouche de Jørn. Mais malheureusement, il a raison. Elle cherche un moyen de ne pas le lui montrer. Mais finit par y renoncer. Elle abdique.

— Tu es aussi agaçant quand tu vises juste que quand tu te trompes.

— Désolé, c'est ma marque de fabrique. Comment pourrais-je t'aider ?

Hannah observe Jørn. Il n'y a pas le moindre soupçon de malice dans le ton de sa voix, juste un intérêt sincère.

— Pour être tout à fait honnête, je ne sais plus quoi penser ni croire. J'avais l'impression d'avoir réussi à délier les langues, il me semblait être à deux doigts d'élucider l'affaire. Mais à présent je ne suis plus sûre de rien. Et j'ai envie… de tout abandonner.

En temps normal, Hannah aurait préféré mourir que de prononcer ces mots. Surtout devant Jørn. Mais elle en ressent un léger soulagement. Comme si admettre sa défaite lui procurait un sentiment de liberté inégalé. Elle sent tout à coup le poids des événements de ces derniers jours peser sur elle : l'agression de Viktor, la confrontation avec Gísli, la chute, l'enterrement, sa fracture du bras, Viktor lui annonçant qu'il sait pour Margrét et elle. Le rejet de Margrét, les menaces d'Ella.

— Je ne suis pas enquêtrice. Et je ne suis probablement pas non plus une autrice de romans policiers.

Hannah baisse les yeux sur le fond de vin rouge qui tapisse son verre, elle n'a même pas envie de le terminer. Elle sent le regard de Jørn se poser sur elle.

— Tu es quelqu'un d'impressionnant.

Hannah lève la tête. Se dit qu'il aurait pu attendre une ou deux minutes avant de la charrier sur son amour-propre. Mais il n'y a pas l'ombre d'un sarcasme sur son visage. Juste une expression qui s'apparente plutôt à de l'admiration.

— Je suis sincère. J'ai toujours eu beaucoup de respect à ton égard. Pour ta façon d'écrire. Ta foi en une littérature qui dépasse le divertissement. Ta volonté de toujours tendre au meilleur. C'est impressionnant.

Hannah reste perplexe. Jørn est-il vraiment en train de lui faire des compliments ?

— Tu as lu mes livres ?

Il acquiesce.

— Tous, sans exception.

Une étonnante fierté point en Hannah et se mêle à un sentiment de honte. Elle l'a vraiment sous-estimé. Même dans ses rêves les plus fous, elle ne l'aurait jamais imaginé capable de lire un seul chapitre de ses livres sans sombrer, alors apprendre qu'il a lu l'intégralité de ses œuvres… Un sourire s'esquisse sur son visage, mais disparaît aussitôt. Ce sont probablement des paroles en l'air. Une manière de l'amadouer pour mieux exploiter ses faiblesses.

— J'avoue être surprise. Tu as lu tous mes livres… Je ne pensais pas que…

— Que je lisais… ?

— Que tu lisais le genre de livres que j'écris.

Hannah l'examine. Il cache bien son jeu.

— Qu'est-ce que tu as pensé de *Nos Nuits d'été manquées* ?

Jørn sourit, il a compris que c'était un test, mais ne semble pas prêt à lâcher l'affaire.

— En toute honnêteté, la fin m'a un peu déçu. D'après moi la mort du chien n'était pas nécessaire, et j'aurais aimé en savoir un peu plus sur ce qui leur arrive une fois qu'ils ont atteint la mer du Nord. Mais j'ai adoré ta description des femmes du club de tricot. Toutes les interprétations cachées derrière leurs conversations quotidiennes… C'était bien vu.

C'est au tour de Hannah d'être impressionnée. Tous les points qu'il évoque, Hannah y a pensé, mais ni les critiques ni les lecteurs ne les ont relevés. Il a dû aboutir lui-même à ces conclusions.

— Ta lecture ne manque pas de finesse.

— Mon sens de l'analyse n'est pas si nul.

— Mais alors pourquoi…

Hannah s'interrompt, mais Jørn sait où elle veut en venir.

— Pourquoi je n'écris pas des livres qui, à tes yeux, seraient meilleurs ?

Hannah hésite, elle aimerait pouvoir lui faire les mêmes compliments sur ses livres, mais outre son vaste lectorat, elle n'a rien de très élogieux à lui dire. Jørn a l'air de comprendre.

— J'écris comme je peux. Si j'avais les mêmes capacités que toi, mes livres seraient sans doute différents. Ce n'est pas une négligence de ma part, mais je n'ai pas envie de me faire passer pour ce que je ne suis pas. Je préfère être un bon Jørn qu'un mauvais Shakespeare.

Hannah ne peut s'empêcher de sourire. Ce qu'il dit est à la fois très idiot et très sensé. Elle est impressionnée par sa clairvoyance et la justesse de ses propos. Pourquoi n'a-t-elle jamais envisagé qu'il écrivait le genre de livres qui lui convient ? Et qu'y a-t-il de mal à cela au juste ? De nombreux lecteurs les dévorent et, après tout, mieux vaut cela qu'une autre forme de divertissement médiocre. Comme regarder un mauvais film ou une mauvaise série. Peut-être même que les livres de Jørn incitent ses lecteurs à s'aventurer vers d'autres genres ; peut-être que de temps en temps, ils décident de lire un autre auteur en attendant la prochaine parution de Jørn – et pourquoi pas un livre de Hannah ? Cette pensée l'enthousiasme, mais elle ressent aussi une pointe de honte à n'accorder de crédit aux livres de Jørn que dans la mesure où ils mèneraient à ses livres à elle. Il n'y a peut-être rien de mal à ce que des lecteurs apprécient tout simplement les romans de Jørn Jensen.

— Je te présente mes excuses.

Ces mots sortent de la bouche de Hannah avec une facilité déconcertante.

— Je reconnais n'avoir jamais eu une très haute estime de tes livres, et même si j'aimerais pouvoir te retourner les compliments que tu me fais… eh bien, la vérité est que je n'accorderai jamais beaucoup de valeur à ce que tu écris. En revanche – et je suis sincère – j'ai un profond respect pour ta capacité à toucher un si grand nombre de gens. Ils font la queue pour toi. Et chaque fois, tu parviens à offrir quelque chose qui rend les gens heureux, sans jamais décevoir tes admirateurs. Je crois que cela demande beaucoup de soin et de travail, et je ne m'en étais jamais rendu compte. Et…

Hannah hésite un peu, ce dernier morceau est plus difficile à lâcher.

— Je t'envie peut-être un tout petit peu d'être capable de toucher autant de gens.

Hannah prend son courage à deux mains et le regarde droit dans les yeux en lui faisant part de cet aveu afin qu'il croie en sa sincérité. Jørn ne sourit pas, il a l'air presque triste. Mais Hannah comprend son émotion. Il pose la main contre son cœur dans un geste néo-bouddhiste un peu agaçant, mais qui montre néanmoins à Hannah qu'il a bien pris ses paroles en compte. Et qu'elles resteront longtemps gravées dans son esprit.

— Merci.

Sa voix reste suspendue dans les airs et scelle l'instant. Jørn s'apprête à ajouter quelque chose quand tout à coup, la porte du bar s'ouvre avec fracas. La femme au chien hurle, les yeux révulsés. La neige tourbillonne autour d'elle, elle lève les bras en l'air.

— *Gísli er dáinn. Hann liggur við fótboltavöllinn!*

Plusieurs secondes s'écoulent, comme si les clients du bar avaient besoin d'intégrer le message, puis un vacarme de chaises renversées retentit tandis que chacun enfile son manteau à la hâte et finit sa bière d'une traite. Hannah et Jørn sont entraînés dans un remue-ménage qui leur paraît d'abord incompréhensible, puis invraisemblable quand on finit par leur traduire les mots de la femme au chien – le tumulte les emporte enfin dans la nuit glaciale pour aller voir s'il est bel et bien vrai… que Gísli est mort.

45

Il s'est suicidé avec son couteau. Le diagnostic est vite posé par les quelques clients du bar qui observent la dépouille gelée de Gísli. De minuscules ruisseaux de sang glacé s'écoulent de son poignet gauche. Contrairement au corps de Thor, le sien n'a rien de paisible ; l'expression terrifiante de ses yeux inanimés témoigne d'une mort atroce et douloureuse. Hannah détourne le regard. Quelle tristesse de venir s'allonger derrière l'une de ces affreuses cages de foot pour se tailler les veines. Un frisson lui parcourt l'échine, elle se sent exposée sous le grand lampadaire du terrain de football qui forme une petite tache de lumière dans l'immensité de la nuit.

— *Það var Hrafn sem fann hann**.

La femme désigne son chien, dont elle tire violemment la laisse pour l'empêcher de lécher le cadavre de Gísli. Une fois de plus, Blouson-de-cuir agit comme un genre de chef

* C'est Hrafn qui l'a trouvé.

de village ; il se tourne vers le petit groupe et lève les bras, comme pour protéger Gísli des regards. Il hausse la voix et profère des paroles incompréhensibles sur un ton autoritaire. Hannah en déduit une injonction à s'éloigner du corps. À faire preuve de respect. En tout cas, tout le monde s'écarte lentement et certains font même demi-tour. Maintenant qu'ils ont vu la scène, cela leur fait un nouveau sujet de discussion pour la prochaine tournée. Les pieds de Hannah se sont transformés en glaçons dans ses bottines à peine doublées, et son manteau ne ferme pas complètement à cause de son plâtre trop épais pour enfiler sa manche. Elle fait quelques pas sur place, la neige craque sous ses pieds. Blouson-de-cuir se tourne vers elle et Jørn.

— Allez chez Viktor et ramenez-le immédiatement !

— Pourquoi nous ?

La dernière chose au monde dont Hannah ait envie à cet instant, c'est bien d'aller trouver Viktor pour lui annoncer une mauvaise nouvelle.

— Parce que vous êtes les plus sobres.

Jørn acquiesce, il endosse la mission de confiance qu'on lui propose.

— Nous ferons au plus vite.

Il se dirige déjà vers la voiture. Hannah étudie rapidement les possibilités, et en conclut qu'il vaut mieux retourner dans la voiture chauffée de Jørn que rester là et se geler dans l'obscurité, ou bien aller s'attabler seule au Bragginn avec un verre de vin tiédasse et un flux incontrôlable de pensées. Ils arrivent devant la maison de Viktor et Margrét en moins de cinq minutes. Jørn tambourine contre la porte comme si leurs vies en dépendaient.

— Un nouveau décès a eu lieu. Un vieil homme s'est suicidé dans un champ, semble-t-il.

Hannah est agacée que Jørn prenne la parole au moment où Viktor ouvre la porte. Et pourquoi prend-il ce ton solennel ? Entre elle et lui, il est quand même celui qui en sait le moins. Hannah rectifie.

— C'est Gísli. Son corps a été retrouvé sur le terrain de foot.

— Sautez dans ma voiture, j'ai un 4x4 avec sièges chauffants.

Il est clair que Jørn adore jouer les héros. Mais Hannah n'a plus d'énergie à perdre dans l'indignation. Elle observe Viktor, son visage est grave. Sans un mot, il saute dans une paire de bottes et attrape son manteau. Il lance une phrase à la cantonade en quittant la maison, Hannah a tout juste le temps d'entrevoir Margrét avant que la porte ne se referme. Les trois drôles de mousquetaires se précipitent vers le monstre chauffant qui sert de voiture à Jørn. Mais à la seconde où Hannah s'assoit dans le véhicule, elle se sent vidée de toutes ses forces. L'idée de se retrouver avec la dépouille gelée de Gísli sous les yeux – ou pire encore, de ressasser les événements avec Jørn au Bragginn – lui provoque un mal de crâne aigu. Son corps se met à trembler.

— Tout va bien ?

Jørn l'examine d'un œil inquiet, mais poursuit sa route vers le lieu funeste. Il trace en gardant son sang-froid. Où puise-t-il tant de ressources ?

— Tu es blafarde.

Hannah capitule. Des fragments de pensées lui viennent par flashs – mais l'idée intolérable de laisser Jørn endosser le rôle de co-enquêteur ne l'atteint même plus ; elle ressent un sentiment d'indifférence à l'égard de l'affaire, de son livre. Et de Jørn. Elle n'a envie que d'une chose : s'allonger dans son lit et dormir. Sa voix est étrangement fluette quand elle se tourne vers Jørn, quasiment implorante.

— Quand tu auras déposé Viktor, tu pourrais me ramener chez Ella ?

Hannah se glisse dans une maison nimbée de silence. Elle n'éclaire pas la pièce, de peur d'attirer l'attention d'Ella et de devoir engager une longue conversation sur la vie et la mort. Elle frémit en pénétrant dans sa petite chambre mansardée. Elle n'y est pas retournée depuis que Gísli l'a jetée par la fenêtre. Cependant, il n'y plus la moindre trace de leur affrontement, tout est en ordre, le sol est propre, la fenêtre fermée, et même son lit est fait. Un détail dont Hannah ne s'est jamais préoccupée pendant son séjour, c'est donc Ella qui a dû s'y atteler. Un sentiment de reconnaissance s'empare de Hannah, elle se sent presque chez elle dans cette chambre ordonnée. Par sécurité, elle tourne quand même la clé dans la serrure. Elle se brosse les dents de la main gauche avec grande difficulté, et délivre son corps de ses vêtements avec encore plus d'embarras. Quand enfin elle s'affale sur son lit après avoir ingurgité quelques antidouleurs, elle se sent vieille de mille ans. Pourquoi les choses ont-elles soudain pris une si mauvaise tournure ? Tout à coup, Hannah ressent un profond chagrin pour la mort de Gísli – bien qu'il s'en soit pris à elle, à Viktor et probablement à Thor, elle se sent submergée par une insondable tristesse qui l'enlise dans son matelas et, chose rare, lui humidifie les yeux. Quel triste destin. Un homme brillant, avec une belle famille et une grande carrière, à qui tout échappe, qui plonge dans l'alcoolisme et devient sans-abri – pour finalement en arriver à tuer un jeune homme, commettre des agressions en série et finir par se suicider. Tout ça pour en arriver là. Ce qui frappe le plus Hannah, c'est précisément la contingence des événements. Toute cette histoire ne semble être qu'une imbrication de situations tragiques ayant dégénéré en spirale infernale. Une ville entière en a été déchirée, mais si Thor n'avait pas croisé la route de Gísli cette nuit-là, tout aurait pu être évité. Hannah trouve le sommeil sur une pensée rassurante : le principal suspect est mort, l'affaire est close. Néanmoins, ses rêves sont habités par Thor, Gísli, Margrét, Ella, Viktor et tous les visages croisés ici, qui tourbillonnent en une combinaison infinie de questions anxiogènes.

Hannah est réveillée au beau milieu de la nuit par une douleur lancinante dans son bras fracturé. Elle s'est pourtant couchée sur le dos et a posé son plâtre sur un oreiller, comme on le lui a prescrit, mais elle a quand même la sensation d'avoir le bras écrasé dans un étau. Elle allume la lampe de chevet et regarde son bras, il est toujours là. Son épaule craque, elle sort laborieusement du lit pour trouver ses comprimés. Elle se rappelle qu'elle a laissé les antidouleurs dans la salle de bains. Elle se dirige vers le couloir, étourdie par le sommeil, mais s'arrête net. Un rai de lumière s'échappe du bureau d'Ella. Elle ne se souvient plus très bien si c'était le cas quand elle est rentrée tout à l'heure. Mais non, la porte était fermée, elle en est certaine. Une voix faible résonne. Ou plutôt, murmure en essayant de contenir sa colère. Hannah tend l'oreille, immobile. Elle ne parvient à identifier que la voix d'Ella qui s'interrompt de temps à autre ; elle est donc au téléphone. Hannah reste indécise un long moment. Si elle avance davantage, elle est certaine d'attirer l'attention d'Ella, impossible alors d'échapper à une forme de conversation avec elle. D'un autre côté, elle ne peut envisager de faire demi-tour sans ses cachets. Elle prend son courage à deux mains, passe en hâte devant la porte du bureau entrouverte et rejoint la salle de bains, attrape ses cachets sur le lavabo et se faufile de nouveau jusqu'à sa chambre avec le sentiment victorieux d'avoir accompli sa mission en évitant toute confrontation avec Ella. Mais à l'instant où elle s'apprête à refermer la porte, la vieille dame s'avance dans le couloir enténébré. Hannah a du mal à distinguer ses traits avec la lumière du bureau en contrejour. L'a-t-elle vue ? Elles restent là un instant, comme deux fantômes qui hantent la même maison.

— Bonsoir. Je me suis juste levée pour récupérer ça.

Leur conversation nocturne devient finalement réalité. Hannah agite un pilulier blanc.

— Pour mon bras, il me fait un mal de chien.

Ella reste immobile et muette, Hannah sent l'inquiétude monter en elle. Elle tâtonne le mur du bras gauche pour trouver l'interrupteur, mais sa main effleure le vide, et avant de l'avoir atteint, elle aperçoit Ella juste devant elle. Hannah recule instinctivement d'un pas, mais Ella appuie juste sur l'interrupteur. Il se trouve derrière Hannah. Elle plisse les yeux, comme quand la lumière s'allume subitement dans une boîte de nuit et que vous découvrez avec horreur le vrai visage des gens qui vous entourent. Et que votre visage aussi est mis à nu. La vieille dame a les traits tirés et fatigués. Son corps paraît encore plus frêle que d'habitude, mais c'est peut-être juste à cause de son pyjama trop grand. En tout cas, elle a l'air d'une petite dame fragile, grisonnante et vulnérable. Hannah est prise d'une envie subite et inattendue de l'étreindre. La compassion est un sentiment qui lui est tellement étranger, qu'elle ne peut que lui obéir. Elle passe son bras gauche autour d'Ella, la serre contre elle, et devine que c'est exactement le geste de tendresse que la vieille dame attendait. Hannah sent le corps d'Ella se détendre, comme celui d'une enfant qui trouve enfin du réconfort. Elles restent ainsi pendant une minute infinie qui semble en durer cinq. Hannah oscille entre un sentiment de tendresse à l'égard de la vieille dame et une inquiétude grandissante quant à son état. Quoi qu'il en soit, elle ne compte pas lui demander à qui s'adressaient les paroles qu'elle murmurait au beau milieu de la nuit.

46

Assommée par un dosage d'antidouleurs supérieur à la prescription, Hannah parvient à tomber dans un sommeil de plomb qui suspend ses douleurs et ses inquiétudes. Au moment où elle dessille enfin peu à peu les paupières, elle se retrouve dans un état de confusion, au bord de l'inconscience. Elle s'autorise à garder les yeux ouverts quelques minutes avant d'attraper son téléphone sur la table de nuit et de constater qu'elle a dormi toute la matinée. Midi et demi. Comment est-ce possible ? Hannah a l'impression qu'à l'extérieur, la lumière a encore des teintes nocturnes ; mais peut-être l'obscurité commence-t-elle à grignoter chaque heure de jour ? Elle se débat pour sortir de son lit en maudissant son boulet de plâtre et tire le rideau. Dehors, c'est neige, neige, neige. La neige enserre le monde, comme si les nuages étaient posés sur le toit de la maison et crachaient sans relâche d'épais flocons blancs. Hannah en ressent une légère claustrophobie. Elle se remémore les événements de la veille : l'enterrement, le suicide de Gísli, les menaces d'Ella suivies de son besoin de réconfort. Le rejet de Margrét. Elle s'assoit sur le rebord du lit, parcourt la liste de contacts de son téléphone avec la main gauche et appuie sur le seul nom qui lui inspire un peu de confiance : Bastian. Il décroche aussitôt.

— Salut, j'ai failli croire que tu m'avais oublié.

— C'est drôle, j'allais dire exactement la même chose de toi. D'ailleurs, je suis surprise que tu daignes répondre.

Hannah n'avait pas l'intention de répondre sur la défensive, mais elle prend soudainement conscience de l'immense solitude qui l'habite ; elle est seule dans les faits, mais se sent également abandonnée psychologiquement et dans l'écriture de ce satané livre. Et puis merde, c'est bien Bastian qui l'a envoyée en mission, alors pourquoi ne se montre-t-il pas plus présent ? Elle sent la colère émaner d'un point très sensible, du fond de sa dignité offensée, et en ressent une grande frustration. Car le but de son appel était de s'entretenir avec une personne sensée et attentionnée, sans malfaisance ni mauvaises intentions. Fait chier. Elle s'efforce de réprimer son envie d'injurier Bastian.

— Désolée, je ne t'appelais pas pour te taper dessus.

— Tiens, c'est nouveau.

Hannah sourit, fatiguée d'elle-même. Bastian lui avait manqué. Il se racle la gorge, quelque part au Danemark. Sa voix devient un peu plus douce. Plus attentionnée.

— Tu sais, je m'en veux de ne pas avoir été plus présent. Mais j'ai beaucoup pensé à toi. Comment vas-tu ?

Hannah essaie de ne pas trop dramatiser.

— Pour être honnête, ça va plutôt mal.

— Panne d'écriture, mal du pays ?

— Ça, plus une tentative de meurtre commise à mon encontre par un criminel présumé qui vient de se suicider, et puis le fait que tous les gens que j'ai rencontrés ici ne m'accordent plus leur confiance, et enfin, Jørn qui me tourne autour pour essayer, par Dieu sait quel stratagème, de saboter mon projet de polar. Mais à vrai dire, il n'est plus mon problème majeur. Il m'a même… aidée, en quelque sorte.

Plus un bruit à l'autre bout du fil. Hannah n'entend même plus la respiration de Bastian.

— Allô, tu es là ?

Silence. Un toussotement. Une voix incrédule.

— Oui, c'est juste que… Une tentative de meurtre ? Tu veux dire qu'on a voulu te…

— Me tuer, oui.

— Mais comment ?

— On m'a défenestrée du premier étage, j'ai perdu connaissance et mon bras est maintenant dans le plâtre. Je m'en tire plutôt bien, mais quand même. Le bras droit. Pas très drôle.

— Qui t'a poussée ?

— Probablement la même personne qui a tué le neveu d'Ella. Mais il a été retrouvé avec les veines tailladées sur un terrain de foot, il ne présente donc plus aucun danger.

Hannah se sent galvanisée par le récit des événements, elle commence à s'en distancier et à se dire, eh bien, que c'est une bonne histoire ; et la raconter lui permet de surmonter plus facilement les conséquences qu'elle a endurées. Elle se dit que dans quelque temps, quand elle sera rentrée au Danemark, tout cela ne sera plus qu'une anecdote tragique – mais tout de même incroyable – qui laissera son entourage stupéfait, et qu'elle pourra même reprendre dans son livre. Cette idée l'exalte. Oui, une fois rentrée, elle demandera à une personne qualifiée de l'aider à terminer son livre; Bastian lui-même pourrait peut-être l'aider à taper, et sinon elle trouvera bien un ambitieux étudiant en littérature prêt à se damner pour cette tâche. Finalement, elle sera peut-être capable de terminer ce maudit polar en un mois, comme elle l'a proclamé. Hannah prend conscience de la véritable raison de son appel: que Bastian la fasse rentrer au Danemark le plus vite possible.

— Je te raconterai les détails à mon retour, mais pour l'heure j'aimerais simplement te demander de l'aide pour réserver un billet d'avion. Je m'en serais bien occupée, mais je n'ai qu'un seul bras fonctionnel, et avec le nombre d'informations à rentrer tout en tenant la carte de crédit et en cherchant mon numéro de passeport… Ce serait génial si tu pouvais me trouver un vol dès ce soir.

— J'aimerais vraiment pouvoir t'aider, mais…

— Mais quoi?

Hannah sent une certaine nervosité parcourir la ligne.

— Toutes les liaisons aériennes avec l'Islande sont coupées. Une vague de froid est en train de traverser tout le nord de l'Europe, tu n'as pas lu les nouvelles? Ça fait tous les gros titres. On parle de petite période glaciaire.

Hannah en perd son souffle.

— Mais quoi… Pourquoi?

— Apparemment, l'Islande connaîtrait sa plus grosse tempête de neige depuis des années. Tu as bien dû le remarquer quand même, non?

Hannah s'effondre. Elle réalise qu'elle n'a pas suivi l'actualité depuis son arrivée.

— Mais… Combien de temps?

— Pour une durée indéterminée.

Elle raccroche sans rien ajouter. Elle regarde la neige et remarque qu'elle ne se contente plus de tomber. Elle ensevelit la fenêtre, ne laissant plus qu'une petite brèche sur un monde de grisaille que Hannah n'est pas près de pouvoir quitter.

Le salon est chaud et étincelle de touches orangées, le feu crépite dans la cheminée et une odeur de café envahit la pièce. Ella sourit à l'arrivée de Hannah. Emmitouflée dans une couverture, la vieille dame lui fait signe de la rejoindre sur le canapé ; Hannah a presque l'impression de revivre sa première soirée dans la maison, chaleureuse et insouciante. Elle ne peut que s'abandonner à la situation : elle s'assoit et se verse une tasse de café. Il est chaud et corsé.

— Vous êtes au courant pour Gísli ?

Hannah regarde Ella d'un air interrogateur. Malgré leur étreinte maladroite dans le couloir, Hannah n'a pas eu l'énergie de lui annoncer une nouvelle tragédie la nuit dernière. Ella acquiesce. Écrit dans un petit cahier.

Message de Vigdis. Viktor appeler hier soir pour les informer.

Hannah hoche la tête. Boit une gorgée de café. Elle ne ressent pas le besoin de lui raconter qu'elle était présente lors de la découverte du corps.

— C'est tragique. Vous imaginez, finir ses jours comme ça… Tout seul.

Ella secoue la tête et note une phrase, rapidement et violemment.

Il le mériter. Sa punition pour tuer Thor. Et s'être pris à toi.

La vieille dame dessine un bonhomme en colère qui fait presque sourire Hannah. Elle ne peut pas lui reprocher de manquer d'empathie à l'égard du meurtrier de son neveu, bien que ces deux décès soient absurdes et tragiques. Et le fait qu'Ella tienne la mort de Gísli pour une sorte de punition divine est une attention que Hannah apprécie étrangement. Elle change de sujet et s'aventure sur un terrain qui pourrait s'avérer un peu plus glissant.

— Vous savez, ce que vous m'avez dit hier – que vous me mettriez à la porte si je continuais de m'immiscer dans cette affaire… Je le comprends bien. Ça ne fait que remuer le couteau dans la plaie. Je suis désolée si vous avez perçu mon intérêt pour ce meurtre comme une provocation. J'espère ne pas vous avoir blessée.

Ella hoche la tête, accepte ses excuses d'un geste de la main. Tout cela n'a peut-être plus tellement d'importance étant donné que Hannah quittera la maison et la vie d'Ella dès la reprise du trafic aérien, mais la réconciliation lui fait du bien. Hannah pointe le menton vers les fenêtres couvertes de neige.

— Ce temps, là. Ça va être encore long ?

Ella lève un doigt et prononce une phrase en islandais.

— Un jour ?

La vieille dame secoue la tête. Les épaules de Hannah s'affaissent quand elle comprend l'insoutenable vérité.

— Une semaine ?

Ella acquiesce.

— Mais…

Hannah s'interrompt. L'idée de devoir rester une semaine de plus chez Ella lui est aussi insupportable que ce moment de convivialité dans le salon est agréable. Tous ses espoirs de terminer son livre à temps s'évanouissent. Mais tout à coup, une idée lui vient. Il faut qu'elle se rende à Reykjavik au plus vite ! Elle logera à l'hôtel et trouvera un assistant danois pour l'aider à écrire les derniers chapitres. Oui, c'est ce qu'elle va faire. Mais Hannah ne peut se résoudre à demander l'aide d'Ella pour mener son plan à bien, elle s'absente donc un moment, se précipite dans la cuisine et compose le numéro de Jørn. Il ne répond pas, merde ! Elle réfléchit, étudie les possibilités qui lui restent. Elle hésite un instant et finit par appeler Viktor. Au bout de quelques tonalités, il répond. Épuisé.

— Qu'est-ce que tu veux encore ?

— J'ai besoin qu'on m'emmène à Reykjavik.

Profond soupir.

— Tu m'as pris pour un taxi ?

— Non, mais tu connais sûrement quelqu'un qui pourrait m'aider. Je ne peux pas demander à Ella – pas avec ce temps, et pas après tout ce qui s'est passé.

— C'est très prévenant de ta part, mais malheureusement je ne peux pas t'aider.

Hannah n'est pas prête à en démordre.

— Pense à la paix royale que tu auras une fois que je serai partie.

— Crois-moi, si je le pouvais je t'emmènerais aussi loin que possible de cette ville. Mais tu as regardé par la fenêtre ? Toutes les routes sont fermées. Nous déconseillons à tout le monde de prendre sa voiture.

Merde ! Ce qu'elle peut être bête ! Hannah s'était imaginé qu'avec des routes à peu près déneigées et un bon 4x4, elle serait à Reykjavik en un rien de temps. Elle va jusqu'à la porte d'entrée et l'ouvre grand. La neige lui fouette le visage, elle se sent complètement assommée.

— Allô ?

Viktor est toujours en ligne. Hannah referme la porte, s'adosse contre et se laisse glisser jusqu'au sol. Elle reste assise par terre à observer ses bottes et son manteau, qui ne vont sans doute pas lui servir avant un moment. Ses gants sont tombés de la commode sur laquelle ils sont habituellement posés – des gants de cuir. Elle rampe maladroitement avec le téléphone coincé entre son oreille et son épaule, et les ramasse. Elle les dépose mollement sur son plâtre tout en essayant de garder un pied dans la réalité.

— Et tu penses que les routes vont rouvrir dans combien de temps ? Une semaine, comme la tempête de neige ?

— Difficile à dire, sans doute un peu moins. Mais il n'y a jamais eu autant de neige à cette époque de l'année.

Hannah hoche la tête, comme si Viktor pouvait voir son geste. Elle ne comprend pas pourquoi elle ne raccroche pas. Ni lui. Après tout ce qui s'est passé avec Margrét, et cette histoire de meurtre.

— Excuse-moi de revenir là-dessus, mais… j'espère que la dépouille de Gísli est en lieu sûr. Et que… tu pourras te reposer un peu maintenant que tout ça est terminé.

Hannah espère qu'il comprend que "tout ça" inclut également ce qui s'est passé entre elle et Margrét. Viktor répond sobrement mais sans agressivité.

— Son corps est à la morgue, et je ne peux pas dire que l'heure soit venue de me reposer… J'ai encore beaucoup à faire. De la paperasse pour classer l'affaire.

— Je suppose que tu vas recevoir l'aide de Reykjavik ?

— Les renforts ne viendront pas, à cause de la tempête.

— Ah oui, évidemment.

Hannah pense à la solitude que doit ressentir Viktor. De manière générale. C'est peut-être la raison pour laquelle ni l'un, ni l'autre ne raccroche. Hannah ne trouve plus rien à lui demander, elle s'apprête donc à mettre fin à la discussion, mais tout à coup, une pensée la préoccupe. Elle observe ses gants de cuir, prend le gauche dans la main. Subitement, l'inquiétude qu'elle ressent depuis la vision du cadavre de Gísli trouve une signification terrifiante. Sa voix tremble un peu quand elle murmure dans le combiné.

— Viktor, je suis vraiment désolée de ce que je vais dire, mais je crois que Gísli ne s'est pas suicidé.

— Comment ça ?

— C'est bien son poignet gauche qui a été tailladé ?

— Oui…

— J'ai vu Gísli ouvrir une bière et fermer la fenêtre de la main gauche. Et crois-moi, un droitier ne ferait jamais ça.

— Tu veux dire qu'il était gaucher ?

— Oui. Il n'y a aucune raison pour que tout à coup, il ait utilisé sa main droite pour commettre un tel geste.

— Mais tu l'as bien vu : le couteau était dans sa main droite.

— Quelqu'un a dû le lui mettre.

Un moment de silence.

— Ça confirmerait ce que je redoutais.

— C'est-à-dire ?

Hannah sait très bien ce qu'il va répondre. Mais l'entendre de la voix de Viktor lui donne quand même la chair de poule.

— Que Gísli a été assassiné.

47

Les flammes bondissent et dansent, Hannah fixe le feu dans un état d'hypnose. Que faire d'autre ? Sa conversation avec Viktor lui a laissé un sentiment d'impuissance. Elle ne pourra probablement pas rejoindre Reykjavik avant plusieurs jours et un criminel court toujours en liberté. Un criminel impitoyable au point de mettre en scène le suicide de Gísli pour camoufler son premier forfait – le meurtre de Thor. Mal à l'aise, Hannah remue sur le canapé. Une douleur lancinante oppresse son bras et quelque chose la démange sous son plâtre. Par chance, Ella la laisse ruminer ses pensées ; mais ce n'est qu'une question de temps avant qu'elle l'invite à cuisiner ou à discuter. La vieille dame a déjà sorti tout l'attirail pour préparer un gâteau traditionnel islandais. Hannah pourrait bien sûr essayer d'avancer sur son livre en tapant quelques lignes de la main gauche, occuper son temps de manière utile puisque la neige la retient à l'intérieur. Quelques étincelles s'échappent de la cheminée. Elle abandonne l'idée de travailler ; ce dont elle a surtout envie, c'est de s'allonger sur le canapé, s'endormir, et rêver qu'elle est au Danemark, saine, sauve, et couverte de succès. Elle déplie ses jambes sur l'assise, cale sa tête contre l'accoudoir, ferme les yeux et se prépare à hiberner. Quand soudain, une nouvelle inquiétude s'empare d'elle : si le meurtrier est apparemment capable de tuer Gísli pour effacer ses propres traces, la découverte de Hannah la met-elle en danger de mort ? Elle se relève d'un bond. Elle ne va quand même pas rester les bras ballants à attendre d'être la prochaine victime. Et quelle proie facile ! Blessée et isolée dans une maison en périphérie, avec une vieille dame pour seule compagnie. Non, il faut qu'elle prenne les choses en main et fournisse un dernier effort pour élucider ce meurtre. Et pour le moment, elle a un avantage : si le meurtrier pense s'être tiré d'affaire grâce à son coup monté contre Gísli, il n'a donc pas de raison d'être en cavale. C'est le moment rêvé pour se remettre à fouiner. Et Hannah sait exactement où commencer : il y a une piste qu'elle se doit d'approfondir. Quelqu'un qu'elle doit revoir, qui s'est enfui beaucoup trop vite la dernière fois qu'elle lui a parlé.

Empaquetée comme une porcelaine fragile dans un sac de voyage, Hannah s'aventure dans la tempête de neige, mi-femme, mi-samouraï. Bien sûr, Ella s'y est opposée à grand renfort d'injonctions et de gesticulations des bras et des jambes, mais Hannah n'a pas cédé, arguant que la situation méritait bien d'aller s'acheter un paquet de cigarettes à la station-service, aisément accessible à pied. Malgré le risque de laisser sa vie dans les tourbillons de neige. C'est bien vers la station-service que Hannah se dirige d'un pas déterminé, mais les cigarettes ne l'intéressent guère – en revanche, elle espère du fond du cœur que Iðunn travaille aujourd'hui. Pataugeant dans la neige, Hannah finit par apercevoir l'enseigne lumineuse. Par chance, la route n'est pas complètement ensevelie, on la devine comme un mince fil conducteur menant jusqu'à la ville. Elle a dû être déblayée une ou deux fois avant l'abdication du chasse-neige, Hannah réussit donc à se frayer un chemin à travers des congères hautes de vingt à trente centimètres. Elle arrive enfin au niveau du néon vert indiquant l'ouverture de la station-service, et constate avec soulagement qu'Iðunn est derrière la caisse. La jeune fille sursaute de peur quand elle aperçoit Hannah pousser la porte avec une dégaine à faire pâlir l'abominable homme des neiges. Elle s'époussette, retire son bonnet et sourit à Iðunn.

— Je suis tellement heureuse que tu sois là.

— J'ai même un matelas gonflable et un sac de couchage dans la réserve. J'envisage de dormir ici en attendant qu'ils déblaient la route demain.

Hannah hoche la tête, impressionnée par sa détermination. Elle s'approche du comptoir.

— Il y a eu des clients aujourd'hui ?

— Quelques-uns ce matin, mais juste un homme à ski cet après-midi – comme la route n'a pas été déblayée… Mais mon patron a quand même insisté pour qu'on reste ouvert, au cas où quelqu'un se pointe.

— J'ai bien fait de venir alors.

Hannah sourit et se débarrasse de son manteau avec labeur et disgrâce, à cause de son plâtre. Iðunn l'examine d'un air interrogateur.

— C'est pas pour me vanter, mais on croirait presque que tu es venue jusqu'ici juste pour discuter avec moi.

Hannah réussit enfin à s'extraire de l'horrible surpantalon qu'Ella lui a prêté. Elle regarde la jeune fille.

— Ce n'est pas complètement faux. J'ai besoin de ton aide, et ce serait parfait si tu avais une heure à me consacrer.

Hannah expose rapidement sa demande à Iðunn, qui accepte aussitôt de l'aider. Elle observe la jeune fille s'activer devant l'ordinateur de l'arrière-boutique, concentrée à l'extrême ; Iðunn doit être soulagée de quitter un instant l'ennui de sa station-service. Et surtout pour une mission aussi excitante !

— Tu veux que je remonte jusqu'à quand ?

Iðunn se retourne pour regarder Hannah.

— Peut-être quelques jours avant la mort de Thor, et quelques jours après ?

— Bien sûr…

Iðunn se remet face à l'écran, tape sur quelques touches. Hannah s'en veut de ne pas y avoir pensé plus tôt. Stefan Haraldsson, le jeune homme qu'elle a rencontré à la soirée, est leur meilleur témoin oculaire ; s'ils parviennent à lui faire exactement décrire la voiture dans laquelle il a vu Thor monter le soir de sa mort, ils tiendront le meurtrier. Et tous les conducteurs ont besoin d'essence. Si le tueur est passé faire le plein, il aura forcément été filmé dans sa voiture. Il suffit donc de ratisser les bandes de vidéosurveillance, enregistrer toutes les images de 4x4 et les montrer à Stefan pour qu'il leur désigne le véhicule, et le meurtrier par la même occasion. Hannah observe fébrilement Iðunn récupérer les bandes, faire défiler les images des jours indiqués, les mettre sur pause et faire des captures d'écran de toutes les voitures qui se garent près des pompes à essence.

— Tu veux toutes les voitures ou seulement les 4x4 ?

— Prends tout, par sécurité.

— Ok, mais ça risque d'être long.

Hannah hoche la tête. Elle tente de se montrer compréhensive, mais brûle d'impatience. Elle a subitement envie d'une cigarette – le prétexte initial de sa venue.

— Je sors fumer. Appelle-moi si tu tombes sur quelque chose d'important.

— Entendu.

Iðunn ne prend même pas la peine de lever les yeux de l'écran, c'est dire si son travail l'absorbe. Hannah retourne dans la boutique et fauche un paquet de cigarettes en choisissant l'image la moins répugnante. Elle note dans un coin de sa tête : ne pas oublier de payer et adopter un mode de vie plus sain en rentrant au Danemark. Elle allume sa clope sous l'auvent en détournant le regard du panneau "interdiction de fumer" ; toute cette neige devrait bien étouffer l'incendie si une braise s'envole. Elle profite du silence et observe les flocons s'engouffrer sous l'auvent et s'amonceler en gros amas. Mais tout à coup, un bruit de moteur résonne au loin, ça ne ressemble pas à une voiture, plutôt à une moto. Quel idiot peut bien avoir l'idée de faire un tour de moto par un temps pareil ? Au moment où elle aperçoit le véhicule, Hannah découvre qu'il ne s'agit pas d'une simple moto – mais d'une motoneige. L'engin fonce droit sur elle ; prend une bosse et s'élance dans les airs, atterrit en douceur, ralentit un peu et s'arrête à quelques mètres de Hannah. Elle fixe le conducteur avec frayeur, son visage est dissimulé sous un gros casque de moto. Est-ce le meurtrier qui vient en finir avec elle ? Mais au même moment, deux mains soulèvent le casque et découvrent le visage enjoué de Jørn.

— Salut. Sympa ce petit jouet, hein ? J'espérais vraiment qu'il neige assez pour sortir faire un tour avec ma nouvelle copine.

Jørn caresse sa motoneige comme il flatterait un cheval.

— Comment fais-tu pour toujours savoir où je suis ? À croire que tu m'as collé un GPS dans le dos.

Jørn sourit. Sournoisement.

— Qui sait… c'est peut-être le cas. Mais non, je plaisante. En vérité, j'avais seulement envie de sortir faire de la vitesse avec mademoiselle.

La moto a droit à une nouvelle caresse. Hannah lève les yeux au ciel, Jørn ne s'en aperçoit pas.

— Donc finalement, je suis là sans raison particulière. Et toi, qu'est-ce qui t'amène ici ?

— Rien de particulier non plus. J'avais juste besoin de sortir un peu.

Jørn hoche la tête. Hannah n'a pas la moindre envie de lui faire part de ses nouvelles découvertes et espère qu'il s'en ira vite.

— Puisque nous sommes là tous les deux, pourquoi ne pas prendre un café ? On pourrait en profiter pour parler de la découverte du corps de Gísli hier.

L'idée lasse déjà Hannah, mais étant donné leur nouvelle amitié – ou du moins, leur tolérance réciproque – elle craint qu'un refus éveille ses soupçons. Elle le suit donc dans la boutique et lui montre le chemin de la machine à café. Iðunn doit toujours être absorbée par le mystère des voitures ; en tout cas, elle ne se montre pas. Jørn regarde autour de lui.

— Il n'y a pas d'employés ici ?

— Crois-le ou non, mais c'est moi qui garde la boutique ; la jeune caissière est au téléphone avec son amoureux. Une dispute à régler…

Jørn ne semble pas flairer son petit mensonge, bien qu'il soit parfaitement invraisemblable que Hannah devienne tout à coup caissière d'une station-service. Néanmoins, ils s'assoient sur deux grands tabourets devant la fenêtre, pour un rendez-vous qui, à plus d'un titre, s'avère être le plus étrange que Hannah ait vécu.

— Tu as donné un coup de main à Viktor après m'avoir déposée ?

Hannah boit une gorgée de café en essayant d'avoir l'air réellement intéressée. Jørn acquiesce héroïquement.

— Je l'ai aidé à mettre la rubalise, ça n'a pas été une mince affaire d'éloigner les gens. D'un côté, heureusement que c'était un suicide, car sinon il aurait été difficile de relever des traces avec tout le mouvement qu'il y a eu autour du corps.

Hannah hoche la tête en réalisant l'importance capitale des images des voitures, car si la scène du crime de Gísli ne livre aucun indice, elles constitueront leur unique piste.

— Il est sympa, ce Viktor. Il m'a proposé de prendre une bière chez lui en rentrant.

Hannah ressent une pointe de jalousie. Viktor et Jørn seraient-ils devenus amis ? Et Margrét dans tout ça, aurait-il osé lui faire du charme ? Elle peine à atténuer l'amertume de sa voix.

— Vous avez passé un bon moment ?

— J'ai décliné. J'étais trop fatigué. Mais ce n'est que partie remise. On pourrait boire un verre tous les trois quand la neige se sera calmée ? Vous êtes devenus bons amis, non ?

Hannah se demande à quel point Jørn a fouiné dans sa relation avec Viktor et Margrét. Le policier serait-il allé jusqu'à lui révéler quelque chose ? C'est peu probable, mais elle a le sentiment que Jørn en sait plus qu'il ne le laisse croire. Et pas seulement à ce sujet.

— Je crains que ce soit sans moi. Dès que les routes seront de nouveau praticables, je file à Reykjavik. Prendre le premier vol pour le Danemark.

Jørn se contente de hocher la tête, il n'y a rien de bien surprenant à ce que Hannah décide de rentrer.

— Et le livre ? Je suppose que tu laisses tomber ?

Y aurait-il une petite lueur d'espoir malicieux dans les yeux de Jørn ? À moins que ce soit seulement de l'empathie. Hannah a du mal à trancher.

— Tant que l'échéance n'a pas été officiellement dépassée, je ne peux malheureusement pas déclarer forfait.

Jørn sourit. Lève son café latte à la santé de Hannah.

— Bien. Je n'en attendais pas moins de ta part.

— Santé.

Elle cogne son gobelet en carton contre celui de Jørn, renverse un peu de café noir sur la table.

— Je compte trouver quelqu'un pour m'aider à taper mon texte quand je serai de retour à Copenhague. Pour terminer à temps.

— Et tu connais déjà la suite ?

— Oui. Tout est dans ma tête. Il n'y plus qu'à l'écrire.

Hannah boit une gorgée pour masquer son mensonge.

— Si tu veux, je pourrais…

— Non merci.

Elle l'interrompt. Hors de question qu'il l'aide à taper son livre. Au même instant, Iðunn surgit triomphalement de l'arrière-boutique en brandissant une clé USB.

— C'est bon, toutes les images sont là-dedans ! Il n'y a plus qu'à les montrer à Stefan.

Dépitée, Hannah est à deux doigts de se verser son café brûlant sur la tête en voyant la surprise animer le visage de Jørn. Maintenant, elle est obligée de lui révéler son plan. Merde, merde, merde.

48

— SERRE-MOI PLUS FORT !

Hannah ferme les yeux. Elle maîtrise ses pulsions et colle son corps contre le dos de Jørn qui démarre sa motoneige à pleins gaz. Quelle métaphore absurde : Hannah impuissante, accrochée à lui sur le siège arrière, tandis qu'il fonce à toute vitesse comme un héros. En plus, elle n'a qu'un bras pour s'agripper à lui. Elle a l'impression d'être amputée, à tous points de vue. Néanmoins, elle doit reconnaître que la proposition de Jørn de l'emmener chez Stefan – pour lui montrer les images dans l'espoir qu'il leur indique le meurtrier – était d'un grand secours, et pesait plus lourd que sa propre fierté. Bien sûr, ils auraient pu se contenter de lui envoyer les photos, mais Hannah tenait à observer sa réaction de ses propres yeux. Avoir la possibilité de stimuler sa mémoire. Sa joue est écrasée contre le coupe-vent hors de prix de son pilote – sans doute du vrai Gore-Tex avec doublure hightech. Le vent glacial qui s'engouffre dans son manteau la fait rager de ne pas avoir le même sens pratique que Jørn en termes d'habillement. À croire qu'il possède une tenue adaptée à chaque situation. Mais il a les moyens, lui.

Hannah se ressaisit : elle ne va quand même pas se mettre à jalouser sa fortune, elle vaut mieux que ça. À l'heure qu'il est, elle est simplement reconnaissante qu'il ait suffisamment de ressources pour la sortir une fois de plus d'une impasse.

— J'appuie sur le champignon !

Avant même qu'elle ait le temps de lui signaler qu'ils vont assez vite à son goût, Jørn accélère et Hannah manque de s'envoler. Un petit cri de frayeur lui échappe, tout ce qui lui reste à faire est de demeurer concentrée, pour sa propre survie. Au bout d'une dizaine de minutes de mortelle cavale, Jørn freine enfin devant la maison de Stefan. Le cœur de Hannah bat la chamade, l'adrénaline pulse.

— C'était rigolo, non ?

Jørn sourit à pleines dents, Hannah lui jette un regard noir.

— Très. À peu près autant que d'être traînée par une voiture lancée à deux cents kilomètres heure sur l'autoroute.

C'est la mère de Stefan qui leur ouvre, et il lui faut plusieurs minutes avant de comprendre qui sont Hannah et Jørn et pourquoi ils souhaitent parler à son fils. Quand elle finit par les laisser entrer, la maman – une petite femme exaltée dont Hannah a déjà oublié le prénom composé – se précipite dans la cuisine pour préparer du café et mettre les petits plats dans les grands, comme si elle recevait la visite de la famille royale. Hannah est dévorée par le malaise en patientant dans le chaleureux séjour familial ; une petite fille est assise devant une grande télévision et regarde un dessin animé aussi violent qu'idiot. Ce genre de choses amuse peut-être les enfants. En tout cas, la petite fille s'esclaffe sans prêter la moindre attention à la présence des deux étrangers. Elle a peut-être l'habitude que des inconnus débarquent au milieu d'une tempête de neige, ou peut-être juste qu'elle s'en fiche. Une éternité s'écoule avant l'arrivée de Stefan. Hannah observe Jørn avec agacement, il est absorbé par le dessin animé et glousse à chaque gag. La petite fille lui fait de grands sourires, comme si elle était heureuse de partager ce moment avec lui. La femme exaltée arrive enfin avec du café et un énorme seau de chocolats – le genre qu'on achète au duty-free et dont on ne vient jamais à bout. Sur le chemin, elle appelle de nouveau Stefan ; quelques minutes plus tard, Musclor fait son entrée dans le séjour avec un air d'adolescent ahuri et, visiblement, sans reconnaître Hannah. Comment un garçon de dix-sept ans peut-il mettre dix minutes à sortir de sa putain de chambre ? Hannah crispe les muscles de son visage pour mimer un sourire.

— Bonjour Stefan, je ne sais pas si tu te souviens de moi, mais on s'était vus à la soirée… ?

Le visage du garçon s'illumine tout à coup.

— Grave ! Vous êtes la daronne qu'Iðunn avait ramenée.

Hannah : sourire crispé et droit au but.

— Tu m'avais dit avoir vu Thor monter dans une voiture la nuit de son décès, tu t'en souviens ?

La mère de Stefan tique d'inquiétude.

— Qu'est-ce que vous lui voulez ?

Hannah se tourne vers elle avec toute sa bienveillance, elle réalise tout à coup que Stefan est mineur.

— Nous avons apporté quelques images de voitures que nous aimerions montrer à Stefan. Nous pensons que Thor est monté dans l'une d'entre elles la nuit de sa mort, et si Stefan la reconnaissait, eh bien…

— Nous pourrions démasquer le meurtrier.

Jørn balaie la pièce d'un regard grave et paternaliste, Hannah a envie de lui donner un coup de coude dans le nez pour sa contribution stupide. La mère de Stefan leur jette un regard troublé.

— Je croyais que cet alcoolique, là, que c'était lui qui… enfin, qui s'en était pris à Thor… Est-ce que ça signifie qu'il y a toujours un meurtrier en cavale ?

La petite fille aussi délaisse son dessin animé. Difficile de dire si elle a compris le mot "killer", ou si elle sent juste que l'ambiance est montée d'un cran dans le monde des adultes. Quoi qu'il en soit, son idée de montrer ces photos de merde à Stefan est en train de virer à la catastrophe. Hannah tente de désamorcer la situation en prenant une voix calme.

— Nous aimerions simplement pouvoir reconstituer les événements de cette nuit-là. Comme je vous l'ai dit, je loge chez la tante de Thor, Ella, et il va sans dire qu'elle est très affectée par cette affaire. Depuis que je lui ai raconté ce que m'a dit Stefan, eh bien, elle ne fait qu'y penser… C'est pourquoi je lui ai promis d'élucider cette histoire de voiture, pour qu'elle puisse enfin dormir sur ses deux oreilles. Il n'y a probablement rien à en tirer, c'est juste une vérification, vous comprenez ?

La mère de l'adolescent les regarde tous deux d'un œil sceptique. On entend les mouches voler dans le séjour. Jørn plonge sa grosse main dans le seau de chocolats et en tire un bonbon irisé, il l'ouvre lentement en faisant crépiter le papier et le fourre dans sa bouche.

— Donc vous n'êtes pas de la police ?

Hannah affiche un sourire rassurant et lorgne vers Jørn d'un œil horripilé – il mâchouille en essayant d'extraire un morceau de caramel de ses dents à l'aide de son petit doigt.

— Non. Nous sommes simplement des amis de la famille qui essayons de rassurer une vieille dame.

Sur ce, ils parviennent à accompagner Stefan dans sa chambre, sans sa mère ni sa petite sœur – pour le bien de cette dernière, qui en a déjà trop entendu. Stefan s'assoit sur son lit défait et les invite à faire de même. Jørn s'y jette gaiement, mais Hannah préférerait être brûlée vive plutôt que de se retrouver dans le même lit que lui. Même pour regarder des photos. Elle tend la main vers Stefan et lui présente un sac en plastique rempli des images extraites de la bande de vidéosurveillance.

— Prends tout ton temps.

Stefan acquiesce, il prend ses instructions au pied de la lettre et étudie minutieusement la première image. Très, très longtemps. Hannah regarde sa montre en s'impatientant, s'il prend autant de temps pour analyser chaque photo, ils seront encore là à Noël. La chambre sent le renfermé comme si elle n'avait pas été nettoyée ni aérée depuis des siècles. Hannah regarde Jørn et commence subitement à suffoquer. Elle pose la main sur le dossier d'une chaise recouverte de linge sale.

— Il faut que j'aille… aux toilettes. Je reviens tout de suite.

Hannah se précipite vers la sortie, on l'accompagne aux toilettes, elle s'enferme à clé et ouvre une fenêtre qui donne sur la tempête de neige, se laissant presque aspirer. Elle reste ainsi un moment, jusqu'à ce que son corps ait retrouvé une forme d'équilibre. Elle prend une dernière grande inspiration et referme la fenêtre avec peine, à l'aide de son bras gauche. Elle se regarde dans le miroir. Son visage est gris et usé. Elle a les cheveux en bataille – sans doute à cause du trajet en motoneige – et des cernes noirs sous les yeux. Tout à coup, elle a du mal à comprendre comment la mère de Stefan a pu les laisser entrer. Peut-être le charme de Jørn.

Toc ! Toc !

Hannah sursaute. On frappe de nouveau violemment à la porte, elle ouvre. Jørn se tient face à elle, blafard.

— Stefan a reconnu la voiture. Et tu ne devineras jamais à qui elle appartient.

Médusée, Hannah fixe l'image que Stefan lui tend ; il lui assure obstinément que c'est dans cette voiture qu'il a vu Thor monter le soir où il a été tué. Mais c'est impossible.

— Tu en es vraiment sûr ? Il y a beaucoup de voitures de ce genre.

Stefan secoue la tête.

— Pas comme celle-là. C'est une vieille voiture, c'est pour ça que je la reconnais. Je me souviens l'avoir déjà vue en ville, mais c'est en voyant les images que ça m'est revenu… Le feu arrière. Il y en a un qui ne fonctionne pas.

— Beaucoup de gens peuvent avoir un feu arrière cassé. Si c'est la seule chose qui te permet d'affirmer qu'il s'agit bien de cette voiture, c'est un peu léger…

— Mais non y a pas que ça ! C'est elle, je le jure !

Stefan a presque les larmes aux yeux, comme un enfant qui se sent frustré et impuissant d'être réprimandé pour une faute qu'il n'a pas commise. Et que les adultes refusent de le croire.

— Écoute, il a l'air très sûr de lui. Je le crois.

Jørn la regarde, l'air grave, Hannah réalise peu à peu qu'elle n'a d'autre choix que de faire confiance à Stefan. Ou en tout cas, de prendre acte de ses paroles. Elle fixe de nouveau l'image de la bande de vidéosurveillance sur laquelle apparaît la voiture qui, il en est absolument certain, est celle dans laquelle Thor est monté cette nuit-là. Et il ne fait pas l'ombre d'un doute que cette voiture, c'est celle d'Ella.

— Et maintenant, on fait quoi ?

Hannah et Jørn se tiennent sous le petit auvent devant la maison de Stefan, pour tenir une sorte de réunion de crise qu'ils ne se voyaient pas avoir chez des inconnus, ni sur la motoneige en bravant la tempête. Le cerveau de Hannah est bloqué sur l'image de la voiture d'Ella, elle est incapable de réfléchir à un plan, une action, ni de se livrer à une analyse sensée de la situation. Elle se contente donc de regarder Jørn avec effarement, qui, par sa question, semble suggérer que c'est elle qui devrait savoir quoi faire. Hannah tente de retrouver le fil de sa pensée.

— Je ne peux pas retourner chez Ella.

— Évidemment que tu ne peux pas. Il faut en informer Viktor pour qu'il l'arrête. Mais vu son bandage au bras… Je ferais peut-être mieux de m'en charger.

Hannah le regarde, incrédule.

— Et après ? On menotte Ella, on la jette sur la motoneige et on l'emmène en prison ?

Jørn réfléchit, se frotte le menton.

— C'est peut-être un peu trop dangereux de lui attacher les mains, mais sinon oui, quelque chose comme ça.

Hannah secoue la tête.

— Tu t'es perdu dans tes livres, mon vieux. Ce n'est pas parce que Thor serait monté dans la voiture d'Ella ce soir-là que c'est forcément elle qui l'a tué. Elle a très bien pu l'emmener à l'endroit où il a croisé la route de son meurtrier.

— Mais alors pourquoi Ella n'en a pas parlé avant ? Si ce n'est pas elle qui l'a tué, pourquoi ne pas avoir dit qu'elle était avec Thor la nuit de sa mort ?

Sa question est tellement juste qu'elle en est agaçante, Hannah se creuse la tête pour trouver une explication qui mettrait la vieille dame hors de cause. Soudain, elle réalise qu'elle n'a pas menti, elle n'a juste rien dit.

— On ne lui a jamais posé la question !

— Quoi ?

— Elle n'a pas menti, personne ne lui a jamais demandé ce qu'elle avait fait ce soir-là, ni si elle avait vu Thor. Elle aurait dû fournir cette information d'elle-même, et c'est évidemment mystérieux qu'elle ne l'ait pas fait. Mais je vais trouver une explication. Viens !

Tout à coup, Hannah est sûre de son plan. Elle trotte jusqu'à la moto, déjà couverte d'une couche de neige qu'elle essuie avec son bras valide. Jørn est toujours sous le petit auvent, il plisse les yeux vers elle.

— On va où ?

— Chez Ella ! Il faut que je lui demande face à face pourquoi elle a récupéré Thor la nuit de sa mort.

49

HANNAH est un peu nerveuse en pénétrant dans la maison d'Ella. Jørn a insisté pour faire le guet sous l'une des fenêtres au cas où la situation deviendrait incontrôlable. Hannah a du mal à le croire. Comment Ella, avec ses quarante-huit kilos, pourrait-elle avoir des gestes incontrôlables envers elle ? Mais d'un autre côté, Hannah est un peu handicapée avec son plâtre au bras droit, et si Ella a vraiment éliminé Thor… Elle frémit légèrement et se débarrasse de cette idée, qui n'a de toute façon aucun sens à ses yeux. Elle prend sa voix la plus claire et la plus chaleureuse pour appeler la vieille dame dans le salon.

— Ella ? Il y a une tempête de neige de dingue dehors. J'ai cru que je ne retrouverais jamais mon chemin !

Hannah se débat avec son manteau qui finit par glisser de son dos, presque tout seul. Elle se retourne et se retrouve nez à nez avec Ella qui tient le manteau dans sa main. Elle ne l'avait pas entendue arriver dans le hall d'entrée, n'avait pas non plus senti qu'elle l'aidait à se déshabiller. La vieille dame lui sourit chaleureusement. Lance quelques mots en islandais ; des mots enjoués, mais qui effraient Hannah.

Une fois de plus, elles se retrouvent face à face, à boire un café devant la cheminée. C'est presque devenu un rituel. Hannah boit prudemment pour ne pas se brûler sur sa tasse fumante.

— Merci. Ça fait du bien de retrouver un peu de chaleur. J'étais frigorifiée.

Ella lui tend une autre couverture, mais Hannah refuse, elle en a déjà une sur les jambes et ne doit pas trop s'emmitoufler pour la conversation qu'elle s'apprête à avoir avec elle. Elle prend une profonde inspiration. Transforme légèrement la réalité pour en arriver plus vite au point qui l'intéresse.

— J'aimerais vous demander quelque chose… J'ai croisé un garçon à la station-service, Stefan. Je ne sais pas si vous le connaissez.

Ella fait non de la tête. Au fond, peu importe. Hannah veut simplement s'assurer qu'elle a son attention.

— Au fil de la discussion, je lui ai dit que je logeais chez vous, et Stefan m'a dit… enfin, je sais que ça peut sembler un peu bizarre, mais il m'a dit avoir vu Thor monter dans votre voiture le soir de sa mort.

Hannah frotte sa main droite contre sa main gauche, quelque chose la démange sous son plâtre. Les mots ont fusé de sa bouche, elle voulait s'assurer de ne pas se dégonfler en chemin, mais à présent, elle est un peu inquiète en regardant Ella. A-t-elle compris que, derrière une anecdote en apparence innocente, se cachait en réalité une accusation ? Ella la toise, elle a dû comprendre. Elle écrit une phrase sur un morceau de papier. Le tourne vers Hannah – son pouls augmente en attrapant le mot.

Tu penser que j'ai tuer Thor ?

Hannah en a le souffle coupé. Voir l'accusation qu'elle n'osait formuler écrite noir sur blanc la rend tout à coup vraisemblable. Elle fait marche arrière.

— Bien sûr que non. Mais quand j'entends une chose pareille… forcément, j'ai envie d'avoir votre version des faits. Est-ce qu'il se trompe, ou Thor est-il vraiment monté dans votre voiture cette nuit-là ? Et si oui, pourquoi ? Et pourquoi n'avoir rien dit ? Ça ferait de vous la dernière personne à l'avoir vu en vie. Votre témoignage pourrait être décisif. Il ne faut pas garder ce genre de choses pour soi !

Hannah s'est emballée, ses mots prouvent qu'elle redoute la culpabilité d'Ella. Et cette crainte envahit la pièce comme un gaz mortel qui risque de les étouffer toutes les deux. Ella lui jette un regard que Hannah ne parvient pas à décrypter. La vieille dame se penche vers elle et lui arrache la feuille des mains. Écrit. La redonne à Hannah.

Thor n'être évidemment pas dans ma voiture le soir de sa mort. Sinon je parler. Je suis blesser que tu penser une chose pareille.

Avant même que Hannah ait le temps de lui répondre, Ella se redresse. Contrairement à son habitude, elle ne débarrasse pas le café, ni les biscuits sur un plateau, n'éteint pas non plus la bougie. Elle marmonne un "bonne nuit" en islandais, et laisse Hannah seule avec sa honte d'avoir détruit l'harmonie qui régnait entre elles. Peut-être pour toujours.

— Sa manière de nier catégoriquement m'inquiète. Je surinterprète peut-être la situation, mais j'ai l'impression qu'elle s'offusque comme quelqu'un qui se sent coupable. Je veux dire : si l'idée était complètement absurde, elle aurait pu se contenter d'en rire et de passer à autre chose, comme une mauvaise blague.

— Viens chez moi pour dormir.

— Hein ?

Hannah regarde le visage de Jørn, cramoisi par le vent et la neige. Il l'a attendue derrière le hangar à bois, où elle l'avait convoqué après sa discussion avec Ella.

— Tu ne peux pas dormir ici, c'est trop risqué. Et si elle te tuait pendant ton sommeil ?

Son attitude dramatique fait presque rire Hannah, mais le soupçon de vérité qui se cache dans ses mots l'en retient. Cependant, passer la nuit chez Jørn est la dernière chose dont elle ait envie.

— Ce serait trop suspect. Si je disparais maintenant, elle devinera que quelque chose ne tourne pas rond, et qui sait où cela pourrait la mener ? Coupable ou non, je ne veux pas courir le risque qu'Ella fasse une crise de nerfs ou commette une bêtise. Il faut qu'elle reste convaincue que je la crois.

— Et c'est le cas ?

Hannah reste silencieuse un instant et élude la question.

— Je dois rester ici, je ne peux pas faire autrement. Je dormirai d'un œil et tu reviendras dès demain avec Viktor, quand la tempête se sera calmée. Nous essaierons de démêler le vrai du faux.

— Mais la certitude de Stefan semblait inébranlable, tu l'as bien vu. Il y a quelque chose que ton amie refuse de dire.

Elle fait abstraction de la manière agaçante qu'a Jørn de désigner Ella comme son "amie", comme si elles étaient des camarades de classe et que Hannah était complice d'un mauvais tour.

— Inutile d'en faire un drame. Je reste ici cette nuit, et je suis sûre que nous y verrons plus clair demain.

Elle le raccompagne jusqu'à son véhicule dans la nuit enneigée, en lui promettant de fermer la porte de sa chambre à clé et de dormir avec un couteau de cuisine à côté d'elle. Fatiguée et inquiète, elle finit par aller se coucher une demi-heure plus tard. Elle sait qu'elle doit éviter de sombrer dans un sommeil profond, mais y glisse irrésistiblement en quelques minutes.

Hannah est réveillée au beau milieu de la nuit par des bruits de voix dans le couloir. Elle s'empare instinctivement du couteau de cuisine et retient son souffle pour écouter plus attentivement, mais elle ne discerne que les murmures d'Ella. Elle parle peut-être dans une crise de somnambulisme ? Hannah rampe péniblement jusqu'à la porte et pose son oreille contre le bois. La voix d'Ella reste la seule audible, mais elle semble contrariée et plus maîtrisée que celle d'une somnambule. Est-elle au téléphone ? Soudain, Hannah entend quelqu'un lui répondre – indistinctement, impossible de dire s'il s'agit d'un homme ou d'une femme. Bien que sa raison lui crie l'inverse, Hannah n'a d'autre choix que de sortir de sa chambre pour vérifier l'identité de ce mystérieux invité nocturne. Elle attend que les voix s'éloignent un peu et tourne prudemment la clé dans la serrure. Son cœur lui défonce la poitrine. Elle entrouvre la porte et maudit le grincement des charnières qui l'oblige à interrompre son mouvement. Elle tend l'oreille un instant. Des voix imprécises remontent du rez-de-chaussée ; Hannah prend une profonde inspiration et pousse la porte, juste assez pour pouvoir se faufiler dans le couloir. La lumière est éteinte, elle prend un moment pour s'habituer à l'obscurité. Elle se glisse vers les escaliers, agrippe la rambarde et reste immobile, le souffle coupé : les voix ont disparu. Plus personne ? Hannah n'a pas entendu la porte d'entrée claquer, aucune lumière ne s'est allumée, pas le moindre bruit de voiture à l'extérieur. Tous ses sens sont en alerte. S'est-il arrêté de neiger ? Elle étudie les possibilités. Soit elle reste campée là, soit elle descend dans le salon. Impossible de retourner se coucher. Elle compte jusqu'à dix, tend l'oreille, mais n'entend que les battements de son cœur ; lentement, elle descend une première marche, la main gauche toujours cramponnée à la rambarde et son satané plâtre collé contre son corps. Au milieu des escaliers, elle aperçoit la lumière du salon et deux silhouettes penchées l'une vers l'autre. Elles chuchotent ; Ella est à quelques centimètres de son interlocuteur, mais impossible de voir son visage. Hannah observe. Le comportement de la vieille dame aurait-il quelque chose de menaçant ? Hannah doit se rapprocher, découvrir l'identité de la personne assise sur le canapé, cachée par le corps frêle et tremblant d'Ella. Elle se sent comme une enfant rebelle qui s'infiltre dans le monde des adultes bien après l'heure du coucher, dans l'espoir de percer le mystère de l'univers inconnu et fascinant de la nuit. Mais bien qu'elle éprouve une certaine excitation, c'est surtout l'angoisse qui guide ses pas. Elle espère ardemment qu'au bout de cette angoisse, elle découvrira le visage d'une personne qui délivrera Ella de tous les soupçons qui pèsent sur elle. Que ce visage lui apparaîtra avec évidence comme celui du meurtrier. Hannah s'apprête à faire un tout petit pas, mais tout à coup ! Ella pousse un cri, l'inconnu se lève et pousse la vieille dame, avant de se précipiter vers la porte d'entrée. Hannah n'a pas le temps de trouver une position qui lui permette d'apercevoir son visage tout en restant cachée. Merde ! Il faut qu'elle le démasque avant qu'il ne soit trop tard. Dans un élan irrationnel, elle bondit hors de sa cachette et se jette dans l'entrée ; l'invité nocturne s'évapore derrière la porte battante. Hannah sent son cœur bondir, elle reste plantée là, couverte uniquement de son pyjama et d'un manteau de sidération ; son regard est plongé dans la nuit et elle voit distinctement le fugitif. Des flocons de neige lui frappent le front, tous ses sens l'ont trompée. Il ne s'est pas arrêté de neiger. La personne qui s'enfuit, c'est Margrét.

— *Ég hélt að þú værir sofandi**.

Hannah se retourne d'un coup et aperçoit Ella qui l'observe avec une terrible hostilité. Elle regarde par la porte ouverte, fixe l'obscurité et la neige, songe un court instant à s'y élancer, mais elle est pieds nus et en pyjama, elle mourrait de froid avant d'avoir atteint la ville. Elle jette un coup d'œil au vide-poche sur la petite commode ; les clés de la voiture d'Ella y sont posées, mais la Jeep est ensevelie sous la neige, et même avec deux bras fonctionnels il lui faudrait un temps fou pour dégager les roues – et Hannah doute de réussir à soulever une pelle à la seule force de son bras gauche. Même si elle parvenait à déneiger la voiture, les routes sont de toute façon impraticables, elle se retrouverait bloquée au bout de quelques mètres. Elle n'a d'autre choix que de rester là.

— Qu'est-ce que Margrét faisait ici ?

* Je pensais que tu dormais.

Hannah braque son regard sur les yeux de glace d'Ella ; quel secret lui cache-t-elle ? La vieille dame fait un pas vers elle, Hannah a un mouvement de recul, mais elle lui passe simplement devant pour refermer la porte sur la neige et la nuit noire. Elle fixe longuement Hannah. Comme si elle évaluait la décision à prendre. Une éternité plus tard, Ella attrape un bloc-notes posé sur la commode et écrit avec une grande application.

Demain, tu quitter ma maison.

Elle met le mot sous le nez de Hannah, comme pour s'assurer que cette dernière comprenne bien. Elle lève les sourcils, dans l'attente d'un acquiescement. Mais Hannah ne le lui donne pas ; elle rassemble toutes ses forces et pose une main bienveillante sur l'épaule d'Ella.

— Je ne comprends pas ce qui se trame, mais de toute évidence, cela vous dépasse et vous ronge. Quelle que soit la cause de votre tourment, je ne peux pas m'en aller maintenant. Je ne dis pas cela pour m'imposer, mais parce qu'au fil des semaines j'ai fini par m'attacher à vous, et j'ai été témoin des épreuves que vous avez endurées. Je ne peux tout simplement pas vous abandonner, vous laisser dans l'insécurité et l'inquiétude. Je ne vous demande pas de me dire ce qui se passe, mais vous ne pouvez pas me congédier tant que tout cela ne s'est pas arrangé. Je vais rester pour vous aider, quel que soit le problème.

Hannah est presque à bout de souffle après son discours, elle est même un peu surprise de sa sincérité. Le moral et l'avenir d'Ella la préoccupent profondément. Hannah se fiche d'élucider le meurtre de Thor, elle se fiche de savoir si Ella est coupable. Elle veut juste s'assurer que tout rentre dans l'ordre et que les dégâts cessent. La vieille dame cligne un peu des yeux, on dirait qu'ils commencent à briller. C'est comme si les mots de Hannah la faisaient osciller entre l'envie de lâcher prise et le besoin de garder le contrôle. Hannah presse un peu sa main sur l'épaule de la vieille dame pour l'encourager à se laisser aller. Mais Ella libère son épaule d'un geste sec, reprend la feuille de papier et montre la phrase du doigt.

Demain, tu quitter ma maison.

Elle colle le mot contre la poitrine de Hannah et marche d'un pas ferme vers les escaliers – pour aller dormir, cogiter ou Dieu sait quoi. Hannah se retrouve seule avec la feuille entre les mains et reste perplexe. Son idée d'envoyer Viktor pour appréhender Ella lui paraît douteuse maintenant qu'elle sait que Margrét est impliquée dans cette histoire. Mieux vaudrait peut-être rester en dehors de tout cela et rentrer au Danemark. Mais plus elle y pense et plus elle a du mal à admettre l'idée d'une fin irrésolue. Hannah remonte donc les escaliers sur la pointe des pieds, enfile sans un bruit un pull chaud et une paire de collants de ski. En passant devant la chambre d'Ella, elle s'arrête et écoute un instant à la porte ; pas de grincements de lit ni de souffle lourd, tout est calme. Hannah referme la porte derrière elle et s'enfonce dans la nuit islandaise chargée de neige ; le cœur battant, elle espère trouver des réponses avant qu'il ne soit trop tard.

50

C'EST UNE IDÉE DÉLIRANTE, elle en est bien consciente. Se pointer chez les gens à trois heures du matin dans l'espoir d'avoir une conversation sensée. Mais Hannah n'a pas le choix. Soit elle interroge Margrét sur sa mystérieuse visite nocturne avant le lever du jour, et Viktor se réveille, soit elle attend et laisse à d'autres la possibilité de mener la bataille – avec Dieu sait quelles conséquences. Après avoir prudemment appelé et frappé plusieurs fois à la porte de chez Margrét et Viktor, Hannah a une nouvelle surprise en se retrouvant tout à coup nez à nez avec le policier. Il ouvre grand la porte et la regarde comme s'il attendait. Mais lui aussi a l'air déçu de tomber sur elle.

— Où est Margrét ?

Hannah comprend que Viktor a veillé pour attendre sa femme. Non seulement ses efforts pour rester discrète sont tombés à l'eau, mais elle a fait le déplacement pour rien. Margrét n'est pas là.

— Je pensais qu'elle était chez vous. C'est pour ça que je suis venue.

— Au milieu de la nuit ?

Viktor lui lance un regard inquisiteur, Hannah ne trouve pas l'énergie d'inventer une excuse bidon.

— Margrét est passée chez Ella tout à l'heure, elles ont eu une petite dispute. La scène était très… mystérieuse. Margrét est partie en trombe, et Ella a refusé de me dire ce qui s'était passé, alors je me suis dit…

Hannah s'interrompt. Elle n'a pas la moindre parole sensée à ajouter.

— Tu t'es dit que tu allais braver une tempête de neige pour venir chez nous et poser la question à Margrét ?

Hannah hoche la tête. Frissonne un peu. La neige ne tombe plus avec autant d'intensité, mais il fait quand même bien trop froid pour rester sur le pas de la porte dans un état de grande confusion.

— Tu veux bien me laisser entrer ?

Viktor fait des allées et venues, il ressasse les explications que Hannah lui a fournies sur les événements de cette nuit, la fait répéter plusieurs fois ; il veut connaître chaque détail, même s'il n'y a rien à en tirer. Hannah est-elle bien certaine de n'avoir rien compris de leur conversation ? Combien de temps Margrét est-elle restée chez Ella, d'après elle ? Semblait-elle plutôt en colère ou inquiète ? Dans quelle direction s'est-elle enfuie, et à quelle vitesse ? Ses questions l'agacent, mais lui confirment qu'il n'a pas la moindre idée de ce qui est en train de se passer. Viktor regarde sa montre.

— Tu es partie de chez Ella peu après le départ de Margrét, n'est-ce pas ?

Hannah acquiesce. Une fois de plus.

— Je me répète, mais je suis prête à partir à sa recherche avec toi.

— Les enfants dorment, je ne peux pas les laisser tout seuls.

L'espace d'un instant, Hannah redoute qu'il veuille lui faire jouer les baby-sitters.

— Désolée, je ne peux pas... S'ils se réveillent. Je ne saurais vraiment pas quoi faire.

— S'il y a bien un traumatisme que j'aimerais éviter d'infliger à mes enfants, c'est qu'ils se réveillent au milieu de la nuit et se retrouvent seuls avec toi.

Hannah hoche la tête. Soulagée et offensée en même temps.

— Mais ça pourrait s'avérer indispensable. On attend encore dix minutes. Si elle n'est pas rentrée, je pars à sa recherche.

Hannah est sur le point de protester, mais bien qu'ils aient tous les deux un bras dysfonctionnel, il est peut-être plus raisonnable de laisser à Viktor le soin d'affronter la neige. C'est sa femme qui a disparu, et c'est lui qui connaît le mieux la ville. Tic, tac. Dix minutes, c'est long quand on partage un moment d'inquiétude avec un homme qu'on a trahi.

— Ce qui s'est passé entre Margrét et moi, c'était juste... enfin, éphémère. Et anecdotique. Et surtout, c'est terminé maintenant.

Hannah a le sentiment que des excuses s'imposent, bien qu'elles ne viennent pas du cœur. Du moins, pas la deuxième phrase, leur relation n'était pas anecdotique. Elle s'agite un peu, s'efforce de cacher la véritable ampleur de son inquiétude pour Margrét. Elle craint qu'il lui soit arrivé quelque chose et de ne jamais la revoir. Ce n'est pourtant pas son rôle de se faire du mauvais sang ; après tout, c'est la femme de Viktor et la mère de ses enfants, qui a disparu. Le policier la dévisage.

— La première fois que nous nous sommes croisés, au Bragginn… Il y a quelque chose que j'avais beaucoup aimé chez toi. Même si depuis, tu t'es montrée exaspérante à bien des égards.

Hannah est un peu dubitative, où veut-il en venir ?

— Mais malgré tout ce que tu as pu faire d'agaçant, ma première impression ne m'a pas quitté ; il y a quelque chose en toi que j'apprécie. Et en un sens, je suis content que nos routes se soient croisées. Et je ne dis pas cela juste parce que tu repars bientôt.

Il marque un point. Hannah doit reconnaître l'élégance avec laquelle Viktor parvient à lui faire un compliment camouflé, tout en réduisant son passage dans la vie de Margrét à un incident anecdotique. "Que nos routes se soient croisées". Elle n'est qu'une personne parmi tant d'autres. Sera tombée dans l'oubli dans peu de temps. Mais cela n'atténue pas son inquiétude pour Margrét. Elle regarde l'horloge. Cinq minutes.

— On se met en route ?

Viktor secoue la tête.

— Encore cinq minutes.

Un homme de principes. Hannah se lève de son inconfortable chaise de cuisine pour faire passer le temps. Elle traîne les pieds jusqu'à une photo de Margrét, Viktor et leurs enfants, accrochée au mur. Ils ont l'air heureux. Tout à coup, l'idée que Margrét soit en danger lui devient insupportable. Elle continue de marcher pour vaincre sa nervosité. C'est étrange que Margrét ne rentre pas, tout est fermé en ville à cette heure-ci. À moins, bien sûr, qu'elle ait un autre amant dans les parages. Est-ce pour cela que Viktor reste relativement calme ? Hannah a du mal à déterminer quel scénario serait le plus insupportable. En arrivant au niveau d'une commode, ses yeux tombent sur un objet. Ordinaire a priori, mais l'emballage qui le recouvre l'intrigue. Une pochette scellée. Hannah s'en empare et la brandit en regardant Viktor.

— Un indice ?

Viktor bondit de sa chaise.

— Repose ça !

Hannah est pétrifiée par la violence de sa réaction, elle s'empresse de remettre la pochette à sa place… Et observe le contenu. Subitement, elle comprend de quoi il s'agit.

— C'est l'arme du crime ?

Elle désigne la pochette. À l'intérieur : un marteau. Dont la tête est tachée de sang. Viktor acquiesce en s'excusant légèrement.

— Ça n'a rien à faire là, mais j'attends de pouvoir l'envoyer à Reykjavik pour procéder à des analyses plus poussées. Il a été retrouvé hier, dans le marais, à cinq cents mètres environ de l'endroit où on a découvert le corps de Thor. Quelqu'un semble avoir voulu s'en débarrasser dans l'eau mais sans être parvenu à le jeter assez loin. En tout cas, il était emprisonné dans la glace et… Enfin oui, quelqu'un l'a trouvé.

— Qui ça ?

— Un homme qui promenait son chien. C'est son chien qui l'a trouvé, pour être exact.

Hannah hoche la tête, mais son esprit est ailleurs. Elle fixe le marteau ; ce qui s'apparentait d'abord à un vague sentiment est maintenant une certitude absolue.

— Ce marteau… il appartient à Ella.

Hannah lui parle de la collection d'outils un peu spéciale exposée au mur du salon d'Ella – en soulignant qu'il manque un marteau depuis le début. Viktor lui lance un regard sceptique.

— S'il n'y était pas, comment peux-tu savoir à quoi il ressemble ?

— Celui-ci est ancien, comme le reste de sa collection.

Le policier n'a toujours pas l'air convaincu.

— Tu réussis à reconnaître ce marteau en ayant simplement vu les autres outils ?

Hannah saisit la pochette, la retourne, cherche à travers le plastique, et lève triomphalement la tête vers Viktor.

— Là ! TJ. Les mêmes initiales sont gravées sur toutes les pièces de la collection d'Ella.

— TJ est le nom d'un charpentier qui a construit la moitié de la ville. Il est mort il y a des années, mais sa boutique tourne toujours. Ils continuent d'apposer ses initiales sur leurs outils. Toute la ville en possède d'identiques.

— Aussi vieux ?

— Chez l'ancienne génération oui, j'imagine que c'est courant. C'est du solide ces outils.

Hannah baisse les yeux sur le marteau, déçue. Elle hésite un instant, elle n'a pas envie de jeter Ella dans la gueule du loup. Mais elle n'a plus le choix.

— J'ai parlé à Stefan, le garçon qui a vu Thor monter dans la voiture le soir de sa mort. Et… il m'a affirmé qu'il s'agissait de la voiture d'Ella. Je lui ai montré des photos…

Viktor se lève d'un bond, comme si sa chaise lui avait donné une décharge électrique.

— Pourquoi tu ne m'as rien dit avant ? Tu lui as parlé quand ?

— Plus tôt dans la journée. Enfin, hier techniquement. Je voulais t'en parler, mais… il aurait pu se tromper. Mais maintenant qu'il y a ce marteau, et Margrét…

Hannah n'a pas terminé sa phrase que Viktor s'est déjà précipité dans l'entrée. Elle hésite un instant à le suivre. Est-elle censée rester avec les enfants ? Elle laisse cette idée de côté. Ils ont dormi jusque-là, ils peuvent bien rester seuls un peu plus longtemps.

51

En temps normal, quinze minutes de marche rapide suffisent à se rendre du commissariat à la maison d'Ella ; mais les congères font plus que doubler leur temps de trajet. Soleil, neige ou pluie, Hannah est fatiguée d'emprunter ce chemin. En arrivant devant la porte, ils s'arrêtent un instant – une légère hésitation qui révèle leur angoisse informulée face à ce qui les attend. Ils se faufilent dans la maison. Tout est sombre et silencieux. Sans un bruit, Hannah désigne la chambre d'Ella et pose sa main gauche contre sa joue pour signifier à Viktor que la vieille dame est probablement endormie. Ils montent à l'étage à pas feutrés. Viktor s'apprête à enfoncer la porte. Hannah lui murmure :

— Tu risques de lui faire faire une crise cardiaque et de la tuer !

— Peut-être. Mais je réduis le risque de me prendre un outil sur le crâne.

Avant même que Hannah ait le temps d'ajouter un mot, Viktor enfonce la porte d'un coup de pied et un petit cri retentit. Hannah réalise qu'il s'est échappé de sa propre bouche. La chambre est plongée dans l'obscurité ; du couloir, Hannah devine la silhouette de Viktor qui cherche fébrilement l'interrupteur. Elle vient à sa rescousse, tend le bras à l'intérieur et éclaire la pièce. Abasourdis, ils tournent la tête de tous les côtés : il n'y a personne. Ella n'est pas dans son lit, nulle part. Comme dans un mauvais film policier, ils se mettent instinctivement à fouiller la chambre, ouvrent les armoires, regardent derrière la porte, sous le lit. Mais aucune trace d'Ella.

— Tu as remarqué quelque chose d'anormal dans le salon ?

Hannah fait non de la tête. Ils inspectent le reste de la maison, mais Ella est introuvable. Hannah s'aperçoit que le manteau de la vieille dame n'est pas dans l'entrée, en revanche, sa voiture est toujours garée devant la maison.

— Mais où aurait-elle pu s'enfuir ?

Viktor pose exactement la question qui occupe les pensées de Hannah. Certes, la neige se calme progressivement, mais marcher dans la nuit glaciale n'en reste pas moins épuisant. Et qui pourrait-elle bien retrouver au beau milieu de la nuit ? Hannah ne voit qu'une seule personne. Elle se tourne vers le policier.

— Elle est probablement chez Vigdis. Si Ella s'est sentie contrariée, effrayée ou menacée il y a de grandes chances pour qu'elle s'en soit remise à sa sœur.

Viktor acquiesce, il a déjà sorti son téléphone et cherche le numéro de Vigdis. L'appelle. Hannah l'observe nerveusement, mais au bout de quelques secondes, elle devine les notes d'un répondeur à l'autre bout du fil. Viktor lance un regard abattu à Hannah.

— J'ai seulement leur numéro de téléphone fixe. Tu sais si Vigdis a un portable ?

Elle réfléchit, finit par acquiescer en rageant. Elle avait effectivement son numéro, mais c'était avant de casser son téléphone. Elle pense soudain au carnet d'adresses d'Ella. Se lance fébrilement à sa recherche. Demande l'aide de Viktor.

— Un petit carnet noir… Elle note tout dedans.

En l'espace de dix minutes, ils ont fouillé l'entrée, le salon, la cuisine et la chambre d'Ella, en vain. Entre-temps, Viktor a essayé d'appeler Margrét une nouvelle fois, mais il a essuyé une nouvelle déception. Elle ne répond pas.

— Nous perdons notre temps, allons directement demander à Vigdis.

Viktor se dirige déjà vers la porte, mais Hannah insiste pour faire une dernière tentative : le bureau d'Ella, qu'elle tient fermé à clé.

— Vigdis et Ægir habitent presque sur la montagne, il nous faudra au moins une demi-heure pour arriver chez eux à pied dans ces conditions ; et si Ella n'y est pas, nous aurons perdu une heure durant laquelle nous aurions pu chercher Margrét. Et une heure, c'est long si elle…

Hannah s'interrompt. Inutile de mettre des mots sur ce qu'ils pensent tous deux : que Margrét est perdue dans un dédale de neige et sur le point de mourir d'hypothermie. Il faut deux secondes à Viktor pour enfoncer la porte du bureau d'Ella, et presque aussi peu de temps à Hannah pour tirer le petit carnet d'adresses du tiroir du bureau. Elle s'apprête à le refermer lorsque Viktor l'arrête.

— Qu'est-ce que c'est que ça ?

Le policier tire doucement une chaîne de cou du tiroir ; celle qui porte le pendentif Mjöllnir, et que Hannah avait trouvée il y a plusieurs jours dans le petit sucrier. Elle est maintenant posée sur le haut du tiroir. Hannah observe

Viktor qui examine le collier comme s'il s'agissait du trésor le plus précieux qu'il ait jamais eu entre les mains.

— Il y a quelque chose de spécial avec ce truc ?

Viktor la regarde. L'air grave. Il approche la chaîne de son visage.

— Il appartient à Thor. Il l'avait autour du cou la nuit de sa mort.

Hannah est perplexe.

— Comment peux-tu savoir qu'il s'agit bien de ce collier, et qu'en plus il le portait ?

Viktor retourne le pendentif Mjöllnir.

— L'inscription, là, ce petit "t". C'est Jonni qui l'a faite en l'offrant à Thor. C'est également lui qui a déclaré que son petit ami portait ce collier ce soir-là.

La tête de Hannah est en train d'exploser : comment la chaîne de cou aurait-elle pu se retrouver dans le tiroir d'Ella, si cette dernière est innocente ? Tout à coup, tous les morceaux s'assemblent : la réaction violente d'Ella quand Hannah s'est introduite dans son bureau ; sa réticence à voir Hannah se mêler de l'affaire, l'attentat contre sa maison… Quelqu'un qui avait connaissance de son crime a dû essayer de se venger. Probablement Ægir, qui d'autre sinon ? Mais pourquoi ne pas l'avoir éliminée dans ce cas ? Hannah réalise subitement que si Ella est bien allée chercher du réconfort chez Vigdis, elle est peut-être en danger. Et si Ægir s'en prend à elle, ils ne connaîtront jamais le motif de sa discussion avec Margrét, et ne sauront jamais où cette dernière a pu s'enfuir. Ni pourquoi Ella a tué Thor… Hannah a trouvé le numéro de Vigdis, elle commence à le composer, mais Viktor l'interrompt.

— Merde… Regarde ça.

Il lui tend une feuille de papier trouvée dans le tiroir ; un court texte y est écrit à la main. Hannah le parcourt rapidement, il est en islandais.

— C'est l'écriture d'Ella ? s'enquiert Viktor.

Hannah acquiesce. Après tous les mots qu'elle a vus écrits de sa main, elle peut l'affirmer avec certitude. Le petit texte n'est pas signé et semble inachevé. Il y a des ratures et des corrections, il s'agit d'un brouillon. Hannah lève les yeux vers Viktor.

— Qu'est-ce qui est écrit ?

— On dirait une lettre d'aveux : *Je m'excuse pour tous ces malheurs, j'aimerais pouvoir arranger les choses. Si je pouvais donner ma vie pour que Thor revienne, je le ferais.*

Ils échangent un regard. Une voix se met à résonner, celle de Vigdis, qui s'échappe du téléphone de Hannah en mode haut-parleur.

— *Hæ þetta er Vigdís. Ég kemst ekki í símann svo skildu eftir skilaboð og ég hringi í þig eins fljótt og ég get*[*].

Viktor la regarde.

— Répondeur. Viens, il n'y a plus une minute à perdre !

Le policier a déjà un pied hors du bureau mais Hannah le retient. Elle secoue la tête.

— Nous avons besoin de renfort, et je sais exactement qui appeler.

Comme s'il n'était pas assez humiliant de se retrouver assise à l'arrière de la motoneige de Jørn, Hannah s'efforce à

* Bonjour, Vigdis à l'appareil. Je ne suis pas disponible pour le moment, mais laissez-moi un message et je vous rappellerai dès que possible.

présent de se cramponner à la vie et au peu de dignité qu'il lui reste tandis qu'elle bondit dans la remorque accrochée derrière l'engin en raison du surplus de passagers. Les yeux enneigés par les chenilles du véhicule qui font virevolter l'épais manteau blanc, elle distingue à peine Viktor, agrippé au blouson de cuir de Jørn. Dans sa remorque, Hannah se sent comme une enfant ; elle ferme les yeux, maudit Jørn et l'adore en même temps. Il est arrivé sur sa motoneige en un éclair, le visage illuminé d'un sourire de sauveteur. À croire qu'il était en train de faire le tour de la maison d'Ella quand elle l'a appelé. Hannah estime qu'ils devraient être chez Vigdis et Ægir en moins de dix minutes. Un gain de temps précieux. De plus, la présence de Jørn leur offre l'assistance d'un homme costaud et disposant de deux bras fonctionnels. Espérons qu'il pourra les aider à appréhender Ella. Toutes les lumières de la maison semblent désespérément éteintes quand Jørn coupe le moteur. Les trois drôles de mousquetaires restent immobiles un moment dans la nuit silencieuse ; il a complètement cessé de neiger, Hannah aperçoit la Lune s'élever à mesure que les nuages se dissipent. Elle jette une lumière paisible sur eux. Hannah ne sait pas à quoi elle s'attendait. Des cris, des affrontements, du sang sur le pas de la porte ? Peut-être au moins une petite lumière émanant d'une fenêtre. La maison reste sombre et silencieuse sous le clair de Lune. Viktor frappe à la porte d'une main assurée et interpelle ses occupants avec autorité. Hannah et Jørn se regardent.

— Ils doivent être en train de dormir.

Hannah lève les yeux au ciel face à l'analyse platement évidente de Jørn, mais elle a du mal à mesurer pleinement les conséquences de la situation. Car si tel est le cas, ils se retrouvent fatalement sans la moindre trace d'Ella et Margrét. Viktor laisse quelques minutes aux occupants de la maison pour se réveiller d'un éventuel sommeil, avant de se saisir d'un pot de fleurs vide et de le jeter sur le petit carreau de la porte d'entrée qui éclate dans un fracas de bris de verre. Hannah et Jørn ont un léger sursaut.

— Je pensais que la police avait des outils pour déverrouiller les portes…

Hannah regarde Viktor qui fait non de la tête.

— Rien d'aussi efficace.

Il passe le bras à travers la vitre cassée, atteint le verrou et ouvre la porte. Il entre prudemment en brandissant le pot de fleurs devant lui. Hannah se rappelle que la police islandaise ne porte pas d'arme. Une pratique louable en soi, mais à cet instant précis, il lui paraît complètement insensé que l'officier soit armé d'un pot de fleurs. Hannah et Jørn protègent ses arrières à pas feutrés, formant une garde un peu asymétrique. Au bout de quelques mètres, la lumière s'allume et Hannah sent quelque chose de froid et dur contre sa tempe. Elle tourne prudemment la tête et tombe nez à nez avec le canon d'un fusil.

— *Hvað í andskotanum eru þið að gera*[*] ?

— *Slappaðu af. Niður með byssuna*[**].

Pétrifiée par la peur, Hannah regarde Ægir qui pointe son arme sur elle, puis Viktor, qui menace l'homme de pierre avec le pot de fleurs. Tout peut déraper d'une seconde à l'autre. Le policier ajoute une phrase en islandais, une exhortation qui ne se montre guère efficace. Ægir tient son

* Qu'est-ce que vous foutez là ?

** Du calme. Baisse ce fusil.

fusil braqué sur elle avec toujours la même tension, Hannah aperçoit maintenant son doigt se poser sur la détente. Merde, merde, merde !

Bang ! Hannah a les yeux fermés. Est-elle morte ? Non. Elle les ouvre, découvre Ægir à terre, inconscient ; Jørn se tient à côté de lui, une matraque à la main. Il regarde Viktor en arborant un sourire héroïque.

— J'ai aussi une bombe lacrymogène, mais je me suis dit que la matraque était plus adaptée à la situation.

Ni Hannah ni Viktor ne commentent le fait que Jørn porte des armes de combat qui le font sans doute frôler l'illégalité. Ensemble, ils traînent Ægir dans la cuisine et l'assoient sur une chaise. Jørn lance de l'eau sur le visage de l'imposant homme de pierre ; il reprend connaissance quelques secondes avant que Vigdis apparaisse dans l'embrasure de la porte, en chemise de nuit, le visage blême d'épouvante. La scène n'a duré que quelques minutes. Viktor incline la tête vers Vigdis qui reste immobile, elle semble pétrifiée.

— *Eru aðrir í húsinu** ?

Elle fait vaguement non de la tête. S'approche de son mari et s'assoit à côté de lui. Il saigne légèrement au front et semble encore sonné.

— Restez ici pendant que j'inspecte la maison.

Viktor s'évapore de la cuisine. Hannah se penche vers Vigdis avec bienveillance.

— Ella est-elle passée chez vous ?

— Quoi ? Non… Quand ça ?

— Là. Cette nuit.

* Quelqu'un d'autre est dans la maison ?

— Non… Pourquoi serait-elle venue ici ? Et pourquoi débarquer chez nous et frapper mon mari ? Qu'est-ce qu'il a fait ?

Hannah se frotte le visage, son interrogatoire manque de méthode. Elle lance un regard décontenancé à Jørn qui intervient de bon cœur.

— Gardez votre calme. Je suis désolé d'avoir donné un coup de matraque à votre mari, mais la situation était tendue, et une vieille habitude militaire m'enjoint à désamorcer toute situation dangereuse. "Safety first" c'est ma devise.

Hannah est exaspérée, quel est le but de cette intervention ? Ils doivent à tout prix savoir où se trouvent Ella et Margrét. Elle s'adresse de nouveau à Vigdis.

— Ella vous a-t-elle appelée ces dernières heures ? Êtes-vous bien certaine qu'elle n'est pas passée ? Elle n'aurait pas pu entrer dans la maison à votre insu ?

— *Nú er komið nóg*[*] !

L'explosion de colère d'Ægir fait sursauter Hannah. Elle voit tous ses muscles se tendre et ses poings se refermer pour former deux énormes pierres qu'elle n'aimerait recevoir sur la tempe pour rien au monde. Vigdis commence à pleurer.

— S'il vous plaît… Nous ne savons rien. Nous étions en train de dormir, c'est tout. Il est arrivé quelque chose à Ella ?

Hanna réalise qu'ils sont dans une impasse et voit sa crainte confirmée par Viktor, qui revient dans la cuisine en secouant la tête.

— Elle n'est pas ici.

[*] Ça suffit maintenant !

Hannah hésite à en dévoiler plus aux parents de Thor, ils ont déjà traversé tant d'épreuves. Est-ce vraiment le bon moment pour les informer que c'est Ella qui a tué leur fils ? Cette révélation les aiderait-elle à la retrouver ? Probablement pas. Hannah s'en abstient.

— Nous recherchons Ella car tout laisse à penser que c'est elle qui a tué Thor, et il est possible qu'elle se soit suicidée, ou qu'elle essaye de le faire.

ARGH ! À cet instant, Hannah n'a jamais été aussi près d'étrangler Jørn. Il se contente d'observer Vigdis et Ægir comme s'il venait de leur annoncer les prévisions météo ou de leur donner la recette du poulet rôti. Hannah lui lance un regard assassin qu'il semble ne pas comprendre. Vigdis est à deux doigts de perdre la boule.

— Qu'est-ce que vous dites ?

— Excusez mon collègue Jørn, il a un peu de mal avec l'anglais. Ce qu'il a voulu dire, c'est qu'Ella détiendrait des informations importantes sur les événements de cette nuit tragique, et qu'il est urgent que nous la retrouvions avant… Oui, avant que ne surviennent de nouveaux malheurs.

Viktor fait un mouvement de la tête à l'attention de Hannah : une situation habilement rattrapée. Elle ignore cependant si elle a réussi à brouiller suffisamment les pistes pour éviter à Vigdis et Ægir de succomber au désespoir. Elle s'empresse de poser une autre question afin d'éviter les leurs.

— Avez-vous connaissance d'un lieu où Ella aurait pu se retirer ? Un endroit en ville ou dans la nature, où elle pouvait se réfugier ?

— Pourrait se réfugier. Par ce temps ? Et au beau milieu de la nuit ?

Ægir l'homme de pierre, qui jusque-là était resté reclus dans une crispation muette, observe Hannah comme si elle était la personne la plus bête qu'il ait vue de toute sa vie. Ses yeux luisent de mépris, elle se sent provoquée.

— Vous savez, nous essayons de vous aider et peut-être même de sauver la vie d'Ella. Inutile, donc, de me toiser comme une idiote. À l'heure qu'il est, le plus idiot de nous deux, c'est vous.

— Dehors !

Ægir se lève et attrape Hannah, il empoigne son manteau de sorte que celui-ci lui serre la gorge, approche son visage tout près du sien. La haine et la rage déforment sa bouche écumante, Hannah regrette de s'être emportée. La force et la violence avec lesquelles il la retient déclenchent en elle une angoisse qui lui est étrangère, mais universellement connue du sexe féminin : quels que soient l'heure et le lieu de l'agression, c'est cette angoisse que doit ressentir une femme quand un homme anéantit sa volonté et sa personne d'une simple pression musculaire. Hannah traverse un moment d'impuissance, mais le calme d'une main posée sur l'épaule d'Ægir vient la sauver : la main de Jørn, comme une exhortation virile à faire preuve de bon sens et de respect. Pas à l'égard de Hannah, bien entendu, mais à l'égard de Jørn lui-même.

— Je comprends votre colère, mais je vous demande de la lâcher. Discutons au lieu de nous agresser.

À la grande surprise de Hannah, la manœuvre de Jørn fonctionne. Ægir desserre lentement le poing, Hannah recule d'un pas et se rapproche de Viktor. Jørn leur fait signe.

— Pouvez-vous m'attendre dehors ? J'aimerais toucher deux mots à Ægir. D'homme à homme.

Hannah bouillonne, elle donne un coup de pied dans un tas de neige pour évacuer sa frustration ; la neige tourbillonne mollement et se colle à ses vêtements. Elle se sent risible. Viktor a quitté la maison avec elle. Ils frissonnent sous le petit auvent.

— Non mais il se prend pour qui, ce type ? À croire qu'il va dénouer la situation en s'entretenant "d'homme à homme" avec Ægir ! Et pourquoi l'autre le laisse faire ? Il faut qu'on retourne à l'intérieur et qu'on insiste pour faire cracher le morceau à Ægir. C'est nous, et nous seuls, qui avons le droit de lui poser des questions, putain de merde.

Viktor secoue la tête.

— Un homme comme Ægir ne respecte que ses semblables. Il a le sentiment qu'ils le comprennent et qu'ils sont dignes de son respect.

— Jørn n'est digne de rien du tout.

— Mais s'il parvient à obtenir des informations de leur part…

Hannah saisit la poignée de la porte.

— Il faut que j'aille parler à Vigdis.

— Pour ? La réconforter "de femme à femme" ?

Hannah s'interrompt. Viktor a raison. Elle doute de parvenir à faire preuve d'assez de solidarité féminine pour s'insinuer dans la vie de Vigdis et obtenir des renseignements utiles. Du moins, pas tant qu'elle ressent cette frustration qui lui donne envie de mettre feu à leur maison. Elle sait que c'est une perte de temps, mais elle accepte quand même la cigarette que Viktor lui tend. Elle l'allume, tire dessus et ferme les yeux. Où est Margrét, où est Ella ? Elle a le sentiment que s'ils ne les retrouvent pas avant la fin de la nuit, ils ne les reverront jamais en vie.

— Tadaa !

Jørn sort de la maison, satisfait.

— Je sais où elles sont !

Hannah lui lance un regard sceptique.

— Enfin, je sais où elles sont *probablement*. Apparemment, Ella possède un petit chalet en dehors de la ville où elle se retire souvent pour être seule.

Hannah trouve cette information parfaitement absurde étant donné qu'Ella vit seule dans une immense maison. Elle regarde Viktor.

— Tu étais au courant ?

— Non, mais nous n'avons plus une minute à perdre. Où se trouve-t-il ?

52

Une fois de plus, Hannah est réduite au rang de passagère de troisième classe et reléguée dans la remorque tirée par la motoneige ; mais elle n'a plus la force de s'indigner de la conduite périlleuse de Jørn, une seule pensée la taraude : que leur réserve le chalet secret d'Ella ? Ils parcourent les chemins pendant un quart d'heure, escortés par la Lune. Hannah est impressionnée par le sens de l'orientation de Viktor, qui les guide à travers la lande, le long de lacs gelés, de montagnes lointaines avant de plonger dans le néant. Le chalet surgit tout à coup des ténèbres, comme s'il attendait leur arrivée. Jørn coupe le moteur. Ils se regardent tous les trois. Quelqu'un est à l'intérieur, cela ne fait aucun doute. Une voiture est garée devant la maisonnette et une vague lueur scintille derrière les carreaux.

— Comment s'y prend-on ?

Jørn sollicite un plan, semblant lui-même à court d'idées. Il réalise peut-être enfin la gravité de la situation. Hannah et Jørn fixent Viktor dans l'expectative, mais malgré son autorité de policier, il est probablement aussi novice qu'eux face à une telle situation. Il prend un air grave et parle à voix basse.

— Nous devons rester sur nos gardes, nous ignorons ce qui nous attend derrière cette porte. Cette affaire a engendré suffisamment de drames pour en provoquer un autre. Jørn, tu viens avec moi ; Hannah, tu attends ici. Si nous ne sommes pas revenus dans cinq minutes, tu appelles ce numéro. C'est celui de l'officier de police de la ville voisine.

Viktor tend son téléphone à Hannah, le numéro y est déjà composé. Elle n'a plus qu'à appuyer sur "appeler".

— Pourquoi ne pas appeler dès maintenant ? s'enquiert Jørn.

— Parce qu'avec ce temps, il leur faudra plus d'une heure pour venir ici.

— Dans ce cas, ça ne change pas grand-chose que Hannah les appelle dans cinq ou dix minutes.

— Pour elle, si.

— Qu'est-ce que ça change ?

— Ça lui permettra de rester en vie et lui évitera de venir voir ce qu'il est advenu de nous si nous ne sommes pas revenus dans cinq minutes.

Jørn blêmit.

— Qu'est-ce qui pourrait nous arriver d'après toi ?

Hannah pose son bras mobile sur l'épaule de Jørn.

— Reste ici, c'est moi qui vais à l'intérieur.

— Non ! objecte Viktor, j'ai besoin de quelqu'un qui peut se servir de ses deux bras. Tu restes là.

Hannah sait qu'il a raison ; si Viktor se retrouve en situation de danger, elle sera incapable de l'aider. Jørn, en revanche, a déjà fait ses preuves. Elle acquiesce. Observe Jørn se ressaisir et redresser le dos ; un subterfuge qui camoufle habilement sa peur. Ou presque. Hannah ressent une certaine empathie pour le courage de sa démarche.

— Et n'oublie pas ! Si nous ne revenons pas, tu appelles de l'aide. Tu n'entres surtout pas toute seule !

Son cœur bat la seconde comme une pendule de l'angoisse, elle est aussi tendue que si elle avait elle-même franchi cette porte à la place de Viktor et Jørn. Elle regarde sa montre et règle le chronomètre sur cinq minutes.

Quarante secondes. Un bruit résonne et laisse place au silence. Une minute et demie. Des voix s'élèvent pendant trente secondes. Trois minutes. Elle est à deux doigts d'appuyer sur le téléphone pour appeler à l'aide, mais elle attend encore une minute trente. Dans un silence de plomb. Tout à coup, deux coups de feu retentissent et la paralysent. Quand elle perçoit de nouveau son propre souffle, c'est le seul bruit qui rompt le silence. Elle guette un instant, dans l'attente de voir quelqu'un sortir par la porte, en vain. Contre toute raison, mais poussée par le besoin d'agir, Hannah tourne la poignée de la porte en bois sculpté et pénètre dans la maison, le cœur comprimé par la peur. La pièce s'apparente à une cuisine, mais étant plongée dans l'obscurité, il pourrait aussi s'agir d'une sorte de séjour. De l'extérieur, la maison lui paraissait relativement grande pour un chalet de ce genre ; en tout cas, elle estime que le rez-de-chaussée doit compter plusieurs pièces et l'étage au moins une. Pourtant, elle ne voit pas d'escaliers. Ne décelant pas d'autre présence que la sienne, elle est prise d'une envie d'éclairer la pièce. Mais l'idée lui paraît trop risquée : elle craint d'être prise pour cible en se révélant dans la lumière.

Elle avance à tâtons, ses mains tremblantes caressent des meubles froids. Ses pensées tourbillonnent : qui a tiré les coups de feu tout à l'heure et qui a été touché ? Qui était là quand Jørn et Viktor sont entrés, et qui se trouve toujours dans la maison ? Quelqu'un sent-il sa présence, et si oui, qu'envisage-t-il de faire ? Hannah est consciente qu'elle aurait dû s'en tenir au plan, alerter les secours au lieu d'entrer. Elle regrette de ne pas avoir au moins appelé *avant* d'entrer. Quelle imbécile ! Mais à présent il est trop tard, elle ne peut pas prendre le risque de sortir son téléphone maintenant, et ne peut pas non plus revenir sur ses pas. Soudain, elle aperçoit des escaliers. Ils ne mènent pas à l'étage, mais s'enfoncent sous terre. Hannah hésite un court instant, finit par se diriger vers les marches en inspirant profondément. Elles débouchent sur une cave, quel cliché ! Les marches sont escarpées, Hannah a du mal à garder son équilibre, il n'y a pas de rambarde et son bras cassé ne lui facilite pas la tâche. Perdant pied sur l'avant-dernière marche, elle glisse et pousse un cri. Hannah tâtonne sur le sol en pierre sale et froid, parvient péniblement à se relever, désorientée, mais prête au combat. Elle ignore la douleur qui lui ceint la cheville. Boum, boum.

— À l'aide !

Hannah tourne la tête, cherche la source des martèlements et du cri de détresse, elle repère une petite lampe électrique, l'allume. Une lueur jaune éclaire la cave qui fait visiblement office de réserve. Toutes sortes d'aliments en conserve, marinés ou salés sont entreposés sur des étagères. Les coups et les cris reprennent. Hannah aperçoit une porte minuscule, de la taille d'un nain, s'y précipite. Un cadenas la tient fermée à clé.

— Jørn ?

— Oui, c'est moi ! Dépêche-toi d'ouvrir, je suis blessé, et Viktor…

— Et Viktor quoi ?

— Ouvre, je t'en prie.

Le corps tremblant de peur, Hannah cherche de quoi briser le cadenas ; elle ne voit rien qui pourrait l'y aider, mais finit par trouver un long tournevis. Elle le pique derrière le cadenas et pousse de toutes ses forces pour faire sauter les charnières de la porte.

— Dépêche-toi !

Le désespoir dans la voix de Jørn la fait paniquer, elle essuie une goutte de sueur sur son front. Rage de n'avoir que son bras gauche à disposition, elle a du mal à garder une prise ferme.

— Les charnières résistent !

— Continue ! Il faut que tu nous ouvres avant leur retour !

Elle s'apprête à lui demander à qui il se réfère, quand un petit clou se détache et donne du jeu aux charnières ; le tournevis faisant toujours levier dans l'interstice de la porte, Hannah réussit à faire sauter cette dernière en donnant un dernier coup violent et manque de la recevoir en pleine tête. Jørn s'élance hors de la pièce.

— Argh ! Je ne peux plus respirer !

Hannah recule d'un pas, lance un regard d'effroi à Jørn qui halète en se tenant la cuisse, trempée. De sang.

— Merde ! On t'a tiré dessus ?

Hannah fait un mouvement de tête vers la blessure de Jørn qu'il a bandée avec un bout de tissu bien serré. Il semble à bout de souffle, épuisé.

— Oui, mais je crois que la balle a traversé… Et j'ai l'impression d'avoir réussi à stopper l'hémorragie avec un garrot. L'état de Viktor est bien pire…

— Où est-il ?

Hannah lance un regard anxieux à Jørn qui lui désigne le petit trou noir duquel il vient de surgir.

— Là-bas.

Hannah prend la plus grande inspiration de sa vie, se penche en avant, la lampe torche du téléphone à la main, et franchit la porte en rampant.

53

GLACÉ, INANIMÉ. Les larmes montent aux yeux de Hannah quand elle attrape le bras de Viktor qui pend mollement sur le béton froid. La lumière crue du téléphone erre le long de son corps ensanglanté que quelqu'un – Jørn probablement – s'est appliqué à bander. La chemise détrempée qui comprime l'épaule de Viktor touchée par la balle semble avoir atténué l'hémorragie ; Hannah entrevoit une lueur d'espoir, le corps froid de Viktor abrite peut-être encore une forme de vie. Elle lui claque le visage avec virulence.

— Viktor ! Allô ! Réveille-toi.

Elle colle l'oreille contre sa bouche, porte deux doigts à son cou dans une tentative désespérée de sentir son pouls ; celui de Hannah, lui, s'emballe, de même que son cerveau qui tourne à plein régime pour se rappeler des gestes de réanimation.

— Allez, allez !

Pourquoi n'a-t-elle jamais suivi un stage de premiers secours ? Pourquoi ses connaissances en matière de massage cardiaque et de bouche-à-bouche lui proviennent-elles uniquement de mauvaises séries policières américaines ? Et tout ce sang ! Hannah ferme les yeux. La vue du liquide écarlate lui donne des sueurs froides et l'envie irrépressible de se laisser tomber dans les pommes. Hannah est sans doute la dernière personne sur laquelle un grand blessé espérerait tomber. Elle regarde par-dessus son épaule en direction de la petite entrée. Jørn pourrait peut-être l'aider ? Il doit être expert en premiers secours avec son passé de militaire. Sa voix se brise quand elle lance un appel désespéré à travers la porte.

— Jørn ! Viens, nous devons lui faire un bouche-à-bouche ! Ou un massage cardiaque.

Pas de réponse. Hannah plisse les yeux, ne voit rien. Où est-il ? Elle s'apprête à l'appeler de nouveau quand tout à coup, elle sent quelque chose. Un très, très faible pouls. Hannah serre le bras de Viktor contre elle dans une effusion de joie et lui tapote les joues.

— Viktor ! Réveille-toi ! Tu es en vie !

Au même instant, une main surgit de la petite porte, celle de Jørn, tenant un verre d'eau.

— Tiens. Donne-lui ça, il est complètement déshydraté.

De l'eau. Est-ce vraiment le meilleur remède qu'il ait trouvé pour venir en aide à un blessé par balle ? Hannah relève néanmoins la tête de Viktor et porte le verre à ses lèvres.

— Tiens, bois un peu.

Ses yeux sont toujours fermés, mais sa bouche s'entrouvre légèrement et reçoit les quelques gouttes que Hannah verse prudemment entre ses lèvres. Elle éprouve un grand soulagement – Viktor n'est pas mort. En combinant leurs forces, Hannah et Jørn parviennent à extraire le policier de la petite grotte et à le hisser en haut des marches raides de la cave.

Avec le bras fracturé de Hannah et la jambe blessée de Jørn, l'entreprise relève de l'exploit ; et Hannah n'a pas le souvenir d'avoir jamais collaboré si étroitement et si fructueusement avec quelqu'un. Ensemble, ils le déposent sur un canapé puis l'enveloppent dans une couverture. Hannah a du mal à garder les yeux sur la blessure, mais celle-ci est en réalité moins vilaine et préoccupante qu'elle l'avait d'abord cru. Elle déniche une bouteille d'alcool pur dans la cuisine et désinfecte minutieusement la plaie sous les hurlements de Viktor. Elle trouve un torchon, visiblement propre, et reste admirative de Jørn en l'observant panser la blessure. Hannah prend subitement conscience de sa propre respiration, comme si elle avait retenu son souffle en franchissant la porte du chalet. L'adrénaline avait canalisé toute son attention sur Viktor, mais subitement, un frisson lui parcourt l'échine. Elle agrippe le bras de Jørn.

— Tu es sûr que nous sommes seuls dans la maison ?

Jørn la regarde et acquiesce d'un air rassurant.

— Elles sont parties après nous avoir enfermés.

— Parties par où ? Je n'ai pas quitté la maison des yeux.

— Par la porte arrière, elles ont filé à ski.

Hannah est dubitative.

— Comment le sais-tu si vous étiez enfermés ?

— Les skis étaient derrière quand nous sommes entrés, ils ont disparu. Et la maison n'est pas plus grande que ce que tu vois, et tu vois bien qu'elles ne sont pas là.

— Et à l'étage ?

De nouveau, Jørn se montre rassurant.

— J'ai vérifié, il n'y a personne. J'ai également appelé la police en allant chercher le verre d'eau. Il n'y a plus qu'à attendre leur aide.

Hannah secoue la tête. Hors de question qu'elle attende les bras ballants.

— Tu dis qu'elles vous ont tiré dessus. Mais qui, "elles" ?

— Ella et une autre femme.

— Margrét ?

Jørn fait non de la tête.

— Quelqu'un d'autre. Une femme que je n'avais jamais vue.

Un léger vertige s'empare de Hannah, elle a besoin de s'asseoir. Une autre femme, que Jørn n'a jamais vue ? Il ne peut donc pas s'agir de Vigdis non plus. Jørn la connaît.

— Jeune ? Vieille ?

Il hausse les épaules.

— D'âge moyen.

Hannah se lève, tout cela ne mène nulle part. Viktor, qui jusque-là écoutait leur conversation en danois dans un état de torpeur, les interrompt.

— Je l'ai reconnue.

Hannah le regarde, stupéfaite.

— Je ne connais pas son nom, elle a dû emménager ici récemment. Mais c'est cette femme qui est toujours au comptoir du Bragginn et regarde tout le monde du coin de l'œil. La femme au chien.

Merde ! Hannah a perdu de précieuses minutes à convaincre Jørn de sauter sur la motoneige pour se lancer à la poursuite des deux fugitives, et malheureusement, elle ne peut toujours pas se mettre au volant avec un seul bras ; elle se retrouve donc de nouveau à devoir se coller contre le Gore-Tex de son manteau. Ce n'est pas la course-poursuite en soi qui suscitait la résistance de Jørn, mais le fait d'abandonner un blessé grave sur le canapé d'un chalet isolé du reste de monde. Par chance, Viktor l'a convaincu de partir à leurs trousses ; probablement stimulé par l'idée que la vie de Margrét est peut-être toujours en danger. Hannah aurait sans doute dû se proposer de jouer les infirmières, mais il aurait été insensé de laisser Jørn partir seul avec sa jambe boiteuse et ses maigres connaissances sur Ella et sa complice. La femme au chien… Qui est-elle au juste ? Et quelle est sa relation avec Ella ? Est-elle mêlée aux meurtres de Thor et Gísli ? Hannah aperçoit des traces de sang couler de la jambe de Jørn ; les gouttes s'envolent dans la nuit éternelle et marquent la neige d'une multitude de points, telle une version macabre de *Hansel et Gretel*. Hannah frissonne. Le froid lui transperce le corps et la fatigue s'insinue entre les battements nerveux de son cœur. Par chance, ils parviennent sans mal à suivre les traces de ski qui les mènent en direction de la ville. Au bout d'un quart d'heure de route, les traces s'arrêtent subitement, au même endroit que les habitations. Le port s'étend face à eux, glacé et illuminé par les bateaux de pêche et les loupiotes des petits restaurants fermés. Jørn coupe le contact. Le quai a été déneigé, il est donc impossible d'y déceler la moindre trace de ski. Hannah regarde autour d'elle. Dans quelle direction ont-elles pu partir ? Elle se tourne vers Jørn.

— Pourquoi auraient-elles rejoint le port en pleine nuit ?

— C'est peut-être juste pour nous conduire sur une mauvaise piste. Elles ont pu continuer dans n'importe quelle direction.

Jørn agite son bras en l'air pour souligner le nombre infini de pistes d'évasion, comme si elles avaient pu s'échapper dans les terres, sur l'eau ou dans les airs. Il y a bien un petit aéroport à quelques kilomètres de là, mais il est peu probable qu'elles aient pris ce chemin; et s'enfuir par les routes de campagne avec un temps pareil représenterait un risque inutile. Mais n'oublions pas qu'ils pourchassent deux femmes qui ont eu le cran de tirer sur Jørn et Viktor et qui, vraisemblablement, ont plus d'un meurtre sur la conscience. Néanmoins, Hannah ne voit que deux options plausibles: soit elles se cachent quelque part en ville, soit elles s'apprêtent à prendre la mer. Elle saute du véhicule.

— Et merde, si seulement j'avais l'adresse de la femme au chien.

— Malheureusement, je ne crois pas que cela nous serait d'une grande utilité. Je veux dire, si tu venais de tirer sur deux personnes, dont un officier de police, tu crois vraiment que tu rentrerais chez toi et que tu croiserais les jambes sur la table du salon en attendant l'arrivée des autorités? Non, il est invraisemblable qu'on les retrouve chez l'une ou chez l'autre. Crois-en l'expérience de mes années de recherche.

Hannah ne doit pas oublier qu'ils sont alliés maintenant, et qu'elle doit donc s'efforcer de réprimer cette envie d'enfoncer son doigt dans la grosse plaie qui ronge la jambe de Jørn. Elle tire son chapeau à la cohérence de son attitude. Il reste exaspérant même en situation de crise. Malgré tout, il a sans doute raison. Hannah est à deux doigts de s'effondrer face à l'impasse désespérante dans laquelle ils se trouvent.

— Je m'en remets donc à ton génie: qu'est-ce qu'on fait maintenant?

— On pourrait par exemple faire le tour du port. Je ne pense pas qu'elles soient venues là par hasard. Elles auraient pu facilement se cacher dans un de ces cabanons.

— Ou dans un bateau.

Hannah est à deux doigts d'abandonner. Une multitude de bateaux de pêche de toutes tailles sont amarrés, probablement à cause de la tempête. Il leur faudrait des heures pour ratisser tout le port. Elle regarde Jørn soulever péniblement sa jambe de la motoneige et rectifie son observation : vu leur état pitoyable, il leur faudrait des jours pour fouiller tous les bateaux glissants de neige, sans compter leur impossibilité à ramper dans les cales et les timoneries. C'est sans issue.

— Si au moins nous étions plus nombreux…

Jørn marmonne dans sa barbe, mais Hannah intercepte sa réflexion. Voilà la solution ! S'ils réussissaient à rassembler suffisamment de monde, ils pourraient passer le lieu au peigne fin en un rien de temps. Ils pourraient même lancer une intervention d'urgence au cas où quelqu'un apercevrait les deux femmes quitter la ville.

— C'est une idée géniale !

Hannah tape sur l'épaule de Jørn.

— Ramène-moi Blouson-de-cuir. Il saura mobiliser ses troupes. Un groupe de quinze ou vingt personnes ne mettra pas longtemps à les trouver.

Jørn reste perplexe.

— Primo : qui est ce "Blouson-de-cuir" ? Et deuxio : tu as perdu la raison ou quoi ? On ne peut pas envoyer des civils jouer à cache-cache avec deux meurtrières armées.

— Dis à tout le monde de sortir une carabine et des couteaux à viande. Et Blouson-de-cuir, c'est le gérant du Bragginn, il habite l'appartement au-dessus du bar. Salue-le de ma part.

Jørn secoue la tête, atterré.

— Et qu'est-ce que tu comptes faire en attendant ?
— Je commence à inspecter les bateaux. Nous n'avons pas une minute à perdre.

Hannah s'octroie un court instant le droit de regarder la motoneige de Jørn s'éloigner vers le centre-ville, et tourne la tête en direction des bateaux de pêche. Elle doit se montrer méthodique, choisit donc un voilier marquant à peu près le milieu du port et continuera vers la droite. Elle monte à bord, non sans peur, le bateau tangue, elle a du mal à garder son équilibre avec un seul bras. Le pont est glissant de neige, Hannah s'agrippe au bastingage pour ne pas déraper. Elle titube vers la timonerie tout en essayant de discerner des traces de pas. À première vue, rien à déclarer, mais par sécurité elle jette un œil à travers la fenêtre de la timonerie et passe la tête dans une cale ouverte. Rien. Elle se démène pour regagner la terre ferme, mais le processus est trop lent à son goût : si elle doit se dandiner de la sorte sur tous les bateaux, elle ne trouvera jamais rien. Elle scrute chaque navire, tente de repérer un signe de vie, ou à tout le moins, un détail qui aurait pu pousser les deux femmes à choisir un bateau en particulier pour se cacher. Si tant est qu'elles soient sur l'un de ces bateaux. C'est une vague supposition, Hannah en est bien consciente, et son plan n'est peut-être qu'une voie sans issue. Elle devrait peut-être attendre que Jørn revienne avec des renforts. Et quand bien même elle tomberait sur Ella et la femme au chien, que pourrait-elle faire ? Les persuader de se rendre ? Elle réalise peu à peu que c'est une mission sans espoir, mais entend tout à coup un bruit. Une voix de femme. Elle se tourne en direction de la voix et croit apercevoir une silhouette sur un bateau amarré dans un recoin sombre du port. Elle prend son courage à deux mains et se dirige vers le navire.

54

Hannah s'arrête devant le bateau de pêche sur lequel elle croit avoir vu rôder une silhouette. Est-ce bien celui-ci ? Et que fera-t-elle si elle trouve effectivement ce qu'elle cherche ? Elle balaie sa peur d'un revers de la main et monte à bord. Le vent manque de l'envoyer valser, elle s'agrippe au bastingage pour garder l'équilibre et prend quelques secondes pour s'orienter. "Bateau de pêche" était peut-être un euphémisme. Il s'agit plus exactement d'un chalutier moderne, plutôt modeste en son genre, mais suffisamment grand pour hisser d'énormes quantités de poissons de la mer. Et pour se cacher. Elle regarde vers la timonerie, rien d'anormal, mais découvre soudain des traces de pas dans la neige. Ou plus exactement : des traînées. Comme si quelqu'un avait tiré un sac – ou un corps. Les traces sont légèrement recouvertes de neige fraîche, c'est la raison pour laquelle Hannah ne les avait pas vues immédiatement. Elle en déduit qu'elles ne sont pas toutes récentes, car la neige a cessé de tomber il y a déjà plusieurs heures. Elle commence à se demander si elle est bien à bord du bateau sur lequel elle a vu flotter une ombre, quand elle aperçoit tout à coup des empreintes fraîches longer rigoureusement la balustrade. Elles semblent avoir été laissées par deux personnes différentes. Hannah suit lentement les traces qui – à l'instar des traînées – mènent à la timonerie. Elle se cramponne au garde-corps en priant pour que tout se termine bientôt.

Hannah a poussé si loin qu'il n'est plus question d'hésiter ou de s'arrêter pour reprendre son souffle, elle fait voler la porte de la timonerie d'une force redoutable et primitive. Elle s'attend au pire, mais entre vaillamment, la poitrine bombée. Si son heure est arrivée, autant affronter son destin les yeux grands ouverts. Mais pouf, rien du tout. Outre une multitude d'instruments qui donnent au poste de commandement des airs de cockpit amélioré, ainsi que deux sièges rembourrés solidement boulonnés au sol, tout est vide. Hannah est surprise par le confort et la modernité de la cabine, qui se heurtent à son idée un peu romantique du voilier de pêche dirigé par un petit gouvernail en bois. Elle s'apprête à faire demi-tour quand soudain, elle entend un bruit. Un bruit humain. Elle tend l'oreille et regarde en direction d'un des deux sièges dont l'imposant dossier est tourné vers elle. Proviendrait-il de là ? Elle s'approche prudemment, le bruit reprend, cette fois-ci aucun doute ; quelqu'un pousse des gémissements. Hannah contourne le siège en gardant ses distances et, stupéfaite et soulagée, y découvre Margrét – ligotée, mais en vie. Elle semble s'éveiller d'un état d'inconscience, Hannah se penche vers elle.

— Margrét ! Que s'est-il passé ?

Hannah la secoue doucement en s'assurant qu'elle n'ait pas été blessée ; mais à part un bleu sur sa tempe, elle ne remarque rien. Animée par l'énergie du désespoir, elle dénoue la corde qui arrime les bras de Margrét aux accoudoirs du siège. Toute cette histoire commence vraiment à ressembler à un patchwork surréaliste de tous les clichés que Hannah abhorre. Elle se croirait dans un mauvais *James Bond*, ou pire : dans un livre de Jørn. Elle peine à détacher Margrét, mais le labeur de Hannah ranime peu à peu la captive. Hannah la regarde en s'efforçant de défaire le dernier nœud.

— Qui t'a fait ça ? La femme au chien ? Ella ?

— C'est Sigrun.

Hannah la regarde, déroutée. Elle a dû se prendre un sacré coup sur le crâne.

— Sigrun ?

— C'est son nom. Celle que tu appelles la femme au chien.

Hannah opine du chef comme si tout se clarifiait dans sa tête, mais il n'en est rien. Certes, elle vient d'identifier le meurtrier présumé et perçoit un peu plus clairement le rôle de chaque personnage, mais plusieurs questions restent sans réponse. Qui est cette Sigrun au juste ? Pour quel motif a-t-elle provoqué cet enchaînement de drames, pourquoi a-t-elle ligoté Margrét, et surtout : où se trouve Ella, et quelle est son implication dans l'affaire ?

— Où est Ella ?

Margrét regarde Hannah comme si cette dernière pouvait lui fournir une réponse, mais c'est précisément la question qu'elle allait lui poser.

— Je pensais qu'elle était avec toi. C'est bien pour ça que nous avons sillonné toute la ville, et que Viktor s'est fait tirer dessus et…

Elle s'interrompt. Le visage de Margrét devient blafard, Hannah a envie de se donner un coup pour avoir laissé cette information lui échapper aussi brutalement.

— Viktor va bien – en tout cas, il est vivant. Il devrait s'en sortir sans mal.

— Où est-il ?

— Dans le chalet d'Ella, aux abords de la ville, je croyais que tu savais…

Elle s'arrête. De nouveau. Margrét a l'air sonnée. Hannah réalise que la femme du policier n'est au courant de rien.

— Combien de temps es-tu restée attachée ici ?

— Je ne sais pas… Plusieurs heures… Mais si Viktor est blessé et attend je ne sais où, qui est avec les enfants ?

Hannah se sent coupable, elle avait oublié les enfants.

— Ils sont chez vous, ils dorment à poings fermés.

— Tout seuls ?

Inutile d'en dire plus. Margrét s'élance vers la porte, cogne de toutes ses forces et se retourne, affolée.

— Elle est fermée à clé. C'est toi ?

Hannah fait non de la tête, se dirige vers la porte. Elle est bel et bien verrouillée, est-ce le vent qui l'aurait fait claquer ? Mais tout à coup, elle aperçoit un visage de l'autre côté de la vitre : un sourire effroyable, glaçant, déforme les lèvres de la femme au chien. Frappée de stupeur, Hannah pousse un petit cri.

— Sigrun ! Laissez-nous sortir !

Hannah frappe à la fenêtre, mais Sigrun se contente de l'observer comme une proie accidentelle, tombée bêtement dans un piège qui ne lui était pas destiné. La froideur de son regard glace le sang de Hannah qui continue à marteler la vitre en l'implorant de les laisser sortir. Soudain,

Hannah remarque un détail qui lui coupe le souffle et la rend muette : Sigrun tient un pistolet dans sa main. Les poings de Hannah se figent dans les airs, s'ouvrent et glissent mollement le long de la vitre. Sigrun ne semble pas prêter attention à l'angoisse de Hannah, ou peut-être que son état la laisse indifférente. Elle cherche le regard de Margrét, lui parle en islandais. Hannah se tourne vers sa codétenue.

— Qu'est-ce qu'elle dit ?

— Elle veut que tu détruises ton téléphone.

Et merde. Sigrun l'y exhorte d'un mouvement de pistolet. Elle sort le téléphone de sa poche. Le pose sur la table. Lève les yeux vers sa ravisseuse qui secoue la tête. Hannah est dans la tourmente – en détruisant son téléphone elle couperait leur dernier lien avec le monde extérieur. Sigrun frappe à la fenêtre avec le canon de son arme. Margrét lance un regard désolé à Hannah.

— Je crois que tu n'as pas le choix, malheureusement…

Elle hésite un instant avant de frapper violemment le téléphone sur l'angle de la table en métal ; encore et encore, jusqu'à ce que l'écran et les entrailles de l'appareil se détachent du cadre en fragments inutiles. Elle lève les yeux vers Sigrun.

— Vous êtes contente ?

La femme au chien lance une nouvelle phrase en islandais à travers la vitre. Margrét balaie la timonerie du regard.

— Elle me parle de bandes en plastique, elle veut qu'on s'attache les poignets avec.

Les deux captives repèrent un paquet de serre-câbles, échangent un regard dérouté. Margrét saisit les attaches, se dirige vers la fenêtre et s'approche aussi près que possible de

Sigrun. Elle brandit le paquet et lui pose une question en islandais. Margrét s'adresse à Hannah.

— Viens là et tourne-toi, lui enjoint-elle.

Hannah hésite, qu'est-ce que c'est que cette histoire ?

— On n'a pas le choix, elle ne nous ouvrira jamais si nous n'obéissons pas.

— Excuse-moi, mais tu as vu l'énorme plâtre que j'ai autour du bras ? Je ne réussirai jamais à le faire passer derrière mon dos.

Hannah lève démonstrativement le bras. Margrét soupire, elle n'avait manifestement pas pris ce détail en considération. Elle prend les mains de Hannah et les joint devant elle. Hannah ne s'est jamais sentie aussi impuissante, Margrét passe les serre-câbles autour de ses poignets pressés l'un contre l'autre.

— Aïe putain ! (Hannah se tord de douleur.) Tu es vraiment obligée de serrer aussi fort ?

— Désolée, mais je ne peux plus le desserrer maintenant.

Le bas droit de Hannah est tordu dans une position anormale ; elle se sent comme une poupée Barbie désarticulée. Le sang pulse dans ses poignets, elle commence à craindre qu'il finisse par ne plus affluer à ses mains.

— À ton tour de m'attacher.

Margrét présente son dos à Hannah, tend ses mains en arrière et les joint d'elle-même pour lui faciliter la tâche. Une idée inopportune surgit dans l'esprit de Hannah, elle voit une tout autre situation qui se prêterait à ce petit jeu de menottage. La gravité de la situation reprend le dessus quand Sigrun frappe à la fenêtre avec le canon de son pistolet.

— Reculez.

L'instant d'après, Sigrun leur a ouvert la porte pour les faire sortir de la timonerie. Son chien baveux est à ses côtés, il a l'air plus féroce que dans le souvenir de Hannah. Elle se demande presque s'il s'agit bien du même. Le pistolet braqué sur leur dos, Sigrun leur ordonne de descendre sur le pont ; Hannah frémit d'angoisse en voyant l'eau glacée clapoter contre le bateau. Sigrun projette-t-elle de leur infliger le supplice de la planche ? Hannah se passe le film horrifique de sa propre lutte contre la mer de glace, c'est une médiocre nageuse, même quand ses poignets liés ne la handicapent pas. Si on la jette par-dessus bord, elle mourra instantanément. Mais Sigrun ne les conduit pas vers le bastingage pour les précipiter dans les abysses ; elle les emmène vers une écoutille menant à la cale du bateau. Hannah est pétrifiée, c'est presque pire : être enfermée dans une cale à poisson glaciale et sans lumière ne fera que rendre leur mort plus lente et nauséabonde. Elle tente d'opposer une résistance en s'arrêtant net, mais la sensation du pistolet contre sa tempe réveille son instinct de survie.

— *Niður**.

Hannah comprend l'injonction, il n'y a rien à faire. Elle baisse les yeux sur la bouche sinistre. L'odeur de poisson lui donne un haut-le-cœur. Elle a du mal à évaluer la profondeur. Deux mètres, sept mètres ? Quoi qu'il en soit, en sautant dans ce trou elles courent un risque élevé de se casser les deux jambes ou tout simplement de se tuer.

— Non, je refuse, c'est beaucoup trop… Ah !

Hannah n'a pas le temps de résister davantage ; d'un coup sec dans le dos, Sigrun la précipite à travers l'ouverture. La

* Descendez.

chute qui précède son violent atterrissage en roulé-boulé semble infinie. Par chance, elle parvient à se protéger la tête en tendant les mains en avant, mais son acrobatie lui vaut un coup douloureux sur son plâtre, rudement mis à l'épreuve. Hannah n'a guère le temps de se lamenter, elle lève les yeux vers le vague puits de lumière et devine une autre silhouette plonger sur elle : Margrét. Hannah se jette sur le côté et l'entrevoit qui frappe le sol de ses deux jambes, parfaitement droite. Comment réussit-elle un tour pareil en ayant les mains attachées dans le dos ? Juste avant que l'écoutille ne se referme sur elles et avale le puits de lumière, Hannah parvient à évaluer la distance qui sépare la tête de Margrét du plafond ; à en juger par l'intervalle, il y doit y avoir deux mètres de hauteur. La trappe se referme et l'obscurité totale les engloutit.

55

De la lumière. Une lampe de poche. Hannah protège son visage du violent faisceau qui lui fonce droit dans les yeux.

— Ella !

Margrét est la première à apercevoir la vieille dame, assise dans un coin de la cale, une lampe torche au bout de sa main tremblante. Hannah découvre que le sol est couvert d'une fine couche visqueuse, mais elle ne voit heureusement pas le moindre poisson. Elles se précipitent toutes les deux vers Ella qui semble transie et un peu étourdie.

— Depuis combien de temps êtes-vous ici ?

Hannah se sent bête, elle connaît la réponse : Ella s'est enfuie du chalet avec Sigrun, elle n'a donc pas dû passer plus de vingt ou trente minutes dans la cale – le même temps que Hannah a passé à fouiller le port. Ce qui ne l'empêche pas d'avoir l'air au bord de l'hypothermie. La vieille dame lève les yeux vers elles.

— *Ég reyndi að stoppa hana en gat ekki**.

* J'ai essayé de l'arrêter mais je n'ai pas pu.

Hannah regarde Margrét, désespérée.

— Qu'est-ce qu'elle dit ?

— Ella n'est pas la méchante de l'histoire.

Elle perçoit la bienveillance du regard que Margrét porte sur la vieille dame, laquelle semble sur le point de se laisser mourir. Margrét sait quelque chose que Hannah ignore, mais quoi ? Elle s'apprête à lui poser la question quand Margrét prononce une phrase en islandais, se retourne et présente ses poignets liés à Ella. Pour qu'elle l'aide à les détacher, manifestement. La douleur irradie de nouveau les bras et les mains de Hannah, les attaches sont tellement serrées qu'elle commence à avoir du mal à sentir ses membres. Ella les fixe d'un air navré, elle n'a aucun outil qui pourrait les délivrer de leurs liens. Margrét s'adresse de nouveau à Ella, Hannah en déduit qu'elle lui demande d'éclairer la pièce, car c'est exactement ce que fait la vieille dame. Tandis que le faisceau balaie chaque recoin de la cale, Margrét suit attentivement des yeux chacun de ses mouvements.

— Là-bas !

Hannah ne distingue pas ce que Margrét a vu, mais la suit quand même. Une vis dépassant d'une paroi apparaît soudain dans le rayon de lumière.

— Essayons de limer nos liens là-dessus. Vas-y en premier.

Hannah n'a pas la moindre envie de frotter ses veines à une vis acérée, mais ne voit pas d'autre issue. Prudemment, elle essaie de trouver un mouvement qui lui permette d'élimer le serre-câble sur la vis ; consciente que le moindre faux mouvement risquerait de lui taillader la peau, elle sent des gouttes de sueur ruisseler sur son front et prie quelque puissance supérieure que cette folie ne lui coûte pas la vie. Zip !

L'attache saute, Hannah a enfin les mains libres. Elle n'a pas le temps de dire ouf que Margrét lui présente son dos en lui demandant de faire la même chose avec ses liens. Hannah est encore plus angoissée d'avoir la vie d'une tierce personne entre ses mains, la gorge nouée, elle s'efforce donc de libérer les poignets de Margrét sans la tuer. Heureusement, ses mains libres lui permettent d'être plus adroite ; au bout de trente secondes de va-et-vient nerveux, Margrét est enfin délivrée des attaches serrées. Jusqu'ici tout va bien. Les deux femmes se tournent vers Ella qui a désespérément tenu la lampe de poche dans leur direction tout ce temps. À présent, l'heure des explications a sonné. Mais au même instant, un moteur se met à gronder dans la pièce attenante ; il démarre, vrombit, et le bateau commence à tanguer en s'éloignant du quai pour glisser vers la mer.

— Non ! Il faut qu'on sorte d'ici !

Hannah saute désespérément vers la trappe. Tout ce temps, elle s'était rattachée à l'espoir que Jørn arrive au plus vite avec des renforts, mais si le bateau prend le large, plus personne ne pourra leur venir en aide. Hannah hurle, saute et frappe contre l'écoutille, en vain. Elles sont enfermées. Le désespoir l'anéantit comme un coup de massue. Elle s'assoit, au bord de l'évanouissement. Elle est à demi consciente, terrassée par son impuissance, désabusée. C'est donc ainsi que s'achève sa vie ? Tout ça pour ça ? Quelques livres passables, un projet de polar raté et elle devrait déjà mourir, abandonnée dans une cale à poisson au milieu de l'océan Atlantique ? Hannah suffoque tant elle s'apitoie sur son sort, mais ses yeux croisent les deux visages inquiets qui l'observent derrière la lueur voilée de la lampe de poche.

— Calme-toi. Ça va aller.

Une main lui caresse le front.

— Tiens, prends ça.

On pose un manteau sur son dos.

— Respire.

On prend de profondes inspirations pour lui montrer l'exemple. Hannah aspire lentement l'air froid et nauséabond, en emplit ses poumons, ferme les yeux, respire au même rythme que les deux femmes en face d'elle. Elle éprouve un léger apaisement, sent deux mains rassurantes se poser sur ses épaules. Hannah ouvre les yeux, se perd dans le regard bienveillant de Margrét. Ella est à côté d'elle, tout aussi préoccupée. Une pensée vient calmer l'esprit de Hannah. Elle n'est pas seule. Elle n'est pas isolée. Sa vie n'est pas insignifiante aux yeux des autres. Elle existe. Pas grâce à ses livres, grâce à elle-même, tout simplement. À la personne qui est arrivée en Islande il y a quelques semaines. Elle a été une amie, une amante. Elle s'est surpassée pour aider les autres. Elle s'est inquiétée pour eux, du fond du cœur. Et elle en est là. À risquer sa vie pour avoir offert son aide. Avant de sombrer dans un sentimentalisme dégoûtant, Hannah se ressaisit. Si les odieux livres de Jørn lui ont bien appris une chose, c'est qu'on ne peut pas se permettre de baisser les bras dans les situations les plus désespérées. Il faut qu'elle trouve un plan. Elle regarde Ella et Margrét, déterminée. Se redresse.

— Elle finira bien par ouvrir la trappe, nous devons nous tenir prêtes.

Hannah est la première surprise de sa capacité à élaborer une stratégie d'attaque contre Sigrun, néanmoins, elle sait exactement ce qu'elles feront quand leur ravisseuse ouvrira l'écoutille. Elle instruit Margrét et Ella de son plan, les deux femmes acquiescent sans la moindre objection. Exaltées à l'idée d'avoir un plan d'action et excitées par la perspective de lancer la contre-attaque dès que la trappe s'ouvrira, les trois femmes se mettent en poste en attendant leur chance. Mais celle-ci se fait attendre. Longtemps. À vrai dire, les minutes passent en si grand nombre qu'elles ont du mal à les compter. Elles finissent par se rasseoir et se laisser bercer par le roulis qui fait lentement monter leur mal de mer. Margrét regarde Hannah.

— Et si elle ne venait jamais nous ouvrir ? Son plan était peut-être simplement de partir au large de la mer, se tirer une balle dans la tête et nous abandonner à la dérive jusqu'à ce que mort s'ensuive.

— Si c'est le cas, un garde-côte finira bien par nous trouver.

— Mais ça peut prendre un temps fou. Il y a peu de chances pour que quelqu'un s'aperçoive qu'il manque un bateau dans le port avant demain. Et pendant ce temps, notre chalutier aura eu le temps de se perdre… ou de heurter un pétrolier, ou une baleine… à moins que le manque d'oxygène nous tue avant.

— Ou l'hypothermie.

— Si nous restons ici sans bouger, nous allons vraiment finir par mourir de froid. On devrait peut-être se serrer un peu ?

Hannah acquiesce et Margrét vient se glisser entre les deux femmes. Hannah sent immédiatement la chaleur de son corps, ce qui l'apaise à plus d'un égard. Finir ses jours avec Margrét dans cette cale à poisson ne serait peut-être pas le pire des sorts finalement. Cependant, une chose est sûre : elle ne peut pas mourir sans connaître le mobile de Sigrun, ni le degré d'implication d'Ella. Si elle est en train de vivre ses derniers instants, elle doit poser la question. Hannah a bien conscience qu'elle risque d'ouvrir une brèche, mais elle doit connaître la vérité.

— Pourquoi Sigrun a-t-elle tué Thor, et quel rôle avez-vous joué dans cette affaire ?

Hannah se penche un peu vers Ella en passant la tête devant Margrét, elle veut s'assurer que la vieille dame entende et comprenne sa question. Ella la regarde droit dans les yeux, mais ne répond pas. Hannah fait une deuxième tentative.

— Qui est Sigrun ?

Quelques secondes s'écoulent, prolongent l'attente, mais rien. Hannah perd patience, elle hausse le ton.

— Je sais que vous comprenez ce que je dis, et honnêtement, je crois que vous me devez des explications. J'ai été victime d'une attaque au fusil, d'une agression et d'une tentative de meurtre pour l'unique raison d'avoir été hébergée dans votre maison ; j'ai été mêlée à toute cette histoire et je refuse de mourir sans connaître les raisons d'un tel chaos.

Hannah sent ses joues s'échauffer sous son propre emportement, elle aperçoit une larme rouler sur la joue d'Ella, mais aucun son ne sort de sa bouche. Une main repousse doucement Hannah – celle de Margrét.

— Sigrun est la fille d'Ella. Et… Ægir est son père.

Hannah regarde la vieille dame.

— Quoi ? Mais, comment… ?

Margrét regarde Ella pour lui demander le droit de raconter son histoire. La vieille dame reste muette. Margrét prend visiblement son silence pour un assentiment. Elle se tourne vers Hannah.

— Tout remonte au jour où…

Criiii ! Margrét s'interrompt. C'est la trappe qui s'ouvre. Les trois femmes se regardent : c'est le moment ! Elles rampent chacune vers un angle de la cale à poisson, sans un bruit. Recroquevillée dans son coin, Hannah entend le sang pulser dans ses oreilles, elle attend le moment décisif où Sigrun descendra dans la cale ; là, elles lui sauteront dessus pour la maîtriser. Mais personne ne descend, la trappe reste seulement béante. Hannah s'était imaginé qu'en se cachant, Sigrun – avantagée par son pistolet et les croyant toujours menottées – oserait venir voir pourquoi ses détenues ne se montrent pas. Mais les minutes passent et l'écoutille reste grande ouverte. Hannah sent tout coup une main lui saisir le bras, elle tressaille d'effroi, mais ce n'est que Margrét. Elle murmure en n'émettant presque aucun son.

— Qu'est-ce qu'on fait, on grimpe ?

Hannah secoue la tête. Non, c'est probablement un piège. Elles attendent encore quelques minutes, les yeux rivés vers le semblant de liberté qui émane de la trappe ouverte, quand soudain, Sigrun y plonge la tête et lance une phrase en islandais. Hannah sent la main de Margrét serrer anxieusement son bras gauche. Elle se tourne vers elle en chuchotant.

— Qu'est-ce qu'elle dit ?

Margrét serre plus fort. Hannah ravale un cri.

— Soit nous montons, soit nous mourrons ici. Elle veut faire couler le bateau et nous offre la possibilité de vivre nos dernières heures sur le pont plutôt que dans la cale.

Hannah n'a pas le temps de digérer l'information qu'Ella s'avance déjà sous l'écoutille et sollicite leur aide pour être soulevée. Hannah étant incapable de porter qui que ce soit avec son bras handicapé, c'est Margrét qui accourt ; et avant que Hannah ait pu objecter, la vieille dame grimpe sur le pont, se rapprochant un peu plus de la mort.

— Mais qu'est-ce que tu fais ? C'est un piège !

— Tu n'en sais rien. Et quand bien même, je préfère prendre le risque plutôt que de couler en restant enfermée dans une cale à poisson sombre et glaciale. Je t'aide à monter ?

Hannah a quelques secondes d'hésitation, mais en réalité elle n'a pas le choix. Si Margrét remonte la première, elle n'aura plus aucune possibilité de regagner l'extérieur. Elle s'avance sous la trappe.

— C'est de la folie.

Margrét ne répond pas, elle se contente de soulever Hannah suffisamment haut pour lui permettre de se hisser hors de l'ouverture. Arrivée en haut, Hannah va pour tendre son bras fonctionnel vers Margrét, quand subitement, Sigrun claque la trappe sous son nez.

— Laisse-la en bas. C'est toi qu'il me faut.

56

Jamais un vent aussi froid n'avait mordu la peau de Hannah. Les vagues noires rossent la coque du chalutier qui tangue dans un néant glacial ; si Hannah ne se trouvait pas face à la mort, le mal de mer lui aurait déjà fait perdre connaissance. Le pistolet braqué sur elle réveille son instinct de survie à un degré tel que toute autre sensation physique ou psychique en est étouffée. Hannah regarde autour d'elle. Où est Ella, Sigrun l'aurait-elle jetée à la mer ?

— Ella ?

Sigrun la regarde droit dans les yeux.

— Raconte mon histoire, et vous aurez toutes les trois une chance de garder la vie sauve.

— Que je raconte votre histoire ?

— Le monde entier doit savoir ce qu'on m'a fait. Connaître le prix de la violence. Quand je t'ai vue, j'ai su que le moment était venu. Tu es la voix extérieure qui pourra raconter les horreurs qui ont été commises. C'est pourquoi Thor devait perdre la vie.

Hannah est tétanisée. Son corps est glacé de sueurs froides. Thor devait perdre la vie ? Est-il mort par sa faute ? Elle cherche de nouveau Ella du regard. Où est-elle ? Seule, sans arme et avec un bras cassé, Hannah n'a d'autre choix que de se soumettre à Sigrun. Ses questions ne sont plus guidées par la curiosité, elle préférerait ne pas entendre un mot de plus. Elle veut seulement rester en vie et rentrer chez elle. Elle prend sa voix la plus aimable et la plus obligeante.

— Reprenez tout depuis le début, vous voulez bien ? Quelle est cette histoire que vous voulez que je raconte ?

Sigrun semble s'apaiser face à la bonne volonté de son interlocutrice, elle désigne la timonerie avec le canon de son pistolet. Hannah marche prudemment dans la direction indiquée, mais le doute la ronge. Est-il bien judicieux de suivre une meurtrière armée dans une petite cabine ? Néanmoins, elle obtempère, et constate avec effroi qu'Ella n'est pas non plus dans la timonerie. Hannah commence réellement à penser que la vieille dame a été poussée dans les vagues mortelles.

— Assieds-toi.

Sigrun pointe son pistolet vers l'un des deux sièges, s'assoit sur l'autre.

— Tu veux prendre des notes ?

Hannah contient un sourire nerveux face à l'absurdité de la question. Comme si elle était journaliste et s'apprêtait à interviewer Sigrun pour un magazine féminin. Mais pour retarder le moment fatidique et gagner sa confiance, elle prend le bloc-notes et le stylo sur la table – Sigrun a dû les poser là ; elle a donc tout préparé. Hannah joue le jeu.

— Racontez-moi.

Les épaules de Sigrun s'affaissent un peu, comme si la phrase qu'elle venait d'entendre était une formule magique qui, à elle seule, la délestait d'un poids.

— Tout a commencé quand Ella avait treize ans et qu'elle est tombée enceinte de moi après avoir été violée par Ægir.

Hannah a du mal à avaler sa salive, elle fixe la femme en face d'elle.

— Pardon, quoi ?

Hannah écrit une sorte de texte composé de lettres enfantines qu'elle trace à l'aide de sa main gauche malhabile ; mais si elle prend des notes, c'est surtout pour la forme. Inutile de noter cette information pour s'en souvenir.

— Ella est donc votre mère, et Ægir votre père ?

Sigrun acquiesce.

— Et Thor était mon frère. Ægir et Vigdis se sont fiancés quelques années plus tard, mais Vigdis ignorait tout ; elle croyait que si sa sœur s'était absentée un an du domicile familial, c'était simplement pour ses études. Elle pensait aussi que si Ella se comportait si mal avec Ægir, c'était par pure jalousie.

Des milliers de questions abondent dans la tête de Hannah ; elle n'aurait jamais pensé à un fratricide. Mais quel est son mobile ?

— Pourquoi avez-vous tué Thor ?

Sigrun secoue la tête.

— Non, non, je reprends tout depuis le début, comme convenu.

Hannah acquiesce. Chaque mot que Sigrun prononce est une seconde de vie en plus.

— Ella a été envoyée chez des parents, au nord du pays. Elle se sentait mal ici, mais ce fut encore pire là-bas : en plus de devoir vivre avec le traumatisme du viol, d'endurer une grossesse dangereuse pour laquelle son corps n'était pas prêt et un accouchement qui a failli la tuer, tout son entourage s'est mis à l'humilier et à la rabaisser – les adultes comme les enfants de son école. Elle a vécu un véritable enfer.

— Comment savez-vous tout cela ? Vous n'étiez pas née.

— Depuis ma plus tendre enfance, j'ai bien vu comme on la traitait. Comme une gamine lubrique, une fille de mauvaises mœurs. Sans doute pour que je ne cherche jamais à me rapprocher d'elle. Mais à l'âge adulte, j'ai bien compris qu'Ella n'était coupable de rien.

— Mais vous êtes certaine qu'il s'agissait bien d'un viol, qu'Ella n'était pas… ?

— Consentante ?

Une rage féroce assombrit le visage de Sigrun. Le léger doute de Hannah jette clairement de l'huile sur un feu déjà inextinguible.

— C'était un viol brutal, je pourrais te raconter les détails, mais honnêtement, je préfère m'en abstenir. C'est bien contre mon gré qu'Ella m'en a révélé les circonstances exactes, le jour où je suis revenue vers elle. Mais voilà, elle avait besoin d'en parler et quelqu'un, enfin, lui posait la question. J'ai été la première à le faire.

Sigrun marque une courte pause. Se remémorant peut-être les aveux d'Ella. Hannah frissonne.

— Pendant des années, j'ai cru toutes les horreurs qui couraient à son sujet. Que tout était sa faute, que j'étais née sous le signe de la honte et de la culpabilité, et qu'il était donc légitime de me traiter comme ils le faisaient. Je l'ai haïe pendant des années.

— Où avez-vous grandi ?

— J'ai été adoptée par des parents éloignés. Une famille de cinq enfants. J'étais la gamine qui prenait les gifles, les coups de pied, parce que j'étais une enfant de putain. Et à l'adolescence, tous les garçons du village considéraient que je ne valais probablement pas mieux que ma mère…

Sigrun tourne la tête vers la mer agitée de vagues noires, Hannah réalise que personne ne conduit le bateau. Sigrun a peut-être jeté l'ancre. Difficile de déterminer si le bateau se déplace toujours. Hannah devrait peut-être suivre Sigrun dans la brèche qu'elle vient d'ouvrir, mais au fond, elle devine aisément la suite. En revanche, elle désire en savoir davantage sur Ella.

— Si vous vous souciez tant d'Ella, pourquoi avez-vous tué celui qu'elle aimait le plus au monde ? Et avec un marteau qui lui appartenait, qui plus est.

Sigrun lui lance un regard amer.

— C'est moi qui aurais dû recevoir tout cet amour qu'elle a donné à Thor. Le marteau était un symbole.

— Vous l'avez tué par jalousie ?

Sigrun secoue la tête.

— Mon intention n'était pas de faire du mal à Ella, mais de me venger d'Ægir. Il est l'unique responsable de mon malheur et de celui d'Ella, et le seul à n'en avoir jamais payé le prix. Bien au contraire, la vie lui a souri ; il a écrasé tous les autres pêcheurs en rachetant leurs quotas, s'est fait construire la plus grande maison de la ville et s'est hissé à une position qui force le respect de la communauté. Et le monde ne punit pas un homme comme lui. Il punit ses victimes.

Hannah essaie de garder la tête froide, car bien que le récit de Sigrun comporte une part de rationalité, il ne justifie en rien ses actes.

— Mais si vous vouliez faire éclater la vérité, vous auriez pu tout simplement parler – ou persuader Ella de tout révéler. Sacrifier des vies était inutile.

— Pendant des années, j'ai demandé à Ella de le faire. Pour ma part, il était difficile de parler seule, car sans son appui, je passe pour une hystérique qui vient casser l'ambiance. Personne n'a intérêt à m'écouter. C'est pour ça que je me suis tant réjouie de ton arrivée. J'y ai vu une chance de pouvoir enfin raconter mon histoire.

Hannah la regarde.

— À travers moi… ?

Sigrun acquiesce.

— C'est vous qui avez tiré sur la maison pour attirer mon attention ?

Sigrun sourit, ou plutôt : sa bouche s'étire mais ses yeux restent vitreux.

— Bien vu.

— Mais pourquoi ne pas vous être simplement manifestée pour partager votre histoire ?

— J'ai essayé toute ma vie, cette fois je voulais marquer les esprits pour que personne ne puisse ignorer mon récit.

— En commettant un meurtre ?

— Comment ça, *un* meurtre ?

Le sourire de Sigrun fait froid dans le dos.

— Personne ne veut prendre la peine d'écouter les victimes, les meurtriers en revanche obtiennent un temps de parole conséquent. Et aujourd'hui, il faut vraiment en faire des caisses pour faire entendre sa voix. C'est ma façon de faire entendre la mienne. Pas juste en Islande, ni au Danemark, mais dans le monde entier.

— Mais…

Hannah est troublée.

— Si vous voulez vraiment attirer l'attention en commettant un double meurtre, pourquoi avoir maquillé la mort de Gísli en suicide ?

Sigrun sourit froidement.

— Retournement de situation. Son comportement commençait à semer la confusion. Il éclipsait mes forfaits.

— Le coup de bouteille sur la tête de Gísli la nuit de la mort de Thor, c'était vous aussi ?

Sigrun hausse les épaules.

— Il est arrivé dans le marais, complètement embué par l'alcool, j'ai eu peur qu'il compromette mon plan.

— Donc vous l'avez frappé, il a perdu connaissance et s'est réveillé au moment où Ægir est venu tirer le corps de Thor de l'eau ?

Sigrun sourit.

— Futée.

Hannah la regarde, transie de peur. Si jamais elle en doutait, elle a maintenant la certitude avérée que Sigrun est prête à tout pour faire entendre son message. Et les morts de Thor et Gísli ne lui suffisent pas ; il lui faut une tragédie plus grande encore. Un drame qui cause encore plus de morts – celles de quatre femmes sur un bateau, par exemple. Elle se raccroche à une idée rationnelle.

— Si vous me tuez, personne ne racontera jamais votre histoire.

Sigrun sourit de nouveau.

— C'est exactement pour ça que tu es la seule à bord de ce bateau qui survivra cette nuit.

57

HANNAH N'A JAMAIS ÉTÉ face à un si grand dilemme : doit-elle se soumettre à Sigrun et sauver sa peau, au prix de la vie d'Ella et de Margrét, ou bien risquer la sienne en essayant d'arrêter la criminelle ? Elle regarde le pistolet posé sur la cuisse de cette dernière, la main qui repose par-dessus est d'un calme redoutable. Tous les éléments jouent contre elle : elle n'est pas armée, elle a un bras cassé et une peur bleue d'attenter à la vie de quelqu'un. Sigrun en revanche a déjà prouvé son sang-froid, et bien qu'elle ait besoin de Hannah pour raconter son histoire, cette dernière n'est pas convaincue qu'elle épargnerait sa vie si la situation se révélait critique. Voilà, c'est ça. Hannah doit éviter de provoquer une situation critique. Tant qu'elle réussira à garder les choses sous contrôle, personne ne mourra. Et peut-être qu'entre-temps elles auront reçu du secours, un hélicoptère est peut-être déjà à leur recherche ?

— Je suis prête à vous aider.

Hannah se penche légèrement vers Sigrun, pas dans un geste de menace, mais pour créer un climat de confiance.

Elle ignore si cela fonctionne, mais en tout cas, Sigrun la regarde avec un certain intérêt.

— Donc tu acceptes de raconter mon histoire ?

Hannah acquiesce.

— Ce qu'Ægir a fait est impardonnable. Il y a le viol, la grossesse, le désaveu d'une part… Autant de drames qui vous ont accablées de douleur, Ella et vous. Mais il y a aussi tout ce qu'il n'a pas fait. Il ne vous a pas soutenues, ni l'une, ni l'autre. Il aurait pu assumer son acte, endosser le poids de la honte et de vos souffrances. Je partage entièrement votre avis ; il doit payer les conséquences de ses actes. Mais en y réfléchissant bien, vous avez déjà obtenu votre vengeance. Thor est mort, et je vais raconter au monde entier ce que vous avez enduré. Inutile d'aggraver la tragédie, il n'y a pas de raison d'ôter la vie à deux innocentes de plus, ni de vous tuer.

Un léger sourire traverse le visage de Sigrun et disparaît comme un nuage dans le ciel.

— Personne ne pleurera ma mort.

— Si, Ella. Et maintenant que je connais votre destin, moi aussi.

— La vie d'Ella aussi s'arrête ici. Je suis consciente de lui avoir fait du mal, il vaut donc mieux mettre un terme à ses souffrances.

— Vous n'avez pas le droit de faire ce choix en son nom. Après tout, il lui reste peut-être de belles années à vivre.

Sigrun ne répond pas, elle se contente de regarder son pistolet. Sa décision semble inflexible. Hannah sent une goutte de sueur couler sur son front et longer son oreille, combien de temps lui reste-t-il avant le début d'un ultime bain de sang ? Elle regrette de ne pas avoir regardé plus de séries policières, ou lu plus de livres de Jørn pour savoir comment on dissuade un meurtrier de l'envie de tuer. Elle possède un sens de l'observation affûté, parvient à percer à jour les secrets et les désirs des gens, mais leur en parler directement n'est pas son fort. Et elle connaît les désirs et les secrets de Sigrun. La voie de la raison semble être une impasse, mais Hannah fait une dernière tentative.

— Margrét. Il n'y a aucune raison de la sacrifier, elle n'a rien fait.

— Non, précisément.

Le regard de Sigrun s'assombrit.

— Margrét connaît l'histoire d'Ella depuis des années et malgré cela, elle l'a dissimulée, comme tout le monde.

— Ella tenait peut-être à ce qu'il en soit ainsi. Il me semble qu'elle est parvenue à mener une vie heureuse malgré tout le mal qu'on lui a fait. C'était peut-être sa façon à elle de survivre.

Les images de la vieille dame pleine de vie et d'entrain qui est venue la récupérer à l'aéroport dans sa Jeep pétaradante lui reviennent, une femme grisée par l'idée d'accueillir une inconnue dans sa vie ; Hannah ressent une pointe de remords aiguë, elle aurait dû se montrer plus obligeante avec elle dès le début. Ella a fait le choix du bonheur malgré les drames du passé, et si elle a eu la force de se relever de ces épreuves, il n'y a pas de raison pour qu'elle n'en fasse pas autant après les événements de ces dernières semaines. C'est pourquoi la vie d'Ella, celle de Margrét et la sienne ne peuvent s'arrêter là. Hannah écoute de nouveau le sifflement du vent, mais elle ne perçoit pas le moindre bruit d'hélicoptère, ni la moindre lueur de bateau à l'horizon. Les chances que Jørn et le reste de la ville devinent que les quatre femmes se trouvent sur un chalutier au large de la mer sont quasi nulles – leur survie à toutes les quatre dépend de Hannah.

— Vous considérez peut-être que votre vie est dénuée de sens, et je le comprends. Vous vous dites sûrement qu'il n'y a plus de raison de vivre, que les événements des semaines passées n'ont fait que vous enfoncer davantage dans le trou noir qui vous a vue naître et dont vous n'avez jamais réussi à vous extraire. Mais vous vous trompez. On a toujours une occasion de changer, de raviver l'espoir d'une vie nouvelle. Je parle en connaissance de cause.

Sigrun la regarde.

— Tu t'es donc déjà relevée d'une vie d'exclusion et de misère, tu t'es déjà reconstruite après avoir assassiné et blessé mortellement quelqu'un ?

Elle marque un point. Hannah a un peu honte de comparer les maigres ventes de ses livres, sa jalousie dévorante et son isolement volontaire dans la hargne avec la terrible situation de Sigrun. Pourtant, quelque chose dans sa propre prise de conscience lui fait croire que même la vie de Sigrun vaut la peine d'être défendue.

— Vous n'échapperez pas à la prison, je vous le concède. Et vous garderez les vies de Thor et de Gísli sur la conscience aussi longtemps que votre cœur battra. Mais cela ne veut pas dire pour autant que tout doit s'arrêter là. Réfléchissez : si vous vivez, vous pourrez raconter votre histoire vous-même. Je vous promets de vous y aider, mais ne pensez-vous pas que vous gagneriez à pouvoir contrôler ce qui est dit sur vous ? Pensez à tous les meurtriers que les années ont hissés au rang de légendes. Imaginez : vous purgez votre peine, vous écrivez peut-être un livre en prison, vendez les droits d'adaptation pour le cinéma, vous êtes libérée après quelques années de conduite exemplaire, vous gardez un bracelet électronique mais on vous laisse rentrer chez vous, vous recevez des lettres de fans du monde entier, les gens ont de l'empathie pour votre histoire, l'État promulgue une nouvelle loi sur le viol, un prince charmant vous écrit pendant que vous êtes en prison…

— Tu délires, ma pauvre.

Sigrun l'interrompt, Hannah se rend compte qu'elle a raison. Elle est en train d'idéaliser le destin d'une meurtrière ; mais qu'est-ce qu'elle fout au juste ?

— Bon d'accord, je me suis laissé emporter, mais réfléchissez-y : la mort est-elle vraiment la meilleure issue ?

Sigrun fixe les vagues noires, elle semble considérer attentivement les paroles de Hannah. Mais elle finit par se tourner vers elle et lève son pistolet, les yeux remplis de désespoir.

— On n'échappe pas à la vengeance. Elle ne prend pas toujours la forme qu'on croit. Elle ne surgit pas toujours là où on l'attend. Mais quand on fait du mal aux autres, quand on détruit des vies, on doit en payer le prix. Pour Ægir, ça a été de perdre son fils, de même que j'ai perdu ma mère. Je comprends ce que tu essaies de faire, mais ma décision est prise. Et mon œuvre doit s'accomplir.

Sigrun arme son pistolet, se lève et avance vers la porte ouverte de la timonerie pour mettre fin à sa vie, et à celles d'Ella et Margrét. Hannah se redresse d'un bond et s'agrippe à elle.

— Arrêtez ! Ne faites pas ça, je vous en supplie.

Sigrun la fixe droit dans les yeux avec un regard plus noir que la nuit.

— Promets-moi de raconter mon histoire ou je te tue aussi.

— Si vous tuez qui que ce soit, vous y compris, je n'écrirai pas un seul mot sur votre vie ! Tous vos secrets s'envoleront avec vous, Ella et Margrét.

Sigrun hésite un instant. Hannah sent une pointe de soulagement ; elle a trouvé le moyen de l'arrêter. Mais Sigrun lui fait un sourire éteint.

— L'enquête policière en révélera les grandes lignes quoi qu'il en soit. Et quand Ægir essaiera de se défendre, je suis certaine que tu ne pourras pas t'empêcher de raconter ce que tu sais. Tu te sentiras obligée de faire éclater la vérité au grand jour pour qu'il en paye les conséquences.

— Vous pensez vraiment que je ne pourrai pas le garder pour moi ?

Sigrun secoue la tête.

— Non. Car ton collègue, cet idiot de Jørn, finira par mettre le grappin sur l'histoire, et je doute que tu veuilles lui laisser ce privilège.

Hannah est terrassée. Peut-être d'entendre le nom de Jørn, peut-être d'avoir été manipulée et percée à jour, peut-être juste à l'idée de mourir, ou peut-être à cause de la somme de tous ces éléments. Quoi qu'il en soit, elle se sent gonflée d'une force inexpliquée ; le sang pulse dans tous ses membres et l'adrénaline soulève en elle une vague de bravoure, dans un rugissement, elle se jette sur Sigrun et son pistolet chargé : il faut mettre un terme à tout cela, et maintenant ! PAN. Hannah s'effondre, son dos, son bras fonctionnel et enfin sa tête frappent le sol. Elle sent quelque chose de chaud couler le long de sa tempe, y porte sa main, regarde ses doigts ; du sang. Cependant, la blessure causée par la crosse du pistolet avec lequel Sigrun vient de la frapper semble superficielle, Hannah est sonnée, mais ses jambes sont toujours alertes. Sigrun a disparu, laissant la porte battante. Merde, elle est donc sûrement prête à passer aux exécutions ! Hannah se lance à sa poursuite, aussi vite que son corps défait et son manque d'équilibre le lui permettent. Le pont est sombre, glissant et fouetté par la pluie. Hannah ne voit rien – Sigrun est-elle partie liquider Margrét ou Ella en premier ? Comme Hannah ne sait pas exactement dans quelle partie du bateau se trouve Ella (si tant est qu'elle soit toujours à bord !), elle se précipite vers l'écoutille, ouvre la trappe et saute dans l'ouverture.

— Hannah !

Elle regarde de tous les côtés, désespérée.

— Elle n'est pas là ?

— Non, mais je viens d'entendre des pas se diriger vers l'arrière du bateau.

— Vite ! Elle s'apprête à tirer sur Ella, et te tuera ensuite.

Hannah ignore comment Margrét a réussi à les hisser toutes les deux sur le pont, mais, elles se retrouvent sous la pluie quelques secondes plus tard et courent vers la poupe du bateau en dérapant à chaque pas ; le filet de pêche et le treuil brouillent la vue d'ensemble et créent de nombreux angles morts. Hannah et Margrét se regardent, le désespoir de l'une se reflète sur le visage de l'autre. Hannah n'ose pas crier fort, de crainte de les démasquer. Elle fait signe à Margrét de venir se coller contre elle ; elles doivent agir ensemble. Elles examinent lentement l'arrière du bateau secoué par les vagues – conscientes d'être des cibles vivantes, elles se redressent et avancent à découvert, guidées par leur cœur. Soudain, un coup de feu retentit, puis un cri. Sans se regarder, elles se jettent en direction du bruit. Ella est dos au bastingage et Sigrun la vise avec son arme. Le premier coup a raté sa cible. Sans doute à cause du mouvement du bateau. Peut-être aussi parce qu'on ne tire pas si aisément sur sa propre mère. Ella pousse un deuxième cri en les apercevant, Sigrun se retourne, braque son pistolet sur elles. Hannah veut s'avancer, mais une crise de panique sans précédent paralyse ses jambes qui restent rivées à la surface mouvante du pont détrempé. Elle ferme les yeux. C'est la fin. Face au moment crucial, elle est incapable d'esquiver une balle mortelle. Mais tout à coup ! Hannah perçoit une agitation, elle ouvre les yeux et voit Margrét, qui vient juste de se jeter sur Sigrun ; elles sont toutes les deux à terre, luttant pour le pistolet, Ella aussi se jette dans la mêlée, les semelles de Hannah se décollent enfin du sol, elle reprend le contrôle de son corps et dans un hurlement, se lance dans la bataille en tendant en avant son plâtre dur comme fer. Elle ne comptait pas s'en servir comme d'une matraque, mais assomme miraculeusement Sigrun dans sa chute ; au terme d'une bagarre maladroite et laborieuse sur le pont mouillé, Margrét parvient à repêcher le pistolet des mains de la meurtrière tandis qu'Ella lui tient les jambes. Avec la force d'une lanceuse de poids, Margrét jette violemment le pistolet dans la mer vorace en lâchant un cri. Les vagues engloutissent le danger et la preuve que cette nuit a bien failli faucher quatre vies. Hannah regarde Margrét, puis Ella, et enfin Sigrun, sonnée et impuissante. Une larme de soulagement lui échappe. Elles ont survécu, et tout est enfin derrière elles.

58

HANNAH REGARDE ELLA manœuvrer le bateau jusqu'au rivage, impressionnée. On peut dire qu'elle est plus douée pour la navigation que pour la conduite automobile. Elles ont trouvé de vieilles couvertures dans une caisse et les ont enveloppées autour de leurs corps grelottants, transis par le froid et l'humidité. Hannah et Margrét se tiennent côte à côte derrière Ella ; Sigrun est recroquevillée sous une couverture, dans un coin de la petite timonerie. Elle a les mains attachées dans le dos ; vaine précaution, sans doute, car elle se contente de fixer le plafond et son regard ne dénote pas l'ombre d'une révolte. Hannah tourne les yeux vers Ella.

— Il reste un détail que je ne comprends pas.

Le regard de la vieille dame n'appelle aucune question. Hannah pose quand même la sienne.

— La nuit du meurtre… Thor est monté dans votre voiture et j'ai retrouvé sa chaîne de cou dans le tiroir de votre bureau. Pourquoi ?

Ella se contente de fixer l'horizon et les lumières du port à l'approche, et ne semble pas résolue à lui répondre. Au bout de quelques secondes de silence, Hannah fait une nouvelle tentative – elle regarde Ella, puis Sigrun. Cherche une ressemblance entre les deux femmes, mais n'en voit aucune. Sont-elles bien mère et fille ?

— Vous l'avez croisé par hasard et vous avez voulu le raccompagner chez lui, c'est ça ?

Toujours pas de réponse. Hannah est consciente qu'elle devrait renoncer, laisser les autorités compétentes démêler les derniers fils de l'enquête et prendre les mesures nécessaires s'il s'avérait que Sigrun n'était pas la seule coupable. Mais elle ne peut se résoudre à rester avec un tableau incomplet des événements de cette nuit-là – et encore moins s'il s'avérait qu'Ella y soit mêlée.

— J'ai besoin de savoir si vous avez la moindre responsabilité dans la mort de Thor.

Ella tourne enfin les yeux vers Hannah, son regard de glace la transperce. Elle prononce une phrase en islandais à l'attention de Margrét. Cette dernière hoche la tête, grave. Et s'adresse à Hannah.

— Ella était au courant des manigances de Sigrun. Ou du moins, elle les redoutait. Peu avant ton arrivée, Sigrun était venue trouver sa mère pour lui annoncer que l'heure de la vengeance avait sonné, et qu'elle frapperait à l'endroit le plus inattendu et le plus douloureux. Pressentant que Thor était peut-être en danger, Ella a redoublé d'attention à son égard. Et ce n'est pas un hasard si elle l'a récupéré cette nuit-là. Il l'avait appelée, hors de lui. Il refusait de lui dire pourquoi, mais Ella est accourue pour le ramener chez lui. Son collier s'est cassé pendant sa dispute avec Jonni, Thor l'a oublié dans la voiture d'Ella, et quand il est mort… eh bien, elle l'a gardé en souvenir.

Son éclairage précise le tableau, mais Hannah a toujours du mal à le trouver complètement cohérent.

— Si Ella a raccompagné Thor chez lui, que faisait-il au bord de la mer ?

Ella et Margrét échangent un regard, comme si cette dernière demandait à la vieille dame l'autorisation de continuer. Ella acquiesce, Margrét poursuit.

— C'est justement ce qui la ronge le plus. Si elle l'avait laissé devant chez lui, il serait peut-être toujours en vie. Mais il a insisté pour qu'elle le dépose à mi-chemin, il voulait faire le dernier bout à pied. Il était triste et avait besoin d'être seul. Ella s'est pliée à sa demande, à contrecœur. Elle a téléphoné à Vigdis et Ægir pour les en avertir, c'est pour ça que son père est parti à sa recherche. Mais elle ne peut s'empêcher de penser qu'elle a livré Thor à…

Margrét regarde Sigrun qui ne montre pas le moindre remords. Hannah termine sa phrase.

— À son meurtrier.

— Oui… Sigrun est allée jusqu'à dérober le marteau d'Ella pour donner une signification symbolique à l'arme du crime.

Des larmes coulent sur les joues d'Ella. Hannah ne veut pas remuer davantage le couteau dans la plaie, elle comprend maintenant le sentiment de culpabilité qui ronge la vieille dame. Mais pourquoi ne pas avoir tout simplement dénoncé Sigrun si elle la savait coupable ? Hannah pose la question à Margrét, qui semble au courant des moindres détails.

— Elle n'en avait pas la certitude, jusqu'à avant-hier. Elle est venue chez nous avec l'idée de tout révéler à Viktor, mais après m'avoir raconté l'histoire, elle a eu des remords.

J'ai essayé de la persuader de parler, c'est pour ça que je me suis retrouvée mêlée à tout ça.

Margrét aussi semble ployer sous le poids de la culpabilité, mais dans les faits, ni elle ni Ella ne sont responsables de rien. Tout est la faute de Sigrun, et peut-être indirectement d'un tiers qui ne sera probablement jamais condamné pour quoi que ce soit : Ægir. Hannah lève les yeux vers le port à l'approche, et tandis que le bateau glisse vers la terre ferme, elle entend des cris et voit les bras des habitants s'agiter dans les airs. Elle aperçoit aussi le clignotement d'un gyrophare bleu et deux uniformes ; probablement les renforts. Hannah pose sa main sur Margrét, son visage est encore plus abattu que celui de la meurtrière derrière elles. Son regard aussi se porte sur les officiers en uniforme.

— Viktor va s'en sortir, j'en suis convaincue.

Margrét acquiesce, saisit la main posée sur elle. Une secousse leur indique qu'elles viennent de toucher le quai ; plusieurs pêcheurs chevronnés sautent à bord pour assurer l'amarrage. Hannah aide Sigrun à se relever et jette un dernier regard à Ella.

— Bien joué.

La vieille dame hoche la tête. Elles descendent toutes les quatre sur le pont, s'exposant aux lumières du port et aux regards scrutateurs des habitants de la ville. Tout à coup, quelqu'un applaudit. C'est Jørn. Il se tient au premier rang. Hannah sent l'exaspération monter en elle, mais voilà que le reste de la foule massée sur le port se met à l'imiter. Les quatre femmes s'arrêtent sur le pont pour regarder les gens qui les acclament au milieu de la neige, manifestement heureux et soulagés de les voir en vie. La gorge de Hannah se serre, elle se retient de pleurer une nouvelle fois, mais les poils se dressent sur ses bras. Les deux officiers en uniforme se précipitent à bord, échangent quelques mots avec Margrét qui leur désigne Sigrun. Les policiers appréhendent la criminelle fraîchement démasquée, mais cette dernière a renoncé depuis longtemps à toute forme de résistance. On aide Ella et Margrét à descendre du bateau ; Hannah attend son tour quand soudain, elle aperçoit Ægir et Vigdis au milieu de la foule. D'un hochement de tête elle décline l'aide de l'homme bien intentionné qui lui tend la main pour l'aider à descendre, et s'avance d'un pas pour être vue de tous. Elle observe Sigrun, escortée vers la voiture de police sous les regards moqueurs.

— Cette nuit, nous avons arrêté la criminelle qui a semé l'effroi dans votre ville et a causé tant de peine ces dernières semaines. Mais lorsque vous la jugez, n'oubliez pas que le point de départ de cette tragédie n'est pas le meurtre de Thor. Il remonte bien plus loin. Tout a commencé par un drame que vous avez tous ignoré et qu'à l'époque, vous n'avez pas jugé important de punir. Je ne clame pas que chaque personne présente ici ce soir soit coupable, mais l'un de vos parents, l'un de vos proches a fermé les yeux sur le fait qu'un homme a violé une fillette de treize ans, sans que cela ait la moindre conséquence pour lui, bien au contraire. Vous l'avez laissé vous déposséder de vos quotas de pêche, vous l'avez laissé s'enrichir en s'accaparant tout ce qu'il souhaitait sans jamais avoir à répondre de ses actes. Mais c'est terminé.

Hannah pointe le doigt en direction de l'homme de pierre.

— Ægir, si vous aviez assumé votre part de responsabilité le jour où vous avez violé Ella, alors qu'elle n'était qu'une petite fille, nous ne serions peut-être pas là aujourd'hui.

Nous ne pouvons pas changer le passé, mais nous pouvons veiller à ce que la vérité se fasse jour.

Hannah regarde Sigrun, qui est sur le point d'être embarquée dans la voiture de police. Leurs yeux se croisent, Hannah hoche la tête à son intention. Sigrun hésite un instant, finit par hocher la tête à son tour en signe de reconnaissance ; elle baisse un peu les épaules et se laisse entraîner sur le siège arrière. Hannah jette un dernier regard à l'assemblée traversée de murmures et dont les têtes se tournent une à une vers Ægir. Ce dernier darde un regard de rage sur Hannah et hurle une phrase en islandais. Elle en devine le sens, mais reste indifférente. Elle descend du bateau en s'aidant des mains tendues vers elle, elle traverse la foule qui l'examine en silence ; qu'est-ce qu'elle vient de dire au juste ? Brusquement, un homme en colère apparaît dans son champ de vision ; c'est Ægir, qui se précipite vers elle en vociférant des insultes dans un mélange d'anglais et d'islandais. Hannah croit reconnaître plusieurs variations de "salope", mais elle refuse la confrontation, c'est donc avec beaucoup de gratitude qu'elle voit Jørn s'interposer entre elle et le patriarche écumant. Tous les bruits qui l'entourent s'estompent, et Hannah n'entend même pas les paroles de Jørn à Ægir, mais avec l'aide de quelques gaillards, il réussit à l'emmener suffisamment loin pour qu'elle puisse continuer sa route librement. Margrét est conduite dans une ambulance garée un peu plus loin.

— Ils l'emmènent directement à l'hôpital, Viktor s'y trouve déjà et son état est stable, d'après mes informations.

Hannah regarde Jørn, qui se tient à côté d'elle. La foule est en train de se disperser, Hannah n'a qu'une envie ; s'en aller. Jørn semble le percevoir, il pointe le doigt vers sa monstrueuse voiture de location, à bord de laquelle Blouson-de-cuir est en train d'aider Ella à monter.

— D'autres policiers sont en route, mais ils ne seront pas là tout de suite. J'ai suggéré de vous raccompagner chez Ella, où ils vous entendront. C'est bientôt fini.

Hannah tourne la tête vers lui et sent que ses yeux commencent à briller.

— Thor est mort à cause de moi. Si je n'étais pas venue ici, Sigrun ne l'aurait jamais tué.

Jørn secoue la tête, passe son bras autour d'elle – un geste inattendu.

— Ce n'est pas ta faute. Une autre équipe de policiers a fouillé la maison de Sigrun. Ils ont retrouvé des dossiers et des plans qui indiquent qu'elle préparait son forfait depuis des mois, elle attendait seulement le bon moment. Thor serait mort quoi qu'il arrive. Mais si tu n'avais pas été là, son meurtre n'aurait peut-être jamais été élucidé. Et Sigrun aurait continué.

— Continué ?

— Thor était la première victime sur sa liste. Après lui venait Vigdis, puis Ella, Ægir… Grâce à ton intervention, ils ont tous survécu. Viktor et moi aussi… Merci.

Ses mots apaisent un peu le sentiment de culpabilité qui pèse sur Hannah, mais elle n'a pas l'impression d'avoir été une héroïne, loin de là.

— Merci à toi. Nous n'aurions jamais pu résoudre cette affaire sans ton aide non plus.

Jørn sourit.

— On forme une bonne équipe toi et moi.

Hannah élude, mais hoche tout de même vaguement la tête en retirant le bras de Jørn de ses épaules. Elle regarde

Ella, perdue dans une profonde étreinte avec Vigdis, effondrée en pleurs. Était-elle la seule personne de la ville à ignorer le passé de son mari et de sa sœur ? Hannah leur accorde encore un moment puis se dirige vers la vieille dame et pose son bras sur ses épaules.

— Venez, on rentre à la maison.

59

Il aura fallu un mois à Hannah pour terminer la première ébauche de son roman policier, et ainsi prouver la véracité de son affirmation. Bastian a bien évidemment veillé à répandre très largement l'anecdote dans la presse, mais ce n'est pas du goût de Hannah : cela signifie que la sortie officielle de son livre est accompagnée d'un battage médiatique, et elle est convaincue que son roman ne sera jamais à la hauteur. Bien que les trous narratifs les plus évidents et les pires fautes de goût aient été supprimés, ce n'est rien de plus qu'un polar un peu merdique, c'est pourquoi une certaine nervosité s'empare d'elle en entendant la pièce attenante se remplir de journalistes, de fans et autres lecteurs curieux. À en juger par le tohu-bohu de chaises, la pièce est pleine à craquer, ce qui, elle doit bien l'admettre, n'a jamais été le cas pour aucune de ses précédentes parutions. Tous les espaces du Nimb Bar ont été privatisés, Hannah n'a jamais eu droit à un cocktail dans un lieu aussi vaste et aussi chic pour la sortie d'un de ses livres. Elle boit une gorgée d'eau, se regarde dans le miroir. Pour l'occasion, elle a troqué son traditionnel uniforme noir contre un chemisier vert. La porte s'ouvre, Bastian entre, fébrile.

— Félicitations !

Hannah lui lance un regard sceptique.

— Pour ?

— La salle est pleine à craquer ; on a dû refuser du monde, ils font la queue dehors. Tu es devenue ce qu'on pourrait appeler… une star ! Et encore, s'il ne s'agissait que de l'événement de ce soir… mais laisse-moi te rappeler le nombre de livres qui ont été précommandés dans toutes les librairies du pays !

Hannah freine son enthousiasme.

— Si tu le dis. Mais vu les mauvaises critiques qui sont déjà tombées, il n'y a pas de quoi me féliciter.

— Trois étoiles par-ci par-là, ce n'est pas si mal.

— C'est en dessous de la moyenne.

— Allez, n'y pense pas aujourd'hui. Si on t'attaque là-dessus et que l'envie te prend de descendre ton propre livre, rappelle-toi que tu vas gagner un paquet de fric.

Hannah hoche la tête. Autant en finir au plus vite avec la promotion de ce livre pour qu'elle puisse se concentrer sur son prochain projet. Elle regarde Bastian.

— Tu as eu des nouvelles de l'Islande ?

— Ella te transmet ses amitiés, il y a une carte de Viktor là-bas, et le type du Bragginn t'a envoyé une bouteille de vodka islandaise. Iðunn te remercie pour tous les romans que tu lui as envoyés, et Sigrun a publié un message sur les réseaux sociaux depuis sa prison, dans lequel elle s'attribue le mérite d'avoir été la source d'inspiration de ton livre. Il ne manquerait plus qu'on la voie à l'affiche d'un documentaire, non ?

Hannah acquiesce.

— Et Margrét… ?

Bastian hésite.

— Je n'ai pas eu de nouvelles d'elle, malheureusement.

Évidemment. Les messages que Hannah lui a sporadiquement envoyés au cours des quatre mois qui ont suivi son retour sont tous tombés dans un no man's land abyssal. Margrét ne lui a jamais répondu.

— C'est le grand moment.

Bastian lui tient la porte, Hannah prend une profonde inspiration et pénètre dans la salle bourdonnante où la foule attend fébrilement qu'elle fasse son coming-out en tant qu'autrice de romans policiers.

Outre le verre de vin de rigueur, la séance de dédicaces et les interviews, Bastian a organisé une session de vingt minutes durant laquelle Hannah répondra aux questions de Natasja Sommer – le tout étant bien évidemment préparé, dans l'optique de montrer toute l'intelligence et la coolitude de l'autrice. Hannah monte sur une petite scène improvisée et s'assoit face à la journaliste qui, affublée d'un sourire fendu jusqu'aux oreilles, a le chic pour feindre l'excitation.

Bastian attrape un micro, souhaite la bienvenue aux spectateurs, loue en quelques mots la performance de Hannah qui a réussi à écrire un polar en un mois, raconte brièvement les événements tragiques qui l'ont inspirée, et passe enfin la parole à Natasja Sommer sous une salve d'applaudissements. Jørn est assis au premier rang et sourit à pleines dents, il lève les pouces comme un imbécile. Hannah a envie de lever les yeux au ciel, mais se contente de lui rendre son sourire.

— Félicitations pour votre livre et… haut les mains !

La petite pause affectée de Natasja provoque l'hilarité du public, ce qui indique que tout le monde connaît le point de départ de l'expérience, mais aussi les événements réels qui lui ont servi de base.

— Votre ambitieux projet a fini par prendre un tour pour le moins inattendu, pourriez-vous nous expliquer en quelques mots ce que vous ressentez en voyant ce livre imprimé aujourd'hui ?

Natasja lève le menton vers une pile de livres posée sur une petite table entre elles. Hannah préférerait ne rien expliquer du tout, mais elle a fait une promesse à Bastian. Et à elle-même. Elle sourit à la journaliste.

— Écrire *L'Île de la mort* n'a pas été une mince affaire. Pour commencer, je me suis littéralement débattue avec cette intrigue qui a été plus difficile à ficeler que je ne l'aurais cru.

Légers rires dans l'assistance.

— Le processus d'écriture d'un roman policier s'est donc avéré plus compliqué que ce que vous ne pensiez ?

— Oui, j'irai même jusqu'à dire que j'ai un peu plus de respect pour les auteurs qui se sont spécialisés dans ce genre.

Jørn lui sourit, elle esquisse un sourire en retour.

— Outre les difficultés inhérentes au genre, comment avez-vous vécu la contrainte de devoir livrer une première ébauche au bout d'un mois – sans parler des événements tragiques qui se sont produits en Islande pendant ce temps ?

— Il va sans dire qu'il n'était pas évident de disposer de si peu de temps et, sans vouloir déprécier mon propre livre, je crois que le résultat s'en ressent. C'est peut-être le plus mauvais livre que j'aie écrit, mais c'est également le plus important.

— Important dans quel sens ?

Hannah voit sur le visage de Natasja que s'éloigner des questions convenues à l'avance est aussi risqué qu'excitant. Elle hésite un peu.

— Important en ce qu'il m'a remuée.

— Remuée, c'est-à-dire ?

— Travailler sur ce livre – et les conséquences qui ont découlé de ce travail – m'a permis d'être mieux armée pour mon prochain ouvrage, ou plutôt, de revenir à celui que j'étais en train d'écrire quand toute cette histoire a commencé. Le livre en question était sur une mauvaise pente, mais à présent, je sais comment l'améliorer pour qu'il devienne moins… merdique.

De nouveaux rires dans l'assistance – courtois et exaltés. Hannah parcourt la salle du regard pour observer ses lecteurs, tous ces gens qu'elle n'aura jamais le temps ni la force de rencontrer et qui la fixent avec des étoiles dans les yeux ; et dire qu'ils sont là pour l'écouter, pour la soutenir alors qu'elle vient d'écrire de telles conneries. Elle se sent reconnaissante.

— Et de quoi parle-t-il, ce nouveau livre ?

Natasja s'enflamme, Hannah s'apprête à lui répondre, quand ses yeux croisent tout à coup une silhouette qui entre dans la salle et s'installe au dernier rang. Elle cligne des yeux, est-elle en train de rêver ? Non, probablement pas – les battements de son cœur redoublent d'intensité. Cette silhouette, c'est Margrét. Elle la regarde droit dans les yeux, Hannah sourit, un peu nerveuse, et se voit rendre la pareille. Elle répond à la journaliste sans dévier le regard.

— Il parle de cette chose très banale qu'on appelle l'amour.

REMERCIEMENTS

Je remercie Grønningen 1 pour leur motivation et leur travail acharné pour me pousser et pousser mon livre sur le devant de la scène ; je remercie tout particulièrement Marianne pour ses remarques honnêtes et avisées sur le fond, ainsi que pour ses extraordinaires révisions. Merci à Lars et Cophenagen Literary Agency pour leur soutien et leur foi en mon projet. Merci à Julie Lærke d'avoir prêté attention à l'ébauche de mon livre et d'avoir contribué à un certain sens de parachèvement du texte. Merci à Julie Toft pour sa lecture fine et précise et son don infaillible pour détecter les bourdes linguistiques et les ratés de l'intrigue ; merci à Iðunn d'avoir été présente dès le début, pour son appui sans réserve pendant la dernière ligne droite, et pour son œil indispensable au fignolage des détails relatifs à l'Islande. Enfin, merci à Trin, pour tout.

DERNIÈRES PARUTIONS

Jake Hinkson, *Rattrape-le !*
Gregory Brown, *Les Jours sombres*
Aldo Leopold, *Almanach d'un comté des sables*
Chris Offut, *Les Gens des collines*
Giulia Caminito, *L'Eau du lac n'est jamais douce*
Todd Robinson, *Les Morts de Riverford*
JoAnne Tompkins, *Ce qui vient après*
Christina Sweeney-Baird, *La Fin des hommes*
Larry Watson, *L'Un des nôtres*
Elliot Ackerman et James Stavridis, *2034*
Ellen G. Simensen, *La Vertu du mensonge*
Phil Klay, *Les Missionnaires*
Pete Fromm, *Le Lac de nulle part*
Larry McMurtry, *Cavalier, passe ton chemin*
James Crumley, *Les Serpents de la frontière*
John Gierach, *Nature morte avec truite*
Maren Uthaug, *Là où sont les oiseaux*
Craig Johnson, *Western Star*
William Boyle, *La Cité des marges*
Lance Weller, *Le Cercueil de Job*
Kate Reed Petty, *True Story*
Helene Bukowski, *Les Dents de lait*
Kathleen Dean Moore, *Sur quoi repose le monde*
S. Craig Zahler, *Dédale mortel*
Keith McCafferty, *Le Baiser des Crazy Mountains*
James McBride, *Deacon King Kong*
Claire Holroyde, *La Comète*
Amity Gaige, *Sous nos pieds l'océan*
Piergiorgio Pulixi, *L'Île des âmes*
David Vann, *Komodo*
James Carlos Blake, *Vies et morts de Stanley Ketchel*
Giulia Caminito, *Un jour viendra*
Peter Swanson, *Huit crimes parfaits*

Retrouvez l'ensemble de notre catalogue sur
www.gallmeister.fr

Cet ouvrage a été imprimé sur du papier
dont les fibres de bois proviennent
de forêts durablement gérées

IMPRIM'VERT®

CET OUVRAGE A ÉTÉ COMPOSÉ PAR ATLANT'COMMUNICATION (VENDÉE)

ACHEVÉ D'IMPRIMER SUR ROTO-PAGE
PAR L'IMPRIMERIE FLOCH À MAYENNE
EN MARS 2022
POUR LE COMPTE DES ÉDITIONS GALLMEISTER
13, RUE DE NESLE
75006 PARIS

DÉPÔT LÉGAL : MAI 2022
1re ÉDITION
N° D'IMPRESSION : 100175
IMPRIMÉ EN FRANCE